# 白夜

MIDNIGHT IN
BROAD DAYLIGHT

A JAPANESE AMERICAN FAMILY
CAUGHT BETWEEN TWO WORLDS

## 挣扎在两个世界缝隙之中的
## 日裔美国家庭

［美］帕蜜拉·罗特那·坂本　著

凌晨　译

上海三联书店

**图书在版编目(CIP)数据**

白夜:挣扎在两个世界缝隙之中的日裔美国家庭/(美)帕蜜拉·罗特那·坂本著;凌晨译.—上海:上海三联书店,2021.5
 ISBN 978-7-5426-7334-3

Ⅰ.①白… Ⅱ.①帕…②凌… Ⅲ.①纪实文学—美国—现代 Ⅳ.①I712.55

中国版本图书馆 CIP 数据核字(2021)第 063362 号

白夜——挣扎在两个世界缝隙之中的日裔美国家庭

著　　者 / [美]帕蜜拉·罗特那·坂本
译　　者 / 凌　晨

责任编辑 / 张静乔
装帧设计 / 一本好书
监　　制 / 姚　军
责任校对 / 张大伟　王凌霄

出版发行 / 上海三联书店
　　　　　(200030)中国上海市漕溪北路 331 号 A 座 6 楼
邮购电话 / 021-22895540
印　　刷 / 上海惠敦印务科技有限公司

版　　次 / 2021 年 5 月第 1 版
印　　次 / 2021 年 5 月第 1 次印刷
开　　本 / 890×1240　1/32
字　　数 / 325 千字
印　　张 / 14.75
书　　号 / ISBN 978-7-5426-7334-3/I·1696
定　　价 / 68.00 元

敬启读者,如发现本书有印装质量问题,请与印刷厂联系 021-63779028

图一　1911年9月，胜治和阿绢在西雅图的婚礼上。阿绢是一名"照片新娘"，她的婚姻是由双方的日本家庭通过交换照片安排的。她在西雅图第一次遇见自己的丈夫。照片由哈利·福原提供。

**图四** 哈利、弗兰克、皮尔斯和他们的父母。维克多和玛丽已经与阿绢的姐姐一起在广岛生活。在三个男孩的成长中,他们鲜少注意到他们年长的手足。照片由哈利·福原提供。

图五　玛丽(波波头)和表姐田鹤子、阿清姨妈在广岛。玛丽从不喜欢日本,她不理解为何她的父母在她7岁时将她送去那里。照片由珍妮·古谷提供。

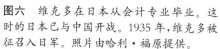

图六　维克多在日本从会计专业毕业。这时的日本已与中国开战。1935年,维克多被征召入日军。照片由哈利·福原提供。

图七　1930年代中期,哈利、皮尔斯和弗兰克与他们的母亲,阿绢。哈利和皮尔斯在为二世日裔美国人开设的私立学校上学。弗兰克接受了传统教育,考上了精英中学——一所军官预备学校。照片由哈利·福原提供。

图八 1938年，哈利离开日本前往美国。他的亲戚俊直、君子、阿清姨妈，他的母亲、弟弟弗兰克和皮尔斯一起为他送行。这是这群人最后一次在一起。君子由于原子弹造成的伤势而不治身亡。照片由哈利·福原提供。

图九 1941年，在日本伪满洲国大连的松浦茂。松浦茂和哈利在十几岁的时候曾在广岛打过一架。1944年，在新几内亚，双方再次对峙。照片由松浦茂提供。

图十 1938 年,玛丽在西雅图的新娘肖像。玛丽嫁给了和她父亲来自同一地区的男人。几年后,他们的婚姻以离婚告终。照片由珍妮·古谷提供。

图十一 1938 年,哈利在洛杉矶当蔬菜水果小贩。在经历了一系列短工之后,他希望这份工作能够持续下去。圣诞节后,他被解雇了。照片由哈利·福原提供。

图十二　1944年1月，在新不列颠的阿拉维，翻译哈利·福原、本·中本、霍华德·小川、泰瑞·水垂与战利品。战中，部队将二世日裔语言学家的照片设为机密，以免敌人意识到他们的通信为美军提供了有价值的情报。五个月后，泰瑞成为了第一个在太平洋战场上阵亡的日裔美国人。照片来源：国家档案馆。

图十三　1944年4月，哈利在在新几内亚的艾塔佩审问日本战俘。照片来源：国家档案馆。

图十四　1945年夏天，珀西·克拉克森少将在菲律宾为哈利颁奖。照片由哈利·福原提供。

图十五　1945年秋天,哈利、皮尔斯和弗兰克在神户。弗兰克穿着克拉克森少将分发给他的美军服装,只有帽子是日本制的。1945年8月10日,广岛原子弹爆炸的四天后,哈利(因疟疾而消瘦)被任命为少尉。照片由哈利·福原提供。

图十六　2005年,哈利和弗兰克在白川村。弗兰克在附近上大学,直到1945年4月被征召入伍。1948年,哈利在附近的富山县占领部队任职,弗兰克在那里加入了他的行列。照片由本书作者提供。

# 目　录

## 第一部分　生于美国，长于双重文化

## 第二部分　逐流于两个国家之间

# 中文版独家作者序

致中国的读者：

　　非常感谢诸位能在百忙之中抽出时间阅读这个故事。

　　在写作过程中我经历了一些窘境，以至于我在这个项目中投入了超过十七年的时间。

　　而自始而起，我便全心奉献于这本书。

　　从我遇见此书的主人公哈利·福原的那一刻起，我就被他的故事所深深吸引了。这是一个经历了失去亲人的苦痛和战争的男人，然而，他仍然坚强不屈，保持着乐观积极的精神。这是一个备受兄弟们爱戴的男人，然而，他的兄弟们却一度成为了想要致他于死地的敌人；这是一个曾经饱受排挤的男人，然而，他却将很多地方视为自己的家乡；这是一个骄傲的、有尊严的男人，他以自己的智慧、权威与风度征服了太平洋的两岸。

　　通过主人公在美国恶名昭彰的日裔集中营中生活的情节叙述，本书探讨了由于他人的偏见，自己的祖国受到排挤时，他对家乡的理解。本书还探讨了当自己所生所长的国家与自己血脉相连的国家交战时的情况。本书探究了有关忠诚的窘迫困境：当一个人在战争中所面临的敌方包括自己心爱的兄弟时，是否还能忠于自己国籍所在的国家？

　　最重要的是,《白夜》是一个关于爱的故事,这个故事跨越了大洋两岸、美日文化和社会冲突。尽管这个故事笼罩在可怖的原子弹所造成的悲剧之中,但经历了这场最为残酷的战争,家人之间的爱依旧历久弥新。

　　我希望读者能从中发现这则故事的普适性。虽然这则漫长、艰难的故事横跨美国、日本和西南太平洋,然而,它最初让我为之震撼的是,这个故事可能发生在任何时间、任何地点、任何由于政治因素和其他无法控制的因素而分隔两地的家庭之间。

　　在 20 世纪,中国社会动荡不安,在经历了与残酷的军国主义日本的战争后,又陷入了另一场痛苦的内战。无需我多言,我相信您比任何人都了解这段历史,并感触良多。在你们之间,可能就包括那些在战争中失去亲人的人,或由于种种原因无法与亲人团聚的人。您一定更能够体会被迫分离的亲人之间对团聚的渴望与对亲人离去的悲伤。您也一定向往着有一天,真爱能够战胜一切,冲突能够和解,世界拥有长远的和平。《白夜》讲述的正是这样一个故事。

　　无论您的经历是否与这则故事有所相似,我都希望您能够喜欢这个故事。请注意:它比小说更离奇,并完全真实。我衷心地感谢您的求知欲与对爱的信念。希望您享受阅读《白夜》。

您忠诚的朋友,

帕蜜拉・罗特纳・坂本

2020 年 12 月

# 作者寄语

在 1994 年的一个夏日，我偶然发现了一个发生在二战期间日裔美国家庭的真实故事，这个家庭相隔在太平洋两端，在二战中饱受蹂躏。那时，我刚搬到东京，受邀参加一位日本外交官为在大屠杀中幸存下来的前犹太难民所举办的记者招待会。这位外交官是我在博士论文中的研究对象。协助旅行社朋友而随行的是哈利·福原，他是一名退休的美国上校，在日本有数十年工作经验。我见到哈利在宫古饭店门口引导人群，用流利的日语和英语指挥着在场的美国记者和日本大使。当我向一位电影制作人提及难民们不可思议的故事时，她回应道："如果你认为他们的故事让人惊奇，那你应该和哈利聊一聊。"

哈利和我互相作了自我介绍，但没有进一步交谈。几个月后，当他从加州家中返回东京，他邀请我共进午餐。作为一名性格开朗、人生阅历丰富的人，哈利在旅途中结交了不少朋友。之后几年，哈利也偶尔造访东京，我们伴着奶酪汉堡和冰茶谈天说地。哈利向我吐露了他家庭的故事。我意识到他所经历的，远不止报纸中所提及的只言片语。

1998 年底，我问哈利是否考虑出版一本书以记录美日关系，包括他作为日裔在美国的经历，以及其他作为"二世"日裔美国人的故事。他的故事非同寻常,极为罕见,且不为人知。哈利立刻就前往东京与我会面,并将我介绍给他的兄弟们。所以,我就开始往返于两个国家之间,进行我的研究和采访之旅。

我梳理了日本和美国的档案馆、博物馆和图书馆,用英语和日语采访了两地超过七十五位受访者。在东京,我找到了哈利父母的美国护照申请和他父亲上过大学的证据,对一名贫穷的移民而言,这是一个不寻常的壮举。哈利的弟弟弗兰克与我在咖啡店、餐馆、渡轮和出租车里谈论那过去的二十年。大多数采访都是正式的,我会带着我的笔记本和录音机,其他的则是即兴的聊天。弗兰克常住在日本,所以便成为了我的旅伴。哈利不想再回广岛,但弗兰克则毫不犹豫地答应了我前往广岛的提议。当从东京出发的高速列车呼啸着驶入名古屋站,弗兰克跳上车来,坐到我的旁边,递给我一份自制的午餐。我们在宫岛遇到了他的一些亲戚,参加了他的小学同学聚会,并和曾经欺负过哈利的人交谈。在广岛的一个秋日午后,我们正步行前往他家的旧居,这时一个女人跑了过来。"弗—兰—克(Fu-ra-n-ku)!"她用她的歌喉喊道。正是这位邻居雅子,与哈利和弗兰克的母亲共同经历了原子弹爆炸,她们那天在一起。弗兰克已经有半个多世纪没见过她了。她对往事记忆犹新。

弗兰克、雅子和我一起走进了广岛的旧居。屋子现在的主人从哈利和弗兰克的母亲那里买来了美式的家具和硬装;这间屋子仿佛是一个能够带我们回到 20 世纪 30 年代和 40 年代的时间胶囊。令我震惊的是,楼梯井里仍旧嵌着玻璃碎片,那是原子弹爆炸的碎片。哈利和我还飞往他在 1942 年被拘留前待过的洛杉矶。在他曾工作过、并被雇主视若己出的房子里,继任屋主依然将

1943年哈利入伍时,哈利的雇主挂在窗户上的参军旗挂在那里。我很庆幸哈利有囤物癖。在他位于圣何塞的家中,我在杂乱的书房里找到了他十几岁时的日记,用缎带扎成一摞的20世纪30年代朋友们从美国寄来的信件,以及他在日本参加军事训练的手册。他还收藏了一些的美国和日本在战争期间的宣传品和截获的信件。

　　起初,我被哈利的故事所吸引是因为我对集中营知之甚少。当我和哈利造访西雅图和洛杉矶时,咖啡店的日裔美国人会不经意地问他:"你当时在哪个营地?"这是一种即时的、不可磨灭的纽带,这个群体之外很少有人知道的。我一直在想,哈利怎么会加入一支曾经囚禁过他的军队,这支军队可能将他送往与他的兄弟对立的战场。在此之前,我对日裔美国人对美国战争所作出的贡献知之甚少。这些都是令我想要对此展开深入研究的缘由。然而,随着时间的流逝,哈利的故事又显现出新的意义。所有的一切,都使这个故事成为了一则寓言,向我们展现着福原一家在艰难困苦中守护希望、坚韧不拔,以及对家人永恒的爱。这项研究在多方面的深刻意义支持着我在此书出版过程的、漫长而不确定的征途上坚持下去。

　　尽管哈利的许多经历看起来不可思议,然而,请注意这是一部非虚构作品。没有化名,没有为情节而创造的角色或设计的事件。引号内的句子截取自采访、口述、信件或其他一手材料。我通过与受访者的多次确认,与他人的多次采访及历史研究考证了故事中的所有细节。通过一手材料与二手材料相结合,我重塑了撰写此书时已过世的人物经历。我追溯了日语和英语材料,重新考据已有的历史信息。

请注意在此书中,日语姓名被写作名在前、姓在后的格式。虽然按照惯例,日语姓名应当是姓在前、名在后。然而,本书中日裔美国人的姓名出现过多,为了避免与英语姓名格式混淆,我选择了与英语姓名格式一致的表述方式。

作为一名作家,我无意发现了这些精彩、详实、美妙的故事,它们具有深刻的意义,与时代背景相共鸣。这些故事就像一面镜子,带我穿越回那个年代,而我也被这面能鉴古知今的镜子所深深吸引。希望对这段历史感兴趣的读者也能有与我一样的体会。

帕蜜拉·罗特纳·坂本

檀香山

# 序幕　冲击波

## 山雨欲来风满楼


1941 年 12 月的第一个星期日似乎一切如常。扎着马尾的漂亮姑娘在大道边漫步，健硕的小伙子们在肌肉海滩*炫耀自己的身材，孩子们嬉闹的尖叫声盖过了正咔嚓行驶在圣莫尼卡码头**铁轨上的火车***声响。这是充满生气的一天，家国太平，再过几周就将迎来圣诞节了。没有人能够想到，就在此时，横跨太平洋的 2500 英里处，日本战机正企图与整个瓦胡岛的军事设施同归于尽。

于是，在中午前一会，当女人走出屋子，出现在正在炙热阳光下劳作的 21 岁园丁的面前时，他行若无事。为听清她的话，他停下了手中的割草机。"哈利，"她说，"日本袭击了珍珠港。"

"哦，是吗?"这个消息对他而言并没有多大意义。他点了点头，女人回到了屋里。

不一会儿，女人再次出现在哈利面前，这使他有些困惑。"日

---

本已经入侵了珍珠港。"她说。①

"这太糟糕了。"哈利不知道还能说些什么。他从未听说过珍珠港。珍珠港是中国长江流域中,长期与日本处于战争的地区的一个海港吗？他只能模糊地记起几年前有一则关于日本击沉美国船只的新闻头条。

那个女人停顿了一下。"我想也许你该回家了。"

"为什么?"哈利脱口而出,"这件事与我无关。"

她顿住了。"日本已经入侵了美国。"在哈利还在为自己没有完成的工作而踌躇不决时,她就解雇了他。哈利很讶异,他将自己的割草机装进了他的福特 A 型汽车,开回了十四英里外的格伦代尔*——他的家。

当华盛顿州采摘豌豆和草莓的丰收季节结束时,哈利也曾能够释怀一段工作的结束。然而,被一位常日里友好的固定雇主突然辞退,即使在多年后,回忆起这件事,哈利依然能够体会到当时感情上所受到的"伤害"②,就仿佛心里毫无防备地被插上了一刀,渗出了血珠。

就在同一个清晨,距离珍珠港四千英里的高须——一片位于广岛的富足乡村——一名叫做克俊(Katsutoshi)的十七岁高中生正从家中步行至当地的火车站。他走过一条满是瓷瓦片的木房子的街,街边邮局里工作的新婚少妇热衷于话人家常,执勤警亭是为了方便警察在邻里间巡逻。在日出的薄雾中,克俊睡眼惺忪,他眼里的站台充斥着卡其与靛蓝的色块。那是扛着双肩包列队行进的士兵,和身着灯笼裤,抓着拆空的行李袋,挤在一起主妇们。

---

　　* 原文为 Glendale,加州城市

克俊一眨不眨地看着这一幕。在广岛这个对华战争的主要出发港口,士兵们总是来去往复。妇女们也在这个港口日常往来,只不过她们的目的地是乡村的黑市。在那里,她们也许能为晚餐找到一些红萝卜、南瓜、红薯等食材。克俊的母亲也常是这支长途跋涉的队伍中的一员。

一切如常。天色还早,这个国家长期处于战争状态,还有几周就是新年了。克俊意识到自己坐火车去学校也许太过奢侈,但是他不想在今早的田径比赛\*开始前就耗尽力气。他拍了拍自己的小腿肚\*\*,拉了拉大腿后侧的筋\*\*\*,身体前屈触地做起了热身运动。

火车轰鸣进站,克俊随人流挤在站台边缘,张望拥挤不堪的车厢,寻找立足之地。然而在刺耳的车轮声中,克俊听见身后有人在大叫,他不知道是谁在喊。列车门打开了,他跳上车,伴随着火车的轰隆声驶向城市。车厢很安静。在去往学校的路上,和田径赛场上,克俊无法停止回想那个人所喊的语句,他一圈一圈地跑,一遍一遍地想。是记错了吗? 还是他真的听见了"我们成功突袭了夏威夷"?③

几个小时后,哈利和克俊回到了各自的家,一个在格伦代尔,一个在广岛。他们依旧无法理解今天所发生的这件大事。当天下午,穿着沾着草的 T 恤和牛仔裤的哈利被叫进他的雇主蒙特夫妇——克莱德和弗洛西(Clyde and Flossie Mount)的家一起观看新闻。他在蒙特夫妇家做住家男佣。阳光洒进客厅的镶嵌彩窗,

---

\* 原文为 twelve mile race,十二英里的跑步竞赛相当于半程马拉松。

\*\* 原文为 calves,腓肠肌

\*\*\* 原文为 hamstring,腘绳肌

窗外飘扬着美国国旗。

克俊穿着汗湿的校服,盘腿坐在母亲和室的被炉前。桌下的火盆微微发热,原本暗淡的日光透过纸窗变得更暗淡了。透过母亲阿绢(Kinu)没有关上的几扇窗,克俊瞥见了院子里种满的柿子树、枇杷树、石榴树。深红的山茶花簇拥在被晒裂的石盆一侧。

那天受到干扰而噼啪作响的无线电广播,牵动着家家户户的心。

就在克俊离开家的那天清晨,当阿绢在厨房磨蹭时,海军们的口号通过扩音器响彻了整个街区。"保卫国家,为国斗争。"④士兵们喊道。一阵凉意攀上了阿绢的后背,她打开了广播。

同样地,在大洋的另一边,当白宫新闻秘书斯蒂芬·厄尔利(Stephen Early)踏上话筒前进行现场发言时,蒙特夫妇的心也第一次揪在了一起。他用一种平静淡漠的语调告诉所有人:"日本人偷袭了珍珠港,也就自然意味着战争。这样的袭击自然会导致反击,这样的敌意也自然意味着总统会要求国会对日宣战。"⑤

当哈利在蒙特夫妇的桌旁坐下时,他们已经在努力领会这则消息并开始思考后果。这对头发发白的中年教师夫妇,望着他们当作儿子一般对待的哈利。"这将给你带来所有的麻烦。"蒙特太太说。⑥哈利还没来得及告诉他们自己莫名其妙地丢了除草的工作。

一种原始的恐惧笼罩了身处广岛的阿绢和克俊。虽然什么都还没有发生,但是前途未卜。将会有更多新鲜面孔向港口进发,被派遣到前线。会有更多生活必需品需要配给,在这一年内,会有更多牺牲的士兵被火化后送回家乡,进行集体葬礼。阿绢想到了她四个正处征募年龄的儿子——克俊及他的兄弟们。

第二天清晨,当阿绢翻开当地报纸《中国新闻》(Chugoku

Shimbun）时，映入眼帘的是一连串来源于全太平洋日本官方新闻的欢欣鼓舞的头条。⑦"意外袭击"使"八方"愕然，包括"对夏威夷的第一次空袭"；新加坡和其他在达沃（Davao）、威克岛（Wake）、关岛（Guam）的军事基地，正"遭受着猛烈的炮击"。在上海，英国舰队"被击沉"，而美国舰队只好"投降"。日本正在突袭香港和马来半岛。阿绢颤抖着放下报纸，等待着向她的儿子吐露心事。

日本的头条新闻是准确的；盟军正努力反击日本的闪电突袭与其惊人的进展。在华盛顿，富兰克林·德拉诺·罗斯福（Franklin Delano Roosevelt）总统滑着轮椅进入国会，用其无与伦比的男中音发表了对日宣战演讲《将永远恶名昭著的一天》。他的所有讲话只有七分多钟。而仅仅在一小时内，国会就以几乎全票，仅一票异议的选举，通过了美国的宣战。在瓦胡岛（Oahu），战舰所停靠的珍珠港，如今已是一片冒着黑烟的废墟，战舰被烧毁，水手、士兵和平民的死亡统计很快就超过了 2000 人。

在珍珠港战役对美国所造成的创伤中，哈利拿起水笔开始书写。回到广岛，阿绢也将马毛笔蘸满了墨（sumi）。他们都用竖排，精巧的日本草书写下了一封急信。哈利在兼职工作与学校之间的途中赶去了邮局。阿绢将装着薄如蝉翼的信的信封当面交给了克俊，这个男孩在世界分化之前，曾有另一个名字叫做弗兰克（Frank）。他跑去了相生（Aioi）桥所在的市中心，黄铜穹顶所在的工业促进会堂旁的混凝土建筑是日本红十字会，这是现在唯一接受敌国信件的地方。阿绢祈祷远在美国的另一个儿子哈利——克俊最亲近的兄弟——能够收到她的嘱咐。

# 第一部分

# 生于美国,长于双重文化

## 虎落平阳被犬欺

# 1

# 在奥本的家

一旦哈利下定决心了,他就不再犹豫了。虽然遭受的不公正对待事小,却在 1920 年的这个下午折磨着这名 8 岁的男孩,他的自尊心受到了伤害。他冲出在华盛顿奥本(Auburn)的家中,踏上自行车穿过后院,直驶上沙砾铺就的车道。他一路冲刺到西大街,然后穿过三个街区,避过带电的第三轨,颠簸骑行在连接城市的铁路轨道上。他一路沿着西谷高速,向西雅图全速前进。这座大都市距离哈利所在的地方足有二十二英里之远。

哈利在双向车道上颠簸前进,道路两侧茂密的树林投下斑驳的树荫。偶尔会有轰鸣而过的敞篷跑车溅起路上的泥水。哈利奋力前行。

浅灰色的天空和路面的颜色混为一体,在哈利面前起伏。当夕阳冲破白河谷(White River Valley)上空的积云时,余晖照亮他前行的道路。当他滑行下坡时,他闻到了一丝雪松的香味,和雨水的气息,而不仅仅是倾盆大雨。

他骑得越远,越是确信他的临时计划能够成功。他相信自己能够在朋友的家中暂避风头。虽然他不知道在这之后会发生什么,但是当他辨识出前行路上不断退后的农场已是西雅图的郊外时,哈利心潮澎湃。

当哈利抵达比托(Bitows)的家时,夜已深了。他刚一个急刹车停下来,比托夫妇就催促他进屋,并致电了他的父亲。哈利的父亲与比托夫妇是亲近的朋友。哈利大概知道了比托夫妇提前得到了提醒,并始终在窗边等候他的到访。

不过一会儿,福原胜治(Katsuji Fukuhara)就出现在比托家。他手握礼帽,不断为哈利的不速而来向比托夫妇道歉。哈利的父亲谦恭有礼,然而哈利却无法对他的不悦视而不见。哈利将自行车系上父亲的别克轿车,闷闷不乐地钻进后座。一度在他体内狂飙的肾上腺素早已消失殆尽,他的四肢开始阵阵作痛。然而,哈利还是为自己大胆的短途旅行感到得意,现在他的父母该知道他的信念所能带来多大力量。

回到家后,哈利暗自感到解脱。他的母亲用宽慰的拥抱和眼泪迎接他;日本父母并不轻易表露情绪。然而,哈利的母亲在给他盛饭,将他最爱的腌萝卜(takuan)端上桌、给他舀上一大碗味噌汤(miso)时,总掩饰不住嘴角的笑意。哈利的弟弟弗兰克(Frank)还是个孩子。他瞪着大眼睛坐在他身旁,看着哈利夹菜吃饭。

胜治并没有因此而对哈利进行说教或惩罚。也许是他认为在泥路上颠簸数十英里已经够哈利受的了。当然,对于哈利这样一个曾在放学回家的夜路都能失去方向感、原地打转好几个小时的孩子来说,如今在陌生的路上也能够不迷路,这让胜治感到心安。但是,如果胜治认为哈利会为自己的一时冲动而后悔,那他就低估了他儿子的乐观、坚韧及对冒险的热爱。哈利的自行车带着他冲向心中的自由，这绝不是他最后一次为了凯旋的逃离。

哈利的家在奥本，这是一个公路两边筑着栅栏，种着莓果和蔬菜的小镇。小镇处于白河谷的洼地，在雷尼尔雪山脚下。日本农民被这里吸引的部分原因是因为这里的风景和日本很相似。云雾缭绕的雷尼尔雪山也是一座火山，和日本最神圣的山峰——富士山一样。日本移民称雷尼尔山是"塔科马的富士山"（Tacoma's Fuji）。他们还将白河谷的名字翻译成日文"白川"（Shirakawa）。他们口中吐出的柔软音节像是对着某处窃窃私语，空灵却又亲密。

奥本人口只有五千，是一座年轻的小镇。它的历史始于 1886 年的 2 月，和胜治的生日同年同月。这座小镇原来叫做斯洛特（Slaughter），为了纪念威廉姆·斯洛特（William Slaughter）中尉，他在印第安人的暴动中被杀害了。当这个不受欢迎的姓氏 * 成为了当地的笑柄之后，这座小镇很快摆脱了它的曾用名。奥本这个名字本是致敬流光溢彩的纽约，如今却带来了一丝俗气。当西方世界的最前线正以猛烈的速度向前推进时，奥本也搭上了便车，发展起了铁路。1920 年，蒸汽火车的鸣笛声冲破奥本上空，这里已是 180 班火车的必经之路——西雅图塔科马城际铁路，北太平洋铁路，和密尔沃基铁路——使这个小镇终日交通繁忙。①

胜治也摆脱了他的曾用名——福本胜治（Katsuji Fukumoto）。在他抵达奥本时，美国人称他为哈利·K. 福原——哈利，这是个平常、易于发音的名字；K 代表胜治；福原是他的姓氏。胜治的父亲在日本时曾将这个曾属于贵族的姓氏典当抵债。当债务还清

---

* Slaughter 意为"屠杀"。

后,这个姓氏又被归还给这个家族。胜治和奥本都蕴含着对辉煌未来的期许。

但是,在 1926 年,也就是福原一家搬到奥本来的那一年,北太平洋铁路撤销了在奥本的终点站。同时,由于牛奶价格的暴跌,原本计划与胜治一起经营他新开张的乳品厂的日裔农民们也不得不中断了这一设想。虽然当地经济不断恶化,胜治依然坚守在奥本。

对于哈利而言,一切如常。他热爱奥本。在天亮前,摆放在前门的冰镇瓶装奶盖鲜牛奶;"咔嚓"一声从邻居佛格森(Ferguson)家的苹果树上摘下的酸涩的、黄皮红枝的苹果;在白河泛滥时,三文鱼会遇上前院的草坪;沿着峡间溪流漂流直下,红鲑珊瑚般的鳞片在日光下闪闪发亮;在日裔经营的农场里,肥沃的土壤孕育而出的草莓散发出成熟后的果香;清凉的小雨淅沥地拍打在皮肤上。哈利用当时风靡全国的柯达折叠式照相机(Kodak Vanity Camera)将这些场景一一收入他的影像集中。

哈利自 1920 年 1 月 1 日出生在西雅图以来即为美国公民。他的母亲——阿绢——在 1911 年 18 岁时,就与胜治结婚后离开了宫岛这座纯净的岛屿,去了广岛外的地方。她的婚姻是包办的,她对她的丈夫仅有的认识停留在一张结婚照上。对她而言,学习英语并非计划之中的事,也不容易。她无法掌握 r 这个音节,每次发音都像是有石头在口腔里打滚。"哈利"(Harry)听起来更像是"赶快"(hurry)。

"哈利(Huri)!"阿绢在厨房边喊道,她瞥见她如同日式挂面(somen)般清瘦的儿子正要溜出前门,和等在门口的小伙伴们去玩。听见母亲的呼叫,哈利在关上门前答应道:"我走啦(Ittekimasu)。""我去去就回。"哈利用一个规规矩矩的告别,证明自己还没忘记所有的日式礼仪。

哈利和他的白人朋友们一样高大,留着直刘海,眼神直接,长耳垂大耳朵。在日本,拥有这样的耳朵形状和尺寸是受人尊敬的:幸福之耳(fukumimi)预示着富裕与顺遂。至少,哈利的父母认为他的听力应该不错,并且等他长大些了,或许会是个善于倾听的人。哈利对这些说法很漠然,但是他的大耳朵的确能派上用场,尤其是在朋友们面前卖弄动耳神功的时候。

男孩们急拐右转进入主干道,这条泥土修成的大道两侧是砖石砌成的店面、沿街车位和当时稀罕的电灯。他们走进了当地的五分钱电影院(nickelodeon)使命剧院(Mission Theatre)。哈利被西部牛仔单枪匹马、闯荡满是仙人掌与印第安人的沙漠系列电影所深深吸引,以至于根本不在乎还有什么其他电影正在上映。然而,这次他是和他的伙伴们一起造访。男孩们的观影偏好都没有什么变化。即使他们对别的电影感兴趣,他们也还是会使出和往常一样的伎俩。

一个男孩先买一张票,正当地进入剧院、上楼、走进男厕打开窗户,看起来只是想要透透气。剩下的男孩们前往剧院后侧,那里有一根金属杆子连接从地面直通剧院的屋顶。他们一个接一个爬上杆子,穿过屋顶,从男厕开着的窗户落进剧院。有一点需要注意:下雨天屋顶会很滑,摔上一跤就足够让男孩尝到从两层楼掉落到坚硬地面的滋味。[2]

对于哈利而言,冒上这样的风险去看一部电影是值得的,也是让人高兴的。在黑暗的剧场中,他陷进豪华的座椅里,袭来的暖意为他拂去风尘,他为电影而沉醉。有时查理·卓别林(Charlie Chaplin)穿着松松垮垮的鞋和裤子,弯着腰,戴着圆顶礼帽在银幕上跌跌撞撞。在好莱坞，卓别林正在颠覆着百老汇。他联合艺术家们共同制作并导演由他所参演的流行电影。但让哈利最得意的是，查理·卓别林是他爸爸的朋友。

胜治第一次遇见卓别林，是通过一位为卓别林工作已久的日裔助理，河野虎一（Totaichi Knon）。他和胜治是老乡，也出生于广岛的农村。卓别林每一次造访洛杉矶，胜治都能见到他。这位喜剧演员告诉他兢兢业业的助理，要将他标志性的服装装在玻璃箱子里。③在一张合影中，差不多年纪和体格的查理和胜治站在一起。他们都四十多岁了，差不多五英尺五英寸高，穿着点缀着真丝手帕的羊毛夹克和轻便挺括的裤子。在镜头前，他们看起来是平等的。但是在法律面前，他们绝非如此。

虽然他俩都是移民，胜治比查理还早了一步，早在1900年胜治就到了美国，这比查理早了将近二十年。然而，这并不是1850年到1930年移民热潮中的低谷时期，短短八十年间，美国的移民数量超过一千四百万。美国飞速变化着，对外国人的仇视不断升级，公民问题成为了肤色问题。现实一向如此。

在1790年，国会仅限"自由白人"，即外国人入籍，从而杜绝了奴隶成为美国公民。将近一个世纪后的1870年，独立战争后的五年，原先是奴隶的人也能够入籍美国成为公民。但是日本移民和中国人一样，始终被排挤在外。直至1868年，才第一次有日本移民在夏威夷被正式认可为合法移民。到1920年代早期，超过两万五千名来自广岛的合法移民居住在美国，这个数量远超过来自日本其他地区的移民。④山口县（Yamaguchi）和熊本县（Kumamoto）也有很多在美的日裔移民。他们都曾是身处异乡的外国人。

虽然像是哈利和他兄弟姐妹一样的"二世"（nisei）日裔移民因

为出生在美国，而成为了美国公民，他们的父母——"一世"（issei）日裔移民依旧受到排挤。在 1922 年，最高法院在小泽案（Ozawa v. U. S.）中宣判一世日裔移民是"外国人，且无法得到公民身份"。

哈利入神地看着银幕上的这位喜剧演员。他的父亲与风度翩翩的卓别林的友谊，与他和他的伙伴——一头金发、酷爱踢球、毛糙却又坚强的埃尔金（Elgin）一样。每当谈到最好的朋友时，哈利总认为，没有任何事会使他们分开。

在那一周里，哈利和他的兄弟们去位于东大街不远处的华盛顿小学上学。比起学习，哈利更爱玩耍，为此他留了两级。他对同处于教室后排的前座——轻盈的金发女孩海伦·霍尔（Helen Hall）展开了持久的暗恋。当他拽她那又长又卷的头发时，海伦总会咯咯地笑，这是哈利喜欢拽她头发的主要原因。

哈利与严厉的校长芙罗拉·霍尔特（Flora Holt）保持距离。霍尔特女士并不乐于接受日裔美国学生，即使日裔学生占了学校总体生源的 20%。她的态度起到了示范作用，老师们都威严凶悍，常用戒尺体罚学生。作为社区中少有的具有影响力的一世日裔移民，胜治也注意到了这点。

哈利通常很晚才冲回家，轻松地大喊："我回来啦（Tadaima）！"他一溜烟地跑过客厅，里面放着日本传统陶瓷小人，一张置有和式（kimono）丝绸靠垫的两人座沙发，和他母亲的红木帝王牌（Monarch）钢琴。他忘记脱下钉鞋。即使阿绢用日语责备他"哈利（Huri）！"，他还是踩着叮当作响的鞋跑上楼梯。

阁楼的卧室里并排挤着几张床，哈利正在向他的兄弟们——皮尔斯（Pierce）和弗兰克（Frank）吐露自己打算在夜里偷偷溜进奥本的山景墓地看流星的计划。皮尔斯和他的母亲一样严谨,他惊叹于哈利激动人心的计划,却不想参与。弗兰克还是个小宝宝,他比哈利小 4 岁,非常崇拜他的哥哥,等不及和哥哥一起踏上这趟让人兴奋的冒险旅途。他可不想被落下。

弗兰克觉得自己的哥哥是最棒的。他开始用日语的敬称"兄长"(onisan),而不是平日的英语称呼"哈利"。他感觉自己能有哈利这样的哥哥真是太幸运了。毕竟在兄弟姐妹中,兄长往往是最严肃、负责、古板的那个。但是哈利不是这样,他拖着坐在红色雷德弗莱尔(Radio Flyer)四轮小拖车里的弗兰克在街上来回漫游,扶他坐上自己自行车的后座,从陡峭的山坡上直冲而下,体验心跳加速的快感。哈利也为自己能有弗兰克和皮尔斯这样的兄弟而感到幸运。三个男孩看似已经忘记了他们的另外两位手足——玛丽(Mary)和维克多(Victor)。早在他们还是年幼的孩子时,玛丽和维克多就被托付给广岛的姨母。姨母慈爱又富裕。稍年长一些的是维克多,早在哈利和皮尔斯出生前的 1919 年,5 岁的维克多就被送回了日本。1923 年,胜治将 7 岁的玛丽也送了回去,当时的玛丽是困惑的。

阿绢相信早日回国对玛丽和维克多是有所裨益的。她向胜治强调,让孩子们及早回到日本能使他们拥有流畅如母语的日语。况且,要学会日语的三种字符,包括两千个汉字(kanji),需要不断的重复练习。阿绢无法腾出时间教导玛丽和维克多日语。胜治只好勉强承认考虑到汇率和日本较低的生活成本,即便是孩子在日本的膳宿也比在美国要便宜很多。

阿绢期待有一天玛丽能够穿着象牙白色、绘有描金云鹤的日本传统丝绸和服,踏着小碎步和新郎踏入婚姻的殿堂。在婚礼后,年轻的新娘会穿上蕾丝婚纱,轻薄如蝉翼的婚纱拖及地面,一旁的新郎则身着黑色燕尾服。她将在美国拥有幸福的生活,做一个贤妻良母(yoki tsuma, tsuyoi haha)。一张广岛女子学校的文凭能够使她更有机会找到合适的伴侣——当然,必须是日本人。

阿绢和胜治无法预见维克多的未来,唯一的办法就是让他回到日本接受正统的教育。针对日裔美国人的歧视十分普遍,即使二世日裔移民以最优成绩从大学毕业,依旧无法找到一份工作。在当时,一名来自斯坦福(Stanford)大学的代表评论道:"许多公司都有规章制度禁止招聘日裔美国人,而剩下的公司拒绝日裔美国人的理由是基于一个事实,即公司员工不想要与他们共事。"⑤来自加州大学伯克利分校的代表也赞同这一观点,他说:"这些日裔美国人要是聪明一些,就应该在大学这四年间发现,他们的学历没有市场,这是个悲剧。难道他们没有渠道得知这一现实吗?"⑥

但是如果维克多能掌握两种语言——知书达理,又能在跨文化的交际中八面玲珑——那也许他能够在日本贸易公司或者是大使馆中谋求一份工作。胜治希望他的儿子们都能够接受大学教育,成家立业。他自诩为一名白领,也念过些书。⑦但是一张小羊皮制成的名校毕业证和一张自己的地产证仍是他可望不可及的。他没有钱供自己完成学业,法律规定一世日裔移民禁止购置自己的土地。当胜治和阿绢将他们第一个孩子送回五千英里之外的日本,以求他能沉浸在另一种文化中,他们已经提前考量了一切。

他们并非个例。在 1929 年,近四千名二世日裔美国人被送回广岛,接受小学和中学教育。⑧这样的情况如此常见,以至于日本邮船株式会社(Nippon Yusen Kaisha, NYK)下属的日本邮政运输航线将汽船的图片印制在告别明信片上,以迎合这些孩子们的离别。与每日长途跋涉的上学之路不同的是,此行不仅包括两周的太平洋之旅,还有寄宿于亲眷家长达数年的生活。

哈利、皮尔斯和弗兰克看过几张维克多和玛丽的照片,但是他们对照片上的人却毫无印象。谁是这个还没长牙、蹒跚学步、戴着神气活现指挥官帽子、穿着条纹裤、站在他们西雅图的家门廊的小男孩?谁是这个短而齐的头发上夹着一个大蝴蝶结、戴着小珠子串成的项链,和哈利、皮尔斯、爸爸妈妈站在一起的小女孩?男孩们认为他们一定是来自日本的远房亲戚。随着时间不断向后推移,男孩们的照片占据了相册。渐渐地,他们兄长的照片也在翻页时被轻轻滑过,没有引起谁的注意。

男孩们延续着惯例排排站,拍正式的肖像照。弗兰克总是能想方设法站在哈利身边。在镜头前,哈利无法保持日本人惯有的严肃表情,这让摄影师甚是讶异。随着哈利年纪的增长,他的笑容愈发灿烂。每当阿绢和胜治想要挑一些照片寄给远在日本的亲戚时,哈利的笑容都使他们心中五味陈杂——这是无可辩驳的证据,他们的二儿子正在成为一名百分百的美国人。

他们一致认为,即使哈利是美国公民,他也应该接纳自己的日裔血统。在他到了本应像他的哥哥一样踏上回故土生活的年纪时,他的父母考虑到他不羁的天性和爱逃跑的倾向,放弃了原本的计划,将他送进了当地的一所日本人学校。

五年来的放学后和每一个周六,哈利都会登上十八级陡峭的台阶,来到他的学校——奥本佛教教堂(Auburn Buddhist Church)。这是一座屋顶铺着木瓦和沥青的方正建筑,有一扇华丽的漆面大门。哈利对于省吃俭用、攒钱盖了这栋建筑的"一世"望子成龙的梦想充耳不闻，在门前踌躇了一会儿。

总是要到最后一分钟，哈利才会向老师（sensei）鞠着躬溜进教室。老师漫不经心地向他点了点头，在黑板上从右至左竖着写下一排排笔画复杂的单词。哈利看着同学们把这些单词抄在日语写作簿上，在安静的氛围中，铅笔声沙沙作响。然而他却伸长了腿，呆呆地望着窗外走起了神。

老师在课堂中训练孩子们的阅读、写作、书写、演讲和语法，以求他们能够掌握日语的三种文字体系，包括汉字。奥本佛教教堂和其他在西海岸和夏威夷的日本人学校一样，受到美国日本教育协会的资助，也承担了将美国课程体系融入教育课程的使命："我们的教育体系建立在美国公共教育的基础上，志在将教育传授给生活在美国的孩子们。"⑨因此，哈利不仅学习日本历史，也学习美国历史。学校还教孩子们唱日语歌，包括《友谊地久天长》（*Auld Lang Syne*）。

哈利发现自己与日本文化中所强调的清规戒律格格不入。在西雅图上日本人学校的莫妮卡·曾根（Monica Sone）这样回忆那些严格的教条："我们的一言一行必须符合日本传统的礼节。"⑩学生们必须对老师使用敬语，对自己使用谦称，站如松、坐如钟，精确地向长辈45度鞠躬，这都使哈利这个天性自由快活的年轻人感到厌烦。

从一开始，哈利就提出了抗议。"不管谁来劝，我都不想去这个学校，也不想学日语。"⑪哈利并不是唯一不喜欢日本人学校的孩子。在一百五十个孩子里，他也许不是反抗最激烈的那个，但他的确是最坚定的抗拒者。他就像孩子讨厌吃药一样厌恶权威，但还是捏着鼻子灌了下去。他也没有逃学、抗议或是扰乱课堂秩序，只是开始了一场消极的叛逆。"我没有试着去学习。"虽然违抗本能,避免理解所有的课堂内容也不容易,但哈利还是努力达成了对自己的期待。"我的日语水平,"他得意洋洋地说,"是零分。"

然而,哈利对日语的了解远超于他对外所宣称的那样。在和妈妈及妈妈的朋友的交流中,他只能使用日语。他会用日语问候与父亲来往的长辈,并在日语与英语之间无障碍地切换。在阅读时,他会跳过一些不认识的词;在写作时,他也避免使用汉字。但是,他的日语口语是地道的,和母语使用者并无二致。

哈利的父母并未留意他在学业上的糟糕表现。老师将哈利不良的学业表现归咎于他自己,每年都让他留级。哈利每年都重读二年级,成为班上最年长、最高大、最臭名昭著的学生。然而他却对此特殊待遇沾沾自喜。

胜治对这些漠不关心,将家中大小事务留给阿绢处理。天还没亮,阿绢就早早醒来,给炉子添柴,点上煤油灯给全家做饭。这样,当孩子们醒来后,屋里也暖和了,充斥着烤面包的香味。他们一骨碌地下楼,向母亲大声问候:"早上好(Ohayo gozai-masu)!"阿绢一边给孩子们做花生酱三明治当午餐,一边计划着日式料理的晚餐——烤鱼、米饭、炖菜。在特殊的日子里,屋里会飘出烤春鸡、金黄酥脆的苹果派的浓郁香味。在下午的空闲时间里,阿绢教二世日裔美国女孩插花(ikebana)、古筝(koto)和三味线(shamisen)。客厅里精致的帝王牌钢琴是她用来上钢琴课的。晚上,阿绢会摆好坐在主位的胜治的餐具——筷子和叉子,然而胜治不常在家吃饭。天黑后,阿绢会将锅碗瓢盆一一洗净。对阿绢而言,打点好家务就像氧气一般重要。她总是忙到全家人都睡了才休息。

在家的时候,孩子们很少会想起他们的父亲,因为父亲一直在工作。胜治从一名吃苦耐劳的铁路工人一步步成长为一位管家,接着,他又成为了一名职业介绍所的合伙人,直到现在,他终于成为了一位拥有自己公司的个体企业家,"H. K. 福原公司"(H. K. Fukuhara Co.)在西雅图和奥本都有办事处。公司主要面向日本农民出售化肥、杀虫剂和人寿保险,同时也向客户提供解决日裔在房地产法律上限制的方案,并提供抵押贷款。

胜治在社区事务中十分活跃。他曾在西雅图广岛县知事会(kenjinkai)的董事会任职近二十年,推进来自广岛的移民分享各自的经验,对彼此提出建议,并在经济上相互支持,以克服疾病、死亡或经济崩溃等不幸因素所带来的灾难。在奥本的短短几年里,胜治将镇上日裔协会的活动开展得活色生香。不久,胜治就被选为奥本商会第一个日裔受托人,与镇上颇有声望的米德(J. W. Meade)和尼克伯克(I. B. Knickerbocker)平起平坐。哈利的朋友们会开玩笑道:"你父亲什么时候会当上奥本的市长?"⑫

这对哈利而言是一个黑色笑话,毕竟他的爸爸没有选举权。胜治的合法身份将永远停留在一届外国人,但他依然认为自己应该给孩子们树立一个好榜样——日本人也可以在白人的土地上获得成功,所有日本人都应为自己的族裔而骄傲。有一天,哈利脱口而出:"我想改个名字,不再姓福原。"⑬儿子作为日裔而感到羞耻,这让胜治脸色铁青。事实上,哈利说的是:"我最不想做的就是二世日裔美国人。"胜治僵住了,紧紧握住双拳。哈利以为父亲会打他,但胜治冲出了房间。

也许对于任何移民和他们作为美国人的孩子而言,这种无法逾越的沟壑都是无法避免的。胜治从不指责哈利这样的冒犯。他加倍努力,供养他的家人。在西海岸,许多一世日裔移民夫妇都奉行这样一条准则:"一切为了孩子(Kodomo no tame ni)。"他们怀着对孩子们的希望勤奋工作,期盼这些享有公民权利的二世日裔美国人,能够在父母无法企及的地方获得成功。

1929年奥本的夏天,9岁的哈利无忧无虑、快乐自由。在晴朗的天空下,鲑鱼繁衍产卵,雷尼尔山上野花盛开。早上,他和他的朋友结伴玩耍;下午,他雷打不动地去上日本人学校,就像他每天都要吃鱼肝油一样。晚上,他向父母道晚安——Oyasuminasai——这只是为了接下来躲进毯子里给弟弟们讲鬼故事,哄他们开心。哈利用英语讲印第安人如何在绿河上用鱼叉捕获鲑鱼的故事。

为期两天的节日"奥本日"从每年的8月9日开始。哈利没有意识到父亲已经连续数月在下班后筹备这个节日。为了在这个镇上最重要的活动、也是本州最古老的节日一展风采,胜治几个月来不断为协调不同的日本团体而努力。胜治深夜中的咳嗽使阿绢为他的精力而担忧。但是胜治始终坚持工作,他告诉一名《奥本环球共和报》(*Auburn Globe Republican*)的记者:"会有很多惊喜,"⑭他补充道,"日本人很愿意尽到自己的一份力,使庆祝活动取得成功,游行也会很有趣。"

庆祝活动在日本奥本协会组织的烟火表演中拉开序幕,随后是浩浩荡荡的游行。⑮雄伟的舰艇花车,船头飘扬着星条旗,船尾飘扬着太阳旗,沿着中央大街一路进发。甲板上有一座紫藤窗帘的凉亭,和纸灯笼轻轻摇曳,十四名身着和服的日本女孩坐在凉亭内。这场别开生面的表演在此次游行队伍的评选中拔得头筹。除此之外,当地的日本社区还赞助了很多演出。

哈利和他的兄弟们穿着正式的、饰有福原家族三叶草冠的黑色丝绸和服，一起走在游行花车后。胜治紧随其后，庄严肃穆地坐在他那辆打上了蜡的别克车上，别克车也被装饰一新，从车顶上垂下的丝带挂满了整辆车。他微笑着向人群挥手。在大街上，哈利穿着踢踏作响的木屐（geta），享受人群的关注。弗兰克则紧紧跟着他的哥哥，生怕被落下。他宁愿穿钓鱼时才穿的短裤，也不愿穿着使他大汗淋漓的和服。

第二天晚上，哈利和他的兄弟们聚集在城际火车站。在那里，日本团体购置的两千个和纸灯笼被分发给镇上的孩子们。近一万人在中央大街上等着这段表演的开始，聚集的人口达到了镇上人口的两倍之多。提着闪烁烛光的灯笼，哈利、皮尔斯、弗兰克和朋友们一起迈入了这个温柔的夜。

男孩们讶异于人群的肃静与手中的点点烛光。他们不知道的是，这个场面在他人看来，与日本的军事游行，和向天皇致敬的仪式是如此相似。

哈利只知道此刻的奥本如同宇宙的中心，就像托勒密（Ptolemic）所提出的地心说那样，闪闪发光。他坚信在未来，奥本会举办更多的节日庆祝活动——充满着欢乐、朋友。他的兄弟们和父母，尤其是小弗兰克，都会参与其中。他对未来的畅想是美式的、乐观主义的，尽管他流淌着日裔的血液，他热爱这片土地、这个可爱的小镇，这个被称为家的地方。

# 2

# 旅居广岛

那年夏天,5 岁的弗兰克和他的母亲在史密斯湾(Smith Cove)登上了一艘由纽约途经西雅图,去往日本的蒸汽客轮。弗兰克从长廊栏杆俯身而下,想要摸一摸大船。他的父亲在码头上望着三层楼高的巨轮。发船的汽笛划破天空,烟囱冒出黑烟,轮船最终驶离了码头。这是弗兰克第一次——但并不是最后一次——横渡太平洋。①

在经历了两周的风浪后②,阿绢和弗兰克搭乘火车横穿日本本岛,抵达广岛。广岛以被护城河围绕、河中开满莲花的一座五层楼高的白色城堡而闻名。曾经,广岛是一座庄园式的封建小城。在甲午战争期间,广岛迅速发展成为一座现代化的城市,1894 年,它曾是进发中国的军队的出发点。到 1929 年,它是日本第七大城市,人口超过二十七万。弗兰克靠在母亲的身侧,讶异于广岛车站里行色匆匆的人流。

司机用绳子把他们的行李箱系在车上,弗兰克透过窗户凝视着身穿和服的人流,穿梭在两层高的木结构建筑底层的店面之间。狭窄的马路两侧没有人行道,行人掺杂在士兵们之间。即使在和平时期,广岛也是一个军事中心。骑车的人穿行在黄包车之间,黄包车夫个个精瘦,赤裸着上身,缠着兜裆布(fundoshi)。并驾齐驱的还有牛车,架着牛车的农夫穿着靛蓝染色(aizome)的粗布衬衫和宽松的裤子去赶集。板车把小汽车挤到了一边,卡车不断按着喇叭,还有自行车的铃声和急刹车的声音,四面八方的噪音压得弗兰克透不过气来。他不由地向母亲靠得更近一些。

这种人们摩肩接踵地在狭窄的空间内移动和看似几乎无法控制的混乱场面,来源于日本多山的地形,使得大多数人口聚居在沿海的城市。广岛也不例外——一侧与濑户内海相邻,另一侧与中国山脉(Chūgoku Mountains)接壤。汽车穿过市中心时,弗兰克看到电车天线摩擦迸发出蓝色的电火花。广岛的有轨电车技术广负盛名,现在它离弗兰克只有几英寸的距离。

汽车转进河边的一片安静的居民区,停在一间狭长低矮的木头房子前。他们到达了目的地——西村清(Kiyo Nishimura)的家。阿清是阿绢的姐姐,家族中无可争议的统领。在接下来的几个月里,阿清,这位超越年龄和文化的勇敢女性,将会接待造访的福原一家。

阿清在乍看之下显得有些拘谨。她的面颊浮肿、下巴单薄、不尚修饰,细长内眦的眼睛使她看起来对一切抱有怀疑。但当她一开口,所有人的注意力都会被她所吸引。她的发言总是激情澎湃。传统的日本妇女在说话时往往会低下头,避开眼神交流,用手遮着嘴轻声细语。然而但凡必要,阿清不会做出这样的姿态。

阿清比阿绢年长 7 岁,在八个兄弟姐妹中排行第四。虽然她不是最年长的,但这并不能够阻碍她成为家族的领导。时年 44 岁的阿清几乎没有软肋,只有她那个谦逊温和的妹妹阿绢能使她心软。两姐妹性格截然不同,然而她们的心始终连结在一起。

阿清把一路颠簸的阿绢和弗兰克领进客厅。穿着过浆围裙的女佣端上了茶和豆沙甜点。在母亲和姨妈用日语滔滔不绝地话起家常时,弗兰克从房间里溜了出来。他穿过挂着竹制鸟笼、养着叽叽喳喳的金丝雀的外廊,来到一个宽阔的、精心修剪的花园。在那里,有一条清扫得干干净净的小路通向池塘,池塘里满是金色的、绛红色的锦鲤。

在弗兰克回到母亲和姨妈相谈甚欢的榻榻米(tatami)大厅时,阿清叫来了克己(Katsumi)和久江(Hisae)。弗兰克抬头打量着两个少年少女,男孩剃着光头戴着眼镜,穿着深色高领铜扣军装;女孩梳着辫子,穿着蓝白相间的水手服。弗兰克不明白,为什么这些陌生人都长得那么清秀,脸上干干净净,颧骨宽阔,眼神温柔。弗兰克饶有兴趣地观察着他们。他听不懂姨妈短促的日语。这两名神情肃穆的少年少女向客人鞠躬,弗兰克这才恍然大悟。他们也有英语名字:维克多和玛丽。这是弗兰克第一次见到他的大哥和姐姐。③

弗兰克也许很惊讶,但眼前的这一切对于玛丽而言,更是难以置信。她为这一刻已经整整等了六年。玛丽原以为家里人都会搬回日本,她只是提前了一些被送回日本,以免在学习上跟不上。然而,年复一年,爸爸妈妈都没有回来。她为此焦虑生气,得出了"我的父母骗了我"的结论。④但是当她的母亲鞠躬回礼,看着自己的女儿时,玛丽早已把心中的怨气抛诸脑后。她满心欢喜:"妈妈能回来,我们都太高兴了。"

福原一家从没提过搬回日本，没有人知道为什么玛丽会这样想。无论如何，阿绢从未打算过欺骗、误导或让她这个唯一的女儿失望。在每一个阶段，阿绢都为玛丽着想。尽管阿绢和阿清在"那件事"意见并不一致。

阿清沉迷于她的事业——明治堂（Meijidō），它是日本西部规模最大、最老牌的传统甜品店之一。⑤早在 20 世纪初，阿清就独自在家开创了这份事业。几年后的日俄战争期间，阿清受雇于市政厅，为天皇参观广岛城堡一行准备豆沙糕点（manjū）。阿清挽起和服袖子，把手浸在米粉里，做出了这些圆形糕点。明治天皇高度赞赏了她的手艺。自此，阿清在店面前竖起了十块记录着天皇赞许的木板，以吸引顾客纷至沓来。

这些嵌挂在门外的荣誉比金子更有价值。⑥盖着御印的美味诱惑来了远超预期的顾客。阿清为一位顾客尽心尽力。她建起了自己的招牌，并不断扩张她的店面。在 1927 年。阿清拥有了一间位于本通街（Hondōri）商区的专属商铺。阿清的店铺是一座三层的西式建筑，相较于街上其他只有两层楼的店面，无疑是鹤立鸡群。接着，阿清在附近的娱乐区也设立了一家连锁店。取决于不同季节，共有四十至一百名员工为她的店铺工作。

每个清晨，阿清都会将头发整齐地挽成一个发髻，女佣会帮她穿上闪着光泽的丝绸和服。⑦她站在本通街总店门口，用轻快的问候招呼顾客："欢迎光临（Irasshaimase）。"阿绢向客人们深深地鞠躬，带着他们走进陶土制的店门。在幽暗、凉爽的展示空间内，由于没有冷藏设备，煮熟的红豆（azuki）甜香与未加甜味剂的巧克力的苦涩交织在一起。店内终年向顾客提供奶油泡芙、软心巧克力、嚼劲十足的焦糖、奶油千层蛋糕和长崎蛋糕（castella）——早在几百年前,葡萄牙商人就将这种甜品带来了日本。店内还提供时令甜食,由甜糯米和豆沙制成。顾客们就像盘旋在糖周围的果蝇一样,纷纷下单。到了提货日,明治堂会派出身着制服的自行车快递员,将包裹着新鲜的甜品的风吕敷(furoshiki)送到顾客家中。

阿清沉醉于她的甜品帝国。早在几年前,也就是 1925 年时,电力还是一个稀奇的东西。本通街的商铺委托电力公司,安排电灯在这条商业街的首次亮相。98 个电灯泡宛如铃兰(suzuran)一般焊接在铁杆上,构成了一个优雅的拱形。拉下开关,本通街商业街成了一座被白炽光照亮的花园。该区将购物时间延长到晚上十一点,顾客蜂拥而至。人们在出售时兴的和服店和服装店挤进挤出,情侣们漫步入餐厅进行浪漫的约会。明治堂的销售额也迎来了猛增。阿清的事业也和这些晶莹剔透的玻璃灯泡一样,花儿一般绽放在这座被认为是日本西部最大、最闪耀的商业中心。⑧

困扰阿清的只有一个问题:她没有孩子,但她需要一个继承人。据说,阿清的第一任丈夫感染了性病,也许是梅毒。阿清在疾病中幸存下来,但一直没能够生育。家族为此蒙羞,她的婚姻也在不到一年的时间里就以离婚告终。⑨无法拥有自己的孩子是她个人最大的悲剧。

阿清与她第二任丈夫——都吉(Tokichi)在 1910 年,阿清 24 岁时结婚。她在广岛的所有亲戚都知道她在寻找继承者。在一段时间内,曾有很多人想要竞任。阿清想要寻找一个同时拥有出色的烹饪技巧、敏锐的财务能力、超人的营销嗅觉、无限的精力和卓越的销售技巧的继承人。她是如此地挑剔,逐渐地,所有的候选人都被排除在外。然而,随着玛丽和维克多日益年长,阿清注意到他们的敏锐、聪明和诚实。玛丽和维克多似乎对明治堂的事业并无渴求，而阿清其他的外甥女和外甥则渴望着她的甜品帝国和巨额的财富。但是，她的妹妹阿绢的孩子们也许之后打算回到美国生活，所以阿清并没有多做考虑。

维克多和玛丽在广岛的亲戚中也很受欢迎。表兄竹彦（Takehiko）比维克多大一岁，在附近的学校上学。所以，五年来他常常去明治堂，并在二楼餐厅和维克多一起吃甜品。假如厨师们不让他们吃还在厨房盘子里冷却的东西时，他们就会去吃剩下的甜品罐头。竹彦回忆说，他和维克多很亲近，就像兄弟一样。尽管两人性格截然相反，维克多是一个"老好人""十分勤勉""很被动"，"他是那种一旦犯了错误，就会低下头变得很安静的人。"[10]

相比之下，玛丽选择对往事耿耿于怀。毕竟，一个在日本长大的女孩，应该表现出矜持、顺从的样子。然而，玛丽却为维克多而打抱不平。维克多独自一人，比玛丽更早地回到日本。玛丽认为他在应该维护自身利益的时刻表现得太温顺了。"人们会挑他的刺，而我会维护他，为他而战。"[11]她说，无论维克多是否愿意她这样做。玛丽在学校也是一个性格耿直、直言不讳的女孩。于是，在学校，她成为了同学口中傲慢的"美国佬"和恶霸。[12]她与维克多不一样，维克多似乎忘记了英语，变成了日本人，逃离了美国的过去。

阿清站在店铺门帘下，冷冷地观察着玛丽。她在玛丽身上看到了自己。尽管由于容易腐败，大部分明治堂的甜品都是按照她严格的标准自制的，她还是会向全国的糖果制造商订购一些品牌产品，比如森永（Morinaga）的糖果棒和明治制果（Meji Seika）的牛奶焦糖。因此，阿清不得不经常与推销员讨价还价，协商合同条款。玛丽直率的态度在男性占主导地位的生意中是一个优势。

阿清还认为玛丽打扮时髦（modan）。玛丽不穿校服时总是挺直腰杆,穿着时髦。为了迎合市场对装饰艺术（Art Deco）的狂热,和服裁缝正大胆地采用染色,将几何图案运用在创作中。时尚的女性在搭配这样的和服时,会将头发烫卷剪短,而不是按照传统将头发挽成一个发髻。按照学校的规定,玛丽也不再需要绑马尾辫了。她在一年内就将毕业,到时候她可以把头发烫成柔软的波浪卷,穿上五彩斑斓的现代和服。

如果偏要找出玛丽的缺点,那就是她的日语说得不太好。但是日本正在发生变化——阿清心想——传统礼仪将不再像之前那样拘束人们。⑬当阿清过马路时,她发现孩子们对他们父母的称呼是很随意的"妈妈"（mama）和"爸爸"（papa）,而不再使用敬语,"父亲"（otōsan）和"母亲"（okāsan）。有时,当玛丽找不到一个恰当的日语单词时,她会在会话中穿插英语,也许这也会被认为是异国情调。

维克多可以做幕后的工作,就像阿清的丈夫都吉一样。都吉在1905年的日俄战争中被敌人的子弹打伤了一只眼睛。⑭之后,明治堂成为了他的事业,并使他能够装上义眼,为此他心怀感恩。他常戴着金丝边眼镜,隐藏自己眼睛的缺陷。都吉和阿清之间的婚姻是包办的,而非出于爱情的结合。都吉是一个谢了顶的圆脸男人,也许貌不惊人,但他却是聪明的、可靠的、勤奋的。

每天早上六点前,都吉都会用他男中音般的嗓音叫醒十几名住在明治堂楼上的工人。"醒醒吧,醒醒吧!"他一边喊道,一边踱着步子下楼。⑮在二楼蒲团上打盹的表兄竹彦和维克多也匆匆忙忙地准备上学。竹彦不喜欢这份静谧的时刻被姨丈的呼喊打破,他甚至觉得奇怪,一天那么漫长,为什么这个男人却很少有疲惫的时刻呢? 当阿清偶尔离开总店去分店监工时,都吉独自在具有工业规模的流水线厨房里辛勤工作,管理着与日俱增的员工。

当都吉离开店铺时,他会将装着店内最畅销的仙贝(senbei)和柿子羊羹(kaki yōkan)盒子放在他的哈雷(Harley Davidson)摩托的侧座上。[16]他骑着摩托在广岛的泥泞小路上隆隆穿过,巨大的响声使居民们纷纷拉开格状纸窗(shōji)一窥究竟。他们瞥见明治堂发福的男主人,骑着他的进口豪车风驰电掣。作为明治堂的女主人,阿清从未屈尊为顾客送货,然而都吉却将此作为一项营销活动。[17]撇开都吉偶尔的作秀,他内心是温柔善良的,这和他的外甥维克多一样。

1929年,当维克多15岁,玛丽13岁时,阿清逐步形成了收养他们的计划。她相信她的妹妹会同意的。只要玛丽和维克多努力工作,他们就能过上住在豪华居所、有仆人服侍的生活。他们将继承一大笔财产,这些钱都存放在街上一家老牌银行的保险箱里——他们会比大多数身处美国的日本人都要富裕。

这使来自城市的明治堂与位于乡村的奥本之间面临了第一次取舍的威胁。从本通街向北走一小段路,广岛城堡边挤满了磨刀嚯嚯的兵营、刚卸下武器的卡车和正在训练的士兵。在五千多英里之外,阿绢和胜治为维持一个年轻家庭而挣扎。他们没有闲暇去考虑成为继承者的可能性,或正在演变的全球政治局势。直到他们听闻阿清想要收养他们的孩子的计划时,阿绢才急急忙忙地赶回广岛。阿绢很明确,她得要回自己的孩子。虽然玛丽和维克多与她相处的时间很短,她对他们的爱却丝毫不减。"不,我不能把我的女儿过继给你,"玛丽想起她母亲反对阿清姨妈时说的话,"她是我唯一的女儿。"[18]

阿清无言以对。阿绢有权带走她的孩子。他们没有争吵,而是计划让阿绢来访广岛。她们之间的任何摩擦都不会过夜,就像白霜在晨曦下蒸发、消失不见。阿清会物色其他的继承人。

在接下来的几周里,阿绢四处拜访亲戚。她搭乘了三十分钟的渡轮来到了宫岛,阿绢大多数的亲戚仍然住在那里。在宫岛,船停进了一个海湾。日本最古老的神龛之一——九岛神龛——就矗立在这里。高耸的鸟居(torii)底部被海水淹没,潮水滚滚而来拍打着褚色的柱子。温顺的小鹿在渡口附近的沙地上游荡,阿绢从它们身旁走过,远远望见开放的镀金圣殿内正在上演传统舞蹈。她听见乐师们奏响了她最爱的三味线(shamisen)和古筝(koto)。阿绢沿着铺满鹅卵石的小路回到了她的老家。她享用了炭火盆上现烤的牡蛎,为返航积攒了力气。

阿绢需要拿出每一分勇气和果敢与姐姐抗衡。玛丽长久以来的等待,都是为了回到父母身边。然而,玛丽依然为离开广岛而悲伤。她知道广岛是她唯一熟悉的地方,她也习惯了姨妈用闪亮的硬币和裹着糖霜的甜品表达爱意。一想到要和她的表姐田鹤子(Tazuko)、也是她忠诚的好友分开,她就心烦意乱。最重要的是,玛丽还不知道该如何原谅她的母亲当初把她送到广岛的决定。

现在只想着让阿绢开心起来的阿清,决定让玛丽学成归国——带着她远赴日本所取得的正统学历。她贿赂玛丽的校长让她提前毕业。只不过是给老师的一个小礼物而已,阿清这样偷偷将自己的诡计告诉她的外甥女。当阿清将盖有公章的文凭交给玛丽时,玛丽羞愧得脸色发白。"这是贿赂来的毕业证。"[19]这张假证会永远困扰着玛丽。

日子随着不断的聚会和告别而飞逝。转眼到了秋季,他们启程的那天,玛丽和维克多紧张地登上了轮船,心中激动而惶恐。他们和几十年前的父母一样,从横滨出发,迎面的海风预示着一个新的开始。他们对太平洋彼岸的生活的了解是有限的——他们能够回忆起曾经生活过的西雅图的日本城,但是对于奥本,则是完全陌生的。他们对父亲的记忆很模糊,也根本不了解他们的兄弟。然而,维克多和玛丽知道一些日本的迷信。传说,如果在离开日本时,被白雪覆盖的富士山清晰可见,那么终有一天,离开的人还会回来。[20]在轮船出发时,弗兰克正盯着轮船上迎风飘扬的彩带,他还太年轻,不知道这一刻天气变化的意义所在。玛丽是当时在场唯一一个能够验证这个传说的人,但是当笼罩着富士山的薄雾散去时,她的头脑一片模糊,无暇顾及发生的这一切。

# 3

# 成长的疼痛

　　1929年11月初,船停靠在了西雅图的史密斯湾。阿绢和三个孩子将胜治的别克车撑得满满当当。由于车上没有足够的座位,哈利和皮尔斯被留在了家里。一家人向南行驶,路过了日本城,那里的路标上同时标注了日文和英文;还有移民聚居的贝肯山(Beacon Hill),在那里,阿绢在日本助产士的帮助下在家里生下了孩子。他们驶入乡间,颠簸在西谷公路上。空气中弥漫着松树、冷杉和云杉的香味,这勾起了孩子们对母亲和阿清姨妈所生活的宫岛的怀念。

　　浆果地和豌豆地徐徐映入玛丽眼帘。她没见到多少人。车开进奥本的中央大街时,玛丽感到很失望。没有如铃兰般的路灯,11月的天空是昏暗的。没有穿华丽和服的女人从摇曳的蓝白门帘里走出来。没有有轨电车在钟声和喧闹声中缓缓停下。奥本没有五光十色的城市夜景,也没有连绵的商铺招呼过往的行人。

　　当她的父亲驾着车转入东街西南侧时,玛丽对眼前的一切产生了兴趣。她看到了许多维多利亚时代的建筑,大门前是宽阔的草坪,门廊装饰着褶边。胜治将车停在了街对面的尼克伯克大厦,指了指一栋只有一层楼高的栗色奶油色相间的平房,房前也有一个门廊。凸窗外罩着的是与之相配的条纹雨篷,意图显得奢华一些。玛丽在日本的这些年里,总以为父亲会在事业上有所成就。然而,在这座忧然于袖珍草坪上的功能型的 A 字形住宅面前,玛丽的幻想遭到了现实的嘲弄。

哈利和皮尔斯冲到车前迎接大家。15 岁的维克多向 9 岁的哈利和 7 岁的皮尔斯鞠躬,这是他第一次见到他的弟弟们。即使男孩们曾经与玛丽一起短暂生活过,他们也不再记得她。大家的再度相见气氛尴尬,兄弟姐妹们仿佛是陌生人。

玛丽看着哈利、皮尔斯和弗兰克冲上前门的台阶,消失在门后,甩上的纱门砰砰作响,对他们粗野的行为感到震惊。男孩们甚至没有脱鞋就跑进了屋里。[①]尽管玛丽在日本传统中也被认为是一个举止出格的女孩,但她毕竟在日本的家庭中生活了六年。在那里,男孩们应该把鞋子整齐地放在前门,鞋头朝外,以便穿鞋时能方便优雅地直接踏进去。而现在,她显然需要和野蛮人生活在一起,而哈利正是这群野蛮人的头目。

与此同时,哈利和皮尔斯很生气。在母亲离开的日子里,他们被寄养在福原家的好友比托家,并在另一所学校就读。三个月来,他们都在等待母亲的归来。"好像已经很久了。"哈利说。[②]他没有意识到,他所经历的等待与多年来他的哥哥和姐姐的生活相比,是相形见绌的。尽管比托一家曾是他的避风港,而一旦需要强制与他们生活,哈利只想要"离开这里"。

如果玛丽和维克多能与他们的弟弟们交流,共同的经历可能会使他们之间的联结变深。然而,玛丽和维克多大多使用日语,而弟弟们则使用英语。如今,玛丽和维克多被称为"归美族"(kibei)——也就是在日本接受教育并回到美国的二世日裔美国人。在日本生活的岁月使归美族更像是日本人,而非美国人。玛丽和维克多与他们的弟弟们在态度和观点上是如此地不同,似乎没有什么共通之处。

玛丽拥有尊享的待遇——在一楼有属于自己的房间,而包括维克多在内的四个男孩则睡在阁楼。在日本养尊处优的玛丽,能在阿清姨妈的三个家中挑选自己的房间;而如今,她抑制不住对自己房间的失望。"我是个被宠坏的孩子。"她也承认。③

阿绢竭尽全力地照顾这个有五个孩子的大家庭,跟上孩子们所带来的新增家务的节奏——做饭、洗衣、打扫。哈利只是为母亲的归来而感到满足,而玛丽却为母亲总是忙于家务、没有给予她足够的关注而感到沮丧。她希望母亲能够弥补彼此失去的时光。"我渴望得到母亲的爱。"④

玛丽在广岛时十指不沾阳春水。在家,她对阿绢帮忙的请求充耳不闻。当玛丽为家务活而抱怨时,父母也会责备她。"他们过去常告诉我,我出生时先露出了嘴,然后才露出了脑袋。"⑤阿绢和胜治以为玛丽会在日本文化的影响下成长为一名贤良淑德的淑女,但是他们错了。想要让两组来自不同文化下的兄弟姐妹和谐地共处于一个屋檐下,已经很困难了。

然而月底时的一个消息使得全家都欢欣鼓舞。胜治再一次在社区工作中取得了成功。奥本市日本人协会捐赠了六架定制灯具——造型是一只铁鹰栖息在水晶球上。这些灯具将装点在奥本的小学、初中和高中的校园中。⑥在高中礼堂中的捐赠仪式上,学校主管比奇(C. E. Beach)将这些灯具比作自由女神像。《奥本环球共和报》报道说,每盏灯都是"向外国友人与美国人民的友谊致敬"⑦。

胜治走上讲台发表演讲。他没有提到日裔移民也想成为美国公民。根据新闻的报道,胜治将此次捐赠视为对"奥本的学校为社区中出生在美国的日裔所做的一切"的回馈。⑧学校董事会主席正式接受了这些灯具。之后,另一位日裔演讲者也踏上了讲台,他名叫亨利·辰巳(Henry Tatsumi),是一位当地的教师,曾加入美国军队参加一战。这位退伍老兵敦促年轻的二世日裔美国人:"在战时或和平时期都应做好应召服役的准备。"⑨记者这样写道。

和朋友们并肩坐在礼堂里的哈利,为他的父亲在社区中所起到的杰出作用及他流利的英语而感到骄傲。而辰巳先生激情的演讲似乎与这个场合格格不入,孩子们对他诚挚的发言充耳不闻。

紧接着这场成功的募捐,感恩节也来临了。阿绢早早起身烤火鸡、做苹果派,香味在屋里飘散开来。阿绢先为坐在桌子一端——主座的胜治盛菜,接着是哈利。⑩最后,每个人面前都盛了满满一盘食物,这是日本家庭的一种世俗化的仪式,用丰盛的大餐给彼此送上祝福。"我开动啦(Itadakimasu)。"

男孩们狼吞虎咽地吃起了大餐,玛丽却为眼前的景象而目瞪口呆。按照日本的传统,母亲应该先为她的丈夫,紧接着为长子维克多盛菜。他们离开日本太久了——玛丽得出了一个结论。她和维克多常感到自己被这个家庭排斥在外,仿佛他们是外人。哈利狼吞虎咽,吃得忘乎所以,而玛丽则为维克多的软弱而恼怒。

玛丽仍想融入这个家庭。在日本传统中,遵守长幼尊卑几乎是每个人的本能。作为长姐,她有权管教她的弟弟们。她将弗兰克作为管教的对象,常对他发号施令。但是弗兰克很少照做,这主要是因为他听不懂姐姐的日语。此外,作为家中最小的孩子,他习惯了被父母和兄长娇惯。"我能得到我想要的所有东西。"⑪弗兰克回忆道。玛丽也很宠这个最小的弟弟,这也是她作为长姐的特权。早上,她爬上阁楼抱他下楼。然而,弗兰克听到姐姐上楼的声音就蜷起身来。⑫比起姐姐的怀抱,他更向往追逐着哈利奔跑。

玛丽却不太喜欢哈利,她已经受够了和他待在一块儿。每天清早,玛丽和维克多都与皮尔斯和哈利结伴步行上学。即使维克多和玛丽在日本都已经上了初中——玛丽七年级,维克多九年级——然而在美国,他们依然需要和弟弟们一起上华盛顿小学。在期中的时候,由于英语不好,他们被分配到皮尔斯的班上。维克多、玛丽和皮尔斯都成了二年级的学生。⑬

所以按照年级的划分,哈利成为了他兄弟姐妹的前辈(senpai)——哈利比他们大两级。哈利在课间休息时与他的白人朋友们围着他们嬉戏打闹,而玛丽和维克多只能自顾自地沉默不语。在班级合影中,玛丽和维克多站在最后一排,鹤立鸡群于他们的同学,闷闷不乐的样子。

玛丽讨厌上学。在当时,了解另一种语言并不被认为是一种优势。她磕磕绊绊的英语进一步削弱了她的信心。一夜之间,13岁的玛丽面临着切换语言的挑战——她需要用 26 个字母写作,而不是她熟悉的两套音节文字系统和复杂的表意文字。玛丽努力参透英语语法,不断地写作、修改、重写。她意图恢复记忆中的英语基础,但现实却是她像一个在沙盒中表演芭蕾的小人,缓慢而笨拙。

对于玛丽而言,拼写是一个问题,发音也是一个问题。另一位来自西雅图地区的移居美国的二世日裔移民——堀圭刚志（Tsuyoshi Horike）回忆自己学习英语时的发音困难，哪怕是发出基本的音都面临着口齿不清的挑战。"食物（food）中的 f 音，大米（rice）中的 r 音，嘴（mouth）中的 th 音，还有虫子（bug）和书包（bag）中的 u 音和 a 音，对我而言，都是不可能发出的音节。"[14]玛丽和维克多在没有语言治疗的情况下，必须自己锻炼舌腔来适应英语的发音。在课堂中，即使他们答对了问题，他们也无法确认自己的回答是否被理解。

玛丽和维克多也为学校的课程内容而发愁。早期清教徒移民、开国元勋、美国的第一任总统，美国的历史对于他们而言是陌生的。尽管在日本，他们也听了不少真实性存疑的神话，比如桃核中蹦出来的小男孩桃太郎的故事，桃太郎英勇无畏，力大无穷，他去恶魔岛冒险，惩奸除恶。他们却无法相信一些美国历史上的奇闻轶事，像是乔治·华盛顿（George Washington）和樱桃树的典故。玛丽带着一大堆书回家，心想着把这些新知识都背下来，而不是质疑它是否真实。至少，她在广岛学会了记忆，这也是一种技能。

玛丽知道，虽然她的父母为她回到美国而高兴，但在他们的心目中，玛丽是一个"叛逆的假小子"[15]。事实上，阿绢决心改造她唯一的女儿。在日语中，妻子——也就是玛丽预期中的未来——被叫做"家内"（kanai）。它的字面意思是"留在家内"。"如果你是一名日本淑女，"玛丽记得她的母亲一遍遍重复，"那你就得待在家中。"

玛丽讨厌母亲交待她缝衣服，她讨厌细密的针线活。为了找到一个借口，玛丽问母亲能不能在周日去卫理公会教堂参加礼拜。阿绢不同意，玛丽不理解母亲的回绝。玛丽记得母亲不让她上街。

"我觉得自己就像笼子里的小鸟。"她开始渴望在广岛生活时的自由，她已经习惯了自己做一些小决定——放学后是否要和田鹤子一起赶电车，黄昏时在本通街上徘徊多久，花多少零花钱请客。虽然阿清姨妈没有给予玛丽母爱，但是她对玛丽很慷慨。有时，玛丽会停下脚步，从街边小贩那里给自己买一份包裹着豆粉的烤仙贝。对自己喜欢的东西，玛丽总是毫不犹豫地买单。

玛丽比较了她的母亲和姨妈。她始终记得，有一天，她看到姨妈在过马路的时候停下了。一名衣衫褴褛的女人在寒风中瑟瑟发抖，阿清脱下她的裘皮大衣，盖上了那个女人的肩膀。可是，母亲是个省吃俭用的人，她为孩子们的大学学费而存钱，没有给她唯一的女儿留下任何东西，更不用说陌生人了。"你知道，我的妈妈很吝啬，而我的姨妈善良大方。"

如果玛丽真如她的父母所认为的那样"被宠坏了"，那么该反省的也应该是他们自己。阿清姨妈没有孩子，是个事业心很重的人，她不知道该如何抚养孩子。"你们为什么要送我去日本?"玛丽哭了，她痛苦至极，"为什么不把我留在明治堂?"

在青春期和文化冲击的阵痛中，玛丽试着去理清她的情绪。最近，她无意中听说她的出生并不在计划之内。她出生时，她的母亲正在日本探亲，所以她的父亲不得不付了一笔钱给美国的律师，以起草她的出生证明。在移民配额紧张的时候，美国移民官本可以将玛丽作为外国人而拒绝她的入境，毕竟她出生在日本的土地上。那么，她属于哪里?

而且，如果玛丽在奥本显得迷茫又任性，那么至少部分应该归结于她在广岛时期无人教养。在广岛的女子学校，玛丽被选为田径运动会(undōkai)的啦啦队队长，这是一场一年一度全校范围的体育盛事。这一荣誉证实了她的声乐天赋和领导潜力,并使她能够在阿清姨妈面前展现自己,使姨妈为她感到骄傲。学生们准备了几个月,他们在学校操场上排练,互相支撑着架起摇摇欲坠的人体金字塔,将每个人的动作都集合为整齐划一的舞步。距离运动会举行的日子越来越近了,校园内挂起了一串串国旗,搭起了醒目的条纹遮阳篷,并在显眼的位置摆上了高背椅——这是贵宾专座。

运动会早晨,学生们从教室的窗户内探出头,家长和朋友们伫立在跑道的周围。玛丽穿着正式冠冕和服(montsuki),大步走向学校操场的中心。数十名打扮成武士(samurai)的女孩齐刷刷地转向她。玛丽以响亮、清晰的声音宣布运动会拉开序幕。乐队奏起了乐曲,身着武士服的女孩们随着长笛、钹和鼓的乐声拍手、踏脚、摇摆。这场盛事的开头很不错。玛丽扫视人群,却找不到阿清姨妈。最后,她发现了阿清姨妈的一个女仆,阿清姨妈派她来为玛丽助兴。到了午餐时刻,女仆已经离开了运动会。当同学们和家人一起野餐时,玛丽只能独自一人吃饭。

这不是阿清姨妈唯一一次抽身乏术。那年运动会之后,玛丽又在学校戏剧中担任主角。在黑暗中,她在观众中寻找再度缺席的姨妈。观众的掌声无法满足她,玛丽渴望姨妈对她的关注和赞许。在玛丽生活在日本的那些年里,她忍受了失望。但当她再回到奥本时,她把痛苦迁怒于自己的妈妈,而阿绢却钻进了死胡同。

玛丽和阿绢喋喋不休的争吵声在屋子里回荡,而另一边,则是男孩们的嬉戏打闹声。几乎所有认识阿绢的人都认为她是冷静、体贴的。然而这次,她入了玛丽的圈套。她不理解玛丽生气的原因,只是加倍努力,想要驯服这个龙年出生的孩子——属龙的孩子往往被认为是暴躁的,所以阿绢并不奇怪玛丽的表现。

　　类似的场景在整个西海岸和夏威夷的千家万户中上演,成千上万"归美族"的二世日裔移民挣扎着,想要重新融入自己的家庭。⑯但是,这种家庭关系失调没有名称,没有互助小组,更没有对此的预后手段。家人在不断的误会中挣扎,归美族的二世日裔移民感到沮丧与疏远,作为二世日裔美国人的兄弟姐妹感到困惑不安,父母们懊悔恼怒,只能祈祷时间能够治愈这一切。

　　还好,圣诞季转移了大家的注意力。圣诞节后,阿绢开始捣制年糕(mochi),在日本文化中,这种食物象征着力量和纯洁。她将大部分年糕作为餐点,另外做了一个镜饼(kagami mochi)——将两大块圆形年糕叠在一起,顶部装饰一只橘子——它寄托了全家对新年丰收的愿望。阿绢修剪松枝竹梅,把它们摆在在门廊上,这些植物代表着自律和坚韧。她在门口放了一小盘象征着纯洁的盐,它能为所有的传统祝愿祈福。

　　除夕夜,阿绢端上了酱汁荞麦面作为晚餐。⑰一家人狼吞虎咽地吃下这碗咸口面条,阿绢站在一边,心满意足:长长的面条象征着长寿,这是跨年的必备仪式。当然,她的祝福覆盖方方面面,她希望她的家庭能够安逸、繁荣、幸福。

　　然而这些美好的传统祈福终究是一厢情愿的。这一年,福原一家将很快被一场风暴吞没。1929 年 10 月 28 日,永远被称为"黑色星期一"。整个秋天,道琼斯工业平均指数都在下跌。那天,这个指数在一天内暴跌了 13％。在接下来股市崩盘的三年里,国内的经济被摧毁了,生活被颠覆了,祈祷的好运消逝无踪。这场暴风骤雨般的大萧条不断西进,席卷了白河谷、奥本市、东街的西南角。如同数百万美国家庭一样,福原一家的生活也将变得难以为继。

# 4

# 大萧条

凛冬将至，又碰上了经济衰退。这一切都加剧了作为农民的日裔一世移民本已岌岌可危的生计。农业向来是一项冒险的事业——天气能够对农业造成巨大的破坏，一旦农作物歉收，市场的需求就会发生波动，价格也会大幅震荡。农民常年缺乏现金，他们一般在冬天借贷经营，收获后再偿还这笔贷款。然而，现在银行已经停止了放贷。

靠农业为生的日裔一世移民们只能依靠连续不断地工作以维持开销。他们把满是树桩的荒地改造成肥沃的土地，这里曾经是一片伐木后留下的荒地，而今，成为该州产量最高的农场之一，蔬菜产额占到了该地区的 75％。他们种植了大量的花椰菜、卷心菜、胡萝卜、萝卜、莴苣和浆果，此外，他们的奶牛场也管理良好，牛奶产额占到了该地区的一半。①然而，具有高度歧视性的州立法律永久地限制了他们事业发展的机会。

1921 年，针对一世日裔移民出台的《华盛顿外国人土地法》

(Washington Alien Land Law)，禁止不符合公民资格的人购买或租赁土地。自此，志向远大的日裔土地拥有者沦为了佃农，为白人耕作。"没办法(Shikata ga nai)，"日裔农民们如此说着，依旧起早摸黑地辛苦劳作，悄悄地以自己孩子的名义购买土地。只要他们的孩子长到 21 岁，就能合法地拥有耕地。然而，1923 年通过了一项修正案，仿效 1922 年最高法院剥夺一世日裔移民公民身份的裁决，填补了这一漏洞，这对日裔移民的打击是毁灭性的。包括白河谷在内的国王县（King County）检察官马尔科姆·道格拉斯（Malcolm Douglas）誓以一腔热血追查违法者。他通过《奥本环球共和报》宣称，一旦发现违法的日裔，他将把他们逐出该县。②

道格拉斯的反日情绪渊源于当地的历史。这段历史最早可追溯到 1893 年，即华盛顿独立成为一个州的四年后。当一世日裔移民第一次出现在白河流域并在当地农场工作时，《白河日报》(White River Journal)曾声明"阻止日本人"。③一年后，该报又刊登了同样的时评"日本人必须离开"。

尽管这些媒体不断发布着关于日裔耸人听闻的、充满轻蔑与歧视的新闻，却没有对日裔产生实质性的伤害，但久而久之，歧视推进了政府的立法，法律对日裔的歧视，远比其他任何形式的歧视更为致命。直至 1925 年，该州日本农场的数量从五年前的 699 个减少到 246 个；总面积从 25340 英亩减到了 7030 英亩，减少了近三分之二④。农民们背上铁锹，不得不回到铁路和伐木厂从事艰难的苦役，他们的收入也降到了最低的水平，在阶层流动的洪水中被推向底层。一世日裔农民深感痛心，但却只能默默"咽下眼泪"⑤。

1926 年，当胜治搬到奥本时，市场并不景气，所以他大部分的客户都是一世日裔移民。勤劳是他们对抗针对日裔的歧视法案与不可预测的市场经济的唯一武器。每天放学后,农场工人们的那些穿着牛仔服的孩子们就会回到地里,蹲着劳作。⑥这些家庭是如此勤劳,连白河流域的大主教北川大辅(Daisuke Kitagawa)都感慨道:"我过去常常在田野里为我的教徒们施教。"⑦尽管胜治也有白人(hakujin)客户购买他所出售的纽约和西北互助人寿保险,他的未来却与这些辛勤耕耘、不知疲倦的移民家庭息息相关。如果他们的生活受挫,胜治的生活也将难以为继。

由于买不起电,到了晚上,农民们只能伏在厨房的桌子上,靠煤油灯的亮光算账平衡开支。⑧一旦有机会,他们就会将自家的产品运到西雅图的派克市场售卖,在那里,日本农民占据了70%的摊位。⑨胜治帮助客户将合同从英语翻译成日语,并以8%的年利率提供信贷,以便他们购买人寿保险。

为了背下大量的账目,胜治记了一些零散的便条作为个人提醒。这样,他就不必为搞混每个具体的日期而操心。他从业靠的是对客户的善意,而不是一份固定式样的合同。漫长的冬天终将化作一个充满希望的春天,粉红色的苹果花竞相盛开,带着一阵阵苹果清香的风拂过田野。然而,气候回暖并没有使恶化的经济好转。1930年,超过450万美国人失业;到了年底,失业人口膨胀到了800万。⑩

即使如此,在这一个动荡不安的新十年里,胜治还是拥有了一些事业上的高光时刻。他成为了奥本商会十位受托人之一,他是唯一的日本人,其他九位受托人都是白人。⑪他们共同出席董事会会议。他的邻居 I. B. 尼克伯克是董事会主席;他的另一位邻居 J. W. 米德也在会议中占有一席。胜治向工薪阶层的日裔一世移民证明了日裔跨越阶层的可能性,他跻身于白人所在的中产阶级。

那年夏天,他成功地将小学校长芙罗拉·霍尔特派去了日本,以改善她对日裔的偏见。日本的夏天非常潮湿,只要几分钟,浆好的棉布就会因为吸收了太多水汽而发皱,看上去像是皱巴巴的亚麻布。但是胜治并不为此担心,阿清会是他的魔法师,将霍尔特女士此行安排得妥妥当当。

明治堂的老板娘将这位脾气暴躁的教育家速速送去了她的乡间庄园,并用摆渡船将她送去了宫岛的姐姐家。如果芙罗拉·霍尔特曾经对日本是古老优雅的文明产生过怀疑,那么当她踏上这座小岛、走上布满苔藓的小路上时,她对日本的所有轻蔑瞬间灰飞烟灭。学校开学后,魔法师的咒语显灵了。学生们意识到霍尔特女士变了。哈利对霍尔特女士的转变感到惊讶。"她为日裔社群做事尽善尽美。"⑫

那一年,胜治把哈利和皮尔斯送去了在绿河畔针对二世日裔美国男孩而开的、为期两周的童子军训练营。在乡村的露营地,男孩们将五十加仑的金属桶做成一个日本传统的泡澡浴缸,以米饭为主食。大多数营员来自西雅图的日本城,住在他们父母的店面上方的木屋或砖房里,他们的父母一整年都在为孩子们这次夏季活动而存钱。白河流域农民的孩子没有参加露营,因为他们的父母需要额外的人手。来自奥本的哈利和皮尔斯是两个异类。他们的朋友雷·尾羽泽(Ray Obazawa)来自西雅图,当胜治和阿绢驾着闪闪发光的别克车呼啸而来参观营地时,他非常惊讶:"他们那么有钱。"⑬

在这之前,哈利大部分时间都避开二世日裔美国人,与同龄的白人伙伴交往。但在为期六天的户外野营中,他发现与同样在两种文化中挣扎的二世日裔美国人相处是如此轻松。无论是他的新爱好吹口琴，还是给伙伴煮饭，这种在社群中的归属感将永远与他相伴。

在1931年，国家于1921年和1923年通过的产生毁灭性影响的反日法案，再次对日裔造成了沉重打击。几乎所有在立法之前订立的有效租约都将于当年到期，属于二世日裔美国人的土地仅剩927.5英亩，其中一些土地已被没收，剩下的则遭到起诉。预计不超过10%的一世日裔农民能够在自己耕种了几十年的土地上苟延残喘。⑭

胜治也受到了影响。即使受灾的农民按照保险政策无法得到赔偿，他们依旧自掏腰包维持农生。为了坚持下去，许多男人成为佃农，这样他们既能养家糊口，又避免了背井离乡。胜治也给需要肥料的农户提供肥料。他允许客户在庄稼收成时再付给他一定比例的利润。胜治把这些客户的名字加到他不断增长的赊账名单上。

同年年初，商会和奥本日本人协会接待了两名来自日本的教师。胜治原本为社区对这种跨文化交流的支持感到鼓舞，但当他去接老师时，发现西雅图港附近成为了令人不安、日益扩大的棚户区。无家可归的人住在空旷的、瓦砾遍地的沼泽地上，人们用锤子将他们能找到的东西钉在一起——胶合板、发霉的瓦楞纸板和破碎的水果箱——搭成一间房。即使老师们和迎接他们的人都避免看到棚户区的惨状而把头转了过去，但污水的臭味依旧侵袭着他们的鼻腔。

在日本，无家可归的人越来越多。这个国家不断沉沦，官员们称之为大萧条中的"至暗低谷"。总而言之，形势很严峻，政府开始在走向战争的道路上紧锣密鼓地调动资源。太平洋四周的各国能够彼此沟通理解的良好心愿正在破灭。

新学年伊始，遥远的伪满洲国爆发了战争。1931 年 9 月 18 日的晚上，一群来势汹汹的日本帝国军官得到了上级的暗示，在奉天（Mukden，沈阳旧称）附近的南满铁路铁轨自导自演了一场爆炸。这条铁路由日本政府管理，所以该事件为军队入侵伪满洲国提供了借口。这场挑衅拉开了"十五年中日战争"*的序幕。广岛在战争中成为了日本的后勤港口。胜治精道的国际交流截然而止。

日本发动战争并未引起哈利的注意，他 11 岁了，对自己美国人的身份十分认同。况且他还太小，对外交事务并不感兴趣。然而，他注意到了大萧条。经济的衰败体现在学校里、家门外。每到开学的第一天，哈利都有检查谁穿了新鞋的习惯。他发现一些同学在鞋子里放上纸板，以盖住破开的洞。另一个女孩辍学了，她只有母亲留给她的一件宽松连衣裙，除此之外，她没有别的衣服能够穿去学校。学校开始向贫困学生提供牛奶和仅售三美分的"全是土豆"的午餐。[15]

紧接着，西雅图最大的日本银行——太平洋商业银行破产了。一位一世日裔移民回忆说："在随后的几天里，你都听不到日本商店里收银机发出的清脆的'叮'的一声。就好像火完全熄灭了，有些人再也无法维持生计。"[16]另一个人接着说："一个接一个，就像梳齿从梳子上掉落，渐渐地，整个地区开始衰落。"[17]

农民们没有钱支付皮卡的贷款，给车加油，或是购买饲料和化

---

* 原文如此，即"十四年抗日战争"。

肥,生活愈发艰辛。他们中有些人放弃了,任由菜苗在地里腐烂。另一些更有头脑的人将这些没人管的庄稼收集起来,做成腌菜。胜治在客户家的后门给他们授款。他们之间依旧亲密,充满对彼此的信任。一次又一次,胜治驾着他的别克,与客户握手鞠躬,开出期票,取走一蒲式耳的萝卜。萝卜并无法用来支付房租,但是阿绢能将它们做成各种菜肴。渐渐地,在哈利冲出家门去找朋友时,他习惯了楼梯口新摆着的几袋装在粗麻袋里的农产品,它们被用来支付部分贷款。[18]

1932年,奥本在大萧条中摇摇欲坠。许多居民都失业了。此外,来往西雅图的货运列车上挤满了成百上千的流浪汉和失业者,他们背着床单,跳上火车,靠着口耳相传、不知真假的信息尝试寻找工作。一些人在奥本下车,寻找零工。

哈利越来越专注于自己的世界。他会不声不响地离开家,朝苏溪(Soos Creek)走去。[19]他躲在针叶树丛中,等待着隆隆作响的北太平洋一列货运列车驶过。当火车头闪着微光进入视野时,他掐着时间,准确地跳上车。

火车疾驰向前,哈利从屋顶上爬下来,伸手去抓帮他登上棚车的流浪汉。在浓烟中,流浪汉们给哈利腾出地方,教他一些流浪汉之间的行话。哈利被他们的故事迷住了。对流浪汉而言,互相帮助是他们不成文的规矩,他们似乎并未为苦难所累。有时,哈利会去城郊的篝火旁寻找那些流浪汉,接受他们递给他的穆利根炖肉。[20]

哈利与处于社会边缘的人打交道,追求顺从谨慎的一世日裔移民所忌惮的体验。哈利被局限于奥本这个小城,同时,他也渴望得到父亲的关注。于是他追寻这些冒险,在他的双重身份之间挣扎、渴求独立。他只是一个处于青春期的美国小男孩。

如果哈利的冒险被胜治知道，他可能会斥责他，哈利则可能会再次逃跑。然而，胜治了解他的儿子爱好流浪。1900 年的胜治 14 岁，比此时哈利大一点。他生活在广岛市吉安县的农村，去美国的铁路工作是他摆脱穷困潦倒、死气沉沉的生活的唯一出路。在他申请第一本护照时，他曾写下他打算去铁路上工作。[21] 后来，他明白了做一个卑微的工人是多么地艰苦，他目睹了太多为此灵魂枯竭的一世日裔移民。他不想他的儿子们重蹈覆辙。

1932 年，胜治心烦意乱，以至于他无法与哈利谈论他过去的经历。美国经济的重创吸引了他全部的注意力。那一年失业率高达 25%，国内生产总值下降了惊人的 13%。四分之一的银行关门，900 万人失去储蓄。勤劳的美国人经历了长期的失业，最终无家可归，成百上千的棚户区——胡佛村（Hoovervilles）——出现在全国各地。西雅图港的棚户区也扩大到了上百户。警方曾两次对此地进行焚烧，以铲除流浪汉们的定居点，但人们总是会重新聚集起来，重新搭起屋棚。新市长承认西雅图的胡佛村一时半会无法消弭。

胜治目睹着房地产业螺旋式下降。他帮助一世日裔移民购买财产或租赁土地的事业实际上已经穷途末路。然而在奥本，他当选为"支持胡佛总统连任的房地产经纪人的地区主席"[22]。这也许是因为胜治喜欢担任领导的角色，又或许是胡佛在 1929 年签署的一项移民法案吸引了胜治的好感。该法案规定针对日裔移民，每年有一百个成为正式公民的名额。虽然这是一个微不足道的数字，但总比什么都没有要好，自从国会通过 1924 年的日本排他法案（该法案唐突地终止了日本的移民申请）以来，日裔在美国的地

位一直很低,受尽耻辱;虽然在当时的美国,改法案并未激起涟漪,然而东京却爆发了大规模的反美骚乱。㉓

大萧条也推动着总统选举。11 月 8 日,胜治和年轻的弗兰克在羊毛外套上别上了印有总统肖像的徽章,前往西雅图参加投票。㉔那天只有华氏 48 度,天阴沉沉的。胜治很冷,他不断地咳嗽,但他没有告诉小儿子自己身体上的不适。而牵着爸爸的手的弗兰克也感受到了这一刻的庄严肃穆。

在之后的计票中,富兰克林·德拉诺·罗斯福以压倒性的优势赢得了 42 个州的选票,包括华盛顿州的 57%。罗斯福的当选会对在美日裔——包括成千上万的二世日裔美国人——造成巨大的影响。胜治的选择也许是有先见之明的。历史的进程还没有结束。

58 岁的赫伯特·胡佛被打败了。46 岁的福原胜治也病倒了。对于胡佛而言,漫长的生活仍将继续;但对于福原胜治来说,活着已是奢求。

# 5

# 白骨与灰烬

虽然胜治没有表现出不安，他对罗斯福的当选感到担忧。之后的他越来越寡言少语。他脸色苍白，面目憔悴。他的感冒演变成了肺炎。"他一直处于亚健康的状态。"哈利回忆说。[①]奥本的空气清新，这是父亲选择搬来的部分原因。但是，哪怕不是在大萧条时期，一个肩负着抚养五个孩子、上升空间有限、社会责任感强的工作狂仍然无暇顾及自己的健康。

胜治像往常一样，往返于西雅图主街的 H. K. 福原公司办公室和奥本的另一间办公室之间。到了 12 月，他开始持续发烧并干咳。当病痛发作时，他疼得皱眉蹙额。

在全家期待已久的除夕夜到临之前的三天，胜治住进了奥本的欧文·泰勒医院。[②]医生用听诊器在胜治的胸部来回移动，听到粗糙的抓挠声。这是胸膜炎的征兆，是肺部和胸壁组织的炎症。胸膜炎是一种常见的疾病，有时会由肺炎引起。这不是大病，许多病人都能在充分休息后康复。治疗这种疾病的特效药——盘尼西林——还有十年时间才会在英国的实验室中被发现,然后投入全球大规模生产。当时的医生只能通过在必要时排出胸腔中的积液和脓液来治疗。一旦治疗失败,胸膜炎将会是致命的。

月底时,单纯的卧床休息已无法减轻胜治的症状。在绿河泛滥、刷新了历史高点的那个春天,胜治完全病倒了,积液充斥了他的肺。1 月 26 日,胜治接受了手术,以排出他肺中的积液,但手术失败了。胜治被转移到了位于西雅图的一流瑞典医院。他躺在安静的病房里,身体变得虚弱,脸色苍白发暗。他剧烈的咳嗽恶化得更厉害了。

3 月对胜治而言是场考验。当胜治费力呼吸时,世界正逐渐走向一场灾难性的对抗。3 月 4 日,一个阴沉的下雪天,富兰克林·德拉诺·罗斯福宣誓就任美国总统,这是他连任四届总统的开端。月底,面对国际社会对日本入侵伪满洲国的指责,日本退出了国际联盟,并创建了伪满洲国东北傀儡政权。在这期间,外科医生切除了胜治的一部分肋骨,以减轻他肿胀的肺部所造成的压力。然而让人沮丧的是,他三个月来的第二次手术也失败了。

哈利沉浸在他青春期的世界中,他觉得自己惹上了大麻烦。他和朋友们擅自闯入了一家工厂,被警长抓获了。路德维希(Lugwig)警长将这些小流氓们一一交还给了他们各自的父母。但是对哈利,他没有这样做。警长在警车里教训了哈利好几个小时。哈利害怕路德维希警长会把他的劣迹告发给他的妈妈,但是他的妈妈没有兴师问罪,仿佛不知情,哈利也没有主动袒露这一切。

路德维希警长出于对胜治病情的同情,而对哈利从轻处理。他和他的妻子不想让阿绢再添麻烦。路德维希的太太还为胜治做了鸡汤,希望能够补救胜治的健康。

4月4日,医生们再次对胜治进行肋骨切除术。这是胜治最后的希望。胜治被安置在氧舱内,由一名私人护士照料。他对周遭没有反应,随着肺部的衰竭,胜治的病情迅速恶化。

阿绢没有告诉孩子们父亲病危,她希望胜治能振作起来。她不想让孩子们担心,她认为他们还太年轻,无法理解这一切。她联系了他们的朋友比托斯一家,他们急忙赶来了医院。孩子们意识到他们的母亲更常不在家。

4月初,哈利在父亲住院后,第一次试图去探望他。然而,医院不允许他进入父亲的病房。哈利从门口看到父亲躺在床上,胸部仿佛被大树压住了一半,费力地起伏。父亲的每次艰难吸气都伴随着氧气泵嗡嗡声的声音。

第二天,4月8日,胜治昏迷了。在那个星期六的早上,哈利、皮尔斯和弗兰克在奥本佛教教堂上日语课。路德维希夫人登上教堂上层,让校长把孩子们叫来。从来没有人打断过他们的课堂,更别提是一名白人女士。她将孩子们带去了他们父亲的病房。病房里灯光昏暗,充斥着一股黏液和氨混合的气味。阿绢、维克多、玛丽,还有比托一家围绕在他们父亲的氧舱四周。胜治已经失去了知觉,他呼吸困难,毛毯在他形容枯槁的身躯上微微颤动。

阿绢没有为这一刻的到来而让孩子们做好准备。然而比托太太却毫不讳言。"待在医院里,"她低声对哈利说,"死亡对你父亲而言是迟早的事。"③

哈利无法忍受病房里的气氛。"我就走了。"④他在医院大堂内遇见了比托家的一个男孩,他们一起冲出了医院。哈利忘记了时间。当午后太阳落山,带走了仅剩的一丝暖意,孩子们才放松了一点,回到病房。而那时,胜治已经死了。

哈利立刻明白自己搞砸了,他是父亲去世时唯一不在场的家庭成员。对此,他找不到任何理由,甚至是借口。他看着他的母亲,此时的她显得沉重、冷漠、疏远——与往日的她截然不同。"如果妈妈因此责怪我,也是理所当然的。"哈利说。⑤但阿绢什么都没说。哈利感到羞愧,他不想在此时引起别人对他的注意。他独自站着,被愧疚、悔恨、悲痛所笼罩。

4月13日是胜治的葬礼。春天给白河谷增色不少,苹果园正值花季。然而,白河佛教教堂的气氛却是阴沉的。会堂内装饰着屏风画和一盏盛有金色祭坛的黑色漆面平台,祭坛上的熏香烟雾缭绕,檀香和茶香弥漫在空气中。从外部看,这个教堂与任何一个简陋的新教礼拜堂无异,有遮以隔板的正墙和小钟楼,但教堂的内部完全复刻了日本佛教教堂。对于白人吊唁者而言,这所教堂是充满异国情调的;而对于一世日裔移民来说,这所教堂的风格是惬意、熟悉的。

青木神父用日语念了三首佛经。⑥前来吊唁的四位一世日裔移民都是胜治生前的朋友,也同样是社区中的领袖,用他们的母语致悼词。《奥本环球共和报》的所有者、商会理事哈利·莱斯利(Harry Leslie)用英语发表了最后的讲话。尽管大多数悼念者无法完全理解他的悼词,但他对这位致力于种族融合的日本同事的尊敬在他高亢的发言中可见一斑。在葬礼结束后,报纸报道说:"广泛的一圈人,无论是美国人,还是日本人,都感到失去了一位真诚的朋友。"⑦

葬礼结束后,两百多名哀悼者站起来照了一张充满全景画幅的合影。一世日裔移民站在几十个花圈后,足足站满了六排。包括芙罗拉·霍尔特在内的五十七名白人哀悼者聚集在一旁。皮尔斯和弗兰克戴着黑色的臂章，站在胜治点缀着百合花和玫瑰的灵柩两旁。哈利、玛丽、阿绢和维克多站在后排。孩子们绷着脸盯着镜头。阿绢侧着半掩着面纱的脸，望着胜治的灵柩，她的眼睛淹没在了深深的阴影中。

在火葬场，胜治的尸体被火化为了白骨与灰烬。阿绢将胜治的骨灰装进了一个瓷瓮里，运回了家。41 岁的阿绢孑然一身。在大萧条时期的美国，她是一名外国人；但同时，她也是五名美国籍儿童唯一的监护人。

资金是一个迫在眉睫的问题。丧葬费也许能够靠吊唁金（kōden）支付，尤其是由胜治担任主席的县人会（kenjikai），送来了一大笔吊唁金。然而，在胜治住院的几个月内，福原一家没有任何收入。阿绢不知道该如何是好。就像大多数日本夫妇一样，她和她的丈夫各司其职，男主外，女主内。

阿绢寻求二儿子的协助。她和哈利一起去了胜治在奥本的办公室。他们把办公室翻了个底朝天，阅读他的所有簿子。胜治是纽约人寿和西北共同人寿保险公司的一名出色的销售人员，但他并不是一名会计。他凭借敏锐的记忆，把工作细节都印在了脑海中。所以，他的备忘录日英混杂、杂乱无章、十分潦草。阿绢和哈利无法厘清这些文件，他们只好选择放弃。最终，他们找到了一摞未兑现的期票，但这可能也只是全部期票中的一部分。

这家人的经济状况很糟糕。自 1926 年以来，胜治一直在对外发放贷款，而这些贷款从未还清。他的储蓄账户只有 65.74 美元，但房屋每月的租金就高达 25 美元。[8]在阿绢找到其他资源之前，没有多少回旋的余地。

　　胜治的人寿保险确实使她有所受益,然而,自从胜治病了以后,他的投保金额少了一半,他再也承担不了保险的费用了。福原一家六口失去了唯一能够养家糊口的人,18岁的维克多还在挣扎着完成高中学业,然而,在全国范围内失业的人口达到1500万的大萧条时期,二世日裔美国人找到一份稳定、高薪工作的可能性微乎其微。更重要的是,胜治没有立下遗嘱。

　　胜治去世三周后,奥本商会主席 I. B. 尼尔伯克,将胜治的遗产提交给法院认证。银行家麦克莱恩(W. A. McLean)担任了鉴定人。他们在商会任职期间,都与胜治关系密切。出于必要,麦克莱恩开始在福原家附近四处打探,评估家中哪些物品属于"居家常备,维持朴素生活"的范畴。⑨

　　当麦克莱恩开始向阿绢打探隐私时,阿绢感受到身上的重担是她所无法承担的。她开始考虑回到日本。在那里,生活水平要比美国低得多,而且她的娘家能够为她提供情感上的支持。由于哈利和玛丽对此的坚决反对,在一段时间里,阿绢都没有再提及这个想法。她试图让生活回归往日的平静,她将哈利、皮尔斯和弗兰克送去为期两周的露营。就如同她丈夫在大萧条开始时所做的那样,即使在阿绢最悲伤的时刻,她还是尽力维持孩子们的日常活动。

　　然而在夏令营结束后,哈利注意到了母亲的改变。夏天的日子依然懒洋洋的,除了与玛丽之间争论时,阿绢会红脸,而往日的阿绢总是很平静。有一天,阿绢建议和哈利两人去乡下郊游,一起去野餐。她需要沿途拜访一些欠家里钱的农民,但是她不会开车,哈利能不能载她?

　　哈利欣然接受了这个建议,他为母亲选择向他求助而感到荣幸。母亲求助于他,而不是维克多。哈利想要证明母亲的选择是正确的。这是弥补错过父亲去世的机会。

阿绢选择哈利并非出于对责任心的判断,而是因为哈利的英语最好。但是,阿绢精密的计划中有一个小问题,就是她与哈利都不会开车。胜治钟爱的 1927 年产的别克一直是他自己的专属。

阿绢请求路德维希警长帮她一个忙,不要理会哈利的无证驾车。路德维希是第一卫理公会教堂的牧师,同时也是美国政府的公务员,他对哈利的安全和灵魂都负有责任,因此,他倾向于拒绝阿绢的请求。然而,他最终还是同意了。"这是不对的,但这是无可奈何的举动,"他告诫哈利,"所以去吧。小心点!"⑩

那年夏天,哈利在没有学习开车也没有驾照的情况下,欣然藐视了法律的约束。⑪他蹒跚地沿着主街向奥本附近的郊区肯特行进。他从未感受过如此的控制感和权力。这辆六座轿车加速行驶,在坑洼处颠簸,大开特开。哈利没有注意到阿绢出门前调整礼帽、收拾碗筷时都显得很不安。他为这次旅行而感到兴奋。幸好,他们最终到达了目的地。

下一个任务阿绢只能选择独自面对,哈利的日语还不够好。她鼓足勇气走上农户的前门。如果阿绢认识这些农户,她会像她丈夫一样敲后门,但阿绢与这些农户是陌生人。他们中的有些人可能是胜治的朋友,参加了他的葬礼,但他们没有多余的钱。她盘算着,这次能要回一半的贷款就很好了。

但是,阿绢常常连农户的面都见不到,因为这是收获的季节,很少有农民会待在家里。有时,哈利和阿绢不得不多次去农场,寻求和户主交谈的机会。

哈利坐在驾驶座,从仪表板上方瞰视着母亲,时不时地插几句话。脸晒得黝黑干皱的男人们摘下了褪了色的帽子,向母亲鞠了一躬。母亲也鞠躬回礼。农民们轮换着脱下磨损的靴子,尽力避免与母亲直接的目光接触。母亲也盯着地面。母亲和农民就像坐在跷跷板的两头,他们在风中起起落落,互相鞠躬。

经过了一上午的不速之访后,哈利将车开去了一片阴凉的地方。阿绢铺开毯子,从野餐篮里拿出一个花生酱三明治和一瓶自制的根汁汽水递给哈利。[12] 对阿绢而言,向陌生人讨债是痛苦的,然而哈利并不这样觉得。短暂休息后,阿绢拍掉了腿上的面包屑,又开始了拜访新的一轮陌生人。

哥哥会开车这件事让弗兰克印象深刻。他渴望加入哈利和母亲一行,只要和哈利一起待在车里,弗兰克就满足了。他不断恳求着母亲,直至她让步。于是,哈利和弗兰克坐在车里,等着母亲造访归来。在这些阳光普照的日子里,弗兰克惬意地坐在后座上,"我并不太想念我的父亲。"弗兰克承认。[13] 母亲很少空手而归,她常常带着农民们表达感激而送给他们的一束胡萝卜,一蒲式耳豌豆,或几个莴苣头;然而无论是贷款、本金和利息,农民们仍未还清。

也有几次,阿绢要回了些钱。哪怕只要回了十分之一的钱,也能使阿绢走回车里的步伐变得轻快起来。[14] 她笑着松了一口气,打开车门,准备着出发。弗兰克扶着装着农产品的袋子,以确保它们在汽车转弯时不会乱滚。哈利咧嘴一笑,发动了汽车,发动机嗡嗡作响。

不久之后,福原家最亲密的朋友再次聚集在这栋房子里。"对不起打扰了(Ojama shimasu)!"阿绢露出苍白却又真诚的微笑,欢迎他们的到来。她的女性朋友们霸占了厨房,为她做清淡的广岛料理,而她则和丈夫的知己挤在一起聊天。如今的阿绢不再拘于礼节,她在餐桌上放了一堆堆数了数又数、快要磨破的发票,让男人们来为她的处境出谋划策。

阿绢想要搬回广岛的想法出现得越来越频繁,因为这也是她解决资金问题的一个办法。哈利向来很排斥搬回广岛,他不担心家中的经济状况。"当你13岁的时候,你不必担心那些事情。"⑮只要他的母亲还能买一袋米、几瓶牛奶和一罐汽油,只要他的牛仔裤还没有破到无法穿出家门,他都不会为钱发愁。

玛丽与哈利的意见一致。她渐渐喜欢上了奥本,成绩也有所进步。四年内,她从二年级跳到了十一年级。并且在美国,女人们可以穿着漂亮衣服、涂上口红胭脂、把头发烫卷。她们可以穿高跟鞋,这可比日本木屐要舒服多了。在1920年,美国女性获得选举权后,越来越多的女性开始为自己发声。日本妇女也可以穿着更大胆的和服,但她们仍然没有选举权,也无法独立过上充实的生活。⑯如今,玛丽已经能够基于自己对两种文化的了解作出自己归属的选择。16岁的她觉得自己好像刚从日本回来,为什么妈妈又要带着大家搬回去?

哈利为自己之前在母亲下一步计划中作梗而自责。"我是她唯一的麻烦。"⑰然而,阿绢并非因为哈利的反对而迟迟没有下定决心。到秋天,麦克莱恩先生与另外两名评估师会向法庭提交文书,到那时,她需要还清全款。麦克莱恩将房产由最初估价的5500美元,贬值至2216.74美元。⑱福原的房产包含了一切,甚至是锅碗瓢盆。阿绢无法在此长期居住下去了。

夏天快结束的时候,阿绢已经放弃了收回未付的贷款的念头。她结清了全家的帐,其余的就交付由律师处理。无论在美国的二十二年生活对她而言有多五味杂陈,她最终还是要回归故里。娘家没有人知道她要搬回广岛。8月9日,东京进行了第一次大规模空袭演习,为将要来临的战争做准备。

阿绢开始收拾回广岛的行李,哈利还是不愿意接受这个计划。"她不会丢下我的。"他声称。[19] 阿绢被为了照顾孩子们的需求,忙得喘不过气来。她全神贯注于她出发前的准备工作,以至于无法坚持自己的立场。"如果我不喜欢,我可以回去。"哈利软磨硬泡,得到了母亲给出的承诺。[20] 玛丽也得到了同样的允诺。他们终于平复了下来,开始向他们的朋友和老师道别。哈利向朋友们保证,此次旅行只是一次短期访问,而不是永久的停留;不久后,他就会回来。

1933年11月15日下午,阿绢、玛丽、哈利、皮尔斯和弗兰克走上史密斯湾的坡道,登上了当时日本的旗舰豪华邮轮之一——"冰川丸号"(*Hikawa Maru*)[21]。阿绢买了60美元的三等票,皮尔斯和弗兰克只用买30美元一张的儿童票就可以了。[22] 维克多会借宿在胜治的一个亲戚那里,去西雅图谋生,或者之后再回广岛。尽管维克多是五个孩子中最不习惯美国生活的一个,但他的双重公民身份会使回到日本的他面临着征召入伍的困境。就如同三十年前他的父亲那样,他只能留在国外,才能逃避入伍或是牢狱之灾。

阿绢的帝王钢琴、她从宫岛买来的古筝、胜治收藏的维多利亚时代的家具、各式行李箱、弗兰克的红色雷德弗莱尔小拖车、几箱新鲜采摘的芹菜、农民们送来的那些会使日本亲戚觉得奇怪与不快的礼物,都已经被一一运上了船。一位来自佛教教堂的牧师和同是一世日裔移民的好朋友们聚集在码头。当船上的人们将身体伸出栏杆想要再看一眼大陆时,阿绢很平静,她努力保持着自身的平衡,手中抱着一个用深色风吕敷裹着的象牙瓮罐,保护着她丈夫胜治的骨灰。

只有哈利和皮尔斯从未去过日本。皮尔斯比哈利小两岁,还是个孩子,他很乐意听从母亲的安排。但是对于哈利来说,他本应无忧无虑的童年时代已不复存在,青春期的伤痛和对成年生活的失望尚未折磨到他,因此这番别离让他倍感残酷、专横且不公正。在哈利的心目中,奥本是神圣的,所有在奥本生活中平凡的点点滴滴都闪耀着光芒。他很快就忘却了对小镇生活乏味压抑的不满,或是受到歧视时的不安。

福原一家陷入了沉思。他们站在甲板上,发船的汽笛拉响了,红白相间的烟囱冒着烟,涡轮机也发动了。"冰川丸号"启航前往日本,船尾的太阳旗正凌乱地、狠狠地抽打着旗杆。

# 第二部分

# 逐流于两个国家之间

尝遍甜酸苦辣

# 6

# 日升之地

西雅图到横滨的航程需要两周。船中途停靠温哥华,穿过国际日期变更线,航程长达 4200 英里,以每小时 21 英里的速度横渡太平洋。它驶过中途岛,经过阿留申群岛,然而除了朦胧的地平线外,乘客们毫无察觉。整个 11 月,展现在这艘 11000 吨的豪华邮轮前的都只有这片令人惊心动魄的灰色大海。

哈利和弗兰克抓住所有机会,从甲板下的三等舱逃到甲板上层专属长廊。在那里他们能够呼吸到新鲜的空气,舒展筋骨,减轻海浪颠簸所带来的不适。男孩子们弓起背,将夹克上的毛领竖起来。

当他们走下甲板回到自己的房间时,他们感到阵阵晕眩。每一间房间都有四张上下铺,可以容纳八人。不新鲜的空气闻起来像发了霉,房间里只有一扇舷窗,无法透气,只能让人望见窗外的海浪翻滚。孩子们面对晕船无处可逃。哈利脸色发青,胆汁上冲,他认定自己只能做一名陆上旅行家。

　　头等舱的乘客称"冰川丸号"为"太平洋女王"。船舱内的装修出自巴黎的室内设计师,十道法式大餐也是由欧洲厨师精心烹制的。①就在一年半之前,查理·卓别林还穿着他那件丝绸夹克,登上锻铁中央的楼梯,漫步至带着拱形彩色玻璃天花板的餐厅。②

　　但福原一家只能在三等舱用餐。全家的旅行费总共也不及一张头等舱的票价——250美元。③阿绢选择的是最便宜的日本料理,但也没有让人失望。船上的食物是正宗、丰盛、美味的。与其将福原一家的待遇与卓别林先生相比较,还不如说阿绢的生活方式只是普通日本人的生活方式而已。彼时,在日本盖房子只需要1000日元,而阿绢花费了936日元买船票。④虽然他们此次单程旅行的费用与日本的一幢房子的价格相当,但剩下的钱在广岛能维持很久的生活。阿绢在奥本近乎崩溃,焦躁不安的日子随着滚滚海浪越漂越远。

　　哈利的兴致在探索一世日裔移民所称作的"一堆蚕蛹"的狭窄的三等舱的过程中愈发盎然。⑤三等舱里有很多前往日本上学的二世日裔美国男孩,他们打算和亲戚住在一起,就像玛丽和维克多在广岛一样。"一个房间里都是孩子,乱七八糟的。"但哈利对此大为赞叹。⑥这些男孩们和他一样,大胆又有趣,他们称太平洋西北处的日本为家。哈利发现自己可能并不孤单,于是逐渐放松下来。

　　11月28日,有消息称"冰川丸号"将在第二天早上7点准时于横滨港下锚停靠。但就在那天下午,船的停靠计划意外地延误了。海湾卷起了大风,轮船难以接近港口。"冰川丸号"绕了好几英里以躲开冰雹的侵袭。⑦对于渴望踏上土地的乘客们而言,这个在海上漂泊颠簸的夜晚使他们难以忍受。甲板上狂风呼啸,海浪拍打着船,在震荡中,三等舱的人首当其冲。平衡感再好的人,都会在那个漆黑无星的漫漫长夜中饱受晕船的煎熬。

而到了新的一天的凌晨，海洋平静了下来。过了不久，黎明前的 6 点半，"冰川丸号"开始驶往横滨区，昏昏欲睡的乘客被眼前壮观的景象所震撼。太阳洒下柔和的光，使被白雪覆盖的富士山沐浴在光晕之中，闪耀着赤色的灿烂光辉。⑧对于阿绢而言，能在晨曦中一睹富士山的光彩是一个好兆头。哪怕是哈利这样愤世嫉俗的青少年，也无法否认使一世日裔移民魂牵梦萦的富士山比想象中更美。

冰川丸停泊在港口的一个主要码头——大栈桥（Osanbashi）。下船后，福原一家就是正式的美国归国者（Amerika gaeri）了。无论现实如何，人们通常认为这些从美国回来的人都是富有、好出风头的。然而，这些美国归国者毕竟还是日裔，只是举止、风格、习惯和思维上有所不同。比如，玛丽和阿绢都不穿和服；玛丽甚至不愿意穿和服。

福原一家看待日本的角度是新鲜的，毕竟他们基本生活在美国。日本到处挤满了人，摩肩接踵。码头工人穿着深色和服，配上一顶毛毡或草制的牛仔帽，看上去很不协调；裹着淡紫色和服的妇女背上绑着粉粉嫩嫩的婴儿；穿着西式军装、高领配上黄铜纽扣的男学生披着黑色斗篷。秋初的最后暖意已经消逝，天气逐渐转冷，许多人戴着黑色或白色的口罩，以保护自己和他人免受病毒的侵扰。

街上的景象让人眼花缭乱。搬运工驾着皮卡，不停地按喇叭。自行车摇摇晃晃地穿行在黄包车之间，混杂着街边的叫卖声，这一切都使哈利目不暇接。山下（Yamashita）公园的圆形喷泉和街对面的西式大酒店让哈利眼前一亮，这是他熟悉的场景。然而，当下的他需要一个洗手间——有冲水马桶的洗手间。

　　阿绢的一个兄弟在港口接他们去火车站,他们要坐一个小时的火车去东京。⑨孩子们将脸压在窗前向外望,看着国际区耸立的砖楼向后退去,接着映入眼帘的是一栋又一栋只有一层或两层铁皮顶的瓦楞木房。只有阿绢和玛丽能看懂汉字。这座城市看起来破败不堪、四分五裂、沉闷乏味,一点都不像是国际大都市。第二天早上,一家人动身去广岛。

　　阿清姨妈在明治堂附近租了一所房子,福原一家可以暂住在这里,直到他们找到永居之处。这座建筑也是木制的,以传统的日式风格加以装饰,有幕布屏风和榻榻米垫。阿绢对环境很满意,看起来轻松了不少。

　　什么都学得很快的哈利,倒是成了常犯傻的那个人。他一踏进内厅门槛,就被阿绢批评了。"快脱鞋(Kutsu o nuginasai)!"⑩哈利学乖了。自从他踏上日本土地的一段日子里,他感觉没有人能够体会他的难过。弗兰克和皮尔斯紧紧依偎在母亲身旁,尽管玛丽语中带有苦涩,她的一言一行还是如此自信。哈利被一种陌生的孤独感所笼罩。他不必仔细观察,就能注意搬来广岛后的生活与之前在美国的一切是如此大相径庭。这所房子没有电话,整个社区只有一两户富足的人家才能买得起电话,而煲二十分钟的电话粥,对日本人而言是种奢侈的放纵。⑪

　　在广岛的冬天,无论是在室内,还是在室外,哈利都冻得十指僵硬、瑟瑟发抖。由于空气中的湿气,这里寒冷是彻骨的。在奥本,早起的阿绢会点燃壁炉里的木头和煤,让孩子们在温暖中醒来。然而,广岛的圆形的陶瓷木炭火盆(ceramic hibachi)无法向四周散发多少热量。榻榻米(tatami)使他的脚趾发冷,哪怕紧紧揪住棉被,也无法使身子暖和起来。哈利在马桶上打了个寒战,这里的马桶只是在一个又黑又深又臭的洞上套上一个窄盆而已。

　　哈利有生以来第一次感到生活的失控。在美国的时候，哪怕没有经历如今的周遭，他对日本都没有多少好感。⑫他开始给奥本和西雅图的朋友写信。在他搬到广岛后不到两个星期时，他就收到了来自信房·比托（Nobufusa Bitow）的回信。在信里，他告诉哈利绿河已经开始泛滥，这个春天的第一场雪也已经融化，篮球比赛吸引了很多人前去观摩。⑬

　　当奥本的大街上挂满了节日的彩灯和金属丝时，广岛的灯火通明。12 月下旬，明仁天皇出生了。他是裕仁天皇和香淳皇后的第五个孩子，却是他们的第一个儿子。全日本的人们都在庆祝这位继任天皇的降生。在广岛，福原一家观看了庆祝游行。排列行进的士兵、摇曳的灯笼和挥扬的太阳旗，点亮了夜晚。在任的天皇是始于公元前 660 年皇族的第 124 位。弗兰克对总统更替的印象还停留在四年一轮，所以他对天皇制度感到好奇——非常好奇。"天皇和太子体系对我而言，是耳目一新的东西。"⑭

　　福原一家可能不熟悉这样的庆祝活动，但是对于一座在全球冲突中备受煎熬的城市而言，对于天皇的崇敬是再自然不过的事。自从 1931 年"九一八事变"建立伪满洲国以来，日本一直在伪满洲国与当地人爆发冲突。宇品（Ujina）是广岛的港口，也是前往该地区军队的主要后勤和登船口。广岛的经济支柱曾是生产漆伞，种植海草、牡蛎、柠檬和柿子，如今，则越来越依赖于陆军和海军的供养。军队驻扎在广岛城堡及其周围。每当半夜，长居于此的居民听到汽车隆隆地驶过城市主干道时，他们就知道坦克和大炮正在被运往遥远的战区。

　　福原一家试图调整自己在广岛的生活。笼罩着失落与沮丧的圣诞节到了,即使在和熙的岁月里,在信奉神道教和佛教的日本庆祝圣诞的体验,也永远无法与在美国过圣诞节时的狂喜相比。哈利的一位同在广岛的二世日裔美国朋友后来写道:"难道你不怀念那些美好的假日,就像过去在家中庆祝圣诞那样? 在这片日升之地,你永远无法得到这样的欢愉。在东京,人们似乎会庆祝圣诞节,但我只能说这绝非圣诞节的原本面貌。把美国的圣诞节还给我。"⑮

到了年底,弗兰克患上了胸膜炎。在阴暗潮湿的冬天,他躺在被子上咳嗽,看着他的妈妈为他发愁。阿绢喂弗兰克米粥和稀释的大麦茶,在他的身边来来回回。"她害怕我会死去。"⑯ 如果是这样的话,在死之前,弗兰克只想咬一大口热狗,再灌下一口可口可乐。

阿绢将哈利和皮尔斯送进了当地的小学。她向他们解释,只有慢慢来,日语才能进步。本应上九年级的哈利和六年级的皮尔斯——就像玛丽和维克多初到奥本那样——被迫留级了。

哈利的叛逆从第一天起就显现了。学校规定他穿制服、剃光头,哈利拒绝了。他改穿羊毛三件套西装。当二年级的学生见到这个高大的转学生时,他们都以为这是来代课的老师。哈利向大家鞠了一躬,偷偷地溜去了教室的后排。"我不会说他们说的语言。"哈利回忆道。⑰

阿绢很想了解他在学校的生活如何。"你今天学了什么?""没什么,"他回答说,"我真的很生气,每天都很没意思。"⑱ 回想哈利在奥本糟糕的日语学习经历是如此让人大跌眼镜,阿绢只好举起了双臂,"我投降,"她说。但是阿绢很快就为哈利找到了一个会说英语的日语家庭教师替他补习。哈利结束了短暂的日本小学生涯。

　　玛丽也在日语学习中挣扎。尽管她已经正式毕业了,但由于四年前阿清姨妈贿赂校长,17 岁的她不得不回到原点,重新学习日语。她以前的同学早就毕业了,她的日语书写也难以辨认。玛丽很绝望,后来她哭着说:"我把日语和英语都搞混了。"⑲

　　坐在被炉(kotasu)旁,阵阵阴冷的寒气从屏风间隙潜入进来。哈利正全神贯注地给奥本的朋友、同学和老师写信。他的母亲为他将回信地址译成了日语,制作成标签附在信里,如此一来,就方便了他的美国朋友回信——他的朋友们在填写寄信地址时,颠倒了地址的顺序。信封里塞满了一页又一页的信纸,有时还附上了照片。频繁的信件来往使哈利得以在广岛的生活中坚持下来,他更确信他所属的天地在离广岛很远的地方。

　　不久后,福原一家就搬去白田区的另一座屋子。那里是安静、中高档的住宅区,很多高级官员和军官的家属都住在那里,阿清姨妈也住在附近。大田河穿过城市,一路向西流入广岛湾。广岛堡垒矗立于南边的天际线。

　　在这里,哈利发现他的邻居也是二世日裔美国人。松本(Matsumoto)家住在街角,三名来自洛杉矶的二世日裔美国男孩就居住在此。卡兹·长田(Kaz Nagata)和他的表兄弟三津·松本(Mitsu Matsumoto)和马斯·松本(Mas Matsumoto)。他们像玛丽、维克多和其他上千人一样,被送来广岛接受日本教育。哈利在他们大门门槛前闲逛,看到一只蜻蜓点上了水面。他和松本家的孩子们很快就成了形影不离的、一辈子的好朋友。相较于一幢私人居所,松本家更像是一所没有宿管的寄宿学校。"当你走进屋里,所有人都说英语。"⑳孩子们的表姐千惠子(Chieko)说,她总是被孩子们的闲聊和笑声感染。在他的余生中,哈利常回忆起松本的家,那是广岛为数不多的几个可以穿着鞋子在大厅里散步的地方之一。

1934年春天,哈利和他的朋友们穿上了三洋商学院(Sanyō Commercial School)的校服。三洋商学院是一所大型高中,哈利的家庭教师通过自身的影响力促成了哈利的录取。由于三洋是私立学校,阿绢不必在当地户籍所为哈利登记。但若是就读公立学校,哈利就需要先取得日本国籍。然而随着时间的推移,她为其他的孩子们都申报了户籍。

三洋中学每班有多达十至十五名二世日裔美国学生,他们往往比日本的同龄人年长几岁,因为他们中的有些人在美国已经高中毕业。回到日本,当地的英语老师会负责教他们日语。考虑到二世日裔学生在日语上的缺陷,学校将摸底考试定为口试,而非笔试。源源不断的二世日裔学生回到日本求学,以至于学校的规模也随着时间的推移而不断扩大,学费也日益增长,收费昂贵。尽管有家庭教师的辅导,哈利还是"一开始完成听不明白学校的课程"。[20]不过他的表现逐渐转好,也渐渐习惯了广岛的生活。但是假如永远住在广岛?绝不。

即使在三洋这样一所国际化的学校里,学生们仍沉浸在对天皇崇拜的意识形态中。每当他们出入学校时,哈利和皮尔斯都需要向神龛(hōanden)内天皇夫妇的画像鞠躬。简朴的礼堂里也挂着天皇和皇后的肖像画(goshin'ei),所有人进出礼堂时,也需要向肖像画鞠躬。在国定假日,校长会大声宣读国家关于教育所下达的诏书。他将诏书举到空中,向它鞠躬,吟诵着臣民应该时刻准备为天皇赴死的原则。学生们低着头,恭敬地听着。玛丽和弗兰克在各自所在的女校和公立小学都经历过这样的仪式。

无论是军队还是天皇,对哈利而言都是无足轻重。当他和他的朋友们一边四处溜达,一边用英语聊天时,他丝毫不介意人们眼中的讶异。他不在意夸张的手势和顿挫的语调是否会被日本人误解为是不尊重,或是不恰当的。他也不在乎二世日裔美国人是否会引起周围人的怀疑。哈利在一个倡导个人主义的文化中长大,对这里的礼节和习俗嗤之以鼻。

在一个温暖的夏日夜晚,哈利和他的朋友们在小学后街——摊贩聚集的夜市闲逛。香气四溢的鸡肉烤串(yakitori)和炭烤红薯吸引了人群;一两枚硬币就能参与在水桶里捞金鱼的活动;五颜六色的水球在水里飘荡;射击游戏需要玩家尽力射中选中的铁皮鸭子玩偶。㉒如果不是打太鼓(taiko)看起来过于诡异,哈利还以为自己身处西雅图郊外雷东多(Redondo)海滩的夜市。

孩子们吃着鸡肉烤串,喝着弹珠汽水(ramune)。走着走着,他们注意到一个以住在福田附近、名叫松浦茂(Shigeru Matsuura)的恶霸为首的当地帮派正朝他们走来。男孩们面面相觑,并努力与他们保持距离。㉓然而,松浦茂猛地朝哈利冲了过去,揍了他一拳。哈利回击了他。他们激烈地搏斗。㉔末了,松浦茂在他朋友们的簇拥中洋洋得意地走开了。哈利很难堪,他挥手告别了他的伙伴们,独自一瘸一拐地回家疗伤。

哈利一头雾水。松浦茂是不是因为哈利是二世日裔美国人而挑衅?虽然松浦茂的父亲比哈利年长很多,但也是二世日裔美国人,他的祖籍是夏威夷。松浦茂在日本出生长大,但哈利认为他们本是同根同源。是不是因为他将对父亲从菠萝和甘蔗的种植园回到这个充斥着贫穷和苦难的地方的怨恨,迁怒于哈利?是不是他把哈利当作了印象中纨绔的归日美侨,所以心生不满?或是他只

是将二世日裔美国人的出现视作对他地盘的入侵?㉕

哈利对这样无缘由的暴力很震惊。然而，久而久之，这件事不再使他如芒在背。但哈利永远不会忘记突如其来的暴力。他只能从回美国的想法中寻求慰藉。"在日本的第一年，我只想回到过去的生活。"㉖

时光推移，松本家好像成了一块美国的飞地，也是孩子们在日本的避难所——日本的人口密集、空间狭小、要求团结、对个体有严格的约束。然而在松本家，直到晚上八九点，孩子们都能沉浸在玩纸牌——金拉米(Gin rummy)、王牌和桥牌的快乐中。㉗哈利在便携式留声机的黑胶唱片以每分钟 78 转的速度唱着童谣《牧场是我家》(*Home on the Range*)。

不久，阿绢一家搬进了另一个出租屋。尽管他们可以依靠胜治的人寿保险过上舒适的生活，阿绢还是想攒钱盖自己的房子。每次搬家，哈利都感到自己离奥本越来越远。一位曾在奥本教过他的老师鲁思·伍兹(Ruth Woods)给他写信，用轻快的语调说道："奥尼尔(他是个理发师)买下了你们以前住的房子。"哈利感觉自己离奥本的距离仿佛无法逾越。㉘

在全家离开美国后不久也回到日本的维克多，也在此时从三洋毕业。㉙他以班上名列前茅的成绩，在创纪录的时间里完成了一门两年制的会计课程。就在维克多结束了颠沛流离于两个国家之间、重新找回自己的生活时，他被征召入伍了。㉚1935 年 9 月 1 日，他被正式分配到第一预备队，按照规定，他必须在 12 月 1 日前报到。那年他 20 岁。

维克多被征召的消息警醒了哈利。11 月 26 日，15 岁的哈利将腿伸进了被炉里，给美国驻神户领事馆写了一封信。在致信的第二天,哈利就收到了肯尼斯·C. 克伦茨(Kenneth C. Krentz)领事的回复。

克伦茨写道,他不清楚哪些情况会导致哈利失去日本公民身份,但对于美国公民身份而言,美国民法很清楚地说明了"在日本服役的美国公民一旦宣誓向天皇效忠,或是以其他方式宣布与美国决裂,那么他就会失去他的美国公民身份"。[31]而仅是居住在日本,是不会失去美国公民身份的。

哈利很感激领事的回信。维克多的美国公民身份大概是不保了,但哈利还有时间想出对策。他把信放回信封里,没有向任何人透露这件事。他不必要让母亲为此担心,也无需向尚且年幼的弟弟们发出警告。

领事的回信使哈利安心。他就读的学校以在日本皇军服役为受教育的前提。在各国中,日本的政策是"独一无二的"[32]。外交历史学家乌尔里希·斯特劳斯(Ulrich Straus)写道,日本中学由现役军官领导,对学生进行必要的军事训练。哈利所在的学校由中校、准尉和上士领导。即使是像哈利这样公开身份的美国公民,也需要经历四年日本式的后备军官训练,但这与在日本军队服役不同。

哈利穿上军装,用绑腿(getoru)包住小腿。每周,哈利都需要参加几次军事训练,根据装备库存情况,他有时会用一把旧步枪进行演练,有时是一把废弃的刺刀,或者一台轻型机关枪模型。这样的训练贯穿全年。在演练之余,哈利还学会了装填和清理步枪、以严格的队形行进、破译地图以及露营。[33]他学会了即刻服从命令。在演习结束后,他需要清理散落在学校泥土地上的炮弹。不过,和其他二世日裔美国人一样,哈利倾向于美式的效率和便利,他利用顺手的网兜将弹片捞起来、而日本学生则一个接一个地、有条不紊地将弹片拾起来。[34]

尽管日本已经与中国开战,但演习的目标仍然是美国。美国被视为日本实现扩张主义目标的最大威胁。教官们把美国列为帝国的"头号敌人"[35]。哈利模糊地意识到全球政治的变化,却只能期待情况会有所好转。他耸了耸肩:"这有点尴尬。"[36]

在忠于美国的同时,哈利也同时参与日本的军事训练。在他的日记中,他并没有为自己在美日冲突之间所扮演的角色而焦虑,其中部分原因是他对学校的军事训练心不在焉。"整天扛着枪真是太累了,"[37]哈利写道,"还要四处行军。"[38]周六也必须去上学,一天要上四堂课。他认为这样的操练是愚蠢的,但这是学校课程的一部分。[39]教官大发雷霆般的劝诫并没有给他留下什么印象,哈利的心早已飞去了更远的地方。他计划着回美国,校外的生活也还过得去。事实上,在这场晨间操练之后,他要去参加一个十人感恩节派对。这也许是一个广岛日经社式的晚宴,哈利为男女同组的社群而吸引。

在阿绢的指导下,哈利开始在家中组织舞会的操办。另一边,一位美国顾问指导着天主教会学校的女孩儿开始着手准备。哈利负责提供留声机和唱片,弗兰克是他默认的 DJ。在舞会上,孩子们起初有些害羞,但很快就笑逐颜开,结成了一对对舞伴。弗兰克打开留声机,旋律荡漾开来,他们跳起了华尔兹,接着又穿着短袜在榻榻米草席上跳起了狐步舞。[40]在屋外,他们保持着正常的日本青年之间应该保持的距离,几乎没有眼神交流;而在屋里,他们手拉着手,靠得很近,伴随着《蓝月亮》(Blue Moon)的旋律摇摆。

哈利认为自己能够在日本社会维持作为美国人的平等待遇。

但从 1936 年开始,他的生活变得不安、充满挑战。年轻的军官政变失败,矛头直指政府高级官员。内阁陷入了混乱,连年来,军队在政府和社会中的干涉越来越深入。军队对社会的过度管制不断升级,社会越发偏狭。

一天,哈利和几个同在三洋上学的朋友一起登上了一辆电车。他们用英语交谈,以防其他乘客偷听他们的谈话内容。虽然学校规定他们不能讲英语,但是到目前为止,这还没有给他们带来过麻烦。然而意想不到的是,这一天,一位穿着制服的宪兵队员(kempeitai)和一名乘客突然大叫着让售票员停车。这名宪兵应该是思想警察,这让大家闻风丧胆。电车"嘎吱"一声停了下来,宪兵队员命令哈利和他的朋友们立刻下车,并叫他们排成一列,立正站好。"你是日本人吗?"他对着哈利等人大吼。

"是的,我们是日本人。"孩子们回答。

"那你说的是什么语言?"他接着吼道。

"英语。"

"你在练习英语吗?"

"是的。"

"你们这些蠢货(Bakayarō),"⑪他怒吼道,并依次扇了每个人一个巴掌,"才不是。你们是二世日裔美国人。"宪兵队员在对他们一顿痛斥之后,将他们的违规行为报告给了所在学校。"对日本人而言,"哈利后来回想,"敌人就是美国,而我们代表着美国。"⑫从那天起,他再也不在公共场合说英语了。

哈利依然坚定地想要回到美国。玛丽也没有动摇这一点。她对母亲的怒气并没有因为时间而消逝;她无法忘怀那种被遗弃的感觉。"玛丽和我母亲终日争吵,"⑬哈利说,"我母亲和大姐一点都不亲密。"弗兰克也认同这一点。哈利在公共场合用敬语"母亲"（okāsan）称呼阿绢，而在日记中，则亲切地称她为"妈妈"（mom）。然而，玛丽是如此地倔强，以至于她从不这样称呼阿绢。"我无法叫她妈妈，我们之间有隔阂。"⑭玛丽从不称呼她母亲。

对于独生女儿对自己的怨恨，阿绢不知所措。为什么玛丽将她最坏的一面留给了自己？她对别人并不是这样。玛丽常用甜甜的昵称"小千"（Chi chan）称呼邻居千惠子，每一次，千惠子都露出明媚的笑容。玛丽难道不明白阿绢有多爱她吗？

玛丽只知道她渴望的是独立。离开广岛，离开阿绢，去很远很远的地方。在 1936 年 3 月，玛丽终于高中毕业了，她的逃亡运动也随之展开。然而，同样顽强的阿绢对玛丽的未来也做了其他的打算。阿绢和阿清已经安排好了玛丽的新娘训练（gyōgi minarai）。在女人 20 岁时就会被认为是老处女（hatachi baba）的日本，玛丽已经是个成熟的 19 岁的姑娘了。玛丽不仅有一张正规女子学校的毕业证书，还有"现代女孩"（moga）的魅力，家庭的经济条件也相对不错，而且阿清姨妈的人脉很广，玛丽一定会是一个不错的结婚对象。阿绢和阿清计划在玛丽完成的新娘训练之后，就立刻为她着手寻找完美的新郎。

距玛丽 20 岁生日还有不到六个月，阿绢将玛丽送去了附近的城市，也是日本最重要的海军基地，吴市（Kure）。大和号（Yamato）战舰很快就能完工，届时，就像海军学员会涌入这个城市一样，玛丽也会经历一系列的新娘训练——甚至包括市长的出席——这是阿绢的姐姐的安排。

玛丽怒不可遏，强烈反对这个计划，然而阿绢却一再坚持。是时候让玛丽学习社交礼仪——传统舞蹈、插花、茶道及其他的艺术。在日本,母亲将女儿送到别处以学习这些技能是很常见的;不然的话,母女之间可能会发生争论。阿绢向玛丽保证,她不用为此感到惊慌。一旦玛丽能够成为一名合格的新娘,她就能够结束训练。

然而,对于玛丽而言,这样的训练也许需要双倍的时间——一年或更长。玛丽知道她别无选择,但她还是想法设法地惹恼她的母亲。在迎接市长妻子的场合,玛丽没有换上端庄的和服与木屐,而是直接光着腿就冲了出去。这对阿绢而言,相当于穿着泳衣去参加了需要穿着晚礼服的宴会。⑮

阿绢立即斥重金给玛丽买了一件正式的丝绸和服以应对这些场合。⑯当弗兰克将和服交给玛丽时,玛丽暴跳如雷。她讨厌早上五点被唤醒,穿着棉质和服擦洗房间,虽然这并不及她当服务员时值夜班那么糟糕。市长几乎每隔一个晚上都来造访娱乐。穿着新和服的玛丽应该是谦逊、顺从、优雅的,然而,这些家庭给予她的严格期待使她怒不可遏。她必须跪着只用一只手推拉滑动门,以一个精确的度数向客人鞠躬,将漆盘摆放整齐,和其他姑娘同步打开味噌汤碗的盖子。最糟糕的是,每个人都能看到她将冰镇的清酒倒进小瓷杯里时颤抖的手。

"我无法再忍受这一切了。"玛丽谈到苦差、压力和羞辱时说。⑰第二周,她就辞职了。玛丽从一位阿姨那儿借了些钱,从吴市买了一张回家的火车票。

"你溜走了?"阿绢和阿清惊恐地问道。⑱"是的,我溜了。"玛丽回答说。此刻她比以往任何时刻都想要回到美国。在那个知了没完没了地发出哀鸣的炎热夏日里,母女俩吵得不可开交。阿绢不让玛丽去华盛顿,她不放心玛丽这个年轻女孩独自一人去异乡闯荡。玛丽则指责阿绢违背了过去三年支撑着她在日本生存下来的诺言。

到了秋天,当玛丽20岁生日临近时,她变得歇斯底里。一天晚上,她吞下了安眠药以吓唬她妈妈。"我再也受不了了。"她解释道。⑲阿绢叫来了医生,让他给玛丽做了检查,已确定她并无大碍。虽然是一场虚惊,但阿绢终于松了口。"我让你走。"她说。阿绢给玛丽提出了两个条件:"你必须结婚,我们会给你挑一位丈夫。"就是这样。

就在那天的凌晨一点,玛丽拨通了四五个亲眷的电话,包括她的表姐田鹤子和在吴市的另一个表妹。在吴市,海军操场上日夜都有工人在建造战舰。"我是久江(Hisae),"玛丽用了自己的日文名,"我来和你告别,我要去美国了。"⑳"什么,什么?"亲眷们一个接一个从昏睡中醒来。大多数人都不知该如何回答,但田鹤子清楚地知道,她那个意志坚定的表妹要离开这里了。

玛丽和阿绢去广岛车站坐火车。七个小时后,她们到达了神户,玛丽登上了前往西雅图的蒸汽船。兴奋的乘客熙熙攘攘,阿绢抽泣着求玛丽不要离开,然而玛丽坚持要走。在甲板上,玛丽将彩带收进手里,又抛进空中。这一幕早已在她的脑海中预演,然而,她以为这一刻的自己应该拥有成功般的喜悦。当她看着她的母亲站在码头上满脸泪痕、身影凄凉,玛丽只觉得忧郁。㉑

阿绢回到了家中,发现玛丽没有带走和服。阿绢紧紧抓住了这件年轻未婚女性才能穿的振袖和服(furisode)。"阿姨依旧为女儿勾勒出了一个梦。"阿绢年轻的邻居兼石雅子(Masako Kaneishi)说。㉒阿绢将鲜艳的丝绸和服叠好,再用厚厚的宣纸将它包了起来,存放在泡桐木箱里。之后的日子,她将失去母亲的千惠子和雅子当作了自己的女儿一般对待。

阿绢忙于抚养她的儿子们。第二年秋天,哈利加入了一个几乎全是二世日裔美国人的篮球队,阿绢为此很高兴。哈利在篮球队里担任二线后卫。二世日裔美国孩子相较于日本本土的孩子要年长一些,因为他们在国外生活的日子使他们跟不上日本的教育,所以只能留级。这些二世日裔美国球员足足比日本本土球员高出6英寸,而由于饮食和年龄的关系,日本本土球员只有5英尺3英寸。哈利有5英尺7英寸,是队里最高的球员。二世日裔美国球队打了一场快攻比赛,跑动频率比他们的日本本土对手要多得多,霸占了整个球场。无论他们在哪里比赛,都会成为当地的话题。二世日裔美国球员与日本本土球员外形相似,但交流时,二世日裔美国球员就会一边配合着手势大声喊叫,一边满场地跑动。他们与安静、沉着的日本本土球员截然不同。最终,他们战胜了大学篮球队,赢得了广岛县锦标赛。接着,这些二世日裔美国球员前往邻近的四国岛参加比赛,并晋级位于东京的明治神社的比赛,在那里,他们所代表的是整个日本的南部。至此,这支队伍令人称奇的连胜落下了帷幕。

尽管每周六的比赛缓和了军事演习枯燥骇人的气氛,哈利还是下定了决心。他决定在1938年从三洋毕业后,追随玛丽的脚步回到奥本。他迫不及待地想见到他的朋友们。哈利和他姐姐一样任性,他提前一年开始着手准备他的逃亡计划。

他给以前的老师写了一封信,如今,她嫁给了奥本中学的校长。卢瑟福太太试图帮助哈利理清他的感情。"是的,我意识到了脱离家庭是多么困难。"她写道,"然而,人们必须认识到,每个人都有自己的生活。"[35]哈利与卢瑟福太太不断地以书信交流。1937年

5月,当哈利远在奥本的同学埃尔金、费基和海伦穿上毕业礼服时,卢瑟福太太再次鼓励他。"你在日本的家庭与人民对你的期待与你对自己的期待之间挣扎。但是,哈利,你应该试着做你真正想做的事。因为生活是你自己的,没有人能为你而活。我真的希望你能得到快乐。"㉞

在日本,为战争做准备压过了对幸福的追求。1937年7月7日晚,日军和中国军队在北京附近的卢沟桥附近发生冲突。自1931年日本入侵伪满洲国以来所酝酿的战火,终于在这一天正式爆发。

很多士兵聚集在广岛,准备着出征中国。然而,在中国驻扎的前线军队缺乏足够兵营安置他们。在此之前,增派的士兵只能寄宿于附近的家庭,待上几天或一周。因为阿绢的房子很宽敞,她被迫志愿接待士兵们。军队提供了少量的食品津贴以作为士兵入住的补贴,而阿绢只能够选择接受安排。

就这样,这位抚养着五个美国孩子的母亲,同时也是一名寡妇,如今成了为大日本帝国陆军和海军士兵服务的女招待。在士兵们寄宿的日子里,阿绢不得不为另外三到五个饥肠辘辘的年轻人做饭,为他们放洗澡水,并与自己的家人挤在二楼生活。在二楼,他们共用一张蒲团,摩肩接踵。如此一来,楼下的陌生人才能够尽情享受。没人敢抱怨。国家期望公民们能尽到自己应尽的职责。然而,蜗居在二楼的生活也出于阿绢自己的忧虑。她担心乘船回国的士兵在中国溃败的战壕中染上传染性的痢疾。㉟

弗兰克在广岛城堡以北的白岛(Hakushima)小学就读。每周,他和他的同学们都会列队行进到宇品港,排成一列,送别出征中国的士兵。当士兵们精神抖擞地齐步走近时,弗兰克和他的同

学们,以及成百上千的送别民众们都会拼命挥舞着他们的太阳旗
(hinomaru),大喊:"万岁(Banzai)!"

在这批前往中国的士兵中,还有哈利的宿敌,松浦茂。他的父
亲烦透了麻烦缠身的儿子,并催促刚满 18 岁、还有一年高中才毕
业的松浦茂应征入伍。自从那晚在拥挤夜市的激烈搏斗之后,哈
利和松浦茂对彼此的眼神中就充满了警惕。⑤当哈利听说那个恶
霸已经离开了广岛,他松了口气。他确信自己将来再也不会和他
迎面相见了。

1937 年 8 月,日本军队攻陷北京,大批民众逃离北京的同时,
广岛也上演着一场大逃亡。当日本士兵登上帝国海军的船只前往
中国时,二世日裔美国人正登上前往美国的日本邮轮。日经社成
员露丝·山田(Ruth Yamada)在给哈利的信中写道:"虽然与你相
识的时间很短,但我想你已经成为了我的朋友。"⑤当哈利收到她
的信件时,她已经踏上了回美国的邮轮。他们的友谊深刻而热烈,
因为这一切都建立于一个出于战时的外国文化之中,所以他们知
道,这段友谊将是短暂的。

哈利远在美国的朋友们为他的处境担心。前日经社社友玛
丽·冲野(Mary Okino)在俄勒冈州给哈利写信,说道:"我听说广
岛的那两个男孩去中国打仗了,这是真的吗?"在信的后两页,她又
说,"我听说现在没有人能从日本回来,尤其是男人和男孩,是真的
吗?"⑧如果没有美国领事的回信,确认哈利作为一个美国人,有不
可剥夺的权利,玛丽的这些话可能会让他为之颤栗。

中国的战争以及与美国在侵略问题上日益增长的摩擦,使哈
利大学毕业回美国的愿望岌岌可危。他不想应征入伍,但是如果
冲突扩大,势必将征募更多的男性。此外,他的心属于美国。然

而,一封又一封来信都警告着哈利,美国的反日情绪正愈演愈烈。1937 年 12 月,当日本海军击沉停泊在南京郊外长江上的"班乃号"(Panay)炮艇时,美日关系进一步恶化。哈利在奥本的二世日裔美国朋友卡兹·古城(Kaz Koji)写道:"这里的每个人都在读报,人们一直在谈论战争。哪怕去演出,也会先播放一段关于战争的新闻短片。美国人一定很反对日本的行径。尤其是在'班乃号事件'后,这里的白人对'那些肮脏的日本人'充满敌意。"⑱

1938 年初,阿绢终于带着全家人搬到了一所位于广岛中心 2.5 英里的高须(Takasu)的自立民宅中。高须是一个新开发的郊区,富裕的广岛居民曾在那里建农庄,然而,高须依然是一个土气、无聊的地方。这幢新房子有一个宽敞的前院,种了柿子树、枇杷树、石榴树和无花果树。房子的设计考虑到了每个人的需求,不但能放下胜治维多利亚式的家具、阿绢烧木材与煤的铸铁炉子,还有哈利一直心心念念的冲水马桶。谣传厕所的建造占了房子成本的三分之一。⑱黎明前,当邻居们侧耳倾听熟悉的收粪便的马车路过,以求倾倒粪便时,阿绢已经摆脱了这样的生活,她在后院的墙后造了一个化粪池。

当阿绢在广岛终于站稳了脚跟时,哈利却准备着离开这里。他想看起来和他的美国朋友一样,而不是像剃了板寸的日本士兵,于是他开始留长头发。哈利请他的母亲向学校请愿,允许他的头发超出规定的长度。他写信告诉他的朋友,包括他父亲遗产的受托人,说他即将离开。㉑他还参加令他百感交集的告别派对。1938 年 3 月 3 日,哈利大步跨过礼堂,向校长鞠躬,接过了他的高中文凭。㉒哈利是三洋毕业班中最年轻的二世日裔美国人之一,已经完成了在日本的使命。如今,他的母亲必须遵守自己的诺言,让他回到美国。

阿绢努力克制住自己的悲伤。她不仅失去了哈利，也失去了维克多。维克多被征召入伍成为了一名正式士兵，六个月后他就要被派往中国了。当阿绢凝视着街道两旁拥挤的送行人群，她不由得注意到这些爱国群众并非欢呼雀跃。被派去挥舞旗帜的小学生别无选择；母亲们强忍眼泪，她们被告诫不要在送行时哭泣，所以只能按照礼仪垂首向士兵们鞠躬。而政府则反复强调，应召入伍是一种荣誉。

阿绢害怕她不得不目送自己的儿子列队走向宇品港、面对一个充斥着暴力的未知世界的那一天，她会心如刀割。面前的生活（tatemae seikatsu）与真实的情感无关。[63]士兵们当着民众的面喊出"为国家捐躯"的誓言时，父母面对的是令人心碎的恐惧。

阿绢下定决心，要在维克多离开之前尽可能地多与他见面。每周日的探视时间，阿绢和阿清都会去维克多所在的军营探望他。她们为维克多做了他最喜欢的鳗鱼蔬菜寿司卷（makizushi），并偷偷地递给他。维克多比以前更安静，阿绢怀疑他在军营里受到了欺负。有一天，当哈利与母亲在一起时，维克多突然被叫去值班。他一小时后回来，脸上有瘀伤。维克多不肯告诉家人发生了什么事。他的家人后来才知道，由于二世日裔美国人的身份，维克多经常挨打。这种虐待愈发猖狂、无耻。"那些人当着家人的面揍他。"哈利回忆道。[64]在军队里，以打着训练的旗号而残暴对待二世日裔美国人的丑闻恶名昭彰。

当月的世界似乎也处处充满着火药味。1938 年 3 月 12 日，德国军队进攻奥地利，并在一天后吞并了它。日本也与中国一起卷入了战争，日本本土由军队接管，一切都为战争做准备。4 月 1

日，政府颁布了《全国动员法》(National Mobilization Act)，控制工业、资本、劳动产品和材料。随着时间的推移，这项法律使政府的触角侵入了人们生活的方方面面。

哈利沉浸在即将到来的旅途所带来的兴奋，几乎没有留意上述的这些事件。4月初，当飘落的樱花将广岛的河流染成粉红色时，哈利收拾了一个登船的旅行箱。他放进了父亲收藏的明信片——包括一张预示着好运的雷尼尔山的卡片、自己的日记，另外——也许是出于更好地学好度量的打算——他还带上了数学作业。他用红色的罗缎绒布将一堆堆来自奥本的老师和朋友寄来的信捆在一起，这些温暖而熟悉的声音正呼唤着他回家。

在他离开的那天，哈利的家人将他送到了广岛车站。在正午的阳光下，他们在那里摆好了姿势照了张相。阿清姨妈带来了哈利的甥辈的两个孩子，俊直(Toshinao)和君子(Kimiko)。除了哈利，每个人都穿着日式服饰。男孩们穿着军装，女人们则穿着经典的条纹和服；5岁的君子穿着一件罩衫。哈利穿着三件套西装，衣冠楚楚，微笑着拿着一顶软呢帽。阿绢显得很憔悴，一绺头发从她的发髻上掉落了下来。弗兰克蹿了个子，已经和哥哥的肩膀一般高了。他还是要在合影时站在哥哥的身边。兄弟俩的袖子交叠着。与以往在哥哥身边欢欣鼓舞的弗兰克有所不同，这次的他显得很严肃。每个人都沉浸在这一刻中。他们不知道的是，这是他们最后一次相聚。

当18岁的哈利爬上台阶，消失在车厢里时，弗兰克拼命眨了眨眼，把泪憋了回去。弗兰克13岁，和当年搬来广岛的哈利一般大。自从他们父亲死后的五年来，弗兰克不但将哈利作为兄长，还将哈利作为父亲。⑤此刻，他更意识到了这一点。

# 7

# 悲伤的归家

哈利很享受这趟旅行。他与一群二世日裔美国男孩在大舱里溜达，哈利觉得其中一个男孩很眼熟，在谈话中，他才发现原来他们在五年前"冰川丸号"上的第一次航行中就遇见了彼此。在玩扑克和到处胡闹的间隙，哈利遇到了一位年长的一世日裔女性移民。她是一位天生的故事高手，正坐船前往温哥华。她用日语讲述了自己二十年前身为一名"照片新娘"、怀揣着一张缺席日本婚礼的丈夫的照片，独自前往美国的经历。她说，他们在港口按照黑白照片（shirokuro）中的脸庞与人群中的面孔进行比对、寻找彼此。她还在脖子上挂了一张用英语写着详细情况的卡片，以免迷路。

这个故事让哈利想起了他母亲在 19 岁，也就是 1911 年的夏天第一次出国。①她是一个可爱的女孩，乌黑的头发向后梳成蓬松的样子，靛蓝色的棉和服裹着她苗条的身躯，百合色的手护着一张磨损了的相片。她离开了宫岛，离开了她所爱的每一个人。阿绢将她最好的丝绸和服用柳条行李箱收拾起来，并包上了她的古筝。

　　哈利可以想象他的父亲在码头踱步,戴着他的常礼帽,穿着轻便的羊毛套装,看一眼他妻子的正式结婚照,和人群反复对比的模样。阿绢是家中排行倒数第二的女儿,她的家族原本从事当铺生意,在一场灾难后家道中落。唯一幸免于难的传家宝武士刀,也被扔进了井里。家中的大儿子没有任何可继承的东西,所以先去了美国。这个家族想将心爱的小女儿也送去美国,而阿绢是一个永远不会反抗孝道的女儿。

　　胜治也有着坚实而模糊的家族之根。胜治的父亲将家中流传了十七代的土地变卖,支撑自己坐着黄包车去赌相扑比赛的恶习。②胜治得不到继母的关爱,他是家中没有继承权的次子,只能依靠朋友偶尔的救助过活。当卖豆腐的小贩骑着自行车"叮叮当当"地穿过祇园(Gion)叫卖时,胜治的邻居会将买来的豆腐分给他一块。③蛋白质虽然使他免于饥饿,却无法消除他的恐惧。当胜治14岁时,他意识到自己离小学毕业只有几个星期了,他看不到未来。但在波涛汹涌的太田河(Ota River)之外,经过濑户内海(Seto Inland Sea),横跨广阔的太平洋,美国在向他招手示意。

　　哈利一直认为他的母亲是典型的日本家庭主妇,而父亲是雄心勃勃的社区领袖。回首往事,他意识到阿绢和胜治也曾经年轻迷茫。包办婚姻在当时很普遍,并被证明是经得起沉淀的。他们在异国他乡遇到了无数的挑战。这一切使哈利对父母越发尊敬,也不那么感到孤独了。

　　船停靠在史密斯湾,玛丽等待在港口。她看上去比之前年长了一些,但是优雅自在。她烫了头发,修理了眉毛。除了美国自由的空气,让玛丽意气风发还有别的事:她的无名指上戴着一枚金戒指。她用日语告诉了哈利这个令人兴奋的消息。就在哈利横渡太平洋时,玛丽结婚了。她正式成为杰瑞·大下(Jerry Oshimo)夫人,她的丈夫比哈利大 18 岁,是一位一世日裔。

自从玛丽戏剧性地离开广岛后的一年半里,她已经成熟了,在经济上,也能依靠自己勉强度日。最初,生活充满了烦恼。她的第一份工作是帮佣,月薪只有 7 美元。她要打扫房子、洗盘子、洗衣服、准备饭菜。玛丽对自己要靠做这些卑微的劳动而维持生计感到震惊。即使在她中途退出的新娘培训期间,她也"从未做过这种工作",她很快就找到了更好的工作——插花。虽然新娘培训令人反感,但训练期间学来的插花技巧已经"派上用场了"④;相较于她的第一份工作,作为插花师的玛丽能挣之前工资的两倍多。⑤

在她负责装饰的酒店大堂里,玛丽遇到了波音公司总裁的司机杰瑞。他带她去豪华餐厅用餐,用看秀和疯狂购物取悦她。尽管他只高玛丽的半英寸——五英尺三英寸,头发也日益稀少,杰瑞还是让玛丽体会到了受保护的感觉。"他是我的看门狗。"⑥杰瑞的家人从她父亲的家乡祇园来,在那里,大下一家从事农业。这种地缘关系让她的母亲高兴,按照习惯,阿绢很快就对这位乘龙快婿进行了一次常规的背景调查,她对杰瑞的家庭很满意,于是便同意了这门婚事。

当玛丽和杰瑞去摄影棚拍婚纱照时,玛丽换了一身日式结婚和服(uchikake),和服上饰有寓意美好的花车图案,萌动的菊花和牡丹,手握一枚蒲扇。接着,她又麻利地换上了美国新娘的装束。玛丽身着白色的拖着长尾的婚纱,戴上了蕾丝头纱和手套,捧着一束层叠的玫瑰。她站在穿着燕尾服的新郎旁边,看起来美极了。

在他们新婚时,玛丽和杰瑞还住在老板位于埃德蒙顿(Edmonds)的大宅子旁的车库上。他们的家在车库楼上,十分宽敞,大小足以摆下四辆汽车。他们有足够的空间招待哈利加入他们新婚的生活中。玛丽是约翰逊一家的管家,负责做饭和打扫卫生,而杰瑞则是约翰逊(P. G. Johnson)先生的司机,这是一个薪水丰厚、非常可靠的好差事。虽然玛丽并不后悔在临走前丢下和服,然而,她并没有逃脱为他人服务的命运。

尽管玛丽非常独立,但这并不是她第一次被无法控制的环境所限制。帮佣是二世日裔美国女性为数不多所能从事的工作,她们被认为是勤劳、缄默、顺从的。⑦在约翰逊家,玛丽要给九个人做饭、擦净一楼的地板、熨烫衣服,还要在晚宴上招待来宾。尽管烫卷了头发、戴上了闪亮的戒指,她的生活似乎并没有比在广岛时更轻松。

哈利急于弥补失去的时间。他奔向奥本,与高中时的恋人海伦·霍尔(Helen Hall)重逢。她现在就读于美丽威严的华盛顿大学。当哈利在广岛时,她曾以"你的老朋友"的身份给他写信。⑧海伦对哈利很友好,但她与哈利之间的甜蜜已成往事。

哈利敲了敲他最好的朋友埃尔金·比德尔(Elgin Biddle)的门。比德尔夫人在五年后重新见到了哈利时,热情地邀请哈利进屋聊天。埃尔金不在——她解释说——他正在念大学一年级。比德尔太太曾经在一封信里对哈利滔滔不绝地抒发自己对他的思念:"哦,哈利,我希望你能再回到我们身边。做个好孩子,这样你很快就能回来了。"⑨天黑了,哈利依旧在比德尔太太家闲聊。即使埃尔金不在家,他料想比德尔太太也会邀请他留下来吃饭。然而令他惊愕的是,比德尔太太并没有这个意思。

哈利体会到,在奥本的生活已经快乐地翻然舞去了新的篇章,而他被落在了场外。他怀念错过的五场美式橄榄球比赛,尤其是埃尔金担任四分卫摘得胜利的那场。他也怀念绿河鲑鱼大收获的那五个冬天，他和他的邻居费吉（Fergy）会把蹦上岸的鱼都捡进桶里。他错过了三次高中谷仓舞会，一次四月的花束高中舞会，还有一次本应属于他自己的六月舞会。⑩哈利所珍视的人都已经长大、毕业、离开了这个小镇。他们都很喜欢哈利，但由于他们还生活在舒适的家中，并不会像哈利那样，在远方渴望着朋友的陪伴。

在阴影中潜藏着的还有其他的东西，那就是歧视。哈利轻描淡写地表示，自己在一些白人朋友的家中并不受欢迎。他们的父母很不安，和漂亮的白人女孩调情也不会有发展。由于他有很多亲密的白人朋友，他忽略了这其实是其他大多数二世日裔美国人都会立刻点头认同的现实。

他的朋友艾米·久隅（Amy Kusumi）与霍尔一家很熟。"她们是一个非常虔诚的家庭里的好女孩，"艾米回忆说，"她们总是鼓励我们去教堂，所以我们就开始和其他的一些日本朋友一起去他们的教堂——自由卫理公会教堂。当时我大概3岁。我们走了超过一英里的路，但他们从未提出要载我们去。那是一种冷漠。"⑪艾米一家与霍尔一家在同一个教堂向同一个上帝祈祷。但也许是种族带来的偏见，使霍尔一家拒绝载艾米去教堂。

哈利一位将来的朋友沃尔特·田中（Walt Tanaka）也是一名归美族。在加利福尼亚念初中的时候，他经历了一件令人难堪的事。他的老师带着全班搭公共汽车去游泳池，沃尔特花了25美分买了一条毛巾，和他的白人同学一起进入更衣室。"站出来。"工作人员对他说。⑫沃尔特照做了。然而，接下来的三个小时，他只能在同学们的嬉戏声、水花声和欢笑声中等待他们的归来。沃尔特意识到了为什么其他的二世日裔美国同学从一开始就放弃了这次出游。

"你是觉得我脏吗?"他想大骂这名工作人员。[13]然而,直到他们踏上了回程的公共汽车,他的老师还是对此一言不发。

哈利并非对日常对话所隐含的歧视毫无察觉,他意识到了。然而,他更愿意专注于他所拥有的、真正的友谊。他假定他在广岛时收到的信都是他没有受到歧视、也不会受到伤害的确凿证据。他没有意识到,他此次令人沮丧的归家竟踏上了一条在他人眼里意料之内的路。二世日裔美国人与白人之间的友谊,在高中毕业后将逐渐变淡。白人孩子会升入大学,而二世日裔美国孩子则需要摸索着找到容身之地。然而,此时的哈利仍然拒绝放弃奥本的生活。

大萧条使得到一份工作的机会进一步缩水。在 1938 年,波澜不惊的复苏运动和富有远见的新行政策依旧步履蹒跚。那年有四百多万人失业,股市暴跌。二世日裔美国人比以往任何时候更不受欢迎。日裔移民只好节节败退,撤回西雅图的日本城。那里聚集着工薪阶层,到处都是熙熙攘攘的失业者。最终,哈利也不得不在那里跋涉流浪。

他搬进了北太平洋(NP)酒店,由他父亲的老朋友下前(Shitamae)先生管理,位于西雅图日本城的中心。NP 酒店被认为是日本社区中最好的酒店之一。为了换取食物,哈利在附近的杰克逊咖啡馆做服务员和洗碗工。吃饭时,他将咖啡店提供的西餐在米饭上堆得满满当当。在两份工的间隙,他会溜进熄灯后的电影院,看两眼大银幕上正在上演的剧情。然而,尽管很节俭,他仍然无力支付旅馆的费用,哈利把房间分租给了外来务工人员,并设计了一个两人轮班睡觉的时间表。除了电影院内的座位,他还发现了其他可供休息的位置——酒店大堂、公共汽车、火车站,甚至是监狱。在监狱,他被锁在一间牢房里,体贴的警长在早上将他释放。在他回到美国的八个星期内,哈利迫不及待地离开了日本城——幽闭的住处、放了一整天的肉汤腐败的味道、用了三遍的食用油的恶臭、在醉了酒的工人中间,忍受着他们的脏话和口水。哈利心中依然有一个美国梦——上大学,有一份白领工作,有一个家。他将珍贵的黑色旅行箱——包括一堆堆来自奥本的信——交给下前先生保管,再次又出发去了奥本。

哈利拜访了他父亲在奥本商会的朋友,W. A. 麦克莱恩。麦克莱恩一家邀请哈利留宿,麦克莱恩先生还开车送他去了普吉特桑特学院(College of Puget Sound)参观。只要哈利能交得上学费,他就可以寄宿在麦克莱恩家中,实现他父亲的大学梦。哈利很感激麦克莱恩慷慨的提议,但大学对他而言是遥不可及的。他是一个在监狱里寻求庇护的孩子,他交不起学费。

到了收获的季节,哈利已经给自己制定了清晰的规划:先不急着上大学。接下来的三个月,从 6 月到 8 月,哈利都在白河谷和贝尔维尤的农场里摘草莓和豌豆。从清晨七点开始,连续工作十二小时直至太阳落山,一天的工作才算结束,但哈利几乎注视不到时间的流逝。除了嚼些豌豆、吃些烂熟的草莓做点心外,他没有任何休息的时间。当一天结束时,哈利已经累得站不直腰了。在夜里,哈利与其他农民睡在一个大棚里。他躺倒在一张草席上,汗流浃背,又脏又累,四周散发着精疲力竭的室友们——一世日裔移民的汗臭味。哈利理解了父亲那些未说出口的话。只有高枕无忧的时候,做一名流浪汉的梦想才显得浪漫。他沉入熟睡,又被烂熟的水果甜腻的果香掩住了呼吸。接着,又一天辛勤的顽强劳动开始了。

星期天是哈利的休息日，他去拜访了父母在西雅图的朋友。狼吞虎咽地吃着他们做的日本料理，在盘子里寻觅腌萝卜。哈利比以往任何时候都要瘦，但他的食欲依然和大多数 18 岁的年轻人一样好。

当一个农场的工作干完后，他搭便车去另一个尘土飞扬的农场干活。他采花、收黄瓜，在大棚里摘番茄。哈利一天能赚 1 美元，如果足够幸运，能有稳定的工作的话，他每月能挣高达 30 美元。与他共同工作的农民有干瘪的一世日裔移民、晒成古铜色的菲律宾人和苍白的二世日裔移民，这是后者在回到学校前第一次尝试到辛勤劳作的滋味。就像那些放弃梦想的老人一样，在这个萧条的夏天，哈利的美式冒险在装着沉重农作物的板条箱重压之下萎缩。

回到奥本的第一个夏天快结束时，哈利流离失所，他想要去阿拉斯加罐头厂工作，但工会正在罢工，没有工作可做。太平洋西北部的夏天提前结束，他决定"漂流"到南部，那里的柑橘地可能需要帮工。洛杉矶也许是一个更好的选择。⑭在格拉文斯坦的苹果变成成熟的金色和深红色之前，哈利离开了他的姐姐、他的行李箱，以及他对曾经宁静的奥本的信仰，出发去了"天使之城"。

随着哈利一路南行，太平洋西北部的云层和潮湿的寒气逐渐消失。1938 年 9 月，哈利沐浴在了洛杉矶灿烂的阳光下，那里的温度宜人，是能穿 T 恤的天气。洛杉矶充满着人们的活力和雄心，人口超过一百万，是美国第五大城市。洛杉矶以创新为荣，在扩建的体育场刚举办了最近的一届奥运会，这座城市引入了红绿灯，开辟了一些林荫大道，有一个试验性的电视台，还将一块豆子地改造成了洛杉矶第一家汽车电影院。当初来乍到的哈利由最初的晕头转向,到逐渐了解这个城市时,查理·卓别林正在贝弗利山的家里,创作讽刺剧《大独裁者》(*The Great Dictator*)。

歌手平·克劳斯贝(Bing Crosby)的热门歌曲《我有很多梦想》高居排行榜榜首。它唱尽了哈利的心情,然而,哈利并不是唯一受罪的人。有三万五千名日裔美国人住在洛杉矶,他们中的大多数住在小东京。哈利有熟识的人住在那里,他在广岛的朋友卡兹·长田和松本兄弟与家人一起重新定居在洛杉矶。他们知道哈利不是来打工的移民。他们了解真正的哈利,他是一个美国人,出身良好,是一个移居美国的日裔移民,一个最近曾在广岛生活的男孩。哈利起初和卡兹住在一起,寻找自己的出路。

长田一家和之后的松本夫妇都亲切招待了哈利。哈利发现他以前从未意识到,大部分归美族需要家人的支持才能在美国恢复正常的生活。除了新婚的玛丽,哈利在美国没有直系亲属。然而,只有真诚的朋友是不够的,哈利与美国社会的联结比他想象的要少。

尽管卡兹和松本一家在广岛被认为很富有,他们的家族生意仍处于第一代的起步阶段。他们的企业需要长时间的辛勤工作,利润率也很低,并没有留给其他员工发展的空间。哈利自力更生,接连打两份八小时的工。他白天在农产品市场工作,晚上做守夜人,中间只有一个小时休息的时间。哈利父亲的朋友——查理·卓别林的助手河野虎一将哈利介绍给了同是广岛人的市场主。哈利住进了为"一世"和"二世"园丁、菜贩搭建的宿舍,每周休息一天。

这两项工作都没有持续太久。在感恩节前,哈利在位于格伦代尔和好莱坞交界处的大街的三星农产品市场找到了一份工作。店主是祇园人，经理和哈利同住一幢楼，也是一个归美族。尽管哈利像他那一代人及其父辈那样长时间地工作，他并不觉得失望。最终，他在农田丰收期结束前找到了一份工作，这可能是份长久的工作。

在三星农产品市场的对面是华特·迪士尼的工作室。制作《小鹿斑比》的动画师们需要活生生的动物作为他们画作的模特，因此制片厂看上去就像一座动物园。哈利每天都会拿着一桶桶修剪过的树叶、蔬菜皮和伤痕累累的小东西给小动物吃，这些小东西即将成为迪士尼永恒的卡通人物，迪士尼工作室每年都会寄给他一张有着全员签名的圣诞卡，这可是哈利在洛杉矶为数不多的私人问候之一。[15]

然而圣诞节刚过，哈利就被解雇了。这并非是针对哈利的不满，生意不景气，市场不再需要他了。如果哈利维持这样的生活节奏，"我会从一份工作转向另一份工作"[16]。哈利挥之不去的是他在旅行中认识了一位曾经梦想在三年内赚足黄金、荣归故里的老世代日裔移民所说的话，他警告哈利："别最后像我一样。"[17]一想到此，哈利就清醒了。只有一条出路，他需要上学。

哈利为付学费而发愁。不稳定的生活正吞噬着他，有时他也会失去信心。哈利在洛杉矶认识了父亲的一个亲戚，他在一个舞会上遇到过哈利。那次舞会，哈利和人打架，被一顿暴揍。洛杉矶有二世日裔美国人自己的帮派，但哈利不属于其中任何一个。哈利的堂兄鲍勃（Bob）并不认为哈利是一个爱交际、任性的年轻人，他认为哈利是一个"硬汉"[18]，而哈利正在发展这一优势。

很快，哈利就在报纸上登了一则广告，介绍他作为一名"家庭帮佣"的服务,他将担任管家和保姆,以换取住宿、伙食和工资。一月,哈利收到了回复。格伦代尔附近的米彻姆(Mitchums)一家需要有人照顾他们的两个儿子,每月 15 美元。[19]哈利抓住了这个机会。一旦突然意识到自己走上了 1900 年,14 岁的父亲移民时相同的道路,他也许会放弃这个机会。哈利渴望上大学,获得成功的梦想再次闪现。

哈利回忆说,米彻姆一家对他的情况表示"同情",给了他一个月两个星期天的假,允许他上夜校。他在格兰戴尔初级学院(Glen-dale Junior College)兼修商学。[20]事实证明搭便车上学是不切实际的,所以哈利说服米彻姆先生每月借他 10 美元,以偿还一辆二手福特的 135 美元的费用。[21]

虽然哈利的工资勉强能够支付他的贷款,但这已无关紧要。当他买不起汽油,或是只能买 50 美分 3 加仑的汽油时,他还是得搭便车,这并不使他感到烦恼。有时,他的车轮瘪了,当他别无选择时,他只能接着用瘪了气的轮胎,一路咔嚓作响。哈利爱他的老爷车,就像他父亲爱他那辆闪闪发光的别克轿车一样。只不过他无法负担维护汽车的费用。

哈利来到天使之城六个月后,日本继续在中国推行其危险的军事行动。这吸引了全世界的注意。9 月,就在哈利踏上洛杉矶的同一个月,国际联盟正式将日本称为侵略者,并支持中国政府反对侵略。日本军队无视国际社会的指责,向中国派遣了更多的士兵。日本委婉地称发生在中国的事件正陷入泥潭。哈利的母亲来信,他温和的哥哥维克多也在这批派往中国的士兵之中,这使哈利大吃一惊。

哈利在米彻姆家里工作了六个月,直到住在山上的弗洛西和克莱德·蒙特看到了哈利,并提供给他一份月薪 35 美元的工作。相比哈利现在的工作,新工作能使哈利每月的收入增加 20 美元。他可以在另打零工,蒙特夫妇也赞成哈利接受高等教育的计划。哈利无法拒绝,米彻姆也很理解。1940 年夏天,哈利驾着他那辆生锈的福特车上撞上了一条小山脊,他将车停在了蒙特家荫蔽的车道上,扎进了他们温暖的怀抱。

哈利和他们相处了一年半,然后被迫离开了他们。很少有日裔美国人会在 1942 年自愿离开洛杉矶或者西海岸,在珍珠港事件之后更是如此。

# 8

# 发生在广岛的欺凌

　　1938 年秋,当 18 岁的哈利在迪士尼工作室拖着剩余物资喂食动物,14 岁的弗兰克在广岛结束了小学的最后一年学习。弗兰克的日语几乎没了瑕疵。基于他的能力,阿绢鼓励他参加广岛第一中学①——这所全市最负盛名的男子中学的入学考试。

　　当得知弗兰克通过考试时,阿绢很高兴。这消息传遍了邻里和亲戚之间。在讲究排序的文化中,正如其名,"一中"(icchū)占据着别样的分量。全城的学生都在为博得在第一中学中的一席而竞争。这所学校非常有名,连明治天皇都曾屈尊前来参观。"去那里的每个人都很聪明。"雅子说。②每个人都能认出出自第一中学的男孩,他们总是穿着棕色的鞋子,小腿上缠着独特的白色棉布绑腿。人们尊崇这些考上第一中学的男孩——尤其是在他们所就读过的小学的闭幕词和敬词中。

　　1939 年 4 月初,弗兰克正式就读第一中学。在礼堂里,威严、留着胡子、戴着眼镜的天皇画像使这个地方更为神圣,仿佛天皇正教导他的忠实的臣民。这位统治者被认为是太阳女神的后裔,他从来没有被称为裕仁天皇,而是被称为"天皇陛下"。他的下颚后缩,政治权威存疑,长相平庸,然而,哪怕是私下这样开天皇的玩笑也会被定为叛国罪。其实,除内阁大臣之外,没有一个日本公民见过天皇本人下诏"圣旨"。

在校长"起立"(Kiritsu)的命令下,弗兰克·福原站了起来,他的头发剃得光光的,神情真挚。"行礼(Rei)。"弗兰克和其他新生齐齐地向走进礼堂的前辈们鞠躬。校长请大家"着席"(Chakuseki),弗兰克正襟危坐,对接下来所要发生的事充满警惕。

在讲台上,校长开始发表演讲,他告诫第一中学的学生们和他们的家人要铭记国家光辉的历史。学生应该时刻谨记校训"朴素稳重""彬彬有礼、卓尔不群"的激励。③弗兰克认为孔子的思想是言之有理的,孔子讲究不作恶,对万物保持谦恭。

在观众席上,阿绢喜形于色。她最小的孩子的未来似乎以胜券在握。皮尔斯就读于哈利的母校三洋商学院,相较于常人,这已是相当出色了。然而,第一中学培养的是精英人才。阿绢为她年长的三个孩子而担心——维克多驻扎海外,玛丽在西雅图结了婚,而哈利还在洛杉矶讨生活。还好,她身边的弗兰克正苗壮成长。她为弗兰克和自己还都在日本的家中生活而感到安心。她知道,弗兰克的聪慧与健康都能得到神的保佑。在这个充满目标与承诺的庆祝日里,弗兰克也许会郑重地认同这一点。

阿绢想让弗兰克成为一名医生,弗兰克也有这个打算。在第一中学的学习将为他下一步申请一流国立大学的著名医学院打下基础。阿绢在弗兰克这个年纪时,也曾向往去位于广岛第一男子中学附近的广岛第一女子中学上学,但她的家庭负担不起女儿的学费。然而,在阿绢 46 岁时,她的梦想在儿子身上实现了。

当五月的牡丹开花时,弗兰克逐渐适应了在第一中学的生活。起初的焦虑正在消退,他相信自己能够应付第一中学严格的学业与激烈的体育竞赛。然而一天放学后,几名五年级学生把所有的新生都叫到了礼堂。他们声称要在那里举行一场说教会(sekkyo)。

新生们害怕地颤抖着,在宽大的礼堂里整整齐齐地列成一队。在紧闭的大门外,教职员工不时地从走廊里穿过。一群高年级的学生自大而轻蔑地打量着新生,新生们则直直地盯着地板。一个高年级学生走上前去,深吸了一口气,开始说教。他和其他几个人挑选了十到十五个新生,包括弗兰克,并让他们出列。接着,一名高年级学生开始歇斯底里地朝他们嘶吼,他是如此地愤怒,这一幕永远烙印在弗兰克的记忆中。

"你没有向我敬礼!"④他尖叫道,落下一记耳光——手拍打在脸上的清脆声音回荡在宽阔的礼堂里。一名措手不及的新生的脸被打得血红,一个巴掌印烙在了他的脸上。新生们接连被打、被踢、被扇耳光。轮到弗兰克时,高年级学生尖叫着大喊:"被宠坏的混蛋(Namaikiya)!"⑤弗兰克看着他抓起自己的胳膊将自己扔了出去,一切像是慢动作,一个拳头迎面而来。当拳头狠狠地砸在弗兰克的下巴上时,他努力使自己不要后退摔倒。他不愿擦嘴角的血,舔了舔嘴,将血咽了下去。而这些人绕了回去,重新开始新一轮的虐打。弗兰克接连被打了五到十次。这些高年级的学生几乎没有停下来,他们足足辱骂虐待了这些新生两个小时。

这些高年级学生处于暴怒之中。然而,学校的规章不是不允许这样做吗?他们难道不清楚这点吗?第一中学的学生应该穿制

服;第一中学的学生应该只穿白色 T 恤;第一中学的学生不应该
使用手表;他不应该带钢笔或手套;他不应该穿大衣;第一中学的
学生不应该经常去餐馆或电影院;第一中学的学生不应该沉溺于
轻浮的爱好或是低级的享受;不应该懒惰、奢侈、放纵。⑥学校警告
学生,必须遵守这些制度,违背条例会得到惩罚。

　　弗兰克想知道老师们在哪里? 他们难道没有从开着的窗户或
穿过走廊时听到礼堂里的骚动声吗? 为什么没有人开门、探进身
来看看有什么不对劲,并制止这些暴力呢? 殴打是一种仪式,每个
月都会发生一两次,通常发生在周一,之后的一周就与瘀伤相伴。
有时,二三十个高年级的学生会围殴一个新生;有时,全体新生都
会被选中为施暴的对象,那时,弗兰克也无法幸免于难。"喂,福
原!"弗兰克走上前去。在日本,面对自己的前辈,必须遵从绝对、
自觉、彻底安静的服从。在这一点上,新生们基本都做到了。在每
一次没完没了的"说教大会"上,弗兰克都憋着气,绷紧身体,等待
着施暴者以各种借口——无论他是否做错,甚至是否做过——对
他进行惩罚,直至精疲力竭。

　　放学后,弗兰克回到了母亲家,一个融合了东西方的宁静之
处。偶尔,他会邀请几位朋友们来做客,其中包括一名同在第一中
学就读,叫小仓博司(Hiroshi Ogura)的同学。在博司走进房子的
那一刻,他看到了爱德华时代的衣帽架和客厅里的帝王牌钢琴,他
的猜想得到了证实。有人试过模仿西方的设计,用各种富有异国
情调的装饰制造视觉冲击——风格迥异的柳条桌、钩针布椅子、镶
嵌珍珠的沙发床——但效果更像是一个家具陈列室,而非精致的
沙龙。福原的房子巧妙地融合了日本和美国的家具作品。福原夫
人热情地迎接孩子们,她没有穿和服。在那一刻,博司明白了为什

么福原在他眼里是如此与众不同。福原太太是个文雅的女人——他想——然而,她和她的儿子都非常浑身"黄油臭"(batakusai)。[⑦]他们曾浸染在美国的黄油味里。

"黄油臭"是对西方人的一个比喻,他们通常喜欢黄油和奶制品丰富的菜肴。当"黄油臭"作贬义,它隐含着谄媚油滑,仿佛外国人毛孔里渗出油脂。博司没有恶意,毕竟他也是一名来自俄勒冈州波特兰市的二世日裔美国人。博司更喜欢被称作亨利(Henry),虽然在第一中学,他不能使用这个名字。虽然除了福原和博司,学校里还有其他几个二世日裔美国人,但是没有人愿意披露自己的身份。确实,直至弗兰克从第一中学毕业,他也注定着对这些同学之间的共同纽带一无所知。

博司向弗兰克坦白了自己二世日裔美国人的身份,这让弗兰克很高兴。从那之后,他们常在私下通电话。他们在弗兰克家吃着阿绢美味的咖喱饭,玩金拉米牌,笑得无忧无虑。亨利知道,弗兰克的母亲为儿子找到了一个志同道合的人而高兴。

弗兰克对自己的习惯越来越小心,他的穿着很谨慎,在公共场合只说日语,甚至在高须,他也不再使用自己的美国名字。然而有一天,当弗兰克穿着一件哈利留给他的蓝色 T 恤衫,坐在靠窗的客厅里时,一名他不认识的高年级学生从窗前走过。"在日本,你不能穿那件蓝色的衣服!"他向弗兰克喊道。[⑧]弗兰克愣住了,"我知道我被监视了。"

弗兰克会因此受到惩罚。果然,之后的说教大会,他名列在册。他的邻居带头挑起了弗兰克的刺。"当时,他让我很难熬。"弗兰克说,他被迫脱下衣服,遭到身体上的攻击。如此产生的心理效应会持续很久。

　　弗兰克对殴打自己的竟是邻居而感到震惊。在高须,每个人都显得很友好。这里风光秀美,与第一中学的氛围截然不同,荷花锦簇,住家四周环绕着翠绿的稻田,一座神龛俯瞰着四周的无花果园和潺潺的溪流。高须是弗兰克心中的世外桃源,在那里他感到安全。

　　在高须,他的二世日裔美国人身份是一个公开的秘密。那里也有其他有着相同背景的家庭。但是,与阿绢往来甚密、在邮局工作的福田俊子(Toshiko Fukuda)在之后评论道:"她家的哥哥们看起来不一样,我甚至怀疑他们会不会说日语。相较于弗兰克而言,他们更美国化。"⑨弗兰克也许看起来并没有他的哥哥们那么美国化,但他也不那么像日本人。在福田夫人看来,福原一家属于日本民族的根基已经被在美国生活的经历所彻底改变了。她对此很感兴趣。然而,在战时的仇外文化中,这种微妙的差异使这个家庭表现得像是外国人一般,他们的生活也自然不会不像土生土长的日本人那么顺当。

　　阿绢一直都知道,无论军国主义是否蔓延,在地势狭小、人口过剩的日本,隔墙有耳。

　　"一人说话,三人听"(Hitori ieba sannnin kiku),总而言之,阿绢靠自己拿主意。每当晚上,她忙完家务,和弗兰克坐在客厅里苔藓色的美式沙发上,泡上一杯大麦茶,阿绢感到片刻的轻松。她渴望再次见到哈利。哈利离开时,她是如此地惊讶与沮丧。然而,现在的她,始终担心着哈利独自一人在美国的冒险。随着时间的推移,阿绢心力交瘁,她接受了这一切是哈利该"在年轻时吃些苦"(Wakai toki no kurō wa katte demo seyo),虽然哈利吃的苦未免也太多了。⑩他已将父亲大量的期票交给了一家回收机构。福原一家收到了该机构给出的 50％ 的票面补贴，然而，哈利一分钱也不要，他的生活变得很艰难。阿绢真希望他能收下着这些现金。

弗兰克点点头。继哈利与母亲在奥本一起在日光斑驳的下午野餐之后，弗兰克现在也成为了母亲的知己。阿绢没有过问弗兰克在第一中学的生活，她认为儿子在那里能够接受到无可挑剔的教育。弗兰克不忍心反驳她，他把在学校所经历的痛苦留给了自己。是的，他认同母亲对哈利的怀念，他也为自己的处境感到孤独。

一些同学们从第一中学毕业后，会升入中央军校。弗兰克对此很惊讶，他对这个时代的了解时如此之浅薄。当然，说教大会是官方认可的欺凌活动，在这样一所精英学府很常见。在那里，一半的毕业生将升军校，成为军官。[①] 官方不认为这种人才选拔的方法有什么问题。毕竟，这所学校的校训就是"朴素坚强"，这难道不符合公认的军事价值观吗？第一中学强调武士道（bushidō）的哲学，这种指导理念对塑造日本军队至关重要。说教大会能够促进体格和意志的力量，锻炼正直、奉献、英勇，以及所有的武士道价值观。第一中学是一所管理优异的学院，在这里，没有任何事情的发生是偶然的，甚至连教职员工都默许说教大会的存在。而对此的任何异议，都被看作是幼稚的。

如果二世日裔美国人认为他们可以掩盖自己的身份、愚弄日本同学，那他们就大错特错了。从一开始，弗兰克就显得很扎眼。他也许看起来像是日本人——他并非故意扮作日本人，但大多数日本人说话都很含蓄，弗兰克却很直白。大多数学生对于老师的教导都只是默默接受，而弗兰克会对老师的观点进行反驳。他说话时抬起的眉头在旁人眼里是粗鲁、反叛的，这也许激怒了那些本该被尊重的前辈。

弗兰克无法适应英语课。"拼写'郁金香'（tulip）。"老师说。⑫
日本学生念不好"tu"和卷舌的"l"，他们将这个词拼成了
"tsuripu"，但是作为母语使用者，弗兰克没有发音上的问题。"你
在哪里学的英语？"老师问他。而楼下教室的亨利·小仓故意将拼
错单词，并混着英国口音遮掩自己的美语，以蒙混过关。弗兰克也
许应该跟亨利多学学。

在那些弗兰克顶着乌青的眼圈和浮肿的脸颊回到家中的日子
里，他总是冲回楼上的卧室，躲避母亲的目光。晚餐时，阿绢见到
平日里兴高采烈的小儿子总是侧着脸，当她问他感觉如何时，他咕
哝着说自己头痛。弗兰克对于所受到的伤害轻描淡写，艰难地咀
嚼，掩饰自己毫无胃口。为了使母亲安心，他说自己只是今晚不饿
而已。弗兰克不想让母亲见到自己受伤的脸而为此难过担心，于是
他决心不露脸。他早早离开了饭桌，"谢谢你的招待（Gochisōsama
deshita）。"他礼貌地结束了晚餐。阿绢咬了咬嘴唇，没有逼迫弗兰
克多说几句。

作为一个家庭主妇，阿绢把养家糊口看作自己的职责，但战时
的经济却使这个母亲步履蹒跚。大部分物资都被转用于军需品和
补给，家庭被迫减少使用必需品。人们开始习惯家中与商店里光
秃秃的架子，只要有物资供应就很满足。自弗兰克考入第一中学
那时起，人们就开始叹着打招呼："不够，不够（Tarin，tarin.）。"然
而，这句话刚流行起来，政府就宣传起"奢侈是敌人"（Zeitaku wa
teki da）。这句口号指导着人们应当如何思考、如何行动。街上贴
满了印着这句口号的海报，并挂上了横幅，意图让人们谨记在心。

阿绢把和服叠好，将丝绸衣服收起来。邻居们也纷纷听从政

府的建议,穿着简单的衬衫和棉质灯笼裤(monpe),并将裤腿卷至脚踝。如果能够耕种稻田、种植蔬菜、照料果树就再好不过了,但年轻的男性农民不得不休耕入伍。

弗兰克鼓起勇气想要在第一中学坚持下去。然而,弗兰克越是了解第一中学,就越感觉自己沉浸在一个庞大的军事机构中。弗兰克和阿绢很后悔申请这所学校。当阿绢还在美国时,日本对中国发动了战争,第一中学的使命也逐渐改变。二十年过去了,在没有清晰说明的情况下,阿绢可能不再拥有对事物敏锐的理解力。弗兰克的优势无疑是他在美国生活的经历。虽然他认为老师是旁观者,但他们也可能认为自己肩负向上层输送人才的责任,所以让高年级学生考验新生。与广岛其他居民不同,福原一家并不那么适应军国主义的生活方式。

现在,弗兰克被他称为"高中"的学校录取了,但那其实"是军校的预备班",他不得不忍受军事化的训练。⑬自 20 世纪 20 年代初以来,日本军官就作为教员附属于日本的中学内。他们站立在操场中央的讲台上,监督由千余名学生组成的操练。第一中学以拥有不少于一名在职的准尉与上校作为教员而自豪。⑭不管这些职业教育者对在校园中进行军事训练有什么没有说出口的意见,很多教员自己也是军事化训练的产物。即使是小学老师都需要在师范学校参加训练演习、住在兵营,遵守严格的纪律。

学生们接受了军事思想。他们伴着将军事视为至高无上的预言故事长大,不再梦想成为医生或教授。相反,他们想要成为戴着头盔的坦克兵或是披裹围巾的飞行员。他们的理想出于对实际的考量。雅子很了解第一中学。"如果你是一名军人,"她说,"那么将孩子送去那里既便宜,毕业之后还能上军校。"⑮

弗兰克被持续霸凌了三年,然后霸凌终止。一年后,当他升入五年级,也是在第一中学的最后一年时,他也会成为一名施暴者。在他和他的同学升入军校后,这样的恶劣循环还会在第一中学往复。最终,顺从的第一中学毕业生会将他们所受到的欺凌直截了当地转化为针对敌人的暴行。

暴力事件使弗兰克大为震惊。他后来说:"'说教'的经历完全改变了我的生活。"⑯从他开始"憎恨学校"起的那一刻起,他就计划着离开,"但我不想让妈妈担心。"每一次说教大会都使弗兰克留下阴影,他需要摆脱"情感上受到的打击"。弗兰克变得沉默寡言,他为自己的"消极""懦弱"和"默默接受拳打脚踢"而愤怒。弗兰克最初对成为第一中学的学生所感到的兴奋之情,已经消逝在压抑的礼堂外。他描述自己成为了一个"出格"和暴躁的人。他的一部分自责来自于自己的个人主义所引起的关注。弗兰克憎恶校园中的欺凌,更痛恨自己所被塑造成的样子。

弗兰克怀疑他的母亲和皮尔斯都知道事情不太对劲。"但没有人问过我,所以我也从未向人倾诉。"⑰当阿绢再次向弗兰克哀叹哈利在美国受苦时,她还没有领悟到,"在年轻时受苦"这句话,也同样适用于弗兰克。

弗兰克所能想到的最美好的事,就是回到奥本,咬一口热狗,喝一杯可乐,吃一把冰镇樱桃,再把核吐在后院的小坑里。他想象着阵雨过后针叶林的清香。忽然之间,弗兰克是如此地想要回到奥本。奥本没有欺凌。在绝望的驱使下,他发誓要找到回去的办法。

一旦弗兰克离开在日本的学校,那么他将别无选择,只能返回美国。另一种脱离学校的选择,是立即入伍。他在小学的送别游行队伍中挥舞过太多次太阳旗,但是他并不知道,被送别的部队将面临着什么。通常被派往前线后一年内,士兵们就会以烈士的身份魂归故里。他们火葬后的遗骸会由追悼队伍,按照他们出发的行进的路线原路返回。每个人,甚至是小学生都知道作为士兵注定会送命。日本教育公民,无论是胜利还是失败,都需要准备着为天皇和国家牺牲自己。违背天皇是无法想象的大错。投降从来都不是一种选择,光荣地死去总比羞愧地活着更好。

暂时来说,弗兰克需要留在第一中学,但他不能再引起太多的关注。如果他表现出色,他将被推荐进入军官预备学校,这对日本人而言是一份荣誉,也是不可拒绝的选择。弗兰克冷冷地看着他的同学在毕业后升入军校,他决心将自己改造成如同变色龙一样的人。他既要在学校扮演好一名普通的日本预备役新兵,又要在家维持他作为美国人时的活力。两个角色之间精密的平衡,使他混混叨叨。在第一中学,弗兰克收起锋芒,始终低着头,表情茫然,克制着手势,步态紧绷,嘴唇紧闭。对一个深受其祖国影响的男孩来说,这是巨大的挑战。

在弗兰克刚入学那一年,他参加了一场田径运动会,这带给他了一个意想不到的机会。他一直擅长运动,在美国,他和父亲曾爬上过雾蒙蒙的雷尼尔山,他也常沿着绿河河岸追着哈利跑。在日本,他曾练过武术,并参加过威严的柔道比赛。他的动作快而协调。弗兰克在泥泞的跑道上飞驰,在 100 米和 200 米的短跑项目中拔得头筹。他发掘了自己所拥有的一种潜在的才能,这使他精神振奋。

几年前,弗兰克曾听到电台里的主持人屏气凝神地直播杰西·欧文斯(Jess Owens)在奥运会上的短跑项目中获胜。那是

1936 年在柏林举行的奥林匹克运动会,杰西获得四枚金牌,其中就有 100 米和 200 米短跑。弗兰克为他的美国同胞而欢呼。也许弗兰克也可以成为跑步运动员。田径运动自第一中学有着悠久的传统。在 1928 年的阿姆斯特丹奥运会,织田干雄在三级跳远比赛中获得金牌。吉冈教练曾是著名的 100 米赛跑运动员和前奥林匹克运动员。弗兰克设想了一条逃避现实的路线:如果他擅长田径,也许可以推迟入伍。同时具备决心与勤练,理论上弗兰克可以脱离这一切。

1940 年 4 月,在弗兰克就读于第一中学的第二学年伊始,他就开始专注于他的使命。第一中学规定,住在三英里内的学生必须步行上学;住在三英里外的学生,则可以搭火车到三英里内,然后步行上学。高须距离第一中学三英里开外,但弗兰克还是坚持步行。在一周七天内,他要跑去学校六天。"不畏迅雨,不惧疾风(Ame ni mo makezu, kaze ni mo makezu.)。"他用心爱的宫泽贤治(Kenji Miyazawa)的诗激励自己。

他渐渐将高须抛在脑后,穿过交织的马车,跑进水汽充沛的晨雾中,越过己斐桥。接着他进入了市区,又穿过了四座桥,避开骑自行车的人和燃煤公共汽车——汽油都成为了战备物资,汽车只能靠木炭驱动。弗兰克沿着元安(Motoyasu)河岸向北跑去,他瞥见了绿铜圆顶的工业促进厅,以及广岛的建筑瑰宝——独一无二的 T 形相生桥。他转向南跑,绕过有轨电车的轨道。第一中学就在市政厅的正后方,挂着足有四层楼高的战时标语横幅。再往南一点,就是城市的边缘——那里坐落着宇品港,挤满了海军准备出发的新兵、被送回来的伤兵及残疾的退伍军人。

弗兰克走进第一中学的大门,挺直了身子。从现在起,他不能掉以轻心。他不能不经意地将手插进口袋里,这会使他面临着在同学面前脱掉衣服的惩罚;他也不能随意地跑动。弗兰克以行进的步伐穿过操场,停下来向收藏着皇室肖像的微型神龛鞠躬。

第一中学强调以天皇为中心的崇拜。如果弗兰克想要扮演好一名第一中学的学生,他就必须把自己沉浸在德育、日本历史、武术、体育、数学和科学的课程中。德育老师在黑板上为学生们写下了 1882 年的帝国戒律,并让他们熟记在心。其中一个重要的段落解释说,军人永远不应该忘记"责任重于泰山,死亡轻于鸿毛"。

一天结束时,弗兰克在阴沉的黄昏中跑回了家——政府已经禁止人们使用霓虹灯。到达高须时,他的肚子饿得咕咕叫。他的母亲不会在腌料里加太多糖,尽管阿清有军队的合同维持生计,1940 年 12 月发布的配给限制对明治堂的影响尤为严重。阿绢在腌料里加了更多的酱油作为根茎蔬菜的调味料。物资越来越匮乏,很多商店都永久歇业了。幸运的是,阿绢看到自己的小儿子还是一样地健康——他像一个正常的少年一样,会感到饥饿和劳累,困扰他的麻烦似乎已经消失了。

尽管说教大会依旧进行着,弗兰克调整了自己的心态。他抓住了第一中学里的优势地位,接受了霸凌背后的群体心理,不再将受到的打击往心里去,并学会快速地将压力抛在脑后。水泡、瘀青和伤口都会愈合,尽管如此,弗兰克还是看不起那些给新生灌输自认为高人一等思想的高年级学生。

为了发泄他的愤怒,在第二学年,弗兰克参加了 100 米和 200 米冲刺的训练。他越长越高,虽然还是比哈利矮了几英寸。弗兰克光着脚跑,速度和吉冈教练一样快。当然,35 岁的教练已经时过壮年。教练注意到了弗兰克的加倍努力。

一天,吉冈教练将弗兰克拉到一边。他知道这位运动员正刻苦地进行训练,而第一中学也需要短跑运动员。田径队需要福原。然而,如果他课程考试不及格,被学校开除,教练就无法让他参加训练。考虑到当时的政治环境,文化课程并不被在意,分配的课时也比以前少了,但文化课程仍然是学业的一部分。福原的英语语法必须跟上进度。

弗兰克很震惊。他是如此用心地去掩饰他二世日裔美国人的身份,以至于他忘记了在奥本学到的很多东西。在不暴露他的过去的情况下,弗兰克不得不重新捡起英语的学习。他蜷缩着背诵枯燥的日本英语语法课本,把美式英语藏在心底,继续跑。

1941年12月8日,星期一的早上,弗兰克早早地起床去参加田径运动会。早上7点,他站在高须站的月台上,打算在比赛前搭火车,以节省体力。家庭主妇们不顾政府最新的口号"决定不买,决心胜利"(Kawanu kesshin, kachinuku ketsui),毅然决然地去市场采购。弗兰克一心做着热身准备。他拉伸腿,用手触地,直到火车进站。在刺耳的车轮声中,一个在他身后的男人大喊着日本空袭夏威夷取得了胜利。弗兰克跳上了火车。虽然他不知确切发生了什么,但他意识到这个新闻很重要。"我很兴奋,并不知道会发生什么。"⑱

运动会后,弗兰克跑回家,发现母亲已经听说了日本袭击珍珠港的事。每个人都知道了这条新闻。在人们喝下清晨的第一口绿茶前,街道上固定的喇叭就开始大声朗诵一首日本海军的赞美诗,令人震耳欲聋。"为祖国抗击,为祖国进攻",喇叭内传出刺耳的公告。⑲没人知道接下来会发生什么。

第二天,阿绢打开了当地的《中国新闻》,阅读整个太平洋地区的日本官方消息。新闻的标题近乎疯狂。来自"四面八方"的"突袭"——"在夏威夷的第一次空袭";新加坡也被炮轰;同样地,还有达沃、威克、关岛。在上海,英国舰队"沉没了",美国"投降了","在香港发动了进攻","突袭马来半岛"。这些令人震惊的战争进展竟都是现实。

从表面上看,人们的生活一开始并没有发生什么巨大的变化。在高崎,邻居们围着收音机,焦急地等待最新消息。在市场,家庭主妇们交流购物心得——有没有东西可以替代糖,使自制的无花果酱变甜?物价像台风中的风筝一样迅速攀升。怎么办?新年就要到了。

最先出台的是关于此次全面战争的新命名。自 1931 年日本开始侵略伪满洲国以来,政府把伪满洲国和中国的小规模冲突和战斗描述为单独的事件。1941 年 12 月 12 日,政府宣布将对美、对英战争和中日冲突统称为"大东亚战争",这是一个充满神圣使命感的名称。

不管用什么名称,日本已经在战争中挣扎了十年。那些曾经居住在美国的归国者对日本的前景感到悲观。"日本不应该和美国作战。"雅子的父亲说,他年轻时曾在夏威夷工作了三年。[20]即使在那个沉睡的前哨,他也见到了使日本相形见绌的工业资源——巨大的拖拉机、犁和卡车。"你不会想要去和一个这样的国家打仗!"然而,日本已经挑起了战争,他不得不面对不确定的未来。

葛福优·円福(Gofuyo Yempuku),一位 1933 年从瓦胡岛迁到广岛附近的一个小岛上的归国者回忆道:"我们都知道,对日本来说,这将是一场艰难的斗争。但是我们不能和其他人这样说,因为我们害怕思想警察也许会对我们采取行动。"[21]

17 岁时，弗兰克预见到军队需要更多的士兵，征兵会更频繁，条件也将更宽松。他修正了他的个人使命。"我决定循规蹈矩。"②他将精于田径，取得够好的成绩，努力做一个不起眼的学生。

阿绢很爱国，但她也不希望自己心力交瘁。她没有透露自己的忧虑，也没有告诉弗兰克半夜惊醒的梦魇——军队抓走了她的儿子。维克多在中国和中南半岛战役中幸存了下来，然而，他将被再次征召入伍。一旦受伤痊愈，他还能在接下来的战役中幸运地活下来吗？在横滨念大学的皮尔斯也名列下一届征募名单中。皮尔斯体弱多病，他能应付得了吗？小弗兰克也会跟随着他们的脚步，踩着沉重的战靴走上战场。而且，在遥远的美国，她那个无法压抑美国人天性的二儿子——她的哈利，他会怎么样？想到每一个孩子的未来，阿绢都感到痛心。

# 9

# 发生在洛杉矶的恐慌

"日军向美国夏威夷发起轰炸。""日本对夏威夷的大胆进攻意在削弱美国舰队""此次进攻使十年危机进入高潮"和"轰炸机从马尼拉呼啸而出"。[①]这些新闻所反映的都是六千英里外的阿绢所读到的内容。

这是哈利第一次发现头版新闻与他有关。有几篇文章涉及日本民族、第一代合法外侨(一世日裔移民)和第二代公民(二世日裔美国人)。西海岸的日本人社区总共有十二万人,三分之二是美国公民。

在珍珠港事件发生后数小时内,戴着浅顶软呢帽的联邦调查局(FBI)特工就开始了"寻人"行动,寻找所谓的日裔颠覆分子。他们迅速在洛杉矶以南25英里的终端岛上隔离了三百名一世日裔渔民,并将他们列为"拘留人员"[②]。当天下午,还有两百名不知是一世还是二世的日裔在洛杉矶遭到围捕。哈利读到,到了晚上,探员们正按照一张列有三百名嫌疑犯的名单在南加州四散搜捕。在一天之内，他们预计会再逮捕三千人。

　　美国联邦调查局的搜捕表明了美国对日本的态度正不断恶化。尽管自 1939 年 9 月纳粹德国袭击波兰以来，所有的目光都投向了欧洲，然而，日本自 1941 年所引发的紧张态势吸引了世界的关注。7 月，日本占领了法属印度支那，以加强其在东南亚的存在和丰富该地区的自然资源。美国立即冻结了日本在美国的资产，并对日本实施全面的石油禁运，以遏制日本在亚洲的扩张野心。哈利既买不起报纸，也没有足够的储蓄拥有一个银行账户，他只能将蔓延全球的混战视为遥远的喧嚣。

　　回顾过去，也许他应该更加珍惜不到二十年前、在世界陷入第二次世界大战前最后一个平静的夏天。或许他应该更多地反思一下奥本的朋友们在他回来时对他的反应。但他只有 21 岁。他渴望着未来，渴望向前看，他时刻准备采取行动，而不是考虑失败的可能。

　　1941 年的那个夏天，哈利开着他的福特 A 型汽车在海岸边颠簸，享受了一个完美的假期。西雅图的夏天是哈利与奥本的伙伴们团聚的完美季节。在三年前的春天，哈利前往他们家拜访时，他的伙伴们都远离家乡去上大学了。哈利刚从格伦代尔初级学院取得了两年制的文学大专学位，即将在 9 月踏入伍德伯里学院进行学习。③虽然哈利还在迈向目标的中点，但他并不会在朋友面前为此感到尴尬。一些就读于华盛顿大学的伙伴们正面临着毕业与择业。

　　哈利登门拜访比德尔家，期待着他们一家的欢迎。他敲了敲门，开门的是比德尔太太。她几乎没问候哈利，就脱口而出，说埃尔金出去了，在打一份暑期工。哈利感觉到了她的冷淡。与上次的造访相比,他们现在甚至如同陌生人一般。经历了磨练的哈利很快就告别了比德尔太太,退回到他唯一能够依靠的福特汽车里。"他们曾经就像是我的家人,但这次,她甚至没有叫我进屋。"④

后来,哈利才知道埃尔金的哥哥比尔在海军服役,比德尔夫人担心他会去太平洋。比德尔夫人出生在法国,因此她比大多数美国人更熟悉欧洲的战争。1940 年 6 月 14 日,纳粹德国军队占领了法国,从香榭丽舍大街和凯旋门前列队游行。1940 年 9 月 27 日,也就是两个月后,日本在柏林与德国和意大利缔结了三方结盟条约。比德尔夫人大骂轴心国的势力,为她的儿子牵肠挂肚。她是如此烦躁,以至于将哈利也视为了敌人。

哈利为比德尔太太对他的态度而感到震惊。一天后,他就缩短了拜访伙伴的行程,回到了洛杉矶,坐回了他安全的坐驾中,投入了卡兹·长田、三津和马斯·松本等广岛朋友的安慰中。这是他 25 年来,最后一次冒险回到深爱的家乡。

即使在珍珠港事件之后,现在的哈利依旧决心保持乐观。在针对日裔接二连三的逮捕行动的不久之后,他通过红十字国际委员会给母亲发了一封电报:他和玛丽都很好。然而,他的母亲没有回复,这很反常。

哈利继续讨生活。他开车往返于小东京与园艺工作之间,为社区正迅速失去往日的神采而感到震惊。圣诞节和新年的小东京通常会吸引购物者,但人们正迅速逃离着这块日本人的飞地。

曾经挤得满满当当的饭馆,如今只剩下空空荡荡的桌子,显得很凄凉;为了躲避歧视与排斥,业主们迁入了加州内陆,这已是一个新闻热点。美国人正在回避与"敌国侨民"(enemy aliens)之间的交易——这是对日本合法移民的一个新称呼。而二世日裔美国人在不久之后，也会被纳入这个范畴。日裔的银行账户被冻结，二世日裔美国人必须出示出生证明才能解冻他们的资金，一世日裔移民无法重获他们的账户。在美日裔的生意正在走向穷途末路。小东京在洛杉矶生存并繁荣了近半个世纪，如今，这一片区域死气沉沉，陷入困境。

哈利觉得，紧闭的店面背后是对鲜活生命的沉重打击。他的许多二世日裔美国朋友都心急如焚，他们的父亲和兄弟都在没有明确理由的情况下遭到联邦调查局的逮捕与监禁，没有人知道他们在哪里，或者什么时候会得到释放。与任何日本社群有关的领导经历——无论是在教堂、学校，还是地区协会——都会导致被拘捕。日裔的家族事业步履蹒跚。由于一世日裔移民没有公民身份，他们无法拥有任何政治影响力以抗议自身所处的困境。日美公民联盟将曾经的宣誓置若罔闻。庆幸的是，哈利的父亲不必经历现在的混乱，他的简历上所罗列的领导职务，足以让他成为第一个遭到逮捕的人。哈利知道，面对这一切，他的母亲会发疯。

洛杉矶的除夕夜，由于存在遭到空袭的威胁，成千上万的狂欢者从市区被遣散，一年一度的庆祝活动也都取消了。小东京的居民也躲在了家中，没有人在挂着用日语写着"友谊地久天长"的都吉街闲逛。相反，在光线暗淡的公寓里，在遮光的窗帘后面，他们举起顶针大小的清酒杯，低声祈祷和平，然后默默地啜饮。在不远处的优雅的酒店里，白人聚会者举起香槟长笛，在午夜祝酒，大声喊着："干杯！"⑤

1942年1月1日，哈利满22岁。不久后，他去了当地的征兵办公室。哈利想加入这群人的行列，但他没有通过体检，因为他的视力从小学开始就很差，而且他在清理排水沟时从邻居家的屋顶上摔下来，背也不好。新年的伊始令人失望。

尽管哈利知道自己是一个爱国的美国人，但他意识到，自己"归美族"的身份使他的立场变得可疑。他将所有在三洋高中时穿着军装的照片都扔进了后院砖砌的垃圾焚烧炉里。火焰劈啪作响，照片卷曲变黑。

哈利试图不去想那些人们针对日裔逐渐发酵的敌意，但人们的态度不断提醒着他这一点。当其他司机在停车标志处看到他时，他们会朝他大喊带有种族歧视的脏话。在夜校的一堂晚课上，哈利走近一位看起来像是亚裔美国人的同学，"我以为她会同情我。"⑥但当哈利试图和这位年轻的女同学交谈时，她眯起了眼睛。"日本人对珍珠港的袭击真可怕。"她说。她是朝鲜人，她的父亲和兄弟不想让她和日本人说话。在 1910 年，日本确实占领了朝鲜，并对其进行了严厉打压。朝鲜人被强迫去日本及其他地区，在恶劣的条件下劳动。⑦然而，这场会话发生在两个同为美国人的个体之间。即使如此，哈利还是从同学的嘲讽中学到了一课。

天使之城的气氛正在恶化。餐厅窗户贴上了禁止日本人用餐的标语，"这家餐馆会毒死老鼠和日本鬼子。"⑧右翼极端分子也张贴海报，写着"记得日本人本性难移"，附有一张长着日本人脸孔的老鼠插画。人们正在将这些口号和图像转化为行动。哈利从朋友那里听说，他们泊好的车总是被追尾，家里的窗户也被打碎，后来，哈利称这一连串的行为为"骚扰的风气"⑨。中国居民开始戴上臂章，写着"我是中国人"，唯恐被误认为日本人。⑩

在晚上继续前往伍德伯里学院是危险的。即使学校里都是健康的年轻人，哈利还是忍不住有所顾忌。他也无法忽视自己急需存钱的处境，在这样一个不稳定的时代，上学似乎是一个可笑的选择,是一种自我放纵的奢侈。教育的回报是不确定的。当他退学时,哈利告诉自己这只是延迟完成自己的梦想,总有一天他会回来的。

与此同时,煽动性的新闻通过合理化关于日裔间谍活动的流言,点燃了民众对日裔的怒火。他们传言,在太平洋被击毙的敌机飞行员身上发现了美国大学的戒指。⑪间谍在靠近西海岸的某处指挥着日本潜艇的进攻。⑫在拉古纳(Laguna)海滩,有人看到一艘日本渔船给岸上的人发信。在洛杉矶,人们看到日本人拿着双筒望远镜和地图。在县人会的(kenjinkai)野餐会上,与会者被指称举着箭头指示日军射击的地点。⑬二世日裔美国人故意造成拥堵,阻碍返回兵营的士兵。敌人无处不在,敌人就在身旁;敌人在这片土地上土生土长。尽管没有证据证明这一件件所谓的破坏行动,然而这样指控日裔的谣言是如此之多,以至于无法一一击破。

哈利认为,理性的思考者不会将这些不择手段的故事当回事,二世日裔美国人妨碍军事行动的说法更是荒谬。毕竟,成千上万的二世日裔男孩在征兵站热切地排着队等待入伍,回应着美国军队那张手指群众、呼吁着"我需要你!"的征兵海报。

然而,新闻界的侵略运动只会加剧。12月8日,《洛杉矶时报》(*Los Angeles Times*)在头版发表了《对疯狗处以死刑》的文章。编辑们将对日裔移民的恐惧追溯到世纪之交的"黄祸",将日本移民视为入侵者,他们在经济竞争中对本土美国人产生了威胁。编辑们警告读者,太平洋"从阿留申群岛到加州"是遭到破坏的"危险区"。对于二世日裔,报纸还没有给他们下定论。"也许很多二世日裔美国人是忠诚的,他们是优秀的美国人,他们出生于此,受到了美国的教育。"⑭

但不到两个月，新闻报道中对二世日裔留存的好感已消失殆尽。2月2日，专栏作家安德森（W. H. Anderson）在《洛杉矶时报》上写道："毒蛇在任何地方都是毒蛇。"⑮日裔美国人宛如鸡生出来的蛋，他们的父母是日本人——所以他们也是日本人，而不是美国人。他倡导"限制并控制他们的活动"。哈利在这些花言巧语面前感到怯退。

亚洲的事态发展加剧了抗日的紧张局势。日本海军和陆军占领了英国、法国、荷兰、美国的殖民前哨。他们占领了马尼拉和香港，并将英国人驱赶到马来半岛的南端，他们的势力范围已触及了新加坡——"东方的直布罗陀"。而这座堡垒，不久后也将倒塌。

在旧金山的总统府，负责保护太平洋海岸的陆军西部防卫司令部司令约翰·德威特（John L. DeWitt）中将被"黄祸"阴谋论、日本一连串的军事成功所带来的恐慌，以及对聚集在西海岸的日本人的不信任所刺激。他把政府机关的铁面无私与高超效率转化为危险的行动力。哈利作为自由公民、追求美国梦的日子已走向了尽头。

尽管蒙特一家试图从新闻和社论中客观地分析事实的真相与谎言，然而，即使是他们也难免受到日本接二连三大捷的消息所带来的负面影响。"日本怎么了？"他们问哈利。"我不知道。"哈利回答。⑯哈利假装自己并不比他们知道得更多。

在情人节那天，德威特不顾自身应尽的对所有公民的关怀，给陆军部长亨利·史汀生（Henry Stimson）写道："日本民族是一个敌对的民族，虽然很多日本人在美国本土出生、拥有美国国籍，然而，他们的血统依旧属于日本民族。"他以近乎偏执和扭曲的逻辑补充道："他们还没有造成任何破坏，这一点就足够令人不安。这一迹象足够确认我们的假设,我们必须采取行动。"⑰

五天后,也就是 1942 年 2 月 19 日,富兰克林·罗斯福总统签署了第 9066 号行政命令,根据军事指挥官的授权,将可疑人口——无论是外国人还是公民——从任何地区转移至集中管理。这项法令将被认为是他总统任期内最可耻的举动之一,但当时,司法部长弗朗西斯·比德尔反对这条法令,他指出:"我认为他没意识到这一法令的重要性和影响。"⑱然而,受到全权委托的德威特,在不到两周的时间内,就在亚利桑那州、加利福尼亚州、俄勒冈州、华盛顿州中划分出了隔离区。这是针对日益的大规模疏散与长期监禁行动的第一步。

虽然最初看来,德威特的行动似乎为时尚早,然而,2 月 25 日凌晨 2 点直至黎明,德威特最害怕的事还是发生了。洛杉矶遭到日本所谓的袭击。拉响的防空警报,扎眼的探照灯与连连发射的防空炮构成了喧嚣的一夜。在惊人的火力中,近一千五百枚防空炮弹炸焦了土地,损毁了房屋和汽车,但奇怪的是,没有击落任何一架敌机。仍然有人员伤亡:两人死于心脏病发作,三人死于车祸。

几小时内,海军部长弗兰克·诺克斯承认这次所谓的突袭实际上是"虚惊一场"⑲。后来人们才发现,引发这场被称为"洛杉矶之战"的,只是一只肆意在空中飘扬的气象气球。

无论如何,第二天,所有生活在终端岛上的日裔都只 48 小时的时间撤离去隔离区。当月早些时候,一世日裔渔民被送至司法部管理的收容营。现在,他们的家人也正匆忙地转移到教堂和社区中心,最终他们将会被拘留。这标志着自 1830 年《印第安人迁移法》所导致天真的印第安人遭到毁灭性的打击、流离失所、从自己的家园迁移到荒芜的保留地以来，政府再一次大规模地疏散了一个民族。

哈利开车去终端岛考察，还有三千名日本人在那里生活和劳作。海鸥在土路上呱呱叫，土路两旁是由鱼罐头厂建造的一层隔板房子。其中一间屋子里传来阵阵骚动，哈利听到家具被拖过木地板的声音、碟子互相碰撞咔嚓作响，还有大声呼喊的日语。人们争分夺秒地搬家。一个男人拖着家具从一所房子里走出来，哈利帮了他一把，他们开始用日语交谈。哈利告诉他，自己可以拿走他的家具，把它们都卖掉，然后分得属于自己的收益，并在之后将剩下的钱寄还给他。这个男人觉得相比捐掉这些自己辛苦挣来的家具，哈利的建议更有收益。他将家具交给了哈利，相信他会信守诺言。

哈利开着车顺利地回到山上的庄园。蒙特夫妇为哈利所面临的拘留而感到愤怒。他们断言这是违宪的，这违背了公民的人身保护令，以及要求解除非法监禁的权利。[20]"为了你的权利抗争。"他们告诉哈利。他们七嘴八舌地讨论可能解决哈利日益困难的处境的办法。他们觉得，这也许是名字导致的。如果哈利改一个白人姓氏，就像他们的姓一样，也许就能逃过一劫。他们对哈利的感情没有动摇，与其说是雇员，哈利更像是他们的儿子。克莱德和弗洛西想要合法收养他。

哈利既感动又好奇，他考虑过改姓，然而，这需要由他的母亲做决定。在日本，姓氏与远古的血统有关，领养意味着使一个姓氏得以延续，而非掩饰原来的姓氏；没有继承人的富裕家庭可以收养一个儿子，或者入赘一位女婿。改姓会使哈利与家人疏远，以蒙特家的一员自称，会使家人伤心和失望。哈利坐在他的在卧室里给母亲发去了一封电报。奇怪的是,母亲第二次没有回复。

然而,改姓也无济于事,哈利所面临的问题与血统有关。他咨询了当地的政府办公室,被告知任何有一半以上日裔血统的人今后都需要从西海岸撤离。"我说我是 100％ 的美国人。"[21]有各种各样的美国人,他只是碰巧是日裔美国人。这位工作人员回答说,美国正与日本交战。"那又怎样呢?"哈利问。他提到了自己可能会被收养,然而,这并无法改变哈利的命运。哈利回忆说,那名工作人员告诉他:"哪怕你把名字改成希特勒,也还是得走。"

哈利仍然想参军。他的背部康复了,他准备再试一次。他没有想过他会被派往哪里,只是觉得参军是正确的选择。他知道这需要让母亲知情。他第三次给母亲发电报,等待她的答复,但这一次也没有任何回音。

同时,蒙特夫妇也凑在一起为哈利所面临的困境寻找答案。"你有没有想过去俄亥俄州的哥伦布?"他们问。[22]蒙特夫人的妹妹住在俄亥俄州,那里没有多少日本移民和二世日裔美国人。哈利可以和她的家人住在一起,继续接受教育,并保留他作为美国人的权利。蒙特夫妇恳求哈利,在这紧要关头,一定要迁入内陆。

这是哈利第四次给母亲发电报。然而这一次,母亲仍然没有回应。到现在为止,他认为战争已经切断了通讯。他不得不想象他母亲会说什么。她可能会对他的领养表示不满,对他参军的计划长叹短吁。然而,他的母亲会赞同搬去俄亥俄州的计划,即使她必须先查一下片假名标注的美国中西部地图。

就在哈利考虑迁往内陆时,玛丽给她打来了一通近乎疯狂的电话。西雅图的新闻界和洛杉矶的新闻界一样狂热于日裔撤离的讨论,但是玛丽急需解决一个更为紧迫的问题。她已经坚持了几个星期,但现在,她担心自己的安全。哈利立刻给她寄去了前来洛杉矶的旅费。玛丽抱着她蹒跚学步的女儿珍妮(Jeanie)和一个手提箱,登上了蒙特家的门阶。

玛丽结婚快四年了,现在她想要离婚。㉓她的丈夫杰瑞滥赌、酗酒、殴打她和两岁的珍妮,并搞丢了司机的工作。他把玛丽值6000多美元的订婚戒指当了400美元。虽然在辞退了杰瑞之后,约翰逊一家允许玛丽继续住在车库楼上,然而玛丽知道,他们很快就会找到另一个司机。她无法兼顾照顾珍妮和工作。26岁的玛丽被醉酒后狂怒的杰瑞打掉了几颗牙。

蒙特一家很欢迎玛丽的到来。玛丽在他们的善意下得到了片刻的放松,然而,哈利担心自己使蒙特一家陷入了不得不接待玛丽的窘境。他决定,暂住在蒙特家只是一个缓冲计划,不会超过一个月。由于现在玛丽也在洛杉矶,他前往俄亥俄州的计划暂时搁置了。

当哈利同是二世日裔美国人的朋友们正准备搬到内陆以躲避撤离时,哈利赶着去买他们留下的园艺工具。3月中旬,他得知一大群日本人将从洛杉矶被送往别的地方暂时拘留。"我们知道自己迟早会被拘留,这只是一个时间问题。"㉔

哈利需要挣来尽可能多的钱,这对他而言是个挑战。一天,当他在圣塔莫妮卡修剪草坪时,一辆警车停下来调查报警电话中所谓的"日本人入侵"。哈利环顾四周,没有注意到有任何人符合这个条件,唯一在场的日本人只有他。你有没有看到敌人的坦克?警察问。报警的那个女人在慌乱中提到了坦克出没的可能性。没有看到,哈利也帮不上忙,尽管一台扫路机正从人行道上扫过。

3月24日,西部国防司令部对日本人实施了晚上9点到早上

6点的宵禁和5英里的旅行限制,这使哈利无法按时返回格伦代尔。更糟的是,这些安全措施包括激起了大约一万两千名志愿空袭报告员的热情。㉕

　　哈利负责打理庭院的主人和那家的保姆突然不再和他说话,他觉得自己是个不受欢迎的人。当他一路风驰电掣,想要宵禁前赶回格伦代尔时,夜色已深。一天晚上,他的邻居兼空袭报告员戴着他的白色头盔和三角红白相间的条纹臂章站在屋外,他在等哈利。一定有人给他通风报信了。他示意哈利过去,叫道:"哈利,9点以后你不应该出去。""我就是没赶上。"哈利回答。㉖"没有借口,"那人厉声说,"这最好是最后一次。"

　　哈利得以不用向当地警察局报告就能够离开,但是他知道,他不会每次都得以逃脱。他的朋友野村翔因为一个意外的疏忽而遭到起诉。他家中的冷藏柜由于温度下降,自动打开了侧灯,使家中外墙投下了一个人形的阴影。翔、他的兄弟和父亲都被带去了当地警察局问话。他们被要求清空口袋,解下皮带,父子三人被关进牢房,他们所能做的只有等待。直到基督教贵格会的朋友们向警察局求情,他们才得以释放。野村翔被控违反禁酒令,他在法庭上自信地提出"无罪"的抗辩。"闭嘴。"法官责难道,然而法庭还是放弃了诉讼,因为无论如何,这些人都需要在一周内撤离。㉗

　　大多数时候,哈利回到蒙特家的心情都是轻松的。他们会坐在壁炉旁的图书室里,交流当天的见闻。尽管蒙特夫妇无法解决哈利的困境,但是他们常为他想办法,抚慰他的苦恼。当现实陷入重重困境时,他们告诫哈利不要发脾气。"从一数到十或数到二十,然而置之不理,直到第二天再说。"㉘

　　蒙特夫妇令人安心的支持鼓励着他,但他们不能完全消除哈利的痛苦。入伍是仍然是一个诱人的选择，但是如今，这个选择不复存在。3月30日，战争部宣布所有的二世日裔美国人都将被划分为 IV-C 或称"敌国侨民"时，哈利失去了入伍的资格。"剩下的只有侮辱。"他回忆道。㉙

也许哈利是幸运的。很多二世日裔美国朋友都在珍珠港事件后被军队遣散，依旧在列的日裔士兵基本上被取消了战斗任务，并被剥夺了配枪的资格。"从士兵身上拿走枪，就像夺走饿坏了的人的筷子。"哈利之后评论道。㉚

沃尔特·田中在珍珠港事件发生前六个月入伍，他的家人为他"庄严送行"。㉛在完成基本训练后，他被分配到在加利福尼亚的奥德堡一个战斗师，但在珍珠港事件后的一周，他的任务突然切换成了一些微不足道的杂活。他整天铲沥青、挖壕沟、涉水砍伐掩护用的柳树、浇筑混凝土制成的枕头。罗伊·植田（Roy Uyehata）和沃尔特同在一个兵营里，他于 1941 年初入伍，在珍珠港事件后，他也上交了武器，"这对我而言是残酷的打击，因为我曾发誓捍卫祖国。"㉜更令他羞愧的是，罗伊常被派去拖走沉重的湿垃圾，或是用锤碎巨石。即使这些二世日裔美国人没有犯错，但部队为了防范遭到他们潜在的破坏，总是发配给他们军营中最底层的工作。

按照法令，洛杉矶的日裔人口逐步递减。4月初，西方国防司令部和第四军司令部颁布了《公民排斥令》，这些粗体文字的公告出现在电线杆上，钉在邮局的布告栏中，贴在砖房、佛教教堂和政府办公室的窗户上。被疏散的日裔需要在几天或几周的时间内在被指派的地点的内控站进行登记，几天后，他们将被送往一个集中营里。人们试图维持一个坚忍的战线，但白纸黑字的命令使恐慌的情绪在人们的一片缄默中蔓延。哈利尽可能地转移视线，顽强地维持生计。

在小东京，清算抛售如火如荼。<sup>③</sup>在朝日染坊（Asahi Dye Works），旧衣服能重新染上鲜艳的色彩，店主们写道："闭店。我们不会将这些商品带去欧文斯谷（Owens Valley）。"欧文斯谷位于曼萨纳尔战事收容中心，能够容纳一万名一世与二世日裔。在井芹（Iseri）药店，摆满日本和美国化妆品的货架上贴着丝质标签，写着"非常感谢您的惠顾。愿在不久的将来再次为您服务。愿上帝保佑您，直至我们再次相见"。即使是十元店也在进行"结业促销"，把商品的价格降到十美分甚至几分。白人顾客挤在人行道上讨价还价，抱着一大堆商品离开。晚上的风将翻滚的风滚草吹过空荡荡的街区。

迅速扩大的五英里的出行限制和疏散区域威胁着哈利和玛丽的生活。哈利找不到园艺工作。他们不确定哪件事会先发生——廉租房到期，还是被拘留。为了避免疏散，哈利、玛丽还有珍妮先是搬去了长兹·长田的家。卡兹·长田娶了哈利在奥本的朋友艾米·久隅（Amy Kusumi）。接着，他们又借宿在卡兹的表兄弟松本的家中。在松本家位于撤离区的商铺结业后，他们不得不离开。哈利又在附近找到了一个容身之处，这是一个临时的解决方案。

当被疏散的日裔们不得不整理、储存、丢弃陪伴自己一辈子的个人物品时，他们也试图卖掉其中的一些。哈利需要工作以赚到更多的钱。于是，他再此提出接受个人寄售，并分享收益。按照亲戚宫崎家典当行的传统，他在一块空地的边缘做起了他的买卖。哈利打零工的经验和他的聪明才智使他信心满满，他用日语和英语兜售他收来的货品，轻松自如地与人打交道。他希望自己能再有一次发挥这一优势的机会。

他将自己的老爷车换成了一辆小卡车,收来了一大堆旧冰箱、褪色的园艺工具、从满是灰尘的车库里翻出的破轮胎、撞瘪了的汽车和生锈的卡车。日本军队占领了美国赖以生存的荷属东印度群岛的橡胶种植园。4月底起,稀少的橡胶将开始定量供应。通过回收橡胶制品,哈利履行着他的公民义务,并赚取微利。当他被逐出一处时,他会在另一处重新开张。这些天来,他只担心饿死,从不感到困倦。只要有足够的货物可供出售,就能产生源源不断的收益;他的供货来源随着每一次的撤离而减少。但哈利坚持了下来。"虽然赚得不多,但我们——包括我的姐姐和孩子,必须活下去。"④

对于自己所面临的撤离,哈利认命了。然而,他坚信自己不能丢下玛丽和珍妮,一个人被关进营地。他向卡兹和松本兄弟寻求帮助。哈利本能地相信这些好友们——如家人般亲密——能够使他在一个不属于他的地方得到归属感。他将尽一切可能确保与这些好友们关押去同一处。他们都拥有美国身份,也曾在广岛共同度过快乐的时光,而如今,在这个他们称之为"家"的地方,他们面临着的是关押。

1942年4月30日,随着从中午直至午夜的敲打声与贴胶带的声音,第30号民事禁制令出现在洛杉矶西南部的大门、灯柱和窗户上。哈利、卡兹和松本一家住在康普顿,不属于命令的管辖范围。直到5月7日(星期四)中午,他们才撤离。

1942年5月6日,星期三,也就是乔纳森·温莱特将军向在菲律宾的日本人投降的同一天,哈利将车停在了火石公园的火车站,与玛丽和珍妮一起站在路边。⑤他们只被允许带手提行李。他们已经收拾好了必要的床单和亚麻布、衣服、盥洗室、餐具、玻璃器皿和器皿，以及一些个人用品。路边是堆积成山的竹箱、柳条箱、皮箱、捆绳和纸袋。

大批撤离人员打扮正式，穿上了他们去礼拜时的最好的衣服。军警俯视着他们，监督着他们的举动。一些妇女和孩子穿了很多件衣服，相较于乘坐一整天的蒸汽火车，他们更像是要去坐狗拉雪橇。在离开家园前，他们看起来就已经像是流离失所的人了。

哈利卸下袋子，转过身去与一位寻找最后大甩卖机会的墨西哥年轻人进行交易。他饥渴地望着哈利的卡车，哈利把钥匙递给他，告诉他拿走吧。㉟买家要走了他的名字和地址，并答应之后给他寄钱。哈利把蒙特家的信息给了对方，但他自认为再也不会收到对方寄来的钱了。

几天前，哈利在内控站进行了注册。联邦政府为每个家庭提供了一些较大的物品的存储。哈利放了十一根竹绳、一架割草机、一台压草机和一台种草机。㊲他想要相信，不久之后，他就能够像那些小东京的店主们一样重操旧业。

哈利、玛丽和珍妮在各自的大衣纽扣上贴了一个巨大的白色纸签，上面写着 10464 号。㊳他们的行李上也贴着同样的标签。从现在起，他们的姓氏已经不重要了，这个五位数的数字就是他们的代码。当太阳开始温暖人群时，他们和长田、松本登上了开往未知目的地的火车。

上午 8 点 15 分，哨声响起，火车头开始颤抖，钢轮摩擦，火花嘶嘶作响。㊴珍妮凝视着她那不苟言笑的舅舅，她很崇拜他，希望他能逗她笑。然而，哈利心事重重。自从珍珠港事件以来的几个月，发生了一系列哈利一生中最沮丧的事。他提醒自己谨记蒙特夫妇对他的教导，现在不是生气的时候。火车隆隆作响，冒着滚滚浓烟。窗外，一团紫红色的九重葛闪闪发亮。哈利开始慢慢地从一数到二十，为火车将在明天把他们带去的终点而感到恐惧。

# 笼罩格伦代尔和广岛的寂静

弗兰克知道数到二十的必要性，这种技巧被称为"忍耐"（gaman）。对于人口密度极高的日本，人们生活在有限的空间里，忍耐也被提升为了一门艺术。自从 1939 年 4 月弗兰克考入第一中学后，他一直在学习如何掌握忍受痛苦。

最后，他在忍耐方面的努力得到了回报。弗兰克精通剑道（kendō），这是一种类似于击剑的古代剑术。由于强调对身体和精神的锻炼，在战时，剑道受到政府的推广。弗兰克从小学起就显示出了在剑道上的天赋，并在一场全市的锦标赛中获胜。① 如果他坚持练习，他知道他会成功的。

周末在家时，弗兰克会戴着他的软垫头盔和剑道服——一件棉质和服式夹克和打褶阔腿裤（hakama），冲去门廊。他享受着竹剑快速打击和刺击的快感，如果处理得当，这并不会伤害对手。这项运动的目的是进入无心（mushin），这是一种使人能够完全沉浸在当下的优雅状态。

但在这个特殊的时刻，弗兰克很焦虑。日本与美国爆发战争后不久，广岛的所有二世日裔美国居民都被召集到当地的一所高中进行名单登记，也有些人通过二世日裔美国人俱乐部进行登记。②弗兰克写下了他的名字和地址，心想着县政府还需要得到这群人的什么信息。几乎每个来登记的人都是自 1940 年起同时持有美国和日本的双重公民身份。当配给制度开始后，所有外国出生的日本人都需要登记。任何非日本公民将不会收到配给券，日益短缺的生活会变得更为艰难。另外，政府已经得到了所有的信息：出生、死亡和婚姻状态——无论在国内还是国外——都需要在市政厅登记。此外，任何上过公立学校的人也会在市政厅留下详细情况的记录。哈利是弗兰克遇见过的唯一的逃避加入日本籍的人。

在哈利母亲的护照上，记录着哈利在 13 岁到了日本的信息。由于文书工作的疏忽，1920 年哈利出生在西雅图时，他的父母并没有更新他们的家庭记录。因为他从未上过广岛的公立学校，并且在实行定量配给制度之前就离开了日本，哈利就从日本严密的政府机构的掌控之间溜走了。弗兰克没有那么幸运。政府把双重国籍的人和普通日本人口分开的计划使他害怕，他希望不会有什么祸事。③

尽管日本宣传团结"一亿颗心连着心，共同跳动"，二世日裔美国人还是被孤立了。④弗兰克听过一个笑话，说日本士兵带去参战的是几块毛巾、一支牙刷、一块肥皂、一些现金、他们宣扬"先死后辱"的"战阵训"（senjinkun）手册和一条"千人针腰带"（senninbari）——保佑战役胜利的护身符。⑤人们嘲笑二世日裔美国士兵更关心的是打扮而不是战斗，他们会带须后护理套装。弗兰克对这个笑话的隐喻怒不可遏——"二世日裔美国人有点娘娘腔。"⑥

即使是在最无辜的人群中,反美情绪也比比皆是。二十年前,美国的学校向日本的学校捐赠了 12700 个示以友好的娃娃。⑦在珍珠港事件发生后不久,全国各地的小学都被勒令交出这些娃娃,有些娃娃被焚烧,蓝色的玻璃眼睛在篝火中劈啪着化为尘土;还有一些娃娃则被竹矛刺穿;只有两百个娃娃保留了下来。在弗兰克跑过的街区里,小孩子们玩着打仗的游戏,背着背包,戴着头盔,手握刺刀。女孩们也不再玩娃娃屋,而是扮演前线的护士。美国是永远的敌人。

得知哈利和玛丽还算平安,弗兰克很高兴。在美日敌对爆发之后,哈利很快就发来电报。他们的母亲也松了一口气。阿绢想法设法地维持生计,这需要精力、毅力和忍耐。渐渐地,越来越多的物品受到配给的限制,物资短缺不断加剧。仅仅在那个秋天,就有鸡蛋、鱼还有红薯加入了配给清单中。天蒙蒙亮,阿绢就穿着灯笼裤(monpe)出门搜罗食物,她穿梭于商店之间,排着队等着买蔬菜,橱窗里展示的样品从未看起来那么诱人。在缺乏维生素的情况下,人们一旦得了感冒就会加重成为肺炎。

看到母亲所经受的压力,弗兰克没有告诉他人们正交头接耳所传的关于二世日裔美国人与征兵的谣言。服役于日本军队的二世日裔美国人再也回不了美国了。即使只做了身体检查,刚开始参加训练的二世日裔美国人也会失去美国国籍。如果这是真的呢? 弗兰克很担心。

弗兰克现在 17 岁,在他 11 岁也就是 1935 年的时候,哈利曾给美国驻神户领事馆写过一封关于自己的国籍问题的信。哈利本可以告诉弗兰克的。即使只在入伍时宣誓，也会导致丧失美国公民的身份。然而他没有告诉弟弟，因为他从未想过自己的弟弟也会陷入这般困境。弗兰克听到的谣言是真的。

新年没有给人们带来多少喘息的机会。在学校里，孩子们练习书法。这是日本王朝所延续的第 2602 年，他们用乌木墨水在本色的宣纸上划过一道墨痕。"伟大的东亚战争。""在战争中好运。""一亿人，一颗心。"⑧新一年的预兆着只有战争。尖锐的口号与配给的食物步调一致，似乎激烈的言辞可以缓解不断增强的饥饿感。

1 月 1 日，发行了关于盐的配给的小册子。没有盐，美味的日本料理变得乏然无味；没有盐，就无法制作腌菜，而腌菜对日本人的饮食至关重要。这年 2 月，味噌（miso）、酱油以及服装实行配给。这些配给券只保证了部分基本食物的需求，并随着政府的库存情况而增减。在过去的 18 个月里，所有主要的食物——包括鱼、糖和大米——都被政府控制了。阿绢的灯笼裤和弗兰克的裤子都松垮地垂挂在腰间。

阿绢尽力了。在大米稀缺、政府希望民众展示爱国主义的时候，阿绢为弗兰克准备了一份以太阳旗命名的便当（hinomaru bento），长方形的米饭中镶着一颗酸梅（umeboshi）。这份午餐象征着国内阵线对前线的支持，毕竟前线的军人很可能也吃这份朴素的太阳旗便当。如果这种勤俭克己的做法能养活军队，那么这种传统的智慧也能填饱百姓的肚子。每个人都知道，这份朴素的便当是弹尽粮绝的权宜之计——没有人能享用到鱼、蔬菜和美味的配菜。

阿绢开始从其他渠道寻觅口粮。她在黑夜中早起，赶上黎明前的火车，背着一个大书包去乡下。她经常光顾那里黑市（yami）。

也有人称这些临时市场为"蓝天"(aozora),因为农民们在户外将商品展示在毯子上,这一切都为了在赚取利润后迅速打包消失。阿绢尽可能地多买了些能够支付得起的食物。

她还可以求助于她的姐姐阿清,阿清正用无法仿效的方式,维持着明治堂的营业。她的竞争对手一个接一个关门,成为粮食不断涨价、而政府颁布的防止通货膨胀的低价政策的牺牲品。阿清与政府谈判,得到了一份能够通过配给券采购焦糖的合约,并得到珍贵的鸡蛋和糖。[9]她还得到了来自海外部队的军方大订单,确保了面粉的获取。她的食品储藏室里堆满了几袋大米、小麦粉和奶粉。[10]

如果阿清有办法,战争将永远不会侵入明治堂的厨房。她使明治堂的生意得以维持和发展。每当她获得新合同,她都会叫来弗兰克,弗兰克飞奔而来,帮着制作一大桶热气腾腾的甜糯米(mochigome)和煮成焦糖色的糖水。当阿清在厨房巡视时,她的木屐拍打在地板上,不断发出指令。"遵命!"厨师们回应道,使劲搅拌糖。

他们在制作仙贝(senbei)和像冰糖一样会融化在嘴里的金平糖(konpeitō),两种食物的保质期都长达几个月,足以送至遍布亚洲的士兵手中。弗兰克负责分装糖果和饼干,他盖上盒盖以防水分渗入,并将盒子放入板条箱中,运至宇品港,装入集装箱,存进部队庞大的运输货舱里。[11]

明治堂拯救了饥饿的弗兰克。偶尔,当厨师们忙着做蛋糕和面包,而阿清也不在场时,他就偷偷拿一把鸡蛋,跑去厨房的另一个角落。他将鸡蛋翻炒,直接站在煎锅旁狼吞虎咽地把炒蛋吃掉。"没有人知道。"他坦白这是使自己内疚的快乐。[12]

尽管表面上一切如常,战争对明治堂的厨房以外的控制却不断加强。明治堂关闭了的店铺,曾经繁荣一时的本通街也有很多店面关门大吉。整个街区看上去光秃秃的,没有门帘(noren)、广告横幅和立牌。士兵们行进过三井银行前的一个简易的农产品摊位。买菜的妇女们在成堆的发了芽的土豆之间寻找还能吃的那些,她们是如此专注,仿佛在挑选阿清贡进给皇室的糕点。阿清知道,穿她最爱的和服去这样的场合并不合适,所以她穿着她家常的灯笼裤。然而,只要标志性的铃兰花灯在本通街上亮起,她就确信这个地区能够坚持下去。毕竟,她也曾看着这里从土巷蜕变成大街。

阿清全神贯注于她的工作,没有沉湎于自己与大部分广岛居民下降的生活质量。然而,即使像西村清一样坚忍不拔的人,也有想要逃离明治堂的时候。她将刚烤好的长崎蛋糕切成一口大小的块状,放进明治堂的包装盒里,用她最好的风吕敷把蛋糕包起来,当作送给妹妹的礼物。

见到阿清,阿绢高兴极了。在阿绢的美式客厅里,她们避而不谈新闻报道中的东亚战争与美国敌人。相反,配着阿绢泡的淡青色绿茶和阿清的长崎蛋糕,她们聊天、大笑、哀叹。由于政府禁止普通民众使用汽油,都吉再也不能驾着他的哈雷摩托风驰电掣。尽管有些绝望的驾驶员挖出松树的根,蒸馏出代替油的燃料,都吉却认为这些粗糙的替代品会损坏哈雷的引擎。对阿清而言,她的丈夫太烦人了。她很高兴能够离开家,去看望妹妹。

当雅子前来拜访时,年长的女人们会奏起三味线和古筝,教雅子跳她们小时候在宫岛(Miyajima)学会的缓慢优雅的日本舞(Nihon buyō)。[13]阿绢和阿清都是曾在宫岛向大师展现过舞姿的精湛舞者,在那里,巨大的朱红色的鸟居在不定的时间、不同的区域,从浅海中缓缓露出。

3月,当樱桃树的枝干上结满了密密的花蕾时,弗兰克期盼着他在第一中学的第四个年头,升入高年级意味着他将从霸凌中解脱出来。阿绢已经50多岁了,她相信春天的到来能减轻她每天的负担。日出的时间越来越早,早晨的寒意渐渐退去,步行去市场的路程也越来越漫长。

在这个相对平静的时刻,阿绢收到了一封来自哈利的雇主——蒙特夫妇的信。阿绢知道,哈利和他们很亲近。弗兰克帮助阿绢理解了这封英语信。蒙特夫妇想知道他们能否收养哈利。他们在想什么——阿绢想——抢走她的儿子,当作自己的孩子?

阿绢对收养了如指掌。阿清和都吉收养了都吉的侄子,对方同时也是阿清外甥女的丈夫。这对年轻夫妇有四个孩子,其中两个就是俊直和君子。这次领养保证了明治堂将有两代继承人。然而,他们的领养是不得已而为之。当她的丈夫胜治的家人提出当掉姓氏偿还债务,改用福本(Fukumoto)一姓时,胜治为他父亲屈辱的处境而感到羞愧。

放弃福原这个姓氏,对阿绢而言完全不合情理;她无法理解哈利所面临的拘留。蒙特夫妇的提议对她而言是一种侮辱,但是她知道,哈利不是一个无情的、忘恩负义的孩子,他不会无故抛弃家人。阿绢困惑不解,立即用日语回复了蒙特夫妇,指望哈利能翻译给他们听。这位言语向来温和的女人没有用模棱两可的词语遮掩自己的愤慨,她拒绝了他们的提议。[14]

为了回信,弗兰克跑去了市中心的日本红十字会,这是一幢位于圆顶工业促进厅附近,T形相生桥一角的大型混凝土建筑。之后的几个星期,弗兰克和阿绢都盼望着哈利的回信。然而,他们迟迟没有得到任何答复。

与此同时,日本电台也开始报道关于二世日裔美国人在美国令人不安的处境。3月初,政府控制的电台播出了"70000名在美国出生的日本人"即将撤离的消息,新闻播音员称其为"残忍的野蛮行为",他进一步评论道:"邪恶的美国政府在迫害一个无助的、高素质的、显然是无辜的少数群体。⑮所谓的强大政权正犯下历史上最黑暗的罪行之一。"如果阿绢听到了这些煽动性的言论——这是真实的——就会同意蒙特夫妇收养哈利。然而,她错过了新闻。

阿绢在黑夜中黯然神伤,摸索着可能的解释,试图理解为什么哈利还没有回信。这不是他的错,战争无疑干扰着通信,哈利一定会读到她的信。经历了几周辗转反侧的夜,阿绢终于收到了一封信。

阿绢认出了这是哈利生硬的笔迹,她很高兴。然而她的喜悦几乎立刻就消失了。哈利并没有谈到眼下最紧迫的问题——被收养;相反,他提到了俄亥俄州,她从未听说过这个州。她无法接受哈利搬去一个没有日本社区支持的地方。虽然这正是哈利的观点,但阿绢不禁想起她丈夫过去常说的话:折断一根筷子比折断一捆筷子容易。阿绢回信表达了自己的沮丧。

不久之后,广岛的《中国新闻》通过红十字国际委员会的外交事务部,报道来自日本外务省通报的信息。俄勒冈州和加利福尼亚州的44名日本公民被拘捕,并被分别关押到美国各地的监狱。⑯阿绢没有注意到这篇挤在第二页密密麻麻的新闻中的小短文。

她也不知道,在1942年3月18日,战争迁移局(WRA)通过立法拘留了西海岸所有的日本人。短短的几个月内,在战争迁移局的监督下,遍布美国各地的十个集中营完成了施工,并投入了运营。⑰

阿绢只知道哈利并没有她期待的那样迅速回信。这和哈利的一贯作风不一样——她想——他不会不回信的。当他与奥本的朋友成为笔友后,他总是抓紧回信。如今,当哈利不确定自己的处境时,他无法回复母亲的信。等待让人心焦,阿绢只有从之前的信中得知日裔在美国生存得很艰难。由于哈利既不详细说明,也不抱怨,阿绢也没有进一步询问过他。

4月的一天,哈利回信了。在信甲,哈利告诉母亲"我可能要去参军了"⑱。阿绢震惊极了。她素来镇定,但这次,她将笔蘸了蘸墨水,快速地用飘逸的汉字写下回信。阿绢以自己和哈利已过世的父亲的名义,明确表达着自己的感受:"不,不要参军。"

到来5月,哈利的信停了。阿绢不知道,由于种族的原因,哈利不能够再参军了;她也不知道,哈利无法再居住在加州了。她的女儿、外孙女和儿子暂时被困在洛杉矶,面临着被拘留的困境。在战争期间,一些被迫分居两地的家庭意识到他们所爱的人被拘留了,然而阿绢和弗兰克却从未往这方面去想。

信件纳入了审查范围。从1941年12月19日起,每一封越境的信都需要经过政府对信中所有细节的审查。⑲到了1942年9月,几乎每周都有100万封信和包裹被寄出,其中包括来往于格伦代尔斯巴尔大道3113号和广岛高须2447号的信件。审查人员会将违禁词用记号笔涂黑或用刀片划花,在最坏的情况下,整封信都可能被销毁。

阿绢至少有三封信会引起审查员的注意。在阿绢拒绝哈利被领养的那封信中,她很可能暗示了孝顺日本父母的重要性。在美国,收养哈利也是有争议的,因为哈利要被一个白人家庭收养,以逃避被拘留的困境。阿绢关于俄亥俄州的第二封信再次涉及逃避监禁的策略。在第三封信中,她彻底反对儿子想要参军,以示对美国忠心的愿望。她的信涉及了对家庭和国家的忠诚的原则性问题。理论上,阿绢的信件应该被转寄给寄件人。而实际上,她的信件很可能需要接受超负荷运作的洛杉矶审查站的处理。

在 5 月初的和煦阳光下,阿绢持续着搜罗能够补充营养的食物的例行公事;在某种程度上,奔波于市场之间,反而赋予了她的生活以安心的节奏。她相信她的家人——无论是在家还是在美国——目前都很安全。她避免胡思乱想。然而,即使最疯狂的臆想也无法想到美国将准备监禁 12 万名日裔,而饥饿的日本民众正认真考虑食用路边的杂草,甚至是野蓟以果腹。

最终,破裂的通信往来将会给哈利和阿绢带来更深的焦虑。然而,这还没有发生。也许,1942 年初对于还未收到儿子回信的阿绢,以及还未回信的哈利而言都是最好的时刻。没有抵达的信件使他们免受即将到来的心碎。

# 第三部分

# 家门口的战争

祸不单行

# 在加利福尼亚被监禁

1942 年 5 月 6 日,星期三晚上,火车缓慢地驶入图莱里(Tulare)发配中心。人们已经横穿莫哈韦沙漠(Mojave),向北行驶了十一个小时。然而,图莱里看上去似乎并不像是一天就能达到的地方。

他们在灰蒙蒙的暮色中下了火车。发配中心位于加州中部的圣约奎因谷(San Joaquin),原本这个县是一个由军队租用的展销会场地。人们穿过有警卫护卫的马路,向巨大篱笆包围的赛马场走去,在那里,他们将接受进一步的处理。在不到一个月里,图莱里——加州和西海岸十五个发配中心之一——成为了约 5000 名来自洛杉矶、加州中部社区和南加州海岸的日裔临时的拘留中心。①这里已经聚集了 2400 人,仅 5 月 6 日就有 680 人抵达。②这里有 171 个兵营,周围有铁丝网,有瞭望塔,还有武装警卫,毫无疑问,如今的图莱里是一座看守所。

看守所还未完成改造,仓促地迎接"志愿者们"的到来。③正如

哈利、玛丽和珍妮一家的号码是 10464,他们被分配到了 J－6－
10——另一处去人性化的官僚化细节,一行人跋涉在一条肮脏的
小路上。④尽管建筑承包商们正以惊人的速度——每 45 分钟,就
在展销会场地上建造起一间新的棚屋,哈利一家还是被分配到了
一片房屋较为坚固的旧区。⑤没有街道名称,很难找到他们的屋
子,毕竟每间木质棚屋看起来都一模一样,都有着熟悉的 Z 形支撑
的谷仓门。⑥事实上,那正是这些建筑的原始用途。

　　他们站在了 10 号棚屋前,哈利打开了门,以为屋子已经翻新
了。在一片黑暗中,他眯起眼,寻找所谓的“公寓”⑦。他发现这原
来是一个马厩,头顶上闪烁着一枚灯泡,在粗糙的木板墙上投下
阴影。

　　哈利只有将军队分发的钢制小床排成一列,才能在屋里塞进
8 个人,而行李箱则无处安放。松本被分配到了隔壁的棚屋。哈
利、玛丽和珍妮将与卡兹和艾米、卡兹的兄弟姐妹,以及他们的母
亲共享棚屋的空间。哈利后来说,这甚至比不上一个马厩。“那就
是个鸡窝。”⑧

　　在长途旅行和登记手续之后,这里的新居民们疲惫不堪,只好
在袋子里装满稻草作为床垫。⑨至少,政府还提供了枕头和卡其布
毯子。“新的!”玛丽回忆起当时的激动。⑩厕所和淋浴间与棚屋是
分开的,但即使在那里,人们也没有任何隐私空间。厕所里没有
墙,只有隔断将没有门的各个单元隔开。宵禁熄灯的时间是晚上
11 点,⑪第一晚,哈利匆匆忙忙地将床垫塞满。在闷热难耐的天气
里,他终于适应了马厩里的伙伴们吃力的呼吸声。⑫

　　第二天早上,大家都起得很早。早餐从早上 7 点开始,一排多
达 500 人的队伍在食堂门前蜿蜒而行,食堂一次只能容纳三分之

一的人。西式早餐有鸡蛋、吐司、咖啡和牛奶,是自助式的。哈利狼吞虎咽地吃着饭菜。虽然周围的环境嘈杂,但人们还是很友好。多年来辛勤劳作从不间断的农民和小商贩由于疲劳而头晕目眩,却不习惯无所事事。在某种程度上,哈利也承认,"我们的财务状况非常糟糕,去营地也是让政府照顾我们一段时间。"[13]

当温度计的水银飙升,他不再感到解脱。图莱里极端炎热,气温通常会飙升到华氏 90 度以上。几周内,医院和食堂就开始免费分发氯化钠片,以防止大家中暑。[14]看守所外是一片小树丛,图莱里的拘留者江上初音(Hatsuye Egami)在她的日记中写道:"树枝是如此紧密地连在一起,似乎这个营地被一片凉爽的林地包围着。"[15]疏散人员被警告要远离围栏 5 英尺,并避免与 24 小时值班的武装警卫交谈。[16]在栅栏里面,植被已经被推平用来盖房子了,太阳把营房晒得很热。高温使马厩里曾经的马尿臭味愈发浓重。哈利大部分的户外时间都与人们一起躲在这片区域内的唯一一棵大树下乘凉。[17]

图莱里是一个处于发展中的小镇,熙攘的人群为这个小镇注入了生机。小镇内的 11 个食堂、3 个家庭矿坑、5 个洗衣店、21 个浴室和 30 个厕所都需要工作人员的运营。[18]几周内,小镇中心会设立教堂、学校、图书馆、邮局和消防局。虽然民政部门均由白人领导,但居民能够选出委员会代表参与小镇的运转。营地经理尼尔斯·阿农森(Nils Aanonsen)希望这个小镇能够被传颂。"就像早期的美国拓荒者一样,"他写道,"你离开了家,开始了新的生活,在一个陌生的地方。像他们一样,你需要做出调整,度过困难。"[19]阿农森将会被 153 名撤离人员的全心全意的回应所感动,认识到"这场迁徙并非取决于他们的选择"。

22 岁的哈利在酷暑中蜷缩起来,考量着他面前的选择。发配中心的环境和生活方式让他无法忍受,⑳他不想终日与人们一起在镇里闲逛,他需要一份工作。非熟练工月薪 6 美元,技术工人月薪 16 美元。㉑6 月 1 日,哈利作为一名书记员入职了一家会计公司,一个月挣 8 美元。㉒他使这份工作增值,变成一个小型管理职位,雇佣了三四个鞋匠修鞋。由于"公寓"空间狭窄,居民们除了睡觉,常常只能站着,因此人们对修鞋服务的需求量很大。作为一名"熟练"工人,他的月薪增至 12 美元。㉓

在食堂里,哈利一天吃三顿饭,比起他在几个月前离开蒙特家之后的饭量大了很多。在营地的商店里,他给自己买了内裤和睡衣,给玛丽买了一件粉色的吊带连衣裙。㉔然而,即使镇上有一个室内摇摆乐队,可以跳吉特巴舞——这是哈利无法抗拒的,还有一个户外电影的银幕,放映过时的好莱坞电影,然而图莱里的生活还是让当地居民苦不堪言。㉕

图莱里的居民惧怕的并非暴力的威胁,而是无情的暴晒。这里的烈日看不到尽头。这一严厉的审判令人尤为沮丧,因为图莱里 70％的被拘留人口——总共 4893 名居民中的 3440 人是美国土生土长的公民,即二世日裔美国人;剩下的是作为第一代合法外国人的一世日裔移民。㉖五月初,当《图莱里新闻》第二期发行时,该报称自己是"为更伟大的美国中更好的美国人服务的报纸"㉗。

报社记者也是撤离人员。所有人都尽他们所能坚持下去。大多数人都掩盖着自己的绝望,然而有抱负的年轻人不能够长此以往。30％的图莱里的居民介于 18 岁到 30 岁之间。㉘野村翔曾因在加州宵禁期间开着冰箱灯而与守法的父亲一起遭到逮捕,他曾觉得这一切很可笑,如今,他觉得自己"被欺骗了,脱离了正常生活"⠆。

即使在工作场所,也难以获得"正常"的待遇。那些被雇用的人几乎没有晋升和加薪的希望。军队已经决定,撤离人员的工资不<u>应</u>超过新兵的工资,新兵在服役的头四个月每月挣 21 美元。⠅所有发配中心的薪资都被故意压低,以避免引来对日裔纵容的批评。就算哈利是一名训练有素的医生——图莱里有很多这样的医生——薪资也达不到一名新兵的水平。

食堂的菜单也没有逃脱政府的警惕讨论。当一名士兵的口粮津贴是每天 50 美分时,图莱里需要将人均口粮成本控制在每天 39 美分。⠉人们只能认命,将精力投入眼前的工作。文化背景和生活经历使移民一代了解忍耐的必要性。一世日裔移民——虽然年龄较长,削弱了他们的适应力,却提升了他们在体力和情绪上的脆弱性——支撑着自己,体会辛苦中学来的智慧:"苦尽甘来(Fuko wa kasanatte kuru)。"

在居民几乎无法掌控自己的生活的情况下,风言风语在熙熙攘攘的三十分钟的食堂就餐时间内流传开来;图书馆内除了词典外的所有日语书籍成为了禁书;洗衣房里,女人们在铝桶里清洗家人沾满汗水的衣物。春末夏初,流传在人们之间的谣言愈演愈烈,愈发频繁。谣言传到了尼尔斯·阿农森那里,他觉得有必要向居民发表讲话。

阿农森承认,撤离人员变得"烦躁不安"⠋,并透露最近他的办公室又收到了一则搬迁的指示。虽然他并不知道搬迁何时开始,也不知道大家会搬去哪里。阿农森原以为他的发言能够平息民众的恐惧,然而,他的坦率却在无意之间使人们陷入了新的恐慌。

6 月底,图莱里的酷暑来临。哈利和卡兹接连病倒,住进了医务室。他们被诊断为谷热病或球虫病,这是一种由土壤引起的真菌性肺部感染。这种疾病是圣华金河谷的地方病,也是图莱里居民第二大的入院病因㉝。如果谷热病恶化,则可能表现得像胸膜炎一般,预后也同样地糟糕。

哈利拒绝屈服于疾病。他努力振作起来,并逃去镇里跳舞,结果被护士发现,并痛斥他对自己的身体不负责任。一天,哈利收到了一张 75 美元的支票,来自于哈利临走前买下他的卡车的墨西哥男人。㉞哈利很高兴,不仅为了如今这笔钱已价值 1000 多美元,还因为一位陌生人的信守诺言而激动。而且,无论图莱里的生活多么令人沮丧,哈利还有朋友,这些共同经历风雨的友谊将持续一辈子。更让哈利高兴的是,蒙特夫妇将要前来探望他。

哈利和蒙特夫妇来来回回地通信,提前安排着造访的细节。哈利必须向管理员请求许可,并将官方许可证寄给蒙特夫妇。而蒙特夫妇则为了此次的造访而收集汽油配给券。探访的那一天,他们从特哈查皮山脉以时速 35 英里——"吹响胜利号角般"的速度,驱车 170 英里到达了图莱里。㉟

然而,他们却不被允许进入营地,只能在门外的"探望室"内等候被召唤的哈利。㊱令哈利喜出望外的是,蒙特夫妇给他带来了一箱葡萄。尽管在这样尴尬的情形下见面,哈利依旧感受到了蒙特夫妇正努力为他加油鼓劲。他们见面的时光转瞬即逝。"他们抵抗着公众的情绪,"㊲哈利说,"蒙特夫妇就像是我的父母一样。"㊳

随着时间的推移,哈利和玛丽渐渐适应了图莱里的生活。这里山川绵延、热浪滚滚、生活乏味,使人厌倦,亦使人触怒。政府正努力改善着分配中心的生活,居民们也试图在营地四周建立更多的人性化的设施。然而,每一个进步都暴露了图莱里更残酷的现实。

食堂外面的亭子里装有电话,迎接着外界的随时来电。然而,对于被拘留者来说,只有在综合大楼内的紧急电话是可用的。⑨早晚点名被缩减,仅保留了早上 6 点的点名,然而,晚上 11 点至早上 6 点依旧实行着宵禁。⑩6 月初,选举产生了五人委员会,但一个月后,西部防御司令部和第四陆军办公室下令,外国人既不能投票,也不能任职,更不能被任命为任何集会中心的任何自治委员会的成员,所以选举将重新进行。当三名一世日裔移民当选后,选举被立即推翻,哈利失去了希望。⑪

当这些被疏散的人想知道他们还需要在图莱里待多久,才会被转移到一个永久性的据点时,太平洋战役发生了转机。1942 年 6 月 6 日,美国海军在中途岛附近击溃了日军联合舰队,使日军处于守势。如果将整个西海岸的可疑人口疏散是基于理性的证据而下的决定,那么此刻,这份证据也已消失在太平洋翻腾的海水之中了。然而,在图莱里或其他 14 个集中营区,一切都没有改变。这些被拘留者受尽折磨、误判和遗忘。

哈利在谈话中隐约流露出焦虑的情绪。"我们不知道接下来会发生什么。"哈利说。⑫江上初音——不屈不挠地抚养着四个孩子、教钢琴和声乐,每天都满怀希望地向每个人致以问候——在她的日记里写道:"我的悲伤变得溢于言表,因为我们过着缺乏目标的生活,这种生活似乎没有转机。军队决定着我们的命运,我们不知道这种生活还要持续多少年。"⑬

然而,7 月 4 日的不断临近分散了图莱里居民们的注意力。他们兴致勃勃地为庆祝这个钟爱的节日而准备。他们组织了一系列活动,包括长达四分之三英里的游行、相扑和柔道比赛、接力跑步赛,还有拔河比赛。[44]庆祝活动将从清晨开始,游行队伍会在赛马场上排成一列。童子军军鼓队将作为开场,摇摆乐队以《和萨米·凯(Sammy Kaye)一起摇摆》为灵感创作了一首乐曲。[45]整个小镇的中心随着人们的兴奋而颤动。

看台上的观众欢呼着迎来穿着盛装的游行队伍,他们奏响了厨房交响乐,用土豆削皮机、胡萝卜刮刀、卷心菜切碎机、叮当作响的削刀击打出振奋人心的节拍。选举所产生的委员会也扮演着逆转的角色,打扮成"幸福家庭"的样子,而警察们则穿着条纹狱服,拴着脚链和铁球扮成囚犯。[46]一战退伍军人也自豪地加入了游行的队伍。一名阅兵官员在看台上宣读了独立宣言。

在看台上,有些人读到了善意,有些人看到了幽默,还有些人感受到了些许讽刺。然而,对于哈利而言,他的感受与大家都不一样。在童子军和老兵中,有些是二世日裔美国人,有些则不是。他们都是在珍珠港事件后遭到军队遣散的年轻人。当被划为 IV-C 或称"敌国外人"时,他们仍举着美国国旗、穿着制服,用整洁的外表掩盖自身耻辱的地位。哈利认识他们中的一员,尽管这个人并不痛苦,但他们在军队中作为一个集体,却被"无缘无故被赶了出去",这使他们感到不安。[47]哈利也为他们被遣散而感到烦恼。"正义在哪里?"[48]

在所有的鼓声、掌声和爱国主义情绪中,夜幕降临了。图莱里重新陷入了焦虑。尽管居民们享受着欢乐的休息日和菜单上难得一见的草莓和西瓜,现实与庆祝活动依然是割裂的。当天出版的《图莱里新闻》充斥着鼓吹美国独立和自由的文章,并刊登了一则可怕的公告:"11 个集中营区计划"。

白天变长了,气温飙升,7 月是图莱里最热的时候。马粪味弥

漫在这个曾经的展销会场地。圣华金的沙尘席卷了图莱里。哈利
再次因为谷热而病倒了。即使医务室里安装了降温系统,哈利的
症状也并没有减轻。最后,当油漆工完成了美化建筑群的粉刷工
作时,居民们意识到他们将在一个月内搬去亚利桑那州。他们将
被安置在菲尼克斯(Phoenix)外的吉拉河(Gila River)营地。政府
立即作出了打消人们疑虑的回应。"根据事先报告,"《图莱里新
闻》写道,"那里的气候非常宜人,一年中只有几个月气候炎热。"⁴⁹
居民们将在"柔和温暖"的空气中晒成"坚果般的深棕色"⁵⁰,并沐
浴在"温和的微风"之中。

8月2日晚,在一年一度的佛教祭祖节上,人们跳起了传统的
日本盆舞(obon)。随着大幸鼓哀伤的节拍,七百多名穿着和服的
舞者在花边装饰赛马场的灯笼下,在空中划出柔美的线条。然而,
在强烈的日晒下,任何魔法都会蒸发。面对四个月内第二次撤离,
人们畏缩不前。移民群体往往是坚忍的,他们被折磨得麻木了,听
天由命,认为这一切"也没有办法"(shikata ga nai)。然而,在以进
取攀登、实现向上流阶层跨越作为教育理念的学校和家庭中成长
的年轻的二世日裔美国人却出离愤怒。

撤离的日期随时变动。将在8月11日前完成撤离;不,撤离
可能于8月20日开始;实际上,撤离将从8月26日开始。被拘禁
的人员只会提前四五天了解到他们撤离的具体日期。哈利和玛丽
不需要太多时间收拾行李,但他们需要照顾自己情绪的波动。无
论哈利多么努力地投身于工作,以及享受生活中偶尔的一点乐趣,
他都无可避免地"变得冷漠",对权威的"怨恨"正煽动着他的
情绪。⁵¹

在准备撤离之前,一些人给日本的家人寄信,提醒他们自己即

将搬家。也许是为了加强政府的审查,每个家庭都得到了一个由国际红十字会负责传输的免费发送英语电报的机会。而由于战争的原因,这份电报可能需要几个月的时间才能抵达收件人的手中。玛丽依旧在为童年所受的苦难而怨恨着母亲,她没有给母亲写信。哈利不确定他母亲能否在珍珠港事件后收到他的任何信件,也没有再动笔。

1942 年 8 月 31 日,哈利、玛丽和珍妮,以及长田和松本走出图莱里发配中心的大门,经过携带步枪的哨兵身边,向一辆等候着的、沾满烟灰的老式火车走去。浓烟笼罩着这 516 名撤离人员。<sup>㉒</sup>在他们长达 28 小时的旅行中,他们将在四个月内穿越第二片沙漠,沿着铁轨向内陆延伸,前往另一个满是沙尘的盆地。

哈利、玛丽和珍妮在火车上找到了自己的位置坐下。士兵们拉下了帘幕,声称是避免暴徒威胁到撤离人员的安全。然而哈利和玛丽清楚,政府是不希望人们看见他们,以免城镇上的居民看到车厢内他们贴上窗向外张望的脸而感到不安。哈利、玛丽和珍妮在驶离西海岸的旅途中安顿了下来,那里曾载满他们全家共同的梦想,也曾是他们作为个体而受尽苦难的地方。这次,他们知道自己将走向何方。

# 12

# 帝国门前的战争

　　6月初，当哈利和玛丽暴晒在图莱里的日光下，他们的母亲正忍受着高须雨季的潮湿闷热。密云遮蔽了花园里的光线，潮湿的空气从窗户渗进来，凝结成水汽，挂在窗前。蒲团和洗衣房散发着潮湿的酸味，发霉变黑。阿绢不顾政府讲话中对灯泡使用的管制，打开了从西雅图带回来的维多利亚时代的吊灯和装饰派艺术的台灯，企图用更多灯光驱散梅雨所带来的阴郁。①

　　在这段湿漉漉的日子里，她更多地待在屋里，并试图在报纸的字里行间汲取更多的信息。最引人注目的是日军的疏漏。军方总参谋部（GSO）控制着所有与战争有关的新闻，阻止公民知晓日本海军在中途岛这一决定战役中的失败。②在中途岛海战发生一周后，日本帝国宣布战役取得胜利：日本只损失了一艘航母，而美国损失了两艘。令人震惊的事实却是：日本损失了四艘航母、一艘巡洋舰、三百二十二架飞机和三千五百名士兵。③从这一点上讲，最近为节省纸张而缩短篇幅的《中国新闻》在后来被证实为一个更不可靠的信息来源,阿绢和弗兰克评估战争实情的唯一方法就是观察日常生活中不断衰颓的细节。

弗兰克当医生的梦想似乎已遥不可及。学生动员已于当年年初开始,学生被要求参加社区的项目。尽管许多广岛学校还没有参加动员,但第一中学对此全力以赴。17 岁的弗兰克被派去协助建造操练的训练场地,他离开教室的日子越来越久。他肩上扛着几袋沙子,汗流浃背地完成着西西弗式的任务。他的试炼才刚刚开始。

然而,这项强制的服务使弗兰克从第一中学紧张的军事训练中得到了休息。在第一中学,学生们不再通过学校的大门出入,而是不得不翻越竖立的围墙,以增强他们的战斗力。训练也从每周一次增加到每周数次。④学生架着来福步枪排成一列,向神龛内的天皇夫妇肖像致敬,他们将要为了天皇而战。在校外,他们跪坐着(seiza)听由班主任发号施令,包括任何违纪行为,都将受到纪律处分的警告。弗兰克知道这意味着他无比熟悉的那种体罚。

拳头击打在裸露的皮肤上更疼。接收到命令后,学生们必须脱至仅剩内裤——他们的内裤永远是白色的,从不能出现蓝色——不管天气如何,都要赤膊上阵。⑤教官认为,这不仅能让他们更好地评估下属的体形,还能增强整个团队的团结和情感承受力。任何无忧无虑的童年时的想法都随着日本海军的胜利而迅速消退。

弗兰克上下挥舞着竹竿,抓着架空的木条飞荡,练习马拉松距离的长跑。他学会了拆开来福枪,再迅速地重新组装,他还学会了在枪尖插上一把钝而致命的刺刀,用以近距离刺杀敌人。弗兰克和他的同学们怀疑这些训练所能取得的效果。⑥陆军和海军依靠的是上两场战役中的武器和胜利的喜悦。显然,在日俄战争和中日战争中取得的成功,对于大东亚战争而言已经足够辉煌了。爱国热情补偿了技术上的落后。他们打消了疑虑,在枪膛里放上假子弹,继续练习战斗技巧。

领导演习的教官忽视了老旧的设备所带来的影响。在他眼里,坚定的意志——武士道哲学中至关重要的精神,与精良的设备是等价的。在将近二十五年前,政府曾宣布:"在未来的战役中,我们的军事力量也许无法超过我们的敌人。我们也无法指望在武器和战备方面胜过敌人。但是,在任何一个战场上,我们都应该拿出钢铁般的意志。尽管军队和武器不如敌人,我们必须取得光荣的胜利。我们必须为这种情况做好准备,因此不言而喻的是,我们必须进行更多的精神教育。"⑦在第一中学和全国其他学校的演习,都继续以这一理念作为指导,原原本本,未经改动也未加以缩减。

幸运的是,在1942年秋天,弗兰克所遭到的霸凌试炼在他的怨恨中逐渐消减,这使他有了喘息的机会。然而,由于他身份的秘密,他始终心有余悸。弗兰克的班上排演了一出反美剧,道格拉斯·麦克阿瑟(Douglas MacArthur)将军和切斯特·尼米兹(Chester Nimitz)上将被描绘成"邪恶的美国人和英国人"(Kichiku Bei-Ei),臃肿头上长着魔鬼的犄角。⑧这种刻画是基于日本历史上对于外国人或局外人的刻板印象,将他们视作为恶灵,以此鼓舞全神贯注的观众。弗兰克努力克制着自己反驳的冲动。"如果你对此发表了看法,你可能会因此陷入困境。"⑨

事实上,他应该已经习惯了嘲讽邪恶的美国人和英国人的漫画——类似的漫画在日本遍地开花,以恶魔的形象出现的英美政治漫画在所有出版物中都能见到,在日常谈话中也被广泛讨论。

在小学操场,十岁的孩子们会用刺刀刺穿带有"邪恶的美国人和英
国人"标签的草袋,攻击画有罗斯福总统和英国首相丘吉尔的纸
板,并在学校墙上张贴海报,敦促"杀死美国魔鬼"。[10]

弗兰克不断地疏远他所面对的文化。他目睹了广岛的演变。
这座城市曾经充斥着叮当作响的电车、白炽灯和人来人往的商店,
但现在,她已经失去了昨日的星尘。杂货店和茶馆都关门了。政
府下令不得使用大米,强制限定商品价格,并要求增加每月闭店的
天数。在明治堂总部所在的街区,最吸引人的商店都倒闭了。干
货、文具和五金制品的店主向他们的邻居鞠躬道别,而这些邻
居——玩具店、眼镜店和服装店也要歇业了。阿清不愿面对她所
深爱的商业街正遭受着经济衰退。她抬头看了看铃兰花灯,它们
不再发光,但还没有人把它们移走。

最后,当糖配给短缺时,阿清别无选择,只能关闭处于娱乐区
的明治堂分店,反正也没什么顾客。电影院已经停止放映美国和
欧洲的电影,然而,那些来自轴心国盟友德国的电影除外。尽管日
本人喜欢查理·卓别林,但《大独裁者》——卓别林对阿道夫·希
特勒的讽刺剧,由于包含了对法西斯主义的批判而被明令禁映。
日本演员已经放弃了使用片假名以及外来词作为艺名——这曾给
他们笼罩上一层异国情调的魅力。影院只上映充满爱国旋律的传
奇剧目。

因为看不懂默片中的英语字幕,雅子早就不去电影院了。而
弗兰克之所以避免看这些电影,正是因为他读了其中的精髓。他
不假思索的反应往往会招致愤怒的目光。雅子和弗兰克听说,有
人在剧院前的地上画了一幅丘吉尔和罗斯福的肖像供民众踩踏。
他们特意避开那里,直至大雨冲走了画,也冲淡了那里好战的

气氛。⑪

然而,弗兰克无法回避那些令人不快的流言蜚语,人们用尖酸刻薄的语言谈论他熟悉的事物。"白人吃肉",人们嘲笑道,"这就是为什么他们对日本人如此严厉。"⑫这种刻板印象是对白人的偏见——闻起来像是臭烘烘的黄油——的一种变体。这让弗兰克重新意识到他必须继续保持低调,他也做到了。

与此同时,他的母亲比以往任何时候都需要邻里之间的交流。政府不会解决任何问题。阿绢是邻里协会(tonarigumi)的积极成员,该协会于1940年在全国范围内成立,使政府得以控制商品流通和社区舆论。1941年4月,也就是该制度建立7个月后,全国已有超过100万个协会。每个协会中都有10个家庭,考虑到很多家庭都很庞大,由多代人组成,因此,每个协会都人数众多。高须的芙蓉社区由425户1812人组成。⑬这些协会参与了从士兵送行游行到防空演习、发行配给券等各种活动。雅子的父亲快71岁了,是社区中仅剩的几名男性之一,他负责领导阿绢。阿绢很幸运,雅子的父亲是一个很好的人,他很感激阿绢对他心爱的独生女的照顾。多年前,他也曾旅居夏威夷。他对阿绢充满信任,因为她与美国也曾有过几十年的羁绊。阿绢需要他的善意。

"在战争期间,人们必须学会合作。"雅子回忆说。⑭这十个家庭每月聚会一次,讨论一些假设。"如果有空袭,我们该怎么办?""我们应该在哪里挖战壕?"夏季的潮热褪去,广岛迎来了初秋的台风季。每家每户的口粮现已通过社区协会进行分发。雅子代她父亲在附近采购,她每月买一次鱼,每天买一次蔬菜。雅子闻了闻鱼的味道,瞥了一眼它玻璃般的眼睛,就知道这鱼已经腐烂了。鉴于没有多少货品,阿绢和她的邻居们别无选择,只能微笑,轻声说着

"那我就谦卑地接受了(Itadakimasu)",并各自退回厨房,清点家
中的卷心菜叶子和土豆。

　　1942年秋,面对四年来战争所带来的不断增加的生活限制,
阿绢和弗兰克明白了他们的处境——愈来愈多的东西将无法获
得,取而代之的将是乏味的替代品。用于夜间遭到燃烧弹突袭时
所使用的紧急手电筒是木制的,而并非金属的圆筒。木质的手电
筒高度易燃,无法在遭到燃烧弹袭击时使用。如果阿绢想要多买
一个在演习中用的水桶,她可以买一个薄薄多带竹柄的编织袋,贵
金属受到军方限制,不允许民众购买。弗兰克的薄袜子是尼龙的,
每次穿都会产生新的破洞,棉布只能用于生产军装。如果他想要
补胶鞋,他只能使用鲨鱼皮或废弃的橡胶。每一个恼人的问题都
有一个巧妙的解决办法。最新的口号从扬声器中传出,印刷在巨
大的海报和白色的横幅之上——"在取得胜利之前,我什么都不想
要(Hoshigarimasen katsu made)。"

　　阿绢和弗兰克相信所见所闻的宣传口号。他们将一直坚持,
直到日本取得胜利。然而,在这安静的时刻,阿绢发现她最小的儿
子不知不觉地变化。弗兰克剃了光头,表情平淡,神态纯正,看上
去像一个纯正的日本男孩、一个初出茅庐的士兵。没人会猜到他
的美国背景。他18岁了,和哈利离开广岛去美国时的年龄一样
大。再过一年,弗兰克就要毕业了,他很可能被分配到广岛城堡的
陆军基地。阿绢想知道,他在想些什么?

　　弗兰克被训练得坚忍、克制、沉默。他不吐露心声,而他母亲
的生活则充满着忧虑。他不想因为自己强烈的想要推迟服兵役的
想法而使她不安。他的日子越是艰难,就越常梦见那个一直保护
着他的人。弗兰克比以往任何时候都思念他的兄长哈利。[15]

# 13

# 亚利桑那沙尘暴

1942 年秋天,哈利已经忍受了将近三个月的布特营(Butte Camp)的生活。这是亚利桑那州吉拉河发配中心的两个安置营地之一。①以他每月 19 美元的审计工作收入,哈利能在 49 号楼的食堂吃饱饭、住上 7 号军营简陋的 B 公寓,能从西尔斯罗巴克(Sears Roebuck)的百货目录上购置基本的服装。②若是没有工作,他的生活将苦不堪言。

放眼望去,四处都是一排排整齐、低矮、白边红色屋顶的营房。它们一列接着一列,很少有空隙。营地建设已于五月开始,但尚未完成。堆积如山的木材和建筑设备仍然凌乱地散落在空地上。③吉拉了无生机,平平无奇,只有那里的空气让人焕然一新。这是一种混有新鲜木材、未经处理的污水、辛辣的鼠尾草和野生豆科植物的香味,让人为之一振。

这里的空气是最为独特的。在这个沙漠里,不仅有着白天的酷热和夜晚的严寒促成了华氏 50 度的剧烈温差,西海岸刮来的暴风也给吉拉的新居民留下了深刻的印象。在哈利、玛丽和珍妮在到达后不久,就遭遇了暴风。

经过两天长达八百英里的旅行,他们走下军用卡车到达了营地。刚瞥了一眼营地,他们就听见了暴风的来临。暴风逐渐靠近,发出嘶嘶声和咆哮声,以每小时四五十英里的速度刮来的狂风使遮掩了天空,席卷沿途的一切。人们闭上眼、捂着嘴,风里积满了沙尘和淤泥,刺痛了人们的皮肤。他们不敢轻举妄动,只能静静地等待暴风过境。每天,人们都会遭到这样的沙尘暴的侵袭。在图莱里信誓旦旦所保证的“温和的风”未免也太言过其实了。

哈利和玛丽的“家庭公寓”,几乎无法为他们提供抽离营地生活并得以喘息的机会。④尽管这间一室房的面积是图莱里马厩的两倍大小,这里的住宿条件并不让人满意。棚屋的墙壁是相较于刨花板更脆弱的单层纤维板,地板之间满是缝隙,露出地下的土壤。⑤

也有人在为哈利和玛丽艰苦的生活环境而担忧。米尔顿·艾森豪威尔(Milton S. Eisenhower)——德怀特·艾森豪威尔中将最年轻的弟弟——作为第一任非盟战争重置主任(WRA)负责管理集中营。当他发现整个营地的建设费用很便宜时,他说:“坦白而言,如果它能经得起时间的考验,那我们也太幸运了。”⑥他称这些营地为“沙子与仙人掌”的中心。⑦当哈利和玛丽搬进 49 - 7 - B,米尔顿·艾森豪威尔在试图为日裔重建一个更友好的安置环境时,为了抗议针对日裔的偏见而辞职。

哈利和玛丽失眠了。他们对集中营的生活条件由起初必然的惊愕,转为不得已的接受。吉拉反常的夜,使他们在草席上辗转反侧。日落后,沙漠里闪烁起了自然的光线,笼罩在地平线之上,在黑暗中勾勒山峦和高原的曲线,气温骤降、狂风呼啸,某处的土狼在嚎叫。清晨,苍白的阳光穿透空气中的尘埃,照亮了散落在房间表面的厚厚一层风沙。这些沙子堆积在细长的窗框上、单薄的墙壁边、地板上、地面下,穿过地板上的缝隙。珍妮仍然昏昏欲睡,玛丽注意到女儿的睫毛上粘着尘土。她不想吵醒珍妮,于是她在珍妮身边跪下,轻轻地吹走女儿眼皮上的粉尘。

打扫房间是件西西弗式的、无用又乏味的工作。玛丽刚掸下身上的尘土,风就又将沙尘刮了起来。哈利尽量避免待在公寓中,他喜欢工作。在担任审计工作之前,他曾被聘为一名口译员。单身的一世日裔男性由于不懂英语,被安排了一些体力活,他们搞不清楚自己所处的状况,为工作精疲力尽,依靠着以小时为单位的工资而生活。他们的生活伴随着对发薪日的渴望、对赌博和酗酒的狂热,以及夹杂着酸溜溜的、挥之不去的失望,这正是哈利父亲告诫他所要避免的生活方式。哈利确信一点:只要有一份不那么让人丧气的工作,他就会接受。

玛丽和哈利都面临着各自的健康问题。哈利的谷热病有可能发展成为慢性病,肺部的疤痕正逐渐削弱着他的肺功能。抵达后不到一个星期,他就腹泻了,这在吉拉是一种常见病——食材在未完工、不卫生的厨房里变质了。他已经厌倦了政府这种所谓的照料。哈利厌恶这里的食物,尤其是常蒙上一层沙的罐装水果鸡尾酒中结块的糖浆。

在哈利刚康复满十天时,玛丽就由于腹部绞痛住进了布特营医院。她已经 48 小时没有排尿了。医生对她进行了治疗,让她休息、为她输液和灌肠。没人发现玛丽的病可能是由于对新的生活环境而焦虑,以及对缺乏隐私的厕所而造成的羞愧。医院的医生和护士也同样是被拘留的日裔，大家在同样的条件下艰苦生活。他们所能做的就是治疗病人，并将他们送回营地。

珍妮是玛丽生活的希望。玛丽知道人们在想，为什么一名来自西雅图的已婚妇女会和她来自洛杉矶的兄弟一同来到营地。这是一种不寻常的情况，如果她是一名尽职的妻子，为什么不和她的丈夫一起，和其他人从华盛顿州撤离？

玛丽试图不理睬那些流言蜚语，她忙着将从西尔斯罗巴克买来的布料缝成薄纱窗帘，作为房间内的隔断。他们的室友晴子（Haruko）折磨着她的神经。单身女性被分配到与小家庭共同居住在同一个拥挤的营房里，哈利和玛丽对晴子的加入别无选择。"晴子是个疯子。"玛丽说。[8]哈利注意到了晴子与玛丽之间的性格冲突。他对自己缺乏隐私而感到难堪。"这让公寓里的气氛有点尴尬。"他说。[9]玛丽制作的新隔断对缓和双方紧张的态势并没起什么作用。

当营地放出了一份审计工作的机会时，哈利激动得跳了起来。虽然准备付款凭证和数据制表对哈利而言没有什么吸引力，然而，能够拥有雇用二十名年轻女性文员的机会听起来很有趣。"这就是我接受这份工作的原因。"[10]哈利在和蔼可亲的同事们的围绕中，心情变得轻松了。这份工作所带来的额外好处是能够获得信息。哈利在布特营的神经中枢——行政大厅工作。他细心留意周围人的交流，倾听着也许能够带来希望的低语。

在营地内 36 个住宅楼中，气氛凄凉。人们对《吉拉新闻信使》（Gila News Courier）这份营报中的文章流露出了不安。在《一世日裔移民父亲》一文中，一名虚构的移民在看着孩子们玩耍时感叹道："他们会变成什么样？ 他们能在这样一个只有一个民族存在的地方过上正常的生活吗?""他们会变得狭隘、变得苦大仇深又富有偏见吗?"⑪这篇文章以一个积极的结尾肯定了美国的伟大。然而,它触动了每一条小巷、每一间营房、和每一片公共区域中的人们的神经。

其他集中营的被拘留者也因不满而愤怒,起初,这种怒气是通过通过非暴力的反抗来表达的。在图莱湖(Tule Lake),农场工人在 8 月举行了罢工,抗议商品短缺和低廉的工资。一个月后,打包棚的工人也加入这场罢工。10 月,食堂的工作人员也罢工了。这些罢工背后酝酿着更多的暴力事件。

"归美族"是对现实最为幻灭的群体之一。他们觉得,二世日裔美国人似乎在责怪他们,因为他们流利的日语和蹩脚的英语,导致人们对整个民族产生负面印象。在日本,"归美族"同样受到蔑视,他们是移民的子女,由于流利的英语而遭到人们的嘲讽。无处能容纳他们。

作为一名"归美族",哈利更认同自己二世日裔美国人的身份。首先,他的英语相较于日语更为流利,他也更适应美国的生活。在工作的同时,他也注意着办公室走道两旁传来的消息。一个引人注目的谣言声称有人介入了营地的短波收音机,窃听日本的一个不知名的广播,播报说帝国军队将从墨西哥向北进入亚利桑那州,前往吉拉和波斯顿的集中营。⑫这支日本军队的使命是释放他们被拘禁的日裔兄弟。

哈利断定这个谣言不值一听。在谣言的扩散中,他只看到了人们的想象和绝望。吉拉离墨西哥边境足有 150 英里。然而,与谣言最为相似的事实是,日本海军已经成功地攻破了美国大陆的防守,那年 2 月在圣巴巴拉附近,一艘单独行事的潜艇袭击了一个

炼油厂。⑬虽然没有一颗子弹击中了目标,潜艇在发起这一进攻的
15分钟后撤退。鉴于日裔在集中营里的无限期监禁,人们不得
不期待来自日本帝国的拯救。另一则传闻称国会即将废除二世日
裔美国人的公民身份,因为其中很多人都拥有日本和美国的双重
国籍。尽管相关法案已在参议院提出,但尚未有任何推进。WRA
向被拘留者保证,此条决议需要获得三分之二参众两院投票赞成,
各州批准才能成为宪法修正案。通过这项决议的长路漫漫。⑭

　　在日复一日的压力、裹挟着尘土的热浪和不确定性之中,人们
内心的焦虑不断加剧。哈利在广岛认识的一些熟人,居住在日本
时都对日本充满鄙夷,然而,如今的他们对美国怒火中烧。哈利理
解他们的变化,却并不认同这种态度。一些人最终会被交换船遣
返,放弃在他们出生地的生活,回归日本的可怖环境。

　　哈利其他二世日裔美国朋友从未踏足日本。他们也很愤慨,
却仍为美国政府辩护,认为拘禁是出于国家安全的考虑。有人怀
疑哈利对美国的忠诚,因为他在日本有家人。在年轻人谈话的房
间里,哈利坐在悬着的电灯下,感到自己被众人所包围了,仿佛他
"不断地受到质疑,被怀疑,被打上了日本同情者的烙印"⑮。难道
他们不知道他在广岛三番五次捍卫美国吗? 在广岛的三洋学院,
他忍受着敌对的教化,参与必须的军事训练,忍受着当地反美的气
氛。这些经历并没有冲淡他对美国的感情,反而使他更坚定地支
持美国。

　　哈利变得绝望,想要打破规则。晚上,他偷来空地上的胶合
板,为公寓制了一套桌椅。有时,他会长途跋涉,穿过牧豆树和柱
状仙人掌,低头留意蝎子、响尾蛇还有狼蛛,在营地的边缘和皮马
印第安人做交易。哈利把皱巴巴的美元塞进铁丝网之间,买来他

们的廉价威士忌。⑯原酒比他的朋友们在秘密酒馆里用药物发酵的混合物的味道要好得多。⑰哈利从来没有想过要回避风险，但如果巡逻边界的军警看到他，他们可以逮捕他。如果被抓到喝酒，哈利可能会因在政府土地上饮酒而被指控违反联邦法律。⑱哈利不在乎。"对这里的每一个人和所有的事，他都怀有比常人更多的怨恨。"⑲

11月初，一家由外部承包商经营的伪装网工厂开业。只有公民才有资格入职，这项工作听起来像是一次逃离集中营的机会，并能为战争前线作出贡献而获得成就感。在工厂里，据说有70％的工人都是女性，哈利对此饶有趣味。招聘广告上的描述很吸引人。他申请了这份工作，并顺利入职。

在入职的第一天，他登上了一辆开往工厂的卡车，沿着营地西北端的土路颠簸，最终停在警卫室。当警卫们打开卡车挡板时，哈利跳下了车。工厂坐落在沙漠边缘的一个用栅栏围起来的院子里，⑳哈利看到远处有一片熟悉而险恶的钢圈围栏——高耸的带刺铁丝网，在太阳下闪闪发光。他仍然身处吉拉集中营内部。

所谓的工厂与露天的脚手架差不多，它的屋顶简陋，仅能提供很少的遮蔽。南加州玻璃公司工头警惕地监视着工人们，哈利爬上梯子，在高达20英尺的椽子上织出一条条悬挂着的彩色粗麻布渔网，㉑粗糙、松散的线粘在他汗湿的手上。手工劳作使他的手指又痛又肿，计件工作的报酬也很低。

当他和其他工人完成一张网时，这张网就会被卷起来，包起来堆在一起。每隔一段时间，数百磅的网，珍贵如丝绸地毯，会被迅速运到七英里外的卡萨格兰德车站，这是它们远航数千英里的第一步。哈利对短暂离开16500英亩吉拉集中营内部790英亩的布特营的希望,就这样消失了。

11月初,被拘留的劳工在怀俄明州的哈特山举行罢工。尽管罢工会威胁到他们的工资收入和工作条件,但对集中营的怒火迫使他们采取了行动。11月中旬,在同样位于亚利桑那州的波斯顿(Poston),一名拘留者由于被怀疑与白人行政人员关系过密而被人用钢管殴打。两名嫌疑犯的被捕导致了一场大罢工的爆发。人们用"走狗"(inu)这个词来形容告密者,传遍了所有十个集中营。②被人憎恶的告密者是往往是亲美的二世日裔美国人,而指控者和袭击者则是一世日裔移民和归美族。集中营的内部正在逐步分裂、拉帮结派,似乎没有人能避免站队。

哈利力求双方能够求同存异。然而,吉拉所面临的麻烦也一触即发。人们能够在干燥的、树脂味的空气中嗅到双方开战前的紧张气息。当柽柳叶子变黄时,又有谣言传遍了营地——一世日裔移民和二世日裔美国人都将在战后被驱逐回日本。在这种人人自危的恐怖氛围中,《吉拉新闻信使》反驳这是"危险的失败主义"。㉓哈利感觉自己正变得坚强又冷酷。痛苦是"势不可挡的",他不确定自己还能承受多久。㉔

11月中旬,哈利发现公告栏上的一则油印的公告。㉕征兵人员为明尼苏达州的一所语言学校面试会说日语的人,他们想要招募能够流利使用日语的人。哈利一时兴起报了名。

在指定的面试时间,他走进了一个苍白的政府办公室。一名白人军官和两名二世日裔美国士兵向他致以问候。军官和哈利聊了几分钟,询问他的教育背景和工作,而一旁的二世日裔美国士兵默默听着。他们需要语言学家翻译日语文档。军官说,他想知道哈利是否了解日本的军事用语。哈利回答"当然"。军官将一本书拍在桌子上,让哈利大声翻译。

这一幕在哈利的意料之内。作为二世日裔美国人,他在美国只是在课外班学习书面的日语,不识多达 26 道笔划、词意随不同组合而变,又拥有多种发音形式的汉字。哈利低下头停了下来。

但是,他立刻认出了那本书,这本实战手册和他高中时随身携带的"战阵训"几乎完全一样。他花了大量的时间来背诵那本书的内容,以至于当他即将搭上前往西雅图的轮船时,他还将这本书装进了行李箱。他对这本书的学习已经形成了习惯,以至于没有意识到在接下来的旅途中将不再需要它。这本册子的文本内容属于他在广岛所参与的强制性军事训练的一部分。哈利必须在内容测试中取得高分,才能从三洋毕业。如果他不毕业,他的母亲就不会允许他离开日本。哈利努力通过了考试。实质上,他致力于记住日本的武器装备和编队,以求回到美国有所用处。而美国正是哈利在日本的学校时,长官所认定的日本的敌人。

哈利打开足有几百页的书,葱皮纸的书页如同雨季潮湿的下午那般发霉。有步枪、大炮、坦克,甚至伪装网的照片,但大部分的页面都是关于战争行为的密文。这些书的内容如此详细,以至于战后仍持有这些书的人,在落入占领军手中之前会把它们烧掉。哈利开始大声朗读,仿佛回到高中,在退役军官的带领下进行枯燥演习的日子。他顺利地从日语的喉音转为英语的翻译。这些词流畅地流动于他的舌尖,就像光滑的珠子翻转于他的指尖。哈利兴致勃勃地进行着翻译,直到军官拦下了他。

负责招聘的军官互相瞥了一眼,哈利看不懂他们的表情。考试结束得太快了。令哈利吃惊的是,军官站起身,伸出手来说:"恭喜!"

哈利不仅过关了,而且表现出色。他被语言学校无条件地即时录取了。"我的眼睛不好。"哈利警告说。㉖他的近视很严重,两只眼睛都达到了 20/200 的程度。也就是说,他不戴眼镜就无法从 20 英尺外的视力表上辨认出"大 E"。他的近视本应导致他的资格被取消,然而,征兵人员却没有就此放弃哈利。如果他的招募属于"有限服役"类别下,那么他的视力就不那么至关重要。哈利不必出国,也不必参与步兵训练。怎么样?征兵人员问道。如果他同意参军,他需要在感恩节后出发。征兵人员劝他轻装,并悄悄告别,以免此次招募激起极端分子的反对。他们祝福他。哈利不敢相信这一切。他笑了又笑,离开了大楼,他的金属眼镜框在阳光下闪闪发光。

不久之后,哈利与一名年长的移民交谈。他是父亲的一个朋友,也是广岛来的。他曾作为一名老兵,参与 1905 年日本出征俄国,并取得了惊人的胜利。这是亚洲第一次主要击败欧洲部队的战役。"福原先生,你为什么要自愿入伍?"他问道。㉗日本也会赢得这场战争——他如此断言。

哈利为他的想法而感到费解。"你儿子在部队。"哈利说。㉘他的儿子也是哈利在广岛的朋友,在珍珠港事件之前就加入美国军队服役,并与哈利处于同一个语言项目。

"不一样,我儿子是应征入伍的,但你是自愿的。最重要的是,你去过日本,你在日本学习过,在学校受过军事训练。"他说,"你不应该自愿加入美国军队,是美国军队将我们拘禁在营地中。"㉙

哈利明白了。这位老先生的观点是:通过西部防御司令部,美国军队已经清空了西海岸几乎所有的日裔,并将他们囚禁在偏僻的地方。哈利所将服役的,正是剥夺他自由的部队。

尽管如此，哈利还是用一句古老的日本谚语反驳道："尊于出身之家，忠于出生之国(Umare no ie yori sodachi no ie)。"㉚身为移民的父母基于这样的价值观抚养自己的美国孩子，并借此跨越了一个世代的鸿沟。语言学校的首席讲师约翰·相矶(John Aiso)进一步阐述这句话的含义："对于古代的日本武士而言，哪怕与亲人为敌，忠诚都是唯一值得尊敬，也是唯一能够接受的选择。"哈利确信他的父亲会同意他的选择。

这位一世日裔移民劝哈利和玛丽谈谈，玛丽一如既往地直率。她知道哈利在吉拉痛苦万分。在她逃离家时，她很感激哈利对她坚定不移的支持，使她能够从西雅图到达洛杉矶。她知道，如果不是为了她，哈利本可以避免被监禁。他放弃了前往俄亥俄州，与蒙特夫妇的亲戚共同居住；他放弃了自己的安逸，在没有人愿意租房给日裔美国人时，为三人寻找到了一个住处。玛丽理解她的弟弟。"他不想困在笼子里。"她说。㉛

她向他保证，她在营地里会安全的。她有食物和住处，有邻居和朋友，有珍妮。玛丽会想念哈利的。虽然哈利的离开会伴随着周围人的闲言碎语，然而，玛丽劝哈利去做他想做的事。

1942年11月27日，星期五清晨，在染成玫瑰色和万寿菊色的天空下，哈利站在布特营地的门口瑟瑟发抖。他穿上了夏季的运动服，这是他所拥有的最好的衣服，然而，在仅有华氏35度的黎明，这单薄的一身显然不够保暖。一群亲朋好友围成一圈，等着送别即将离开吉拉的二十七个人。本来应该有更多人前来送行，但那些反对入伍的人没有来。玛丽和珍妮站在人群之中，张望着哈利的身影。哈利跳上一辆原地待命的军用卡车，他的视野受限，无法看到他的姐姐和外甥女。

　　卡车开动了,它缓慢前行,沙石嘎吱嘎吱在车轮下摩擦。他们将前往吉拉本德车站,在那里,他们将登上明尼苏达州的斯内林(Snelling)堡垒和萨维奇(Savage)营地。哈利将在萨维奇作为一名临时学生,通过考验后,他将进入语言学校学习。从那时起,他不知道他将要做什么,或是需要做多少。

　　卡车驶出营地后,车速加快了。哈利的视野变得清晰,但他没有转身去看卡车后的尘土飞扬。当道路从满是泥土变为光滑的沥青时,哈利离开了关押了他 88 天的吉拉河发配中心。集中营在视线中不断退去,淹没在星罗棋布的群山、矮小的柽柳、多刺的豆科植物和宏伟的巨山影掌中。

　　在遥远的西方地平线之外,太平洋上的战争处于白热化的阶段。那年初秋,麦克阿瑟将军所在的司令部,西南太平洋地区(SWPA),已在澳大利亚形成盟军翻译科(ATIS)负责翻译缴获的文档。在 10 月,盟军翻译科的首领西德尼·马希比尔(Sidney F. Mashbir)上校坐在布里斯班的办公桌旁,面前摆着一摞文件。"这是血汗换来的。"他写道,"这是我们在初期缴获的典型文件。那时,我们还在被日军追着打。现在不一样了。"㉜盟军缴获的都是污迹斑斑、令人毛骨悚然的文件。日本士兵没有投降,美国士兵也没有活捉任何日本人。在上校的信里,前线对美国语言学家的需求还显得很微弱。

　　哈利不知道太平洋上发生了什么,但珍珠港事件发生近一年后,生活终于开始好转了。"我很高兴能够离开这里,"哈利后来回想道,"但我不知道我将去往何方。"㉝

　　哈利不知道的是,另一个项目正在西南部的一个州中成型。在那里是无尽沙漠,与世隔绝。在 11 月下旬,当哈利收拾行囊准备离开吉拉时,莱斯利·格罗夫斯(Leslie Groves)准将批准将新墨西哥州的洛斯阿拉莫斯(Los Almos)选为绝密"摧毁范围"。曼哈顿计划——建造第一颗原子弹的竞赛——已经吹响了哨声。

## 14

# 明尼苏达州的温暖冬天

1942 年 12 月 7 日,星期一。在珍珠港的亚利桑那号被击沉,导致哈利在圣莫尼卡被解雇的一年后,身着全副军装的二等兵哈利·福原在萨维奇营地*走下火车。萨维奇营位于米尼波利斯以南 20 英里。哈利的肩上扛着一个行李袋,向另一个营地的入口走去,他穿着带花边的皮靴在积雪和黑色的冰块上快速行进。①

哈利能在寒冷空气中看到自己呼出的热气。松针的气味使他想起了奥本和宫岛,但乍一看,周遭的环境令人失望。昏暗的营房入口处是个垃圾桶,其他的建筑正面挂满了带裂缝的冰柱,似乎还处于建造之中。铲过雪后的小路两侧,积雪达到齐腰高。萨维奇看起来像是冬天版本的图莱里和吉拉——地处遥远,不受欢迎,环境严苛。然而,相较于之前的拘禁,这次服役的营地已有了巨大的改善。

---

* "萨维奇"原文为 Savage,意为"野人"。

六个多月前,萨维奇营默认成为军事情报局(MIS)日语学校的所在地。旧金山的普雷西迪奥(Presidio)项目日益衰微,该项目中的日裔美国学生和教师被迫向东撤离。在明尼苏达州 1940 年的人口普查中,总计全州共有 51 个日本人后裔。极少的日裔人口使西海岸流行的"黄祸论"没有在明尼苏达蔓延开来。②语言学校的司令官,凯·拉斯穆森(Kai Rasmussen)中校因此决定将双城区(Twin Cities)选定为新校址,"因为这片区域不仅拥有广袤的空间,人民的心胸也很开阔。"③

萨维奇占地 132 英亩,民防部队将农田改建为木屋,近来被用作于流浪汉的收容所。④第一期二世日裔美国学生需要在短短的六个月内迅速提升日语水平。在开始紧张学习之前,他们割下了杂草,将污渍斑斑的干草床垫焚毁,擦净荒废的院落。⑤他们还在校园的谷仓内举办了一次舞会,为此,农夫提前将奶牛引到了室外。⑥当哈利和下一期同学到达营地时,萨维奇是简朴、洁净的,奶牛已被送往另一个牧场上吃草。

哈利一安顿下来,就感到了轻松。北方的空气与图莱里和吉拉的空气大不相同。虽然这里的空气稀薄冰冷,但寒颤着的一呼一吸之间,充满着希望。尽管大部分入伍的二世日裔美国人都归白人军官领导,然而,这个团体似乎很团结。萨维奇的每个人都为能够来到这而欢呼雀跃。

萨维奇营正为一个目标而奋斗。1941 年初,美国陆军情报局认定,作战情报对日美交战至关重要。当时,只有几十名军官精通日语,这是一个极低的人数。⑦军队需要成千上万能够翻译和解释日语的军官。包括拉斯穆森司令在内,共有三位会说日语的军官负责掌管新兵训练营式的语言学校,面向已有日语基础的人教授作战术语。

日语的书写和口语极具挑战性，被认为是难以理解的。帝国军队士兵在太平洋的战斗便是依靠这一优势，然而，关于这个优势的假设所作出的决定将会被证明是代价沉重的。诚然，日本人有充分的理由将他们的语言看作是不可破译的代码。有学识的日本人能够运用两千多个中国汉字，以及五十个拥有两种形式的音节，称为"假名"(kana)。一些汉字有二十多种读法。"日语的复杂程度几乎超越了西方语言。"约翰·韦克林准将写道，他是 1946 年监督语言学校创建的领导人之一，"可以粗略将日语理解为将法语融入英语，再加上一个高度复杂、具有开创意义的象形文字系统。"⑧

为了找到合适的人员，部队在 1941 年夏秋季走访来西海岸的 1300 名日裔士兵。⑨百分之三十的人在日本有直系亲属，比如哈利，他们因涉嫌忠诚分裂而被断然取消资格，只有 60 人达到了招募要求。在珍珠港事件之后，部队又招募了 150 人，其中包括哈利的朋友沃尔特·田中(Walt Tanaka)。

1942 年 5 月，30 名一期毕业生被送往广阔的战场，从北部的阿拉斯加到西南部的瓜达尔卡纳尔和巴布亚新几内亚。⑩起初，陆军和海军部队不知道这些日裔语言学家的来由，并怀疑他们的动机。他们远离前线，翻译俘获的敌方物资数量、部署、计划的文件，这些文件可能在几周后显示出自身的战术价值。到了秋天，二世日裔美国语言学家们证明了他们的价值，他们在西南太平洋及时提供足以影响战争进程的情报。⑪

当大约 10 万名美国士兵在太平洋作战的时候，军事情报局要求第二期约 300 名日裔美国语言学家，于 1942 年 12 月投入战斗。为了完成这一目标，征兵人员冒险前往十个集中营，放宽了对尚未参军的日裔的 IV-C"敌国外人"类别的要求,并对判定士兵处于日本的亲属关系实行了灵活政策。约瑟夫·迪基(Joseph K. Dickey)上尉是建立语言项目的关键官员,在招募能够熟练使用双语的本·中本(Ben Nakamoto)时说:"我需要你,我需要你。"⑫"我该怎么做?"本想。

军队的希望寄托在萨维奇的第二期课程上。12 月 15 日,包括的哈利在内的 444 名二世日裔美国人⑬参加了语言培训考试,并露出上臂,接种了三次伤寒疫苗。⑭哈利从未想过,为什么一个本应留在美国、视力很差的人需要预防伤寒、热带地区的地方病和流行病。

哈利被分配到二十二个组中的第三组。前三组是真正能够流利使用英语和日语的双语者,接下来的几组是那些日语比英语强或日语水平较低的归美族。⑮哈利名列前茅,也许在奥本佛教教堂二年级的评分老师眼里是一种进步。是在日本的岁月改变了哈利。

早上 6 点,起床号吵醒了哈利。⑯食堂的早餐从上午 7 点开始,这些学生将从随后的 8 点开始上 7 个小时的日语课、完成 2 个小时回家作业并参加周六早上的考试。他们致力于日英翻译和口译技巧,学生们每天要背 50 到 60 个汉字,对于这种世界上最困难的文字之一,这一学习进度无疑是疯狂的。哈利不用怎么学,甚至觉得草书(sosho)很容易,这使从未在日本居住过的二世日裔同学们很困惑。在前线,日本士兵将命令涂在纸片或记事本上,在混乱的战斗中,这些信息往往被丢在现场。缴获的文件中有 20% 是由草书撰写的,其中大多数都具有巨大的战术价值。⑰

萨维奇的二世日裔美国老师看着哈利轻松地完成了课程。

哈利正在恢复他的活力。他不必为临时抱佛脚而烦恼,还能利用周末的空闲时间进城逛逛。离开了限制和怀疑,哈利精神振奋。再也没有带着步枪的警卫阻止他离开集中营,没有高高在上的社区管理员质疑他的行动,没有胆小的店员拒绝向他出售商品。哈利带着一个装满廉价食品的纸袋回到军营,这是多年来,他第一次感到自由。

他很快就成为了 F 兵营的人气王,那里住着来自吉拉的同学们。哈利给他们讲笑话,模仿查理·卓别林摇摇晃晃的样子。帮厨的经历对哈利颇有裨益。"没人有钱。"哈利说,他在锅炉上煮热狗和米饭。[18]野村翔(Sho Nomura)将所有时间用于学习,然而,他也忍不住笑了起来。"每个人都在想,"翔说,"哈利真是个混蛋。"

与之相反,哈利从同学的陪伴中汲取了能量。对于来自西海岸和夏威夷的二世日裔美国人而言,明尼苏达州最冷的一个月是一场巨大的灾难。当水银温度计显示气温骤降到零下 40 度,他们的首要任务就是完成作业并活下来。诺比·吉村(Noby Yoshimura)将一瓶可乐在前一晚放在窗户和屏风之间,想要得到一瓶冰镇可乐,可是到了早上,他发现可乐爆炸了。他耳朵被冻伤了三次。"这还算好的。"[19]瑞思迪·木村(Rusty Kimura)从浴室走回营房,发现他刚洗过的头发结成了冰。[20]他们像学习汉字一样仔细研究变幻莫测的冬天,然而相较于汉字,天气更不稳定。

瓜达尔卡纳尔同样有着极端的天气。1942 年 8 月,瓜达尔卡纳尔爆发了激烈的战争。1 月,美国军队控制了局面;2 月,战争结束时,美国军队关押了三百多名囚犯并缴获了数千页文件,然而由于人手不足,这些情报无法得到充分利用。[21]这些与世隔离的萨维奇学员对太平洋上的战役一无所知,但他们的导师知道,对语言学家的需求正不断扩大。

在瓜达尔卡纳尔的经验表明，只有少数人能够有效地通过审问并立即收集到文件的价值，然而，这两项任务所得到的新情报，能够无限加强海军陆战队战略能力。毫无疑问，能够掌握流利、近乎母语的日语，以及对日本人心理本能的了解的二世日裔美国人，尤其归美族，需要支援前线。

"没有前线情报，"陆军历史学家詹姆斯·麦克诺顿写道，"部队只会误入敌人的圈套。"[22]然而，真正能够掌握两种语言的人是如此地稀少，不是强于英语，就是强于日语，他们需要将双语作为常态。萨维奇的教职员工对学生进行了调查，以应对需求的快速增长。

1943 年 3 月 15 日，也就是开课后的三个月，哈利不再是二等兵。萨维奇的导师已经作出了决定，哈利的同学们也都有所耳闻。来自吉拉的同伴国广静夫（Shizuo Kunihiro）说，哈利是一支"单人团队"[23]。他精通日语的听说读写，英语也同样流利。尽管没有得到正式委任，被称为"90 天奇迹"的哈利还是被提升为中士，并被派去海外。

得知这个消息，哈利惊呆了。他甚至没有经过基本的训练，就要出征海外。难道他不需要六到八周的障碍训练、经历马拉松长跑、参加武器训练吗？"我们会赶上你的，"他被告知道，"别担心。"[24]

"我不担心，"哈利说，"我只是觉得这不太可信。"

1943 年 4 月 18 日，哈利与同组的尖子生，包括本·中本在内，一同离开了萨维奇营。上次从加利福尼亚登上火车去吉拉的路上，哈利是在士兵的看守下，窗帘还被拉了下来。这次，他也成为了一名军人。当火车停靠在站台时,居民们用咖啡和甜甜圈欢迎他们。㉕哈利看着风景从暗沉模糊变得明亮如油彩。雾散去了,旧金山闪闪发亮。

在这些二世日裔美国语言学家一路西行时,太阳似乎也展开了笑颜。就在他们出发的同一天,在南太平洋布干维尔上空飞行的空军 P-38 战斗机击落了日本联合舰队司令、珍珠港袭击策划者——海军上将山本五十六(Isoroku Yamamoto)的飞机。他的尸体被发现端坐在丛林废墟中。哈罗德·普传名(Harold Fudenna)是一名 MIS 的语言学家,是一名来加利福尼亚的归美族,他的父母被囚禁在一个集中营,他在新几内亚翻译了有关海军上将计划的关键无线电信息。㉖但是,这项 MIS 的任务是机密,普传名所作出的重要贡献并不会被报道。

其他的消息引起了全国的注意。山本死了,詹姆斯·杜立特中校突袭东京一周年——这是美国第一次袭击日本。在哈利到达加利福尼亚后不久,白宫终于迟迟地宣布了被日军俘获的三名参与杜立特空袭的美军飞行员在去年 10 月被判处以死刑并被枪杀。罗斯福总统称处决是"野蛮的""不文明的""堕落的"。这条新闻激起了民众类似于珍珠港事件后的强烈的愤慨。㉗

与此同时,约翰·德威特中将继续发表着反日言论,并着重针对二世日裔美国。尽管那些在他的总部——普雷西迪奥语言学校接受训练的日裔学员在战场上取得了成功,他们的贡献却完全没有在 4 月中旬的国会委员会报告中被提及。德维特还是毫不犹豫地说:"日本人就是日本人。无论忠诚与否,他们都是危险的。没有办法判定他们的忠诚……不管他是不是美国人,理论上他仍然是日本人,你无法改变他……给他一张纸,并无法改变他。"㉘这些评论的风声使尚在萨维奇的学生们感到不安,而那时的哈利,已经在旧金山下了船。

作为二世日裔美国人,哈利和他的同伴不被允许留在城里。在他们出发前的几周,他们被渡轮送到旧金山湾的天使岛。天使岛位于埃利斯岛西部,在这个世纪的前二十年,接纳了 6 万日本人登陆美国。这里曾是一片圣地,年轻的一世日裔男性排队办理移民手续,身后跟着身着和服的新娘。如今,这里是二世日裔美国军人出征前的暂留地和德国战俘的扣押营。哈利并没有忽略这层讽刺的意味。"历史仿佛在重演,但这并不意味着我们也被限制在这个岛内。"㉙哈利给蒙特夫妇写信,告诉他们自己即将出征海外。其他的语言学家是湾区本地人,希望去旧金山拜访朋友。然而,他们的申请不断被拒绝。

5 月中旬,在不断"抓紧和等待"的军事生活模式之后,哈利终于在旧金山登上了一艘运输船。当船穿过金门大桥下时,哈利没有抬头。他的胃胀得厉害,只能"躺在船舱里看着舷窗外的天空与海平面起起落落"。㉚无论他多难受,他都必须保持机敏。现在他知道他要去澳大利亚了。语言学家们被明确禁止向他人解释自己的任务。哈利和其他语言学家被分配到厨房,部队中的其他人都以为他们是中国厨师。

在格伦代尔,克莱德和弗洛西将哈利和克莱德在后院插下的旗杆上升起了星条旗。弗洛西在前窗挂上一面红边白旗,中间有一颗蓝色的星星,象征着军人的直系亲属。"他们以我为荣,他们想让邻居也知道。"哈利说。㉛蒙特夫妇在余生都珍藏着这面旗帜。

由于无法在海面上找到平衡,哈利第一次意识到了危险。经过大约十天的平静日子,这艘船到达了南太平洋的战斗区。部队奉命每天凌晨 3 点到 4 点爬到甲板上，星星在空中闪耀，他们趴在甲板上数小时，直到天空东方发红。在凌晨，他们在演习遭到攻击后救生艇逃生㉜、打扑克和桥牌消磨时光、不断等待。船上禁止吸烟，因为一根火柴发出的光足以吸引敌人的注意。日本潜艇就像黎明时分徘徊的鲨鱼，在看似平静的太平洋下面捕食。哈利重读了总统写给部队的信，这封信是他在离开前收到的。"你的自由、那些你爱的同胞，你的人民的自由，取决于战争的结果。"㉝总统补充道，"自由的敌人从来没有像现在这样暴虐、傲慢、残暴。"对哈利而言，这场战争的目的在于他作为美国人所想要捍卫的自由，在他心中，敌我两方并非泾渭分明。

当船驶过珊瑚海时，南十字星座为黑色的丝绒般的天空增色不少。士兵们在夜间演习中变得更加警惕。最后，在航行的第 17 天，澳大利亚东海岸的布里斯班港出现了。"这才是喜闻乐见的景象！"因为晕船而筋疲力竭的哈利也倍感惊喜。"我不知道我们在哪里，我也一点儿都不在乎。"㉞但是，当哈利一康复，他就关心起了自己所处的地方。这是他有生以来第二次横渡太平洋。1943 年 6 月 4 日，哈利落地报到了。

# 15

# 玛丽的北极星

　　4 月中旬，哈利乘坐沿着加利福尼亚边境行驶的嘎嘎作响的火车，穿越中西部大草原。1943 年，在被关押一年后，他的姐姐，玛丽也渴望逃离集中营。玛丽和珍妮已经咽下了足够多的沙尘和苦涩。几个月来，集中营中的一个安置被拘留者项目已允许许多确认无嫌疑的日裔离开吉拉。人们前往丹佛、盐湖城和芝加哥，那里的就业机会丰富，战时经济繁荣，反日情绪不如西海岸明显。但 WRA 担心这些目的地已经达到"饱和的临界阶段"①。如果日裔吸引了当地民众太多的注意力、抢走了太多当地人的工作，这些地方也可能会爆发反日情绪。玛丽绝望地看着这些前哨站一个个地向日裔关闭。接着，日本处决了三名空军飞行员，这三名飞行员参与了前一年春天对日本的杜立德空袭。根据华盛顿的命令，在可预见的未来，所有离开集中营的程序都将被立即停止。拘留者被告知，这项措施是为了确保他们的安全。

　　"我们希望这会很快结束，"吉拉的项目主管勒罗伊·班纳特

(Leroy H. Bennett)说,"但在公众冷静下来之前,我们不能再允许更多人离开集中营了。"②

然而,这一令人失望的消息随着第一夫人的亲自造访而有了转机。埃莉诺·罗斯福(Eleanor Roosevelt)在宣布取消撤离项目的同一天抵达了吉拉。罗斯福夫人戴着松软的帽子,穿着便利的系带鞋,与居民们交谈。她参观了营地设施,在民众的热情中为自传签名。她泰然自若,在没有联邦调查局的护卫下自由地行动,从未流露出一丝疲惫或愤怒。在离开吉拉后,罗斯福夫人在洛杉矶召开了记者招待会。面对反日参议员和专家"拘留者都被娇惯坏了"的观点,罗斯福大人一字一句地反驳:"他们没有被宠坏——他们的处境是我们所不会选择想要体验的生活。"③

她的话是一枚公正的利箭,射向西部国防司令部。罗斯福夫人是一位直言不讳的美国女性,她表达了玛丽所渴望的那种现代女性的尊严。禁止离开集中营的命令很快就被取消了,玛丽很高兴。她的第一步计划是与她疏远的丈夫杰瑞离婚,杰瑞被监禁在加州的图尔湖集中营。

吉拉的气氛很紧张。几个月来不公正的监禁所引起的焦虑在2月初,即军队宣布要招募志愿军参与海外的日美战争时达到了顶峰。如果二世日裔美国人表现出军队和WRA军官所期待的忠诚,公众对于日裔美国人的情绪将会进一步激化。虽然像哈利这样有天赋的二世日裔美国人已经应征入伍,但由于任务的保密性,这一消息并未让公众知晓。

在应征登记的同时,营地中的每个人,无论是否入伍,或是去西部国防司令部掌控的其他地区工作,都必须填写一份离开集中营的申请。申请中有两个与忠诚有关的问题。第27题询问被拘留者"是否志愿加入陆军护士团,或是妇女陆军辅助团(WAAC)"④。第28题破坏性地写着:"你会发誓对美利坚合众国无条件地效忠,并放弃任何形式对日本天皇,或其他任何外国政府、权力或组织的效忠或服从吗?"这些问题激怒了被拘留的日裔,尤其是战争部澄清,只有两者答案都回答"是"的人才能通过审批。

这份调查问卷使一些被拘留者的出离愤怒。哈利的一些幻想破灭的归美族朋友戴上了头巾(hachimaki)——白底中央有一枚深红色的太阳——以示抗议。他们跪拜天皇,宣誓效忠日本帝国。最终,一些人会放弃他们的美国公民身份,并遭到悲惨的遣返。

这份问卷在吉拉营所激起的民愤并未像图莱湖和曼赞纳(Manzanar)集中营那样激烈,后者引起了联邦调查局局长埃德加·胡佛(J. Edger Hoover)的注意。他担心大部分二世日裔美国人对忠诚问题的积极答复,会对当地的15名一世日裔移民造成信心上的打击。胡佛写信给WRA的主任狄龙·迈尔(Dillon Myer),提醒他:"一世日裔移民说服了那些想要应征入伍的年轻人的父母,威胁孩子们一旦成为了美军的一员,就必须面对父母的自杀。"⑤

在这种高度对立的气氛中,玛丽立即作出了自己的选择。即使对这两个问题作出了肯定的答复,她是否还是因为与日本有密切关系而受到怀疑? 在她的答卷初稿中,她只提及了阿清姨妈——一名小小的"糖果店"店主——是她在广岛唯一的亲戚。她没有列出自己在广岛生活的年限,只写了她在奥本完成了初中和高中教育。虽然只有她一个人能够照顾珍妮,玛丽坚持自己愿意志愿参加陆军护士团或妇女陆军辅助团。至于工作,她愿意去任何地方。她的首选是芝加哥,她以为那是在俄亥俄州。

3月3日,玛丽提交了离开集中营的申请,在亲属情况中,她如实报告了自己有三个在日本的兄弟,然而,她没有将她的母亲阿绢写上去。玛丽意识到,由于珍妮需要人照顾,她不能够志愿参加陆军护士团或妇女陆军辅助团。不过,她对待工作的态度很务实,她能够接受任何地方的工作。在理想情况下,她希望在办公室工作,家庭主妇是她的第二选择,阿绢曾极力避免自己的独生女走上这条道路。如果玛丽是一名男性,她可能会追随哈利的脚步。那些在广岛漫长而孤独的岁月,玛丽所接受的精致教育也许能使她作为一名归美族军人,为战争作出贡献。然而,对于玛丽而言,这些都无法成为现实。

在集中营混乱不堪的生活中,被拘留的日裔不断离开,玛丽为了珍妮而活,但珍妮不像玛丽,她从不会"渴望母爱"⑥。在玛丽的闲暇时间,她将西尔斯罗巴克和蒙哥姆百货的布料给珍妮做衣服,和珍妮玩她最喜欢的红手帕游戏,将珍妮载在自行车筐中,摇摇晃晃地一路沿着营地运河骑行,小心翼翼地以免掉进六英尺深的峡谷里。人们提醒玛丽:"也许你最好趁年轻再嫁。"这让玛丽感到惊骇。至于珍妮,人们耸耸肩:"你可以将她送给别人领养。"⑦

这些警告听起来刺耳,然而,却可能更多的出于同情而非批判。假如玛丽有丈夫,她能够更快地恢复自己的生活。即使她独自搬到一个新城市,她也可以住在雇主家的一间屋子里,或者住在女性招待所中。这远比带着珍妮,寻觅一间私人公寓和一份正式的工作要容易得多。然而,无论有多少好处,这些念头都让玛丽感到害怕。"不管发生什么,我永远不会放弃珍妮,你知道的。"多年后,玛丽说道。

玛丽对男人不那么热情,但她无法抵抗异性的关注。27岁的玛丽又高又瘦，举止庄重，她的日语和英语流利，谈吐优雅，夹杂着智慧、真诚和谦逊。在吉拉营所遭受的身体上的磨难和情绪上的痛苦丝毫没有削弱她的魅力。

在哈利离开吉拉之前，他找到了同是被拘禁者的街区经理弗雷德·伊藤（Fred Ito），拜托他照顾好自己的姐姐。弗雷德是一名46岁的二世日裔美国人，在此之前，他生活在圣加布里埃尔，是一家有着42名雇员的大型杂货店的老板。近来，他在图莱里当选了议员。他也是归美族，在日本待了十年，日语很流利。在推荐信中，卫理公会牧师和在日本的长期传教士赫克尔曼（F. W. Hecklman）写道："弗雷德性格很好，几乎能够胜任所有关乎信任的职位。"他补充道："他是一个谦虚的人，一位绅士。"⑧

玛丽也这么认为。弗雷德心地善良，他送给玛丽礼物——糖果和灯泡——在当时如蓝宝石和钻石一样珍贵。他向玛丽求婚，带她去听吉拉的乐队现场演奏，伴着音乐，他们摇摆着哼唱《月光曲》。玛丽听说传闻，弗雷德已婚。弗雷德向玛丽保证，说他已经离婚；他的前妻和三个孩子住在日本。随着春意渐浓，仙人掌开了花，玛丽的心也被弗雷德填满了。虽然弗雷德比她大二十岁，年龄差异并未使她感到烦恼。她崇拜他。

弗雷德被玛丽吸引，但同时，他也是家中的长子。他来自一个繁杂的大家族，弗雷德负责照顾他的七个兄弟姐妹和年迈的父母。不幸的是，弗雷德的姐妹们几乎都住在吉拉。他的父亲是一名在毛伊岛甘蔗田里劳作的一世日裔移民，虽然已到风烛残年，但他对玛丽彬彬有礼。然而，弗雷德的四个姐妹却瞧不起玛丽。她们认为玛丽只不过是一个在吉拉营举目无亲、来自西雅图的单身母亲。她们认为玛丽配不上他们的兄弟。"你是一个吉普赛人，吉普赛人。"她们窃笑道。⑨玛丽没有多少钱,穿着寒酸。几年后,她抽泣着说:"我没有带和服之类的衣服。"

尽管玛丽对弗雷德的感情与日俱增,然而,她还是渴望离开吉拉营。整个 5 月,她目睹了更多人告别朋友,永别了营地。截至月底,已有 567 人离开了吉拉营,这一速度与其他集中营里人们离开的速度不相上下。⑩虽然这一数字相对于 1.3 万多拘禁在吉拉的居民而言,还是很小的一部分,然而,离开的人流会不断增加。尽管玛丽也能搬去明尼阿波利斯、圣保罗、克利夫兰、圣路易斯或者纽约,她仍然将目光投向芝加哥。WRA 在今年早些时候,在芝加哥开设了第一个外地办事处,协助日裔在当地重置。芝加哥 WRA 的重置主管埃尔默·雪雷尔(Elmer L. Shirrell)将芝加哥描述为"美国最热情、最慷慨的城市,接纳了数千名日裔美国公民"⑪。

玛丽需要一份工作以确保她能在离开营地后生活下去。只要有一份每周能赚 10 美元的工作,她就能够下决心离开这里。在她为约翰逊一家工作时,每月能挣 75 美元,外加住房。目前在芝加哥地区刊登家政服务的广告价格从每月 50 美元到 75 美元不等。玛丽轻描淡写解释道:"没关系,带着女儿,我不指望能赚多少钱。"⑫无论玛丽去哪里工作,3 岁的珍妮都会伴她左右。在信中,埃尔默·雪雷尔安慰了她。他确信:"以你的资历,即使带着女儿,每周也能挣 15 美元。"⑬

在从西海岸的家中被驱赶入集中营的 12 万日裔中,有超过三分之一的人先后离开了集中营,这是一场真正的难民迁移。这种迁移有个固定模式:体格健壮的男人先冒险离开,寻找并确保能有一个安全的容身之地,而女人则照顾年迈的亲戚、孩子逐步加入迁移。在集中营里,年长的移民派出他们已成年、拥有公民身份的二世日裔美国孩子作为领导。玛丽·久江·福原·大下（Mary Hisae Fukuhara Oshimo）决定走出自己的路，不再等待任何人的救赎，无论是哈利的朋友长田和松本，还是伊藤。尽管她公开表示担心与她分居的丈夫会寻找她，并对她进行人身威胁，她还是准备带着珍妮离开吉拉营。

1943年6月9日，玛丽在49号街区7号棚屋的B公寓里收拾行李。今天是她的心上人弗雷德47岁生日，然而，她该走了。她比哈利在吉拉营多待了六个月，总共九个月后，玛丽也将要离开这里。第二天早上，她握着珍妮的手，最后看了眼一望无际的沙漠、牧豆树和巨山影掌。当公共汽车停下来，车门"叮当"地开了，玛丽将女儿抱在怀里。

她们搭乘公共汽车，然后转乘驶向东北的火车，总共需要四天的时间才能到达芝加哥。一路上，景观的对比强烈：从西南部一片斑白的沙漠，到中西部的草原。5月，圣路易斯附近的农田被大雨淹没；密苏里河、密西西比河、瓦巴什河和伊利诺伊河涨潮，达到了有史以来的最高水平，周边的地区也被划为了灾区。⑭当玛丽和珍妮的旅程接近尾声时，在芝加哥以南130英里的皮奥里亚，一场突如其来的洪水冲毁了几百英尺长的铁轨岩岛铁路。⑮一天后，6月14日，星期一，火车才在一阵作响后冒出煤烟，轰隆隆地驶进了风城。不再下雨了，玛丽默默记下这个好兆头。

出租车将玛丽和珍妮送到北威尔斯街537号。头顶的高架上，电车穿梭着轰鸣而过。玛丽要找的是互助服务中心，这是一家能够为她们提供临时住所的安置机构。她将互助服务中心的地址与哈利在军队的邮寄地址一同记在备忘录上。如果玛丽写信给他，他收到了一定会回信的。玛丽不会给广岛的家人写信。

　　玛丽和珍妮并不会独处很久。几周后,弗雷德投奔了芝加哥郊外的伊利诺伊州莫凯纳市的一个兄弟。很快,他就会去找玛丽。他的大多数兄弟姐妹,包括四个大嗓门的姐妹,都会跟随他,住在同一栋楼里,这使玛丽耿耿于怀。

　　弗雷德在即将离开吉拉前感伤地写道:"作为局内人,外部的世界满是质疑与不安的疑云⋯⋯"⑯ 作为一名中年人,他生活在一个陌生的城市、一个不熟悉的地区、一个多变的国家,他对新的开始充满了矛盾。弗雷德这一番诚挚的话也许也同样适用于他迷人的玛丽,一个来自奥本和广岛的美国人,一个坚决拒绝穿和服的女人。

# 16

# 广岛的配给与间谍

1943 年夏天,阿绢还珍藏着玛丽的和服,她时不时地打开那散发着木香的泡桐箱子,掀开保护衣服的宣纸,检查丝绸有无虫洞和霉变。阿绢想要尽可能地留存玛丽的和服,这是证明她与她疏远的女儿之间联结的纽带。她错过了向玛丽表达爱意的机会。

和服在当今备受束缚的社会中毫无价值。人们需要的是必需品,而不是奢侈品。为一名家庭成员买一件衬衫可能需要积攒一整年的配给点券,更不用说支付裁缝的费用了。"现在不是买新东西的时候,"雅子说,"不管你做什么,你都会需要线。"① 女人们希望拥有一个线轴,能够一遍遍修补残局。

这个国家正费尽心机地收集金属,以制造武器。对钢铁的渴求是永无止境的。在 1939 年和 1941 年,政府不再为贡献金属而派发补助。3 月初以来,最新的倡议的是呼吁民众捐赠金属器皿,尤其是铁器。

当广岛从苔藓潮湿的冬天进入桃红柳绿的春天时,方丈们从寺庙里拆下的钟,城市工人拆除了路灯,邮递员拆下了邮箱。大圆锥形铜钟是胜治慷慨捐赠给他心爱的祇园庙宇胜想寺(Shōsōji)的,那里也摆放着胜治的骨灰。如今,这座钟也落入了政府的手中。令阿清苦恼的是,本通街的血脉——铃兰花灯柱也被拧了下来,悄无声息地架上了车运走了。[2] 被唤起爱国热情的人们不断在家中搜寻金属物品,五花八门的瓶瓶罐罐、平底锅、水壶、水桶和黄铜把手,堆砌成比一个四英尺高的孩子还要大的小山。很快,搜集而来的金属物件就把被政府征用的操场和空地摆得乱七八糟的。

阿绢也在她的家居用品中搜寻金属物件——日式的,美式的,已故的丈夫挑选的——找出那些她可以舍弃的。门廊上装饰艺术风格的台灯?客厅里的维多利亚式吊灯?她决定留下这些从西雅图带回广岛的珍贵物件。阿绢选择捐赠一个铁锅和一个铝锅,她并没有捐走所有的厨具,她仍然需要做饭。她留下了一些底部刻有美国商标的铜锅。

阿绢用肥皂混着泥和灰烬,混合后能够代替泡沫洗涤剂,将手清洗干净。她看着自己的手,干瘪发皱。她的手毁了,然而在 32 年后,她从西雅图买来的白金钻石结婚戒指[3] 仍然闪闪发光。白金可用于火炮的机械装置,战争需要牺牲。她扭动手指上的戒指。有那么多的家庭经历着与丈夫、儿子、兄弟和叔叔们分别的痛苦,她怎么能为了一件珠宝而悲伤呢?她有她的孩子。阿绢掩盖了悲伤,继续生活。

阿绢和弗兰克没有想到,手中的金属物件能够驱动前线逆转战局。他们的生活早已偏离了正常的轨道,以至于很难以此辨别战争的进程。2 月初,全国的报纸纷纷报道了瓜达尔卡纳尔战役以胜利告终。记者们委婉地写道,帝国军队在交战中"侧向推进"④。此后,这个令人费解的短语常常出现在报道中。人们将报纸叠好收起,思考什么是侧向推进。他们无法构想出这样的画面,侧向推进与向前移动有何不同? 新闻报纸和无线电广播也没有详细说明。

两万四千名日本士兵在瓜达尔卡纳尔进行了长达六个月的残酷战斗。他们从小接受永不投降的教育,以敢死队的形式发起最后的进攻。这种行为被称为"玉碎"(gyokusai),字面意思是"宁为玉碎",意味着"象征着光荣的自我毁灭"。这种暴力的徒劳是恐怖的。在战场上,在敌人的枪林弹雨中死去的战士很难保有尊严。那些没有当场死亡的人往往会哭着大喊"妈妈",在死前呼唤他们的母亲。

日本民众接受着容忍和坚持的教育,将对于军事政权的困惑压抑在心底,等待着送出国外的亲人寄来的邮件。他们适应了生活质量的下降。"这也是无奈之举(Shikata ga nai)。"他们从多年的实践中知道,战争是一种特殊的情况。每当新规定公布之后,他们都咬牙坚持了下来。

事实上,从年初开始,深受人喜爱的美国音乐——爵士乐就被禁止演奏或播放了。上千首乐曲成为了禁曲,其他英美音乐也消失了。⑤阿绢觉得是时候丢掉哈利曾在留声机上反复聆听的最爱的唱片《蓝月亮》和《牧场上的家》了。

商店也不再出售日本乐器,如三味线或十三弦古筝。乐器的材料被转用于战争或制作家庭必需品。幸运的是,阿绢有自己的乐器,它们已经伴随着她两次穿越太平洋,并幸运地被保留了下来。政府提倡唱军歌、爱国民谣,或上街游行。但是阿绢对《夏威夷海战》和《马尼拉的街角》，以及最新的热门歌曲《在巴达维亚的晚上》都没有兴趣。

为了向时代致敬，阿绢不再弹钢琴。千惠子和雅子仍然会登门拜访，但由于音乐声会贯穿整个街区，引来人们的不满，所以阿绢不能冒险演奏音乐。此外，她的钢琴也可能被误解为是奢侈的。在诸多限制下，阿绢选择安静地自娱自乐。阿绢和阿清拨动古筝和三味线，换取音乐的慰藉。千惠子在一旁聆听，雅子跳起了舞，她那双柔软的脚几乎没发出一丝声响。

阿绢的家庭显著地缩小了。维克多从部队回来，在一家钢铁厂工作，住在三篠町（Misasa）市区的一间宿舍里。皮尔斯仍然住在东京附近，在横滨技术学校学习。弗兰克是她眼前最重要的人。阿绢想念胜治，尤其他待人时的底气。当她搬到广岛的时候，她预估了在一个和平的世界里的开销，而不是在黑市中的消费。她维持生计的费用还在飞涨。即使在她最信心坚定的时刻，她都觉得，胜治能比她做得更好。

阿绢和弗兰克需要大米。从 1941 年开始，大米实行的定量配给，随着农民离开农田前往前线，政府对大米进行了更多的管制。当市民排队领取配给时，他们会用红薯代替大米。⑥ 随着黑市价格猛涨，弗兰克预见大米的价格不会回落。在没有胜治和哈利的帮助下，弗兰克向一个朋友求助。

吉基·藤井（Jikki Fujii）是弗兰克在第一中学最好的朋友。他的父亲负责广岛西部的大米分配，拥有巨大的影响力。当弗兰克解释说他的母亲想要得到一些大米有多艰难时，吉基和他的父亲立即会意。福原一家在没有男性管事的情况下，相较于其他大多数的人，坚持了很长一段时间。藤井先生很同情福原母子的遭遇,他认为自己的老板不会注意到仓库里偶尔丢失的半袋大米,每当吉基从一个半开着的米袋里取走一些米,并使剩下的大米重量维持在 50 到 60 磅之间,他的父亲都对此睁一只眼闭一只眼。

在接下来的一年里,吉基会在放学后将其中一包米放在一辆专门设计用来装载重物的自行车上,前往指定的地点与弗兰克见面。在昏暗的暮色中,他登上了弗兰克所在的桥。吉基的慷慨背后蕴藏着巨大的风险。如果孩子们被抓住,他们就会被指控犯有盗窃罪。

弗兰克也通过其他渠道寻求帮助。他的一个朋友可以接触到清酒,另一个能够得到鱼,还有一个朋友能够提供给蔬菜,所有这些都是利用了他们父亲的关系。弗兰克为这些物品所付的钱远比黑市上少。这将阿绢从种植和照料花园的辛苦工作中解救了出来。

阿绢种了柿子、枇杷、石榴和无花果树,其他家庭主妇不将花园改成种植耐寒的根茎蔬菜土豆、红薯、南瓜,还有一些葱,但阿绢不愿意在院子里挖一块菜地。邻居们只买得起糙米(genmai),配两份土豆,他们会不会对她香喷喷的蒸米饭反感?虽然弗兰克和阿绢有时也会吃糙米和土豆,弗兰克会花费数小时将糙米的外壳磨去。会不会有人批评她西式客厅,没有悬挂天皇的肖像?阿绢躲在双重文化的家中,不愿意屈服于社会压力。

她甚至不惧怕在高须和其他社区骑着自行车巡逻的宪兵队员。他们到处搜寻不忠的迹象,他们穿着束带制服,戴着宽大的臂章,神情傲慢。他们一路弄响自行车的铃铛,抽动着居民们的神经。只要他们在场,就有可能发生噩梦般的审讯。甚至在珍珠港事件发生之前,宪兵队员就已经开展起反间谍的行动了。有一个邻居向宪兵队员透露一些风声,宪兵队员敲开了阿绢的家门。阿绢没有胆怯动摇,除了为食物而动了些小心思,她的行为光明磊落。她参加邻里协会每月的会议,加入游行的队伍为即将出征的士兵加油助威,并参与空袭演习。在邻里举办的灭火接水演习中,她将大手帕绑在头上,接过水桶奋力一泼,然后用扫帚使劲拍打想象中的火焰。

弗兰克惧怕宪兵队。邻居"爱管闲事",他说。[7]他躲在窗户后面,在树篱前停下,叫别人小声说话。谈话和流言蜚语之间的界限是什么? 在日本,除了"早安",女孩和男孩之间不应该对话,但和雅子谈话有什么害处呢? 一些邻居因他们聊天而训诫他们。这是弗兰克的过失,但只有嫉妒他家庭的人才会这样做。俗话说"邻人之苦如鸭味"(Tonari no kurō wa kamo no aji)。

遭遇宪兵队员的记忆使弗兰克不安。有一次,在搬到高须之前,他在太田河边停了下来,想要沿着河游泳。当他游到河流上游时,宪兵队员正在河里裹着腰布给马洗澡,他们的制服堆在岸上。当他们专注于眼前时,他们的衣服被人偷走了。弗兰克遭到了警探的审问,并提供了抓捕罪犯的关键信息。弗兰克被邀请去宪兵队总部,在那里,他将得到一份礼物。他默默地跟着去了。然而当他走进大堂时,他听到了尖叫和呻吟。他尽量不去看,却忍不住偷偷瞥了一眼拘留室。"抓来的小偷被打,被踢,被扇。"[8]弗兰克向警探深深地鞠了一躬,收下了那罐饼干,快速溜走了。

任何行为不端、不符合爱国行为的人都将遭到宪兵队员审问。对于二世日裔美国人而言,被审问的风险尤为巨大。在中途岛之战和瓜达尔卡纳尔的"侧向推进"之后,社会对不起眼的少数群体的接纳程度直线下降。"在战争初期,日本对外的战争接连传来喜报,日本民众对二世日裔美国人的态度还是宽宏大量的;然而,当日本的战况不佳,他们开始将美国出生的孩子当作间谍看待。"史学家袖井林二郎(Rinjirō Sodei)写道。⑨弗兰克感觉到了所处的紧张气氛,并加倍努力使自己看起来完全是土生土长的日本人。

那年夏末,8月24日,弗兰克19岁。在第一中学最后一年的几个月里,弗兰克确信他即将毕业,但仍需要找到摆脱入伍的方法。除非战争奇迹般地结束,否则他入伍的最后期限是20岁生日,即服义务兵役的年龄。弗兰克必须小心谨慎。在市政厅的家庭登记簿中,很轻易地就能查到他的美国身份。上面罗列了福原一家的兄弟姐妹出生在西雅图,以及玛丽1938年的婚姻证明。只有哈利因为疏于记录,没有留下印迹。

# 第四部分

# 在太平洋战场上的战役

跳出油锅，却入火坑

# 17

# 可疑的开端

　　1943 年 6 月是澳大利亚海岸东北部布里斯班的冬天。对于哈利在海上所度过的艰难时光而言，这里阳光明媚，气温在华式70 度左右，着实是一种安慰。卡车向内陆行进了 8 英里，到达了印多洛派（Indooroopilly）的切默营地（Chelmer Camp）。哈利被分配到联合翻译部（ATIS）。他和另外四个二世日裔美国人将被安置在布里斯班河附近的一个帐篷里。

　　西德尼·马什比上校在一战时期是一名吸着雪茄的老兵，曾任东京语言专员，正在将 ATIS 从临时组织转变为一个高度戒备的军事单位。尽管 ATIS 园区简陋，但马什比还是设想了该部队所能起到深远作用——为美国和澳大利亚作战部队提供情报支持；为团、师和军提供语言支持；根据大量翻译文件生成报告。

　　马什比是二世日裔美国人的铁杆粉丝。他将退伍日裔美国老兵比作纳粹德国中的犹太人，马什比宣称："几乎毫无例外，你们都是勇敢的人，而且你们在自愿入伍之后，将参与一件勇敢的、大胆的和伟大的爱国计划。"[①] 他相信这种情绪是严谨的。

像许多美国人一样，当然，不包括他的总统，上校还不知道纳粹德国正筹划着屠杀欧洲的犹太人。不管他的比喻有多不合适，马什比对二世日裔美国人的印象与美国盛行的舆论截然相反。他对日裔军人的有力支持证明了这一点。其中包括一名来自华盛顿奥本的年轻中士，随着时间的推移，马什比会逐渐了解他。

切默营地的存在是为了一个目标。在 ATIS 为期两个月的训练计划中，哈利将磨练他的审问技巧，将新的情报应用于审问，说服美国士兵活捉囚犯，并鼓励部队交出缴获的文件，而不是将其作为秘密的纪念品。马什比建议他的语言学家"向前进"，靠近前线，但不要冲在头阵；否则，本来人数就不多的、赖以收集情报的二世日裔美国士兵可能会在战斗中丧生。马什比设想，随着时间的推移，他将拥有一支"约 400 人组成的训练有素的核心部队，经过战斗考验，经过彻底的教化和训练，将是语言部队增援的骨干，他们抵达时，就是重新部署的一个师"。[②]

哈利不知道上校的想法，他没想过自己会被派到战场上，部分原因是他的视力不好。但是，这个曾经在日语课上盯着窗外奥本佛教教堂的男孩，对他目前所接到的任务很恼火。他翻译的是一摞摞浸满水的、皱巴巴的、泥泞的文件，随着美国和澳大利亚军队在新几内亚不断击退日军，文件数量不断上升。即使经过处理，干洗过的资料——血迹斑斑的日记、信件和报告依旧散发着阵阵臭味。哈利没有想过这些资料是在什么样的情况下落入盟军的手中。

对哈利而言，在 ATIS 的工作也许是一种职业性的消耗，然而，他所在的这个镇很吸引人。印多洛派绿树成荫，门廊成行，当地人和蔼可亲——这与萨维奇、吉拉和图莱里很不一样。这里的居民们欢迎二世日裔美国人。在澳大利亚,哈利不是一个"日本鬼子",也不再是一个卑微的中国厨师,而是"美国佬"。③整个国家都对他们很友好,"给个人一个公平的机会"④,正如哈利在澳大利亚的一个熟人这样写道,他们的友谊是超越种族和血统的。

哈利在印多洛派所感受到的欢愉,及小镇平静的生活,都掩盖了位于美国陆军西南太平洋地区指挥中心的澳大利亚正处于一个薄弱的位置。澳大利亚位于新几内亚以南仅一百英里。1942 年 3 月,当麦克阿瑟将军从四面楚歌的菲律宾抵达澳大利亚时,日本已在新几内亚以北的新不列颠岛北端的拉包尔建立舰队基地,轰炸澳大利亚达尔文港,炮击悉尼和纽卡斯尔,并在新几内亚登陆。一年后,本已站稳脚跟的日本军队越来越显露出溃败之势。但是,如果美国及其盟国没有夺回对新几内亚和拉包尔在新不列颠的控制权,麦克阿瑟将无法将霍普岛送到菲律宾,他曾以"我出来了,但是我将回来"的著名誓言,与爱尔兰共和国签订了协议。

在澳大利亚,哈利知道他和其他二世日裔美国语言学家仍处于考察阶段。无论他们在萨维奇和 ATIS 做了多少准备,军队高层都对他们表示怀疑。一天,哈利无意中听到一位白人军官说二世日裔美国人不可信。哈利向他提出了质疑。"如果你不信任我们,那我们为什么还要做这份工作?"⑤这位军官作出了让步,他承认自己说的话没有经过深思熟虑。

直至 1943 年底,共计超过 30 万名美国士兵⑥被发配到了澳大利亚,只有 149 人是二世日裔美国人。⑦他们将与作战部队分散在整个西南太平洋,一个由澳大利亚组成的广阔地区,大部分所罗门群岛、新几内亚、俾斯麦群岛、菲律宾和荷兰东印度群岛的一部分。

每个二世日裔美国人都知道，为了洗清自己的嫌疑，必须加倍努力。当美国白人士兵登上运输机前往遥远的太平洋时，他们依旧没有抛弃自己的偏见。

那年夏天，军队下令将有关 MIS 语言学校的所有照片及其毕业生设为机密。⑧这些二世日裔美国人作为秘密的情报工具，受到军队的保护，以免落入日军的手里。敌人越不了解这些二世日裔美国人，他们生存的机会就越大。这些毕业生们成了隐形人。

哈利很快就被派到了一个由十人组成的二世日裔翻译小组。其中包括一名领导、三名处理文件的翻译、三名处理口头对话的口译，以及三名战俘的审问者。这支队伍由一名白人军官监督，来自夏威夷的技术中士泰瑞·水垂(Terry Mizutari)担任这些二世日裔翻译的领导。不久之后，队伍进一步缩减，六名成员被派往别处。泰瑞、哈利、哈利在萨维奇的朋友本·中本和另一位名叫霍华德·小川(Howard Ogawa)的经验丰富的语言学家，被指派为第112团战斗队(RCT)。⑨

1940 年，第 112 分队的成员们和得克萨斯国民警卫小队组成了一支作战队伍。他们中的许多人在同一个家乡长大，对陌生人很警惕，特别是那些看起来像是"日本鬼子"的人。那些来自得克萨斯的白人士兵对二世日裔士兵毫不客气。"你们在这里干什么？""我们不想要你在这里。""我们不需要你。"⑩

第 112 分队既没有战斗经验，也没有两栖经验，只能匆忙加紧训练。12 月中旬，大约有 5000 人在新不列颠的阿拉维登陆，以建立 PT 船港基地，并转移日军的视线，协助在位于新不列颠西北海岸格洛斯特角登陆的海军陆战队接近敌人。抢夺格洛斯特角是盟军最终拿下拉包尔所采取的关键一步。为了支持整个行动，第一海军陆战队分队将负责两栖车辆军队开往阿拉维。

　　海军陆战队刚刚结束了瓜达尔卡纳尔战役在墨尔本休息。在这次战役中，美军第一次对日军发动了陆上进攻。整个美军部队被恐怖所笼罩。在日军假装投降后，美军遭到了惨无人道的大规模射杀。他们的伙伴被斩首，尸体嘴里塞满了生殖器。海军陆战队的结论是，他们交战规则和日军不一样。"记住珍珠港——让他们去死。""一个好日本人应该为国捐躯。"日本人杀红了眼。"要么杀了他们，要么被杀！"⑪他们警告说。

　　这种愤怒的情绪源于仇恨、流血和死亡——这意味着没有多少日本战俘能够被活捉。少有的想要投降的日本士兵会被他们骄傲的长官当场射杀。"当我们开始工作后才发现，我们所面对的是巨大的痛苦。由于日本军队的暴行，几乎没有澳大利亚或美国士兵愿意将日军留下活口，"马什比上校评论道，"需要大量的教育才能让他们看到留着活的俘虏有多重要。"⑫

　　被压迫的第112分队与海军陆战队之间紧张气氛愈演愈烈，第112分队的情报官本应是二世日裔翻译们的天然盟友，也开始谨慎地看待这支队伍，好像他们是部队的一个负担。他们需要保护——远离敌人的威胁，也需要免于美国部队内部的挑战。众所周知，狂热的日本士兵换上美军制服伪装进入美国战线，敢死进攻。人们很难区分部队中的翻译和敌人。尤其是晚上，日军偏爱在夜晚发动攻击。而对于翻译官们而言，友军的火力格外危险。情报官员质疑二世日裔士兵是否值得这些麻烦。马什比承认他的语言学家们常常被认为"除了在敌人的死尸和被遗弃的敌方设备中打探、与囚犯交谈、阅读看起来像是中国洗衣房的洗衣券一样的纸片之外，什么也没有做"。⑬

两个白人卫兵被分配看护哈利和他的队友。卫兵们告诉他们，要时刻在一起，这是一种从阿留申群岛流传到太平洋的做法。一名持枪、身材魁梧、身高六英尺的卫兵是得克萨斯人。矮小的语言学家给他起了个绰号叫"大脚怪"。无论他们走到哪里，他都会掩护他们。

12月初，这个由语言学家组成的小组已经驶往了新几内亚海岸的古德纳夫岛（Goodenough Island），部队将从那里出发，前往新不列颠。瓢泼大雨敲打在他们的帐篷上，人们都纷纷挤进帐篷躲雨。像其他士兵一样，这些语言学家准备了背包、床单、刀、武器、水壶、手榴弹和口粮，但他们也携带了便携式打字机、一本韦伯斯特的新大学英语词典，日本研究社（Kenkyusha）的日英大字典、办公用品和折叠桌椅。[14]士兵们嘲笑这些像是图书管理员般的语言学家们。哈利把四副备用眼镜塞进他的背包里，在正式踏上战场前，这是他最后弥补致命疏忽的机会。哈利走近一个军官问道："我现在要接受基本的军事训练吗？"[15]在轰隆作响的吉普车、士兵们的谈话声和嘈杂的雨声中，没有人回应他的问题。

欧洲战局随着春去秋来发生了变化。日本的轴心盟国意大利在大批军队被俘后，于9月宣布投降。仅5月，就有23万名意大利和德国士兵在突尼斯挥舞起了白旗。但是在太平洋彼岸，同盟国的胜利依旧取之不易，十分艰难，俘虏的敌军人数也微乎其微。日本军队追求的"侧方推进"，实际上已经演变为混乱的撤军。尽管如此，到1943年底，日本军队仍然信念坚定、积极投入，并在不同程度上得到了充分的军备供应。尽管胜利的前景似乎已掉进了火山岛上满是尸体的溪流旋涡中，但日本士兵并没有像他们的德国和意大利盟友那样举手投降。

此外,那年秋天,日本大幅度增加参军的动员。10 月,技工学校和人文专业的大学生推迟到 26 岁入伍的权利突然被取消。有抱负的诗人、艺术家和商人排起长队准备体检,并纷纷从大学退学,整个班级都被征召入伍。在这些人之中就有皮尔斯,他比哈利小两岁,正在东京附近的横滨技术学校的商学院念大三。

那个月,在东京市中心与明治神社相邻的神宫外宛(Jingū Gaien)体育场,超过 25000 名来自日本东部的学生聚集在这里,举办了一场大规模的送别仪式。⑯倾盆大雨中,年轻人们在号角与喇叭声中走进国家体育场。65000 名学生观众在看台上淋得湿透。政要们、首相东条英机在幕帘前的讲台上向观众致辞。征兵人员唱起了军歌《海军进行曲》(Umi Yukaba),发誓为天皇而死。⑰学生们在凛冽的雨中持续立正了数小时,然后大喊着“万岁”⑱,齐步走过天皇居所。

那天,皮尔斯也在这群皮肤柔嫩的新兵之列。他的整个班级都被征召入伍了。12 月 1 日,也就是皮尔斯正式入伍的那一天,他对很多事还一无所知。他的哥哥哈利正在太平洋上,为自己第一次登陆战役做准备。美国、英国和中国将在《开罗公报》中宣布他们力求日本无条件投降的决心。曼哈顿计划获得了进展。美国空军很快将改装其波音 B - 29 超级堡垒,以运输一种新的惊人武器。

直到现在,皮尔斯还没能以全球政治的角度看待眼前的一切。他想要的只是一个扎实的大学教育,以成就自己的事业。维克多是内向的,哈利怀念奥本的生活,弗兰克被日本文化同化,皮尔斯在任何一个国家都能够很快乐。但是现在,处于战争中的两个国家的双重公民皮尔斯·克弘·福原(Pierce Katsuhiro Fukuhara)

将以二等兵的身份响应日本帝国军的征召。[19]皮尔斯明白他的使命,他对此了如指掌。皮尔斯在日本学到的,与那个学生们成为了士兵的 10 月的阴沉早晨向东京民众表达的一样——他们咆哮着:"我们不求活着回来(Ikite kaeru koto o nozomazu)。"

# 带着打字机上前线

在降落之前，哈利对新不列颠岛一无所知。在地图上，它长370英里，宽40至50英里，位于新几内亚南部赤道之上，呈宽新月型。它地处热带，氤氲密布的翠绿雨林和散着袅袅青烟的紫色火山，蜿蜒的地形使人精疲力竭。官方的海洋史将新不列颠岛称为"世界上最邪恶的地方之一"。[①]在藤蔓丛中，树冠遮住光线的情况下，士兵们将与鳄鱼、蟒蛇、野猪、水蛭和携带疟疾的蚊子对峙，更别说敌人了。每年12月中旬到3月，季风从西北部吹过，1943年12月14日，麦克阿瑟将军和沃尔特·克鲁格将军向部队告别，护航队从古德夫特岛出发，一切恰到好处。[②]

哈利坐在卡特霍尔号（*Carter Hall*）上，这是一艘LSD（登陆舰，码头）军舰，它能承载41辆两栖车，可供5波突击部队使用。在船的另一个区域，高级官员把地图和航空照片放在桌子上，拼凑出新不列颠的拼图。军队所能获得的最新版本的地图，可以追溯到1914年德国占领时期，如今已经过时了。尽管澳大利亚情报官员咨询了少数熟悉新不列颠传教士、当地人、行政人员和种植园主——他们已经拼凑出了一幅不完整的地图。侦察兵几天前曾冒险上岸，但他们已调查了陆路，而非水路。珊瑚礁在此繁衍，何时何地才是登陆的最佳时机，没有人知道。③

在离开新不列颠西部的几内亚，前往维蒂亚兹海峡的旅途中，一场台风袭击了卡特霍尔号，雨如刀片一般猛击在甲板上。当卡特霍尔号到达了登陆点伊甸，哈利急忙去找"短吻鳄"装甲水陆两用车④——它们位于巨大的船舱深处，为支援人员和战地通讯员提供支持。舱内满满当当都是整装待发的吉普车、拖车，还有比想象中更多的人。⑤

凌晨5点，41辆登陆车的突击部队从卡特霍尔号的腹部泻出。它们的引擎轰鸣着，一个接一个，隆隆作响，驶下了钢肋坡道，犁入大海。短吻鳄装甲车随着台风掀起的波浪摇晃。哈利的眼镜起雾了，他的胃翻来覆去，尝到了胆汁的味道。他记住了这一刻。"这是我第一次后悔志愿参军。"⑥

在黑暗中，哈利听到了一声齿轮的磨损的巨响。他无法看到前面的船，也控制不住自己的恶心，吐到了旁边的人身上。他跪在一边，看着雨水和海浪冲走呕吐物。当上士大喊让大家提防时，哈利的胸口绷紧了。"我已经有麻烦了。"⑦不一会儿，他在排水时不小心将头盔掉进了海里。

在某一刻，他在乱流中打起了瞌睡。当他醒来时，船飘荡在朦胧的黎明中。不一会，30架日本零式战斗机的轰鸣刺破了空气。在机关枪的断断续续射击中，哈利丢了卡宾枪，只能冲向吉普车下寻求掩护。他身边的那名士兵遍体鳞伤。几分钟后，袭击结束了，哈利已经受过了战火的洗礼。他再也无法回忆起当时的战栗。

部队不得不涉水上岸,但潮水涨得比预期的要高。哈利跳入六英尺深的水中,无法抓住打字机。他眼看着它沉入深处。"谁听说过一个士兵会带着一台打字机登陆前线?"⑧哈利依然带着他的装备,挣扎着向岸边游去。如果眼镜丢了怎么办?当他挣扎着爬上岸时,他的卫兵不见了。哈利发现了泰瑞,跟跟跄跄地跟上了他。

那天晚上,哈利的卫兵警告他,不要在他睡觉的时候到处乱跑。他们定下了一个暗号以防前线士兵走火误伤。哈利在一个珊瑚洞里,穿着雨披打瞌睡。

第二天早晨,哈利渴醒了,于是他去附近的一个水桶里取水喝。沙滩上回响着各种声音,工程师正指挥者推土机,岸边的吉普车正高速飞驰,陆军正在回帐篷的路上谈话。一晚之间,阿拉维的消防员海滩已经被改造成了美国陆军的地盘。这让哈利很有安全感。但是当他向水桶走去时,一名陆军士兵用步枪抵住了他的头。

士兵什么也没说。"别激动。"⑨哈利说。那人的手开始颤抖。哈利说得越多士兵越激动。

哈利的话没能使情况有所改善。随着时间一分一秒地过去,一切反倒更为恶化了。最后,哈利的卫兵跑来了。"没事了,"他向大兵保证,"我们都是同一边的。"⑩

"他看起来像是敌人。"士兵脱口而出。

自那以后,队里再也没有人在没有"大脚怪"的陪伴下单独行动过。

哈利转向他的朋友泰瑞,想知道他应该怎么做才能够避免在丛林中的战斗中犯下错误。幸隆·泰瑞·水垂(Yukitaka Terry Mizutari)和哈利一样大,今年也是 23 岁,来自夏威夷的希洛

(Hilo)。他会弹音色圆润的四弦琴,为巧妙的卡通片欢呼雀跃,擅长跳流畅的华尔兹。然而,他也是一名经得起考验的士兵。泰瑞在第 100 步兵营服役,在那里,绝大部分士兵都是二世日裔美国人。在之后,这支部队以无与伦比的勇气在欧洲立下赫赫战功,并掌控了日军。哈利见到泰瑞的第一面,就认定他是一个忠诚坚定的人。

晚上,当日本飞机随意轰炸阿拉维的时候,他们蜷缩在一个散兵坑里,泰瑞教哈利挖了这个坑,并用椰子树干掩护。当突袭行动过去时,士兵们交谈起来。虽然夏威夷的大多数日本人都没有遭到拘禁,但泰瑞的父亲因为在一所日语学校担任校长而被囚禁在大陆。如果胜治还活着,哈利确信他的父亲也会立即遭到拘留,并被送到一个特别的司法部营地。他们俩都在努力读完大学,他们俩都爱女人,他们俩都想知道如果他们被抓获会发生什么。

泰瑞认为,最糟糕的就是成为战俘。如果他受了伤并被敌人抓获,他可能会被折磨,作为战俘被送往日本,并被监禁在可怖的环境中。在日本人看来,无论是否具有双重国籍,一名二世日裔美国士兵,都会被视为叛徒。如果他必须在被抓住和战斗之间作出选择,泰瑞告诉哈利:"我想在战斗中死去。"⑪

哈利不认为他会有选择的余地。他以为他会在战斗中被杀,而不是受伤。在他熬过艰难的登陆和每晚的轰炸之后,哈利不再幻想作为语言学家,还能保有安全。他比想象中更靠近前线。

尽管很焦虑,哈利还是从最初的震惊中恢复了过来。士兵往往会遭遇大屠杀。"没过多久,哈利就习惯了目睹死亡,濒死的人,以及伤者。"⑫尽管他遇到了很多在阿拉维反击中受伤的美国人,然而,他也会偶遇日本人尸体;在战役中,敌人的损失是美军的四倍。尸臭早在哈利见到尸体之前就传了开来,尸体腐烂、膨胀、排出黏液,苍蝇、蚂蚁和蛆成群结队地啃食着尸体。很快,就只剩下累累白骨了。

事实证明,能被活捉的犯人和不穿衣服的人一样罕见。经过了第一个月的激战,美军只捕获了三个日本人。哈利记得自己审问过一个受伤的人,他是如此震惊,语无伦次。哈利认为那个人快死了。对负责情报的官员而言,一个快速死亡的伤员再适合不过了,毕竟从一开始,他就明确表示不想留下任何俘虏。

语言学家把注意力集中在文件上。如果他们能确定敌人的号码、位置、名字,情报部门就可以重新调整命令和目标,降低战争的风险,缩短战役的时间。为了收集即时的信息,语言学家们在尸体周围翻翻捡捡,在士兵发霉的口袋里寻找写满秘密、沾满污迹的备忘录。尽管他们的任务在第 112 军和海军陆战队看来非常奇怪,但是,语言学家们正在发挥作用。事实证明他们的情报在激烈的战斗中是有用的,它提供了战术情报,有助于扭转战斗进程。哈利感觉到得克萨斯士兵勉强接受了他,至少不再将他当作敌人。

1944 年 1 月中旬,夜袭和战斗逐渐消退。前来参加战役的士兵和支援人员增加了两倍,达到 4750 人。⑬士兵和海军陆战队完成了他们的任务。

1944 年初的一天,一位不速之客在新几内亚的莱伊(Lae)登上一艘 PT 船,驱车前往新不列颠的阿拉维。约翰·韦恩(John Wayne)身高六英尺四英寸,经验丰富,肩膀宽阔。他步履轻松地踏入空地。韦恩草草写下了家庭的联系方式。在此之前,他曾发誓会在回去后联系这些士兵的家人。

情报部门的行政长官带着本·中本去见这位演员,介绍这位语言学家是"被驯服的日本人"⑭,韦恩握了握本的手,感谢他为国家服务。轮到哈利了,但他不再是那个为他的父亲与卓别林的友谊而痴迷的男孩了。哈利和这位绰号"公爵"的人的共通之处只有格伦代尔。在那里,哈利做过帮佣,韦恩则是高中的橄榄球明星,注定要去好莱坞发展。他们走上了不同的路,他们的相遇只是巧合。

当演员问哈利的家庭电话号码时,哈利犹豫了。⑮他不能让韦恩联系他的母亲或兄弟。玛丽偶尔会给他写一次信,但并不规律。蒙特太太是他最可靠的联系人。他把自己在格伦代尔的雇主的联系方式告诉了这位演员。

几周后,哈利收到了蒙特太太的来信。她在信中写道,她接到了"公爵"打来的电话,他用轻松的语调告诉她,哈利安然无恙,这使她欢欣鼓舞。哈利的精神也为之振奋。在他的余生中,西部片总会让他想起在奥本的使命剧院观摩的双片连映,以及在阿拉维的临时码头与约翰·韦恩的邂逅。

随着战役的平息,哈利学会了即兴发挥。和许多人一样,他也感染了丛林腐烂病,这是一种因潮湿条件引起的真菌感染,绰号"新几内亚积垢"。他的身体发痒,腹股沟发红。他抓出了道道血痕,皮肤不断剥落。为了减轻不适,他扔掉了橄榄色的内衣。军队希望士兵身体健康,营养良好,但哈利已经厌倦了干巴巴的、脱水的配给餐。他们会往海里扔手榴弹,炸上来鱼,烤着当新鲜的晚餐。他们重新规划剩下的口粮,作为调剂,就像给皮靴打补丁似的。

哈利还谈到了他的孤独感,他需要笔友来对抗他贫乏的邮件往来。泰瑞有一个忠诚的大家庭和一个女朋友,哈利只能自己想办法。他将自己写的信寄给了《太平洋公民报》(*Pacific Citizen*)，这是日裔美国公民联盟的报纸，在二世日裔美国读者中很受欢迎。这封信刊登在 1944 年 3 月刊上，标题为《孤独的军士》。⑯

我想告诉你，这里太远，几乎收不到邮件。我们最期待的是从家乡寄来的信，除此之外，也许就只有回家了。战友们离开营地，回到外面的世界。女孩们已经厌倦了等待我们的归来，而和没有参军的人结婚。渐渐地，我们收到的邮件越来越少，士气也随之下降。

所以，也许在将来，当你有一些不知该如何处理的纸张时，不如给我们这些孤独的二世日裔美军随便写些什么吧。我们这些在散兵坑里度过日日夜夜的士兵，会很感激你们"甜蜜的报告"或是"助长士气的话语"，尤其是那些来自可爱女孩们的信。

编辑答应将所有的"甜蜜的报告"都转寄给哈利，没过多久，甜蜜的信就铺天盖地席卷而来。"我们两个都收到了三十到四十个女孩的来信。"⑰哈利夸口说。有些人寄来了照片。哈利和泰瑞尽情享受着这些甜蜜，并给她们一一回信。问题解决了。

哈利珍藏着一封他不曾分享的信，唯恐别人质疑他的同情心。他在一名日本士兵的尸体上发现了一封与情报无关的信，在信中，一位名叫贤子(Kashiko)的女性在 18 天前生下了一个健康的男孩。"孩子长大了，非常可爱，"当上新妈妈的她匆忙地写道，"每当我想到如果你也在这里，该有多好时，我总是忍不住泪眼婆娑，但情势无法改变。"⑱

　　哈利的眼睛顺着垂直的行文从上往下,从右向左阅读这封信。贤子在写道她抚摸着刚出生的婴儿的脸时补充说:"如果这封信能够寄到你所驻扎的南方某处,我就再高兴不过了。我会温柔地抚养我们的小男孩,直到你回来。"她乞求道,"如果收到这封信,请马上回信。请一定要小心。"

　　哈利毫不怀疑,如果有机会的话,这个人会杀了他。如果他们在战斗中互相对抗,哈利也会开枪打死他。和其他士兵一样,哈利把敌人称为"日本鬼子"⑲,但与许多战友不同,哈利知道他的敌人不是一个狂热、嗜血的人。是的,他们往往是可怕的、忠诚的、野蛮的战士,但他们也是人类。这封信是写给一位疼爱妻子的丈夫、兴高采烈刚当上父亲的男人。

　　哈利的同情心是他家庭关系和生活经历的结晶。无论在日本为军人送行有多决绝,军人的家人总是渴望着他们的亲人平安回家。哈利不知在何时丢失了那封信的原件,却保留了一份清晰的副本。他为它背后的辛酸所感动,终生守护着这份信。

# 19

# 没有樱花的季节

　　1944 年初，弗兰克只在名义上是一名学生，第一中学将学生分配去做义务劳动（kinrō）。在工作日，他被发配到工厂、军械库、供应仓库或宇品港。偶尔，他也会帮助农民种植和收割水稻，这相较于他的日常生活而言，是一种释放、一种享受。"农民们会给我们吃好吃的。"①事后弗兰克想，也许学校是在周末开学。

　　宇品港依旧繁忙。船只抛下锚，喷出浓烟，将士兵倾泻而下，并装上更多的士兵。但如今，停泊的船只越来越少，那些在港口长时间停留维修的船只也越来越少。商船舰队在战区之间来回运送军队和补给物资，情况令人不安。1944 年初，盟军的飞机和潜艇在太平洋西南部击沉了许多船只，至少 40％的日军舰队沉入了海底，默默生锈。

　　弗兰克凝视着巨大的灰色运输船，在那里，他负责运送糖、米和盐。他将毛巾绑在头上，用一块布垫在肩膀上。他背起麻袋，摇摇晃晃地走过一块放在船和码头之间的窄木板。弗兰克的体重刚

过 140 磅,并不比他的货物重多少。军官们发号施令,并没有给毫
无经验的学生们任何警醒。"遵命。"弗兰克低头表示敬意,完成了
任务。

一周周过去了,接连几个月,弗兰克在超负荷的劳动下变得越
来越瘦,他无比饥饿,但下定决心要成为一个努力的工人
(ganbariya)。他蹒跚着举起那些比他更大的包袱。他浑身都是磨
出的水泡、瘀伤还有老茧。他坚持从第一中学跑步横穿五座桥,再
载上吉基给他的大米,骑车回家。弗兰克认为自己的身体状况
良好。

在平安夜那大,弗兰克不知道远在新不列颠的哈利正在挖散
兵坑,日本的正式征兵年龄从 20 岁降到了 19 岁,这正是弗兰克的
年龄。第一中学的年轻老师们纷纷被豁免了职务,消失不见,弗兰
克听说他们被征召入伍了。很快,男人们也消失在家门前。弗兰
克也许随时会被征召,派往任何地方。

尽管《中国新闻》大肆宣扬胜利,但弗兰克还是宿命论者。"一
旦被征召入伍,我就活不长了。"[②]他决心寻求延期,他发现那些主
修医学、科学或工程学的人不受降低入伍年龄限制的影响。弗兰
克喜欢经济学、簿记和会计,但时间不饶人。只要不用上前线,他
愿意学习任何东西。

对阿绢来说,1944 年的春天令人沮丧。在媒体上,政府敦促
市民将杂草、蜜蜂和昆虫作为食材。甘薯可以种植在屋顶上,作为
伪装和烹饪食材,"一举两得"[③]。阿绢无视这些建议,只是在面对
空袭警告时,拧下美式吊灯上的四节靛蓝灯管。在黑暗中,阿绢为
弗兰克能从第一中学毕业而高兴,这是一个真正的成就。

弗兰克似乎前途无量。他通过了严格的高冈工业技术公学的

入学考试,相当于上了大学,他将主修金属工程。他的策略成功了。高冈在农村,那里的食物会比军事化的广岛更丰富,动员的频率也更低。弗兰克对金属和合金不感兴趣,但国防部十分在意它在军备上的应用。他知道自己暂时避开了入伍,松了一口气。

4月1日,弗兰克去大学报到的前一个星期六,全国范围内发布了旅行限令。只有得到警方许可的人才能进行超过六十二英里的旅行。仅有的特快列车、卧铺车和餐车都暂停了。这些列车将被优先用于运送士兵,而不是制造麻烦的平民。阿绢并不打算经常去三百英里外的高冈看望弗兰克。

她为弗兰克远走他乡而难过。她几乎没有和她的弗兰克宝宝分开过——当她将玛丽和维克多接回西雅图时,弗兰克也跟着她一起旅行;在广岛第一个悲伤的冬天,她照顾得了胸膜炎的弗兰克;当哈利离开时,她将弗兰克作为自己的知己。弗兰克的一幕幕涌现在她的脑海中——他挥舞着剑在门廊横冲直撞练习剑道;他练习田径快跑着回家;他大口吃掉阿清做的长崎蛋糕片。弗兰克是她的精神支柱。

弗兰克最好的朋友吉基去了东京的早稻田大学。去年,黑市上大米的价格翻了一番,在某些时候,它几乎翻了四番。弗兰克认为,"吉基是我能活下来的唯一原因。"④否则他可能因营养不良而变得虚弱而生病。而少吃一口饭并无法减轻阿绢的负担。

阿绢寻找可以在黑市上交换的物品,她的目光落在闪耀着光泽的帝王牌钢琴上。但钢琴的体积太大,很可能会引起警方注意。虽然阿绢不再演奏了,但她不忍心放弃它。千惠子回首那些悲惨的日子,感叹道:"与其说做一个不择手段的人,我只是做了我必须做的事。"⑤阿绢也是如此。当她对空荡荡的食品柜发愁的时候,她向姐姐阿清求助。她的姐姐还在明治堂熬糖和炊饭,为军队准备罐头食品。

在那个转瞬即逝的春天,弗兰克和阿绢都没有庆祝樱花的盛开,尽管樱花如期在公园里和太田河畔开放,花枝招展。今年没有摊贩、野餐者或狂欢者。当枯萎的花瓣沿着太田河飘向广岛堡垒时,日军正酝酿着扩大这座堡垒的军事规模。

在饱受战火蹂躏的新几内亚,哈利准备第二次登陆。

# 20

# 占领新几内亚

哈利在新几内亚芬什哈芬（Finschhafen）的简易帐篷里大为恼火。他的下一个登陆点是第 41 师的第 163RCT。第 163RCT 来自蒙大拿州国民警卫队，他们已经一起训练了很多年。哈利正在第 112 小队中逐渐获得信任，并担任队长，但他被调离了。泰瑞已经回到澳大利亚休养放松，之前他还和哈利一起讨论休假的事。哈利和三名新的语言学家又要重新面对新的卫兵、士兵和部队对于日本面孔本能的退怯。

此外，新几内亚这个从空中看像是展翅飞翔的翼龙的世界第二大岛，完全难以攻克。它的地形很艰险，日军埋伏得很深。尽管日军正在侧向推进，沿岩石海岸向西撤退，但他们的增援也不断抵达。哈利紧随其后，攻入荷属新几内亚的爱塔佩。

163 小队虽然战斗经验丰富，却很急躁。1943 年初，他们在巴布亚新几内亚的萨那南达进行了一场激烈的战斗，有证据表明失踪的战友身上有吃人肉的迹象，尸体找到时竟被吃掉了一半。[①] 和之前一样，163 小队也不想要留有活口作为俘虏。

事实的确如此，有时，日本军队会食用死去的战友和敌军尸体。日本的粮食短缺，部分原因是大量的船只沉没。疟疾、登革热和丛林斑疹伤寒蹂躏着需要觅食和战斗的大汉们，疾病或饥饿占据了太平洋战役中大约三分之二日军死亡的原因。[②]部队中人人都食用过人肉。"这关乎生存。"[③]语言学家原明（Min Hara）回忆道，他曾从疯狂的战俘听到过这样的忏悔。

1944 年 4 月下旬，163 小队登陆艾塔佩。好在这一次他们登陆的地点是在浅水区。小队的打字机、字典和折叠椅都已分别装在吉普车后的拖车上。语言学家带着卡宾枪涉水上岸，敌人没有火力布点。163 小队的任务是占领一个日军机场，协助盟军在新几内亚海岸 124 英里处开展霍兰迪亚行动。他们在几小时内就完成了目标。在战斗日结束后，只有两名 163 小队士兵死亡，十三人受伤。至少有一名语言学家躲过了友军的炮火。"我看到一个黄皮肤的人蹲伏着平行移动，所以我打开了枪的保险阀。"[④]163 小队的士兵哈吉斯·韦斯特菲尔德（Hargis Westerfield）回忆道，他身后的士兵认出了这名二世日裔美国士兵是他们中的一员。"别紧张！"他喊道。

哈利把注意力集中在俘虏身上：在头两个小时里，就抓获了三个人。在两周的时间内，在爱塔佩地区的一千多名日军，有一半以上被杀，只有二十五人被俘虏。有时，哈利一天会审问两三名俘虏，有时一个俘虏也没有。然而，他依旧很受鼓舞。

哈利在医院帐篷里和战俘们交谈，战俘们常常受了伤，他们裹着绷带，昏昏欲睡，不知所措。哈利给他们香烟，以缓和紧张的氛围，并向他们解释《日内瓦公约》，即按照国际条约，他们的人权将得到保护。日本显然没有签署 1929 年的条约关于战俘的通则。和美国士兵不同的是,日本士兵并没有受到任何有关被俘的指示,而前者接受过提供姓名、军衔和序列码的训练。ATIS 的上校马什比谴责:"荒谬的事实是,日本政府公开吹嘘,没有日本人会允许自己被活着抓走成为俘虏。他们从不指导士兵在被抓获后采取适当的流程。"⑤

日本战俘们为自己的处境感到绝望,他们本应遭到原属部队的排斥。然而,当他们接受治疗时,他们还是团结了起来。他们得到了人道的看护。大多数人都开始敞开心扉,与人交谈。哈利将他的战术问题从"做什么? 在哪里? 什么时候?"⑥转向更具战略意义的问题,如食物供应、军队士气和物资消耗。"这些更有意义的问题能够得到更有意义的答复。"⑦

哈利发现,只有理解战俘的逻辑才能够更好地进行审讯。一天,他乘坐 PT 船救起了三名日本战俘,他们已经在海上漂浮了数小时。其中两人紧紧地靠在一起,而另一个人则与他们相隔约一百码。他们的救生服使他们漂浮在水面上,然而,他们拒绝投降。

哈利将身子探出船外,告诉他们,他们的安全能够得到《日内瓦公约》的保证,但他们不想成为战俘。在太阳的曝晒下,时间一分一秒地过去,军官开始担心他的部队暴露。船上的另一名士兵向水中投掷手榴弹,吓唬日本士兵投降,但手榴弹没有引爆。在日本士兵的强硬态度面前,双方僵持。"如果你不想活下去,你为什么不淹死?"⑧哈利对着他们怒吼。最后,巡逻艇上的一名士兵用杆子钩住救生衣,将战俘一一拉回。

在战俘们吃饱喝足后,哈利分别对他们进行了面谈。他对他们的行为感到困惑。"你们是怎么了?"他问。一名始终单独漂浮在水中的战俘是一名一等兵，"好吧，我军阶比他们高，我不能在这两个下属面前投降。"⑨他抽着烟说。其他的两名战俘是二等兵，未经上级允许，他们是不能投降的。他们迟迟不敢向上级开口询问，唯恐显得自己胆怯不忠。哈利终于搞明白了这些人的逻辑。他们很合作，危机解除了。

与二世日裔语言学家不同，他所在的美军很难理解这种错综复杂的等级制度。这种日本的社会结构不惜一切代价维持了军中的秩序，直到撤退、饥饿、疾病和绝望使他们所受过的严格训练逐步磨灭。

尽管日本军队存在种种缺陷，他们仍然全副武装，并倾向于在夜间展开袭击。163 小队在新几内亚和索尔蒙群岛进行了一次经典的外围防御。长官下达命令："在天黑前躲进战壕不要动，直到天亮。"⑩即使在白天，一个俯卧的人也能在丛林藏在十码外不被发现。士兵草木皆兵，一只寄居蟹爬来爬去的抓痕声都使人神经紧张。慌乱中投出的一枚手榴弹会引发猛烈的炮火。哈利也扣下了扳机。"每个人都开火了。这让人好受一些。"至于被友军误伤的风险？"有很多友军的炮火。"⑪

到了白天，哈利并不会沉湎于前一天晚上发生的事情。他巧妙地调动身边的资源。他所在的小队中的一名语言学家吉恩·浦津（Gene Uratsu）惊叹道："哈利能和任何人说甜言蜜语。"⑫当哈利想要大米的时候，他说服长官们这是为了感化战俘，让他们开口。当队员们想喝鸡尾酒时，哈利从一家野战医院获得纯酒精，并将其与葡萄柚汁混合。当有人渴望油炸食品时，他从海军的水手那里买来洋葱和鸡蛋，从食堂买来熏肉。即时在很久之后，吉恩回忆说："椰林中，炒饭的香味令人垂涎欲滴，吸引了总司令的注意。"⑬

然而,这并非哈利的成名作。他用工程师们赠送的木材搭了一个移动厕所。⑭他的马桶座在语言学家中广受欢迎,他们在阅读来自家乡的"亲爱的约翰"*信件时需要隐私。

每次审问之后,哈利都会向战俘报之以礼。通常,他会送给他们一面太阳旗,让他们寄回家安慰爱人。哈利将医院床单切成矩形,在白色背景上画一个实心红圈。接着,他用熟练的日文草书在旗帜上亲笔签上虚构的名字。

这份手工解决了一个严重的问题。美国大兵会把一些尚未分析的文件寄回家,语言学家们就错过了获取有价值信息的机会。日本人都是多产的笔记作家,即使是处于底层的二等兵的日记——皮尔斯和维克多刚入伍时就是二等兵——也透露出日本皇军的士气、部队调动和供应短缺。在早期战役中,大多数文件都落入了美国士兵的口袋。即便在士兵被催促立即上缴获取的文件之后,一个小队在八个月中所上缴的情报文件也不超过五千份。一份41师的备忘录警告说:"这些自私的人不仅降低了队伍的高标准,还会造成人员的伤亡,危及行动的成功。"⑮

那年春天,《生活》杂志刊登了一张年轻女性的照片,她捧着在太平洋服役的海军男友送给她的日本人头骨。几个月后,著名的飞行员查尔斯·林德伯格(Charles A. Lindbergh)随空军在新几内亚上空执行飞行任务后,在夏威夷降落,一名海关官员漠不关心地问他是否在行李里装了骨头。林德伯格一点也不惊讶。在新几内亚,他听说士兵们取出尸体的胫骨,雕刻成开信器和笔盘,拔出牙齿搜刮黄金填充物,把脑袋放在昆虫蜂拥而至的蚁丘上。林德

---

* 意指"分手信"。

伯格被告知,"做纪念品前,要先把它们弄干净。"⑯

最后,哈利忠实复制的日本国旗充分体现了他内心的想法:日本士兵珍视那些有着他亲笔签名的太阳旗,并将它作为战斗的护身符。

1944年5月,在另一场战役前夜,哈利感到这是他自萨维奇90天的训练后,最为自信的一天。他感受到了163小队队员之间日益增长的战友情谊。艾塔佩的G2情报部门人员曾介入作为语言学家的卫兵,现在,语言学家们不那么需要卫兵了。他们的存在和工作正越来越受到重视。吉恩对哈利的精力感到惊讶。"在热气腾腾的新几内亚丛林里,一切都供不应求,除了口粮、昆虫和敌人的子弹。我不明白上帝怎么能让一个地方变得如此贫瘠。是的,但哈利似乎并不介意。"⑰吉恩是对的。新几内亚没有带给哈利苦恼。"我没有特别急着想回家。"⑱

5月中旬,哈利从萨米河向西进发,那里曾是日军驻扎的地方。哈利已是参与两次登陆的老兵了,他没有一丝胆怯。他带上了他的移动厕所和翻译工具。

# 皮尔斯暂缓入伍

哈利预料他的兄弟们可能加入了日本皇军。1938 年,当哈利回美国的时候,维克多正在服役。他"预感到"弗兰克和皮尔斯也会入伍,但是他不知道皮尔斯正在朝他走来。[①]

1944 年初春,21 岁的皮尔斯被派往距离广岛大约 40 英里的滨田,在靠近日本海的岛根县(Shimane prefecture)。在国际化的广岛的映衬下,滨田显得很小,一片田园风光。皮尔斯在当地出生长大的战友们都将皮尔斯看作是一个局外人。

高级军官将二等兵单独列队,进行折磨。皮尔斯发现军官毫不讲道理,尤其是与他和蔼可亲的大学教授相比。皮尔斯无能为力,但他并不孤单。所有入伍的新兵都受到了相同的惩罚,他们被迫放弃隐私和独立,觉得自己一文不值。正如一位新兵所说:"部队要求我们生活在一种被无形的手束缚着的环境中。"[②]每个人都知道,在长官的眼里,二等兵还不如他们的马值钱。

不幸的是,皮尔斯在入伍前生了一场大病,也许是因为在国家体育场的阅兵式,那天的秋雨将他淋成了一只落汤鸡。他胸痛、体重减轻、食欲减退。皮尔斯的肺因感染而变得脆弱,积满了液体,急需 X 光检查。阿绢的记忆回到了失去胜治的那场胸膜炎,以及护理弗兰克的往事,她常写信给皮尔斯,提醒他要保重。③她很担心,皮尔斯如何才能在新兵营里康复?

那个春天,阿绢急忙跑去见皮尔斯,她一路蜿蜒,穿梭在广岛站台上的士兵和警察之间。巨大的标语牌写着禁令:"停止不必要的、非紧急的旅行!"④然而,对于一个心焦的母亲而言,她前往滨田的旅行是必要的、紧急的。

在滨田,皮尔斯面色憔悴,皮肤苍白,两眼陷进眼窝里。他的前景比他的现状更让人不安。阿绢和皮尔斯听到传闻,人们喃喃地说,部队很快就会登上一艘开往南部岛屿的运输船,那里是太平洋上的一个麻烦。

如果皮尔斯去了海外,他可能会去新几内亚这样的地方。在日语中,他们称猛犸象岛为"纽几尼亚"(Nyū Ginia),G 是坚硬的喉音,近乎呻吟。新几内亚吞噬了年轻的士兵,留下痛失亲人的家庭。幸存者说,新几内亚的战役是一场灾难。盟军宣传部警告说,新几内亚"将是你的坟墓"⑤。

然而,皇军突然停下来脚步。皮尔斯在滨田被疾病折磨,他志愿去广岛的发电厂和弹药库担任警卫,他的请求得到了批准,并在5 月中旬接到了入职的命令。⑥6 月中旬,皮尔斯入驻广岛城堡。尽管皮尔斯被安排在基地,阿绢仍然可以在皮尔斯的休息日前去探望他,偷偷给他带饭团(omusubi),关心他的健康。

那年 6 月,广岛所在的三角洲连日倾盆大雨。然而,这座城市还没有被梅雨(tsuyu)⑦浸没,这是雨季的委婉说法。天气潮湿,让人难以忍受。阿绢的四个儿子中有三个留在了她的身边。她可以看着他们的脸,判断他们的健康状况,从他们的声音判断他们的情绪。1944 年,阿绢安慰他们,说在广岛很安全。

# 第五部分

# 审判日的序曲

煮豆燃豆萁

# 22

## 在萨米岛的惊愕遭遇

实际上，新几内亚是世界上最危险的目的地之一，这一点名副其实。即使像哈利一样乐观的人也会消耗殆尽，深受其苦。

在新几内亚北部的萨米岛，哈利与其所在 163 小队一起降落在附近的瓦克德岛（Wakde Island），这是一个珊瑚裂口形成的岛屿，能够提供建造基本的跑道和机场所需的土地。情报显示他们不会遭遇太多抵抗。[①] 最后一刻，哈利被告知留下来审问俘虏，一名白人情报官员接替了他的位置。

指挥瓦克德-萨米战区的日本将军预料到了这次袭击。他曾警告他的军队："敌人——美国军队正在逼近你的视线。"他敦促他们在美国最脆弱的时候登陆："消灭敌人，以死亡换取胜利。"[②]

他的部下按照指示照做，他们在战壕里、掩体中、帐篷内不断地用机关枪、步枪进行攻击。尽管如此，163 小队的队员们还是爬上了岸。他们投掷手榴弹，用步枪射击，一次就能清除一个碉堡。日本士兵大喊着走近他们，刺刀闪着光。那天结束时，已有十九名美军士兵死亡,其中包括代替哈利离开的情报官员。当他冲出登陆艇时,子弹击中了他的头。

"当时我真的很震惊。"③哈利说。这位情报官员曾参与共同编撰了一份庞大的日本军官名单,以帮助G-2进一步了解他们所面对的敌人。他们曾一起吃饭,开玩笑,感觉彼此的联结。哈利知道战斗轮换是心理上的挑战。"连续几个月,你都会离前线很近,然后,会有人替代你继续上前线。"④但这是哈利第一次真切体会到曾密切合作的战友的去世。

几天后,哈利第一次登上了瓦克德岛。"我们无情地轰炸了这个岛。"⑤然而那天早上,大约有三十多个日军在夜里作为敢死队潜入了海滩。美军击退了他们并继续对敌人进行扫荡,他们在敌人藏身的珊瑚洞里引爆了炸药,并射杀了匍匐在棕榈树上的狙击手。许多日本人不是选择投降,而是选择自杀。

为了履行自己的职责,哈利需要活捉日本士兵。他站在一个掩体附近,几个日本人躲在那里,哈利试图说服他们投降。这时一位美国士兵走上前,在入口处放起了火。士兵们尖叫着,燃烧着,四散而逃。哈利吓坏了。"他们成了一团火球。"⑥空气中弥漫着烧焦的皮肉的气味。惊慌失措的人被一个接一个地枪杀,面朝下,或是倒在了沙滩上。哈利为暴力所震惊。"我真的吓坏了,我从来没有见过这样的场面。"

那天他回到萨米岛,没有捕获一个俘虏。两天之内,战役的进攻阶段就结束了,岛上四处都是锤子和电钻的声音,为美国战斗机的起降做准备。日本驻军被消灭了:七百五十九人被杀,四名日本人被俘。⑦

晚上,哈利和吉恩在吊床上安静地交谈,他们坚决地避免一切有关战争的话题。吉恩想念他的家人,哈利想念他的朋友,特别是泰瑞。他们俩都没有提到战争中令人不安的进展:在瓦克德岛抓获的四名日本俘虏之一是一名来自夏威夷、会说英语的二世日裔美国人。⑧

尽管服用了阿的平(atabrine),哈利仍然为在新不列颠患上的疟疾而苦。二世日裔美国士兵在军队里被戏称为新几内亚"黄皮肤的杂种",⑨因为服用了抗疟疾的药后,他们的皮肤会变得异常地黄。在新几内亚,哈利的病情因出汗而不断恶化,他发起了高烧,浑身湿透,他打着寒战,牙齿嘎嘎作响,他的头痛让他生不如死,还伴有强烈的恶心。他体重锐减,没有体力。高烧持续了几天,并逐渐褪去,然后又卷土重来。瘦弱苍白的哈利服下了阿的平,休息了一会,但并没有停止工作。他管理着大量文档,决意坚守在新几内亚,勇敢地、光辉地活着。

有一天,一名和哈利年龄相仿、来自广岛的日本士兵被送往萨米岛。他得了疟疾,非常虚弱。在另一种生活中,他曾在白岛小学附近的告别游行中挥舞旗帜,在家中招待士兵,并步行到广岛城堡旁的学校。在另一种生活中,他曾是一个散漫的学生、棒球投手和恶霸。他父亲认为军队生活能让他改过自新。他十几岁时离开广岛,在伪满洲国和中国的野战炮兵部队服役。他在菲律宾和帕劳的酷热和游击战中幸存了下来。当到达新几内亚时,他已经被提升为军士长,被派往拂晓部队(Akatsuki Butai)或称黎明小队。他搭乘的轮船从宇品港出发,为整个太平洋战区提供运输、装备和人员。在他二十几岁的时候,他看起来比他实际年龄大十岁。"他们都听我指挥。"⑩这位管辖两百人的硬汉说。

他只告诉下属他们需要知道的事情。所以,他没有理由告诉这些士兵,在来新几内亚之前,他在将军办公室听到的传闻是:99％的士兵都会死在那里。这种荒谬的预测会降低士气。他没有理由告诉这些士兵,日本正在输掉这场战争。他们终究也会亲眼目睹这个事实的。

有一次,他带着骄傲观察着空战。每两架日军飞机对付三架美国战斗机,天空中都是日军的战机。最终,只有一架日本飞机击退了三个对手。在新几内亚,他惊恐地看着日本的飞机盘旋、俯冲、撞击后爆炸。"这里的大海和天空属于美国了。"⑪

拂晓部队溃不成军。他的朋友和下属在丛林中死于战斗、创伤、疾病、饥饿和疲惫。日本指挥官估计,在该地区的所有部队中,只有百分之七⑫的人能够幸存下来,到达萨米岛。流血战役贯穿5月,直至6月,统领士兵的副官忍无可忍,他将枪对准自己的头,扣动了扳机。在那人还活着的时候,军士长就很瞧不起他。"他不人道。"他嘲笑道。⑬然而,副官的自杀并无法给他带来救赎;他并不是面对耻辱时的光荣死亡,而是对自身的领导和行为的彻底崩溃。军士长背对着尸体,专注于其他实际的事情。部队需要食物。两名副官和一名下属加入了他寻找食物的行列。

他们带着刀、手枪和刺刀,但他们没有指南针和地图。他们为自己搜集了足够的食物,却没有返回营地。他们在丛林中走在当地人开出的羊肠曲径,结果走进了带有比人还高的锋刃的茅草丛?他们放弃战斗了? 对于这两者,士兵们不可置否。后来他们承认,搜寻食物的过程成为了"一个单独的行动"⑭,他们不再考虑他们的小队。如果他们没有回去,大家会认为他们死了。如果他们被其他日军部队抓获盘问,他们会被认定是叛徒,当场枪毙。"走投无路了(Shikata ga nai)。"⑮他不再是名军士长,他只是想活下来。

他们冲下山,舐着干裂的嘴唇,渴望着盐,幻想着得到一支不存在的海军部队不假思索的营救。如果他们没有成功,他们会因脱水、饥饿或精疲力竭而死亡。不到一个星期,其中两个人就离开了他们,自力更生,只有他的下属留在他的身边。他们以椰子为生,用石头砸开椰壳咀嚼果肉,将椰浆挤得吱吱作响。他们围捕螃蟹,挖山里的土豆,攀爬香蕉树。有时他们发现罐装的美国牛肉,就用尖刀撬开罐头。他们在暴雨中瑟瑟发抖,在潮湿的洞穴里乞求能够拥有些许睡眠的机会。

他们用倒下的树枝做了一个木筏,穿过汹涌的褐色河流,一条接着一条。这位来自广岛的军士长数了数,他们总共穿过了四五条河。他的下属来自日本的一个山区,不擅长游泳,便趴在木筏上,军士长推着他前进。最后,他们爬上了岸,退进了丛林里。他们想知道自己身处何方。他们已经到了萨米岛,当地人早就盯上了他们。

一天早上,来自广岛的那位士兵正在棕榈树下休息,一个本地人和一名敌方侦察员从灌木丛中窜了出来。这名来自广岛的士兵体温很高,昏昏沉沉,他不明白发生了什么事。越来越多的敌军士兵不断靠近,但是他的腿已经抽筋僵硬,由于脱水,他无法动弹。他摸索着自己的枪,"就这样吧。"⑯他想。经过六年多的战争,这是他将要死去的时刻。他发誓战斗到最后一刻。

同一天,1944 年 6 月 3 日的早晨,哈利正大步走进另一片空地。⑰有几名俘虏被带了回来。他总共要审问六个人。这时,他已加入 158 战斗队。这些俘虏在帐篷里被鞭子抽打,或在户外被雨水浇打,哈利进行了大约 30 分钟的一对一审讯,审讯时间取决于情报的价值。

"很少有优秀的士兵被俘。"⑱哈利说,他确信这是平常的一天。大多数士兵入伍只是服从命令。"他们不知道战争的胜负。"⑲许多士兵不想投降,但无奈身体太虚弱,无法抵抗。那些与部队分离的人很少能提供有战术价值的信息。哈利听说又有两个战俘被带进来,一个战俘"很好战",甚至"有些傲慢",他对此不屑一顾。⑳哈利会尽全力让战俘提供一些信息,然而他承认,这些战俘被抓得很具有戏剧性。当这些散兵被发现时,他们漂浮在河上的木头上,始终处于战斗状态。与在艾塔佩投降的不幸三人组截然不同。㉑

军队用担架将这些战俘运送到敌军的大本营。从广岛来的那名士兵看到远处有一个看起来像是日裔男性,穿着美国军装。在衰弱的状态下,他依旧保持着理智。他从没有忘一忘记这张脸。"不可能(Masaka)!我一定见过这个人。"㉒他指着那个人,问他的审讯者那个男人是谁。

站在担架边的语言学家吓了一跳。一般来说,战俘不会发问。就算提问,通常也是:"你是日本人吗?"俘虏们想知道审问者是否是前日本战俘,是不是因为无法回家,避免给家人带来耻辱,所以选择转投敌方。

哈利的同僚不打算向战俘透露哈利的名字,这是 ATIS 保护审讯人员的政策,这项禁令也适用于审讯报告。1944 年 3 月,第 41 步兵师 G-2 的一份报告指示:"审讯报告不会透露二世日裔美国审问者或翻译者的姓名。"㉓

语言学家大声叫哈利过来。哈利走近战俘,看见一个瘦骨嶙峋的男人,胡子蓬乱,长到了胸前。他身上有汗、脏东西和尿的臭味。囚犯的眼神坚定、充满挑衅,眼都不眨一下。大多数人会在这样投降后避开与人眼神交流,躲躲闪闪。哈利站到他的身旁,这名战俘病了,但他的精神并没有崩溃。哈利还没来得及开口,这名战俘就发话了。他的声音沙哑,用词大胆。

"我去了高丽(Kōryō),你去了三洋,"㉔他说,"你有烟吗?"

哈利大吃一惊,什么也没说。他查看了这名俘虏写有名字的白色标签,这个标签和他在第一次在图拉雷拘禁时的一样,上面写着"松浦"。哈利惊呆了,但是他没有露出任何表情。尽管面前的这个男人很瘦弱,哈利还是记起了那个萦绕着他、对他怒目而视的恶霸,同样的耷拉着的黑色眼睛,紧闭着的薄唇。"你是那个松浦茂?"㉕他说。

"是的(Hai)。"

那个哈利的天敌,曾在广岛的夜市上与哈利打过一架的松浦茂,那个每天警惕地盯着街对面学校的松浦茂。哈利最后一次见到他已是六年前,登上了前往中国的一辆军用运输船的松浦茂。

他是哈利的邻居,一位老练的士兵,一个敌人。哈利几乎没有时间与他交谈,尤其是当他的同事已经开始审讯了。他还有一件事要做。他递给松浦茂一根烟就走了,但那天晚些时候,他找到了这名战俘,给了他一罐美国牛肉㉖和一份日本米饭。无论过往发生过什么,哈利并不会否认他们的渊源。

松浦茂只待了一夜。早上,哈利路过他的牢房,向他解释说他将被送往澳大利亚接受治疗。松浦茂被装上了一辆水陆两栖车,送往瓦克德岛。然后,他被送上了一架飞机。㉗飞机从被压碎的珊瑚筑成的跑道起飞,颠簸在郁郁葱葱的群山上时,从来没有坐过飞机的松浦茂确信自己会被推下飞机并丧命。

松浦茂有充分的理由相信他的生命危在旦夕。在 1945 年 6

月查尔斯·林德伯格的一篇日记中,这位飞行员讲述了战争期间亚洲和欧洲的恐怖景象。其中包括"关于我们在霍兰迪亚机场用机关枪向战俘射击","澳大利亚人将被俘的日本士兵从新几内亚山脉的南边的上空丢下飞机(澳大利亚人报告称这是战俘切腹或"抵抗"后不得已的行为)。"㉘

松浦茂抵达澳大利亚时安然无恙,他住在一家洁净的医院里,有能干的护士照料他。他开始透过眼前的乌墨审视他与哈利的邂逅。"这是个好兆头。"他说,"你会对你年轻时候打过的架记得很清楚。"㉙如果他和福原没有节日里的广岛夜市扭打在一起,他也许无法在新几内业认出哈利。"打架使人亲近",他思索着。㉚哈利给了他特殊的待遇,并将他迅速送往澳大利亚治疗,哈利救了他的命。

那天晚上,哈利躺在床上,侧耳倾听是否有敌人潜入——踩上枯叶的嘎吱声、劈开的树枝在缝隙中徘徊的沙沙声和敌人低声说日语的咕噜声。尽管这太不可思议了,面前的敌人是他的熟人。他不得不面对他从不愿承认的现实。"我也有可能会碰上别人。"㉛朋友或亲戚,甚至兄弟。他没有将自己与松浦的相遇告诉任何人,以防这个消息在日本的熟人之间传开,并造成怀疑他对美国不忠的证据。哈利只告诉吉恩他遇到了一个"广岛来的熟人"㉜。他没有提到他的家人还生活在广岛。㉝

在从一个滩头迁移到另一个滩头的日子里,哈利在某天发现了被遗弃的、装有日本米饭和日本牛肉罐头的废弃铝餐盒(hango)。他为此而欣喜万分,他为休假归来的泰瑞、一个叫原明(Min Hara)的萨维奇营的同学,还有其他人蒸了米饭、炒了牛肉。他们尽情地吃着、笑着、回忆过往。原明对哈利在丛林艰苦的生活中,还能保持这样的热情和好客感到惊讶。"直到今天,"原明后来写道,"我都为我们的不礼貌而感到不好意思,我们把所有的餐具都留给了哈利洗。"�34

这是哈利在萨米岛的一个高光时刻。自那之后,哈利的健康就每日愈下。他的疟疾突然发作。如果缺乏休息和使用奎宁(quinine)或更高剂量的阿的平盐水治疗,这种疾病可能是致命的。6月底,哈利被派往布里斯班的一家医院接受治疗,这是他参与三次军事行动后的第一次休假。�35他的战争——夹杂着自身复杂处境所带来的痛苦——还远远没有结束。

哈利动身前往澳大利亚后,泰瑞将继续参与孤树山战役。在陆军特遣部队地图上,孤树山以山顶上的一棵树命名,实际上,这是萨米岛附近的一片高地雨林。�36如果这里真的只有一棵树,就能够轻易地将日本人连根拔起。但日本人蜷缩在洞穴和掩体中,躺在用藤蔓伪装的原木掩体中,靠在树根间挖出的洞边上。他们还精心部署了炮兵。

1944年6月23日,泰瑞和他的语言学家藤村清(Kiyo Fujimura)在临时搭建的第41步兵师指挥所的情报帐篷旁的吊床上安顿下来。泰瑞选择了靠近一棵大树的地方,这棵大树的树干像一个塔楼,如果遇袭,它可以掩护这些人。

日落后,丛林陷入黑暗,不知是谁打响了第一枪。泰瑞和清抓起步枪,扑倒在地,在树后寻找掩护。"每个人都像疯了一样开枪。"清回忆道;枪声似乎从四面八方传来。�37

泰瑞将枪插在地上,跪了下来。他倒在了清身上。"泰瑞,泰瑞!"清叫道,坐起来抱着他的伙伴。"然后,"清写道,"我感到手上和胸前一片温暖,我感觉到他胸口附近有一个直径约半英寸的洞,而他的背部还有一个大得多的洞。我感觉到他死了。"⑧

24 岁的语言学家领导幸隆·泰瑞·水垂（Yukitaka Terry Mizutari）是第一个在太平洋战争中丧生的二世日裔美国人。哈利很快就听闻了这个毁灭性的消息，彼时他刚刚住进澳大利亚的医院。

尽管美国人最后攻克了日本的抵抗，但长达 11 天的战役令人痛苦。日军使用迫击炮、手榴弹、步枪、刺刀肉搏。美军使用火焰投掷器、火箭筒、手榴弹、炸药和汽油进行反击。1944 年 6 月 20 日至 30 日，共计 150 名美国士兵死亡。⑨日军伤亡高出近 10 倍，942 人确认死亡，估计有 400 人被活埋在洞穴里。但对哈利而言，孤树山战役永远烙印着泰瑞的名字。

几周后，两名全副武装的军官在希洛敲开了水垂一家的门。泰瑞的母亲，须惠（Sueme）回答说：她的丈夫，康幸（Yasuyuki）仍然被拘留在大陆。她以为她九个孩子中心爱的长子"小隆"（Takachan）正在休假。那个月，她为孤树山战役而心碎。这个消息震惊了她。⑩水垂夫人接受了军官们的哀悼。哈利从疟疾中暂时康复，独自回到布里斯班。他原本计划和泰瑞一起度过他们的第一次休假。⑪

在三个星期的时间里，哈利遇到了他十几岁时的对手，失去了他最亲密的朋友。这些经验驳倒了他的假设。他曾经相信不可能在敌军中遇到任何他认识的人，在他看来，这原本合情合理。"在丛林里，你几乎无法辨别。"⑫他安慰自己。虽然在登陆过程中，每个人都处于危险，但他所在的指挥所大概率是安全的。"我们不是步兵，不必去前线打仗，尽管我们有时也需要自卫。"⑬

哈利是不是对于不会遇见熟人这件事过于乐观了呢？不一

定。自 20 世纪 40 年代初以来,来自广岛的十几万军队遍布亚洲。[44]在萨米岛,日本的兵力估计超过 8000 人,大部分士兵不是广岛人。[45]美国军队在 5 月中旬至 9 月 1 日的任务中只活捉了 51 名战俘。[46]在行动的一个月里,158 个 ACT 只抓获了 11 名囚犯。[47]与松浦茂的邂逅着实非同寻常。

# 23

# 丛林中的冰川变化

1944 年 9 月,哈利回到萨米岛。日军随时可能夺回那里的机场和跑道。在休假中,他爱上了一个美丽的混血女孩(hapa),她的父亲是日本人。混血儿似乎在澳大利亚很常见,这让哈利颇为鼓舞。在他成年后居住最久的加利福尼亚,白人和日裔通婚是违法的。哈利给蒙特夫妇写信,诉说他初露端倪的爱情故事。然而,当他重新回到前线后,他的爱情故事就消散了。[①]

在热气腾腾的萨米岛的前线,哈利被派往另一个师。这次是第 33 步兵师,也就是所谓的"金十字师",由伊利诺伊州国民警卫队的成员组成。另一群来自家乡的朋友会将哈利当作局外人,他又再次不得不向大家证明自己。

萨米岛遭遇打破了哈利平和的心境。他被提拔为技术中士,这曾是泰瑞的职位。与泰瑞的回忆在他脑海中挥之不去。"我感觉自己有责任。"哈利说,他似乎觉得泰瑞的不幸是他造成的。[②]这样的想法加深了他的痛苦,收到泰瑞的笔友们寄来的一堆信。他不忍心把泰瑞牺牲的消息告诉他们,于是在属于泰瑞的信上署上自己的名字和 V-Mail③ 回信地址。他没有回信,并提起笔给泰瑞的几个姐妹写信。

在萨米停留的好处之一是能见到第 33 师的指挥官,珀西·克拉克森(Percy W. Clarkson)少将。④这位得克萨斯人以其聪明才智而闻名。哈利为语言学家们煮米饭,端上腌青葱(rakkyō)、腌梅子(umeboshi)和味噌汤,克拉克森被香味吸引到了他们的帐篷中。虽然克拉克森不像这些日裔一样使用筷子吃饭,而是用叉子,但他喜欢他们的食物,并结识了哈利。⑤

语言学家们不知道的是,早在克拉克森踏上新几内亚的土地之前,他就对二世日裔美国士兵的牺牲和勇气充满敬畏。一年前,在夏威夷的考艾岛,克拉克森曾利用好几个星期天向军人们的一世日裔移民父母赠送紫心勋章。他们的儿子主要服役于夏威夷国民警卫队的第 442 皇家骑兵团和第 100 步兵营的成员,在法国和意大利的战斗中丧生。⑥即使克拉克森曾经在军队中对二世日裔军人抱有怀疑,但在蔗糖田旁的小屋简陋的客厅里,这些疑虑烟消云散。身材矮小、满脸日晒雨淋而刻下皱纹的母亲们领着这位将军走到供满水果的佛教祭坛前,祭坛上挂着他们儿子的黑白遗照。母亲们跪在地上,点燃了几根香,以纪念自己的儿子。哈利已经是其他九位语言学家的组长,主要在部队总部工作。他经常见到克拉克森,感觉到他对自己的信任。

在 1944 年末的几个月里,哈利意识到战况正在好转。日军正一批批地走出丛林,向美军投降。整个太平洋战区的陆军都认识到停下战火、活捉战犯的价值。哈利和他的团队搁置了他们制作太阳旗的装配线,开始在一个噪音很大的油印机上打印动员投降的传单。他们写道:"士兵们,你们想要饿死吗? 选择投降,被活着送到澳大利亚不是更好吗? 战后,士兵们可以重新投入回到日本后的生活。所有战俘都将根据《日内瓦公约》受到公正的对待。"⑦

这些站在美军的角度所写的日语文案,被印成了优美的汉字。日本士兵们都不想饿死,然而,大部分年轻人都在日本与中国,乃至亚洲的战争中成长,回到日本过上富足的生活对他们而言,近乎于妄想。

尽管存在文化差异和一些未下定论的前景,但这些传单的效果正逐步显现。当哈利质问俘虏,这些传单是否增强了他们投降的意愿时,一些人点头,而另一些人则表示没有收到大规模投放的传单。有人坦露将传单揉成团藏进床单里,或塞进口袋里。传单也能用作为雨林里罕有的卫生纸。⑧

到了圣诞节,哈利与 33 师一同登陆了距离棉兰老岛南部三百英里的莫罗泰岛(Morotai)。哈利不仅带来了他的烹饪和语言技能,随之而来的还有复发的疟疾和新的传染病——登革热。⑨就像萨米岛一样,莫罗泰存在着被日军夺回的风险。就在几个月前,另一个师在莫罗泰登陆时几乎没有遇到抵抗,但最近的情报显示,敌方的一整支步兵连正渗入该岛。

如今,哈利已经知道战斗的所有的进程都来之不易,难以维持。一方面,他和他的团队在翻译和审问上日益迅速准确,就连炮兵指挥官都会绕过下属,直接参考他们对下一个战略目标部署的意见。⑩在另一个层面上,哈利和其他语言学家仍然觉得他们不被信赖。

按照规定,将他们安排在白人军官手下是一种出于善意的做法。萨维奇营的指挥官凯·拉斯穆森上校回忆说:"这样做的主要目的是将一位不会被认错的白人军官与东方面孔的士兵联系在一起,以避免陆军步兵走火开枪。"⑪而现实中,他们的上级军官将语言学家看作是下等的、经验不足的士兵。副中尉霍勒斯·费尔德曼(Horace Feldman)从哈佛大学毕业,在密歇根大学(University of Michigan)和萨维奇营接受日语培训,他比大多数人都缺乏经验,比他的下属更年轻。他的日语成绩对于萨维奇营而言可能"很出色",但在实践中却不尽如人意。⑫"我想让我们成为绅士。"霍勒斯在谈到他为何能够熟练使用日语敬语时说。他对战斗一无所知。当圣诞节的夜空被示踪剂、炮弹和爆炸声照亮时,他不好意思问下属这是烟花表演还是炮火。"我打电话给了另一个师,"确认了那场连天的烟火是一次袭击。

霍勒斯的职责之一是审阅和审查(如果需要的话)发出的邮件。哈利和他的队友们看着霍勒斯仔细阅读他们的信件。"我们对自己的信件被审而感到不安。"⑬霍勒斯无视哈利的不满,正忙着寻找信件中"精神紊乱",或者现在被称为创伤后应激障碍的迹象,"如果有人疯了,我们会设法解决的。"⑭

霍勒斯也许不值得让哈利感到害怕,但随着战争的深入,人们对他不称职的不满与日俱增。无论语言学家作出了多大的贡献,都只有官员的名字会出现在报告上,而258号条例说明,禁止提及二世日裔美军审问者的名字是出于安全的考虑。然而,但凡文件落入敌人手中,语言学家难逃其咎。

语言学家们也没有获得回报。无论他们工作多么努力、取得了多少成就,他们很少得到提拔。在1945年之前的西南太平洋战区,大多数人都维持原来的军衔,只有不到十二人获得提拔。尽管他们已经尽到了最大的努力,马什比上校还是无法说服陆军部增加对 ATIS 的津贴。在 1945 年夏天之前,ATIS 还是一个不在计划内的特别部队。由于语言学家的人数递增,在莫罗泰,哈利被永久指派在了第 33 师。然而,他仍是第 33 师的编外人员。这是真的,霍勒斯说。"没有任何能够提拔他任职的职位。"⑮

哈利对自己停滞不前的状态忍气吞声。后来,他谅解了霍勒斯,双方关系日益融洽。有一天,哈利告诉了霍勒斯自己的秘密,承认他曾被关押在亚利桑那州,在广岛还有家人。他说,还有其他士兵在日本也有直系亲属。少尉静静地聆听着。

大约在 1944 年 12 月,美国最高法院单方面裁定,政府不能违背"承认忠诚"的人的意愿。从 1 月起,对于日裔在西海岸重新定居的限制将受到禁令,所有集中营,包括吉拉河营,将开始全面释放所拘留的日裔。这一决定是正确的,但并不彻底。在另一个案例,即"丰松三郎案"(Korematsu V. United States)中,美国最高法院维持了原排日令的合宪性。一系列阻止日裔重返家园的私刑事件震动了西海岸,其中在俄勒冈州胡德河,美国军团将十六名二世日裔美国士兵从该县的荣誉名册中除名。在这十六名二世日裔士兵中,就有一位名叫弗兰克·八屋(Frank Hachiya)的语言学家在太平洋战场服役。

家门前的状况比战场更糟糕。在战场上,种族之间的隔离已在珊瑚散兵坑和藤蔓缠绕的掩体中消弥。当哈利和他的队友们等待文件的间隙,他们和第 33 师的士兵们交谈,有时话题会转到二世日裔美国士兵们的家乡。他们停下来,想着该如何回应,是否要承认他们最近被驱逐出了家乡,关进了拘留所。

伊利诺伊的士兵很惊讶。"他们对此毫无耳闻,也无法相信。他们说这是不可能发生的。"⑯哈利说,"但我们向他们解释,这是有可能发生,并确切发生的事。"哈利拿出女笔友从集中营里寄出的信,给第 33 师的伙伴看。

在最高法院案件宣判之后的不久,菲律宾战线上的一位二世日裔美国语言学家在护送下返回总部。他被狙击手射中了腹部,然而,他爬到前线作了一个重要的报告才倒下;野战外科医生对他进行了手术,仍然无力回天。这名男子与哈利同龄,是一名精通英语和日语的归美族,他的母亲和兄弟在日本,有直系亲属在美国被拘禁。他也来自于萨维奇营,也是一个"90 天速成的奇迹",他是一名技术中士,也是一名队长。他和哈利的弟弟同名,名叫弗兰克·八屋。他的故事传遍了整个太平洋战区。他们说,弗兰克是被友军击中的。⑰这一说法从未得到证实,无论如何,卫兵重新回到了哈利身边。在弗兰克的家乡,胡德河,弗兰克的死引起了群众的强烈抗议。已故的弗兰克·八屋的名字被匆匆地重新印上郡荣誉名册之中。

1945 年 2 月 3 日,哈利登上了一辆运兵车,与第 33 师一起横渡菲律宾海去了吕宋(Luzon)岛。在这一年多里,他穿越了一千多英里。吕宋岛离日本不远。那天,是维克多 31 岁生日。哈利记得他哥哥的生日,维克多的生日比他们父亲的生日晚一天。

维克多还没结婚。尽管从会计学校毕业了,他也没有工作。从小起,他就处处受环境所控制。在美国所受到的偏见使他不得不回到日本,在那里他度过了性格的塑造阶段;他的父亲去世于大萧条时期,迫使一家人横渡太平洋重回日本。一场全球性的战争将他推入了日本帝国军的对外战争中。在人生的每一阶段,维克多都需要战斗。

2 月 3 日也是日本传统的节日,称为"节分"(setsubun)。在春天崭露头角时，人们驱除了前一年的厄运，将烤熟的大豆撒在大门口，以迎接好运。他们大喊："鬼在外！福在内（Oni wa soto. Fuku wa uchi)！"哈利曾在广岛庆祝过这一节日，孩子们戴着魔鬼面具，按照年纪嚼相同数量的脆豆。今年没有豆子可摘可抛。在年景好的时候，阿清姨妈能卖出数以百计的裹着豆粉、塞着豆馅（anko）的大福饼（daifuku mochi）。如今看来，这个传统显得天真可笑，阿清姨妈的配方在盒中尘封。

哈利正前往林加延湾（Lingayen Gulf），维克多则在广岛的一家钢铁厂消磨时光。他们需要聚集每一滴好运。不能看到人们撒豆子的欢声笑语，节分毫无意义。这一奇特的习俗无法保佑31岁维克多和25岁的哈利免受这一年撕心裂肺的痛苦。

# 24

## "红纸"选派书

哈利在新不列颠、新几内亚还有莫罗泰的的港口看到了日本面对节节败退的行动。整个亚洲战场,频繁发生着敢死式袭击。1944 年 7 月 9 日,包括平民在内的日本人,进行了大规模的为帝国的利益而牺牲的"玉碎"行动。进军塞班岛的盟军惊恐地看着成百上千的日本居民引爆手榴弹集体自杀,或者从岩石峭壁径直跳入被白浪掀翻的大海,这种现象在其他地方还会重演。三个月后的 1944 年 10 月 25 日,六架零式战斗机装载着 551 磅重的炸弹,号称"神风",直冲雷伊泰湾美军航母。"神风特攻队"以台风命名,借寓在 1274 年和 1281 年从忽必烈的铁蹄下救出了日本的台风。被摧毁的日本海军几乎没有其他武器可供使用。与敢死行动所声称的那样,令人胆寒的并非是军事力量,是恐怖袭击的威慑。

1944 年 11 月 24 日,111 架 B-29 轰炸机从塞班岛和天宁岛起飞轰炸东京,开启了日本的至暗时刻。在接下来的几个月里,大规模的袭击蔓延到了日本其他 63 座城市。轰炸变得如此频繁,以至于居民们称这些阵型为"定期航班"（teikibin）。美国海军主导了海面，封锁了日本，阻止日军从其他港口运来的食物。日本民众渐渐饿死。内阁顾问曾于1945年初时图说服天皇投降，然而他们失败了。更糟的是，这个四面楚歌的国家无论在海外战场，还是国内社会，都以拼死抗争作为目标。"继续前进！一亿人共组一个火球！"成为了号召群众的口号。即使民众已经对此麻木了，他们还是记住了这些口号。

到1944年底，广岛居民为击退空袭而匆忙准备。11月里，政府动员市民拆除建筑物以清理出消防通道，并辟出去年3月指定133个的火灾避险开放空间。[①]中央街区回荡着木锯和斧头的声音，工人们拉着绑在建筑物上的绳子，以拆除这些房子。木材折断的声音越来越响。到年底，这一进程的第一阶段已经完成。超过1000栋建筑被摧毁，4210名市民被疏散。[②]根据计划，这座城市在受到轰炸前，已被系统地拆毁了。

阿绢很幸运，她在高须的家不属于拆迁区。尽管市政厅一再发出通知，要求她所在地区的居民撤离到农村，但在高须，几乎没有人这样做。相反，这个街区成为了人们逃离人口稠密区的避难所。[③]

1945年初，高须仍笼罩在一片慵懒之中。兼石（Kaneishi）先生（雅子的父亲）在阿绢所在的社区协会中扮演着一位仁慈的领袖。他本应在前一个炎热的夏天就开始组织和领导竹矛（takeyari）演习。在全国各地，妇女们都在磨砺竹竿，把竹竿磨成一个尖头，穿着灯笼裤排成一排阵型，来回猛击。家庭主妇也成为了士兵。当战争蔓延到祖国时，社区中的会谈也成为了极其认真的战前准备大会。兼石先生拒绝接受指令，他选择不那么重要的水桶接力——消防演习上,而不是拼死刺伤敌人。雅子质疑进行水桶接力的必要性,因为不可避免地,大家都精疲力竭、肌肉酸痛。"每个人的背都很疼。"④

阿绢相较于她的邻居们更为散漫。"我们应该在哪里挖洞?"人们在讨论防空洞时问道。⑤雅子和她的父亲在他们的院子里铲了一个能够容纳蹲下的两人的浅坑;有些人造了讲究的防空洞;阿绢没有在她宽敞的花园里破土动工。在离广岛中部更远的宫岛的绿洲上,阿绢的表亲们用黑色胶带交错地贴在玻璃上,以防窗户在爆炸时破裂。⑥阿绢贴了几扇家门前的窗户,仅此而已。她的所有孩子都不在身边,还将房间租给了一名房客。长舌妇们可能会对寡妇和年轻人共处一室评头论足,认为这是羞耻的行为。然而,对阿绢而言,她需要尽所能地熬过黑市通胀,租掉几个房间似乎是一个无害且有利可图的解决方案。

面对战争,阿绢有足够的理由保持松懈。她已经 52 岁了,在日本,这个年龄的女性已是长者。雅子说:"一辈子也就五十年。"⑦1945 年,日本妇女的平均寿命是 37.5 岁,而阿绢在战前,就超越了这座里程碑。阿绢的胃经常无缘无故地疼痛,兼石先生在一家生产钙制品的公司工作,他得到了一包双氯芬酸粉,并将它交给阿绢,让她好受一些。

阿绢和大多数人一样,都饿坏了。在和平时期被认为是食品残渣的部分,现在也成为了人们日常膳食的一部分。加入汤中的不是鱼或蔬菜,而是油渣(aburakasu)。这些油腻的凝脂自带风味,能够解救那些苦的、无味的、腐烂的食材。雅子解释道:"虽然营养不良,但我们可以活下去。"⑧

即使是阿清——阿绢最后的救命稻草——也帮不了她的妹

妹。尽管明治堂曾是本通街二十六家注册店铺中的一家,但也停止了营业。⑨早一年前的夏天,全国范围内的砂糖配给就已经停止了。这是一个不再甜蜜的世界,糖果对平民而言不复存在。明治堂再也没有收到军队的供应合约。

尽管阿绢对一些动员口令漠不关心,她仍继续履行着她在社区内的义务。她将美国带回来的铸铁炉子和冰箱捐给了前线,失去这些东西大大降低了她的生活质量。她并没有放弃她的美国吊灯,它为这座她梦寐以求的家投下光芒,照亮她心爱的帝王牌钢琴。

兼石先生没有向阿绢提出进一步的要求,相反,他很感激阿绢。某年 2 月,他的妻子去世了,留下他一个人——他已经老了,与其说是雅子的父亲,他的年纪可以做她的祖父。阿绢的出现填补了雅子生活中的空白,兼石先生将阿绢视作亲人。放学后,当雅子从阿绢家穿过小巷回到自己家时,她又变回了她父亲记忆中那个活泼的女孩。

然而,在 1945 年 3 月 10 日东京被轰炸后的第二天,广岛及其郊区高须的居民们所小心翼翼维持的脆弱平衡也岌岌可危。从 9 日晚上开始,300 多架 B－29 轰炸机在城市上空低飞,两个小时内,他们投放了每个约 70 磅重、共近 2000 吨的凝固汽油弹。汽油点燃了松木、纸和竹子砌成的房子;大火尖叫着在这座城市肆虐,焚烧了大片区域。突袭结束后,16 平方英里的首都中 265 处被夷为灰烬,超过 100 万无家可归的居民寻求庇护,多达 10 万人丧生。⑩

第二周,美国轰炸机在与东京不到两百英里的距离内,对长冈、大阪、神户进行了轰炸。3 月 18 日凌晨的几分钟内,广岛遭受了一场小规模空袭,城外的人对此没有在意。⑪那天早些时候,除了在公立学校系统的小学生,全国的学校正式停课一年。大多数学生将被派往军工厂工作。政府不再假借学习的名义要求他们劳动。

两天后,阿绢打开《中国新闻》,一张天皇在东京人口稠密的地区查看炸碎的神社的照片映入她的眼帘。这座古老的神社曾经挤满庆祝包裹和服的新生儿诞生的父母们、购买花絮竹耙以求店铺繁荣的业主们,以及各种各样前来祈福的人们。在头版的同一页上,一个粗体的标题《对敌人机动部队发动猛烈攻击》,报道了空军在摧毁敌方航空母舰方面所作出的努力。尽管文章的语气鼓舞人心,然而战役所发生的九州岛位于群岛四大岛屿之一的东南部,与广岛的地理位置非常接近。在另一篇文章里,阿绢读到离广岛250英里的名古屋遭受了空袭。《在名古屋上空的B29:超过一百多架喷气式飞机参与了这场夜间闪电战》⑫。事实上,290架轰炸机对这座城市进行了将近三个小时的空袭,这是这座大都市在一周内遭受的第二次重大突袭。

广岛市民加倍努力建立横跨整个城市的三个防火区。到8月,共有8401栋建筑被拆除。⑬对于广岛而言,还将有更多的地方沦为这样没有建筑物、色彩、噪音和生活的空地。县警察局总部的官员们正仔细研究城市的规划图纸,以降低未来300架轰炸机突袭所可能造成的破坏,居民们将不得不腾出更多的空间。

同年3月,这座城市不仅失去了热闹的街区,还失去了它最珍视的人口。两万三千多名儿童坐着火车被疏散到乡村的寺庙和神社,以及亲朋好友在乡下的家中。⑭在广岛火车站,蒸汽从待发的火车上冒出来,母亲们用手帕擦着眼里的泪。

在高须,包括阿绢在内的社区协会成员定期聚集在一起,效仿广岛中心城区,拆除指定的建筑。1945 年春天的青翠之春毫无声息地过去了。阿绢院里的无花果树枝头长满了绿芽;附近,桃花在微风中飘动,花瓣随意飘落在地上覆盖着的地瓜藤。温和的空气中洋溢着甜美的气息。然而,雅子将这个春季描述为"冷冷清清",只不过是"半吊子"(namajikka)。⑮

4 月 1 日,弗兰克结束了大学一年级的学业,放假回家。在高冈,积雪漫过了他小腿的一半。他花了一整天的时间,换乘不同的火车,终于回到了广岛。他为回家而高兴,他喝着加上糙米的绿茶(genmaicha),告诉他的母亲高冈比高须更像是一座田园。与广岛不同,高冈不是一个军事城镇。他所参加的军事演习与在第一中学的演习"没有什么可比性"。⑯然而战争却触动了这座小城市。弗兰克放弃了马拉松赛跑,因为学校的土跑道上种了南瓜和红薯。大学也不再按照标准上课。高冈的男性都被征入伍,所以学生们必须帮助年迈的农场主们干农活。但是,他们所能分享到的农产品比弗兰克所期待的要少。宿舍的食物不够:早餐时,他只能吃三个煮土豆、一碗味噌汤和两片腌萝卜,午餐和晚餐是铝制饭盒里的两个土豆。但是,多亏了母亲偶尔寄来的钱。弗兰克会在一家商店门口排队,那里的一家自助餐厅提供不需要配给票的米粥。尽管他从未对自己的专业感兴趣,但他"不介意"自己所要做的功课。⑰虽然他总是很饿,但他很健康。总而言之,朴素的高冈为弗兰克提供了从广岛紧张局势中舒缓的喘息机会。

然而,为了避免让他的母亲担忧,弗兰克隐瞒了一件事。在高冈,弗兰克拜访了一名副官,他在军队服役三年后又回到家,他向弗兰克透露了留在日本的前景。他说,弗兰克将被征召入伍,"然而,就算你拼尽全力也没有用。"日本会战败。⑱当弗兰克听到这名军官说出如此失败主义的话时,他深感震惊。尽管他对第一中学的教育很反感,但他相信政府、媒体和他的老师告诉他的很多事。他从未想过日本可能会战败,更不用说陷入僵局了。他相信日本仍有胜算,然而,他无法将这名老兵的预言抛之脑后。

在那次造访后的一两天内,弗兰克收到了一张粉红色的明信片。他的心跳加速,不需要读就知道,这张明信片将毁了他的生活。这张樱花(sakura)般深粉红的纸片,长久以来被认为是年轻士兵转瞬即逝的生命的象征。⑲在樱花烂漫的 20 岁,弗兰克被征召入伍。他计算自己活下来的概率,认为还有一两年,生命就将走向终点。这一纸选派书,只不过是"死亡判决"。⑳在日本从 1931年到 1945 年漫长的战争中,家家户户都会纪念特定的日子,这往往伴着痛苦。在一封信中,弗兰克描述自己在接到征兵选派书的那一天,是"我无法忘记的一天"㉑。

具有讽刺意味的是,自弗兰克于 1939 年迈入第一中学大门的那一刻起,他就不断试图避免这样的事发生。同一年,作为双重公民的他,有资格在两者之间选择自己的公民身份。在内心深处,弗兰克仍被美国所吸引,但他从未想过要去市政厅提交文件,因为这等于是当着政府的面向敌军投降。他会被无情地遭受判决:要么被一颗子弹处决,要么是漫长的刑期。抵抗征兵是叛国行为。

尽管弗兰克费了很大的劲,他还是无法阻止自己入伍。在前一年的 7 月,征兵年龄的上限从 40 岁提高到 45 岁;到了秋天,征兵年龄的下限从 19 岁降低到 18 岁。仅就年龄而言,弗兰克自1943 年底以来就延迟了两年入伍。4 月的征兵是一场全体动员,几乎所有人口都成为了征兵的对象,以至于日本引以为豪的簿记员漏记了很多征兵信息。弗兰克和皮尔斯注定会成为 600 多万日本士兵中的一分子。[22]

阿绢以她的方式竭力保护她最小的儿子——为他祈福。阿绢为她的小儿子缝制了和维克多、皮尔斯一样的"千人针"。理论上，这根腰带上会用来自一千个女人、寓意幸运的红线绣上结，每一个结都代表着对士兵的祝福。这根朴素的贴身腰带象征着家乡的关怀。然而实际中，阿绢没有时间再问别人要来线，她用几根线和一根针匆忙地赶工缝制。

1945 年 4 月 10 日，弗兰克向广岛城堡以南的军事基地报到。如今，这里是第二陆军总司令部，由司令官畑俊六（Shunroku Hata）掌管。[23]弗兰克被正式分配到第 145 师第 417 步兵团，帝国第二军。第一军驻守在东京。弗兰克的身份是一名二等兵，一名未经训练的新兵，是最底层的士兵，被戏称为"一钱五厘"（issen gorin）[24]，还不值一分钱。弗兰克心灰意冷。"我以为我完了。"[25]

弗兰克曾一度相信，他在第一中学的磨练能使他免受基础训练的羞辱，但他遇到了一个"卑鄙的人"[26]。弗兰克估计这位一等兵大概 30 岁，一只眼睛在战争中受了伤。他将身体健康、训练有素的弗兰克视作为一个威胁。他会嘲弄弗兰克，殴打他、扇他巴掌，弗兰克默默地忍受了下来。直到有一天，他的指挥官打电话给他，说："你是二世日裔美国人。"弗兰克吓坏了。[27]军队发现了弗兰克的秘密。然而，他没有提出将弗兰克调到另一个连，因为这位指挥官恰好也是二世日裔美国人。

弗兰克入伍三天后的 4 月 13 日晚，东京遭到一年内的第三次轰炸。皇宫的一翼在轰炸中被击中并烧毁，天皇和他的家人安然无恙。当时没有人意识到，在同一天早些时候，广岛发生了一件当时平平无奇,后果却相当惨烈的事件。白天的时候,一架美国侦察机在城市上空盘旋。一位军队摄影师透过机窗户取景拍照。⑱

弗兰克在下面的广岛城堡前的空地操练了一天,在教官吼出的指令下,他没有注意到云层中流动的飞机的轨迹,也没有听到远处飞机引擎发出的嗡嗡声。他不可能知道美国军队比东京的皇宫更关注这座特殊的军备城堡。在城堡的西南面几步路的地方,有一座钢筋混凝土筑成的相生桥,以供行人和电动火车往来。北边是千惠子居住的白岛(Hakushima),比邻着维克多所劳作的三篠町(Misasa)钢铁厂。靠近大桥的是日本红十字会(Japan Red Cross),弗兰克曾经在那里送信给哈利,紧接着南边是地标性建筑——铜圆形工业促进厅(copper rotunda Industrial Promotion Hall);再往下是阿清所珍爱的明治堂。对于美国陆军战略部门而言,相生桥显得尤为突出和重要。从云层之上的 B-29 向下望去,相生桥形状像字母 T。战略家们估计,总有一天,相生桥可能会成为完美的攻击目标。

# 25

# 菲律宾的极端情况

　　吕宋是菲律宾七千多个热带岛屿中最大、人口最多、最中心的岛屿,这里也是战争的转折点。一旦同盟军能够攻下吕宋岛,那么就有可能获取对日战争的胜利。如果失败了,战争将可能——就像吕宋中部平原中网格状的稻田和其寒冷的、高耸的北部山区一样——长期处于胶着状态。哈利负责一个语言小组,并担任克拉克森将军的翻译,他是二世日裔美国语言学家中的一员。一百多名二世日裔美国语言学家分散在三个军团总部和十个师中,参加从日本人手中夺回吕宋的战斗。[①]

　　1942 年 2 月,征服了马来西亚和新加坡的山下奉文(Tomoyuki Yamashita)将军带领 27.5 万名士兵,准备保卫菲律宾。他手下经验丰富的士兵们熟知这座火山岛上的每一座峭壁和峰顶。这年 1 月,山下奉文从马尼拉(Manila)迁往北面 155 英里的夏季首都碧瑶(Baguio)。在接下来的两个半月里,美军第 33 师将驶向这座高出海平面近五千英尺的城市,它坐落在常青树和苔薜山脉的群峰之间,四周笼罩着汹涌的雾气。即使最强壮的人,攀登这座险峻的山峰时,也无法避免艰难险阻。

日军早于五年之前,就预料到美军的到来,并为之展开准备。"碧瑶附近的多山的地形很适合防守。"②山下奉文手下的一位师长写道。悬崖峭壁之上,只有梯子和绳子才能指明方向,道路蜿蜒,布满发夹弯道,绵延数英里。道路两侧的雨林中,日军在灌木丛后挖好了战壕。他们在战壕中、碉堡内和山洞里全副武装,等待着敌人出现。

哈利认为他是不上前线的前锋,他的安全没有保障,但也不一定会遭受致命的危险。③尽管如此,此次旅途还是充满着艰难险阻。日军拆毁了桥梁,以减缓美国前进的步伐。道路上散落着爆炸的碎片和崩塌的巨石。蜷缩在树杈里,或躲在树干上的狙击手断断续续地攻击跋涉中的 33 师,伤亡人数不断增多。然而,在整个菲律宾战区,日本的损失超过美军五倍以上。④

在崎岖地形中行军的哈利并不好受。相较于他最近所生活的平原和其他热带地区,山上气温骤降,这使他的疟疾和登革热频繁发作。他发着高烧做着噩梦,吕宋岛考验着他的身心。然而,他不能由于病痛而落后于部队行进。日军投降人数骤增,第六军在吕宋岛抓获了 7297 名战俘。⑤在吕宋岛北部,战俘们一个接一个地接受审问。哈利从未如此忙碌。

日军不断上扬的投降人数是心理战所取得的胜利。盟军指挥飞机在吕宋岛上空散发 2500 万份传单,鼓励日军投降。⑥这些传单说服了很多日本士兵照做。按照指示,这些日本士兵在白天前往投降点,顺从地高举英语通行证。

哈利没有参与生产这些传单,但是他收集了一些参考资料,包括《降落伞新闻》(*Rakkasan News*)，这是由 ATIS 的二世日裔美军为日本士兵编写的时事通讯，提供日本战俘所掌握的信息。头条新闻引人注目：《美军已攻占冲绳四分之一的海域》《南部海上航线完全关闭》《战舰大和号(Yamato)沉没》⑦。所有的消息都是真实的，包括在吴市造船厂生产的日本舰队的骄傲——大和号的命运。

　　日本人也在进行一场宣传战。在一幅漫画中，一只手正从一根管子挤出红色的颜料，它被塑造成士兵的模样；颜料没有盖子，像没有戴头盔，颜料滴在菲律宾这个词上。"资本家对红色的要求没完没了！"这幅漫画告诫道。"这是你的血，他们要把你吃干抹净！""再见，美国士兵！"⑧另一幅漫画这样嘶吼着，上面画着一个盟军士兵的骷髅头。尽管如此，战争显然在不断升级中偏向了同盟国。

　　双方的宣传都无法触动哈利的神经，然而，那些鲜有人能读懂的、写在薄纸上的温柔的日文信件打动了他。一天，一名士兵向语言小组递交了一份文件，他在一次小规模战斗中被打死的敌人身上发现了这份文件。哈利瞥了一眼就知道这份文件毫无军事价值。死者的妹妹写道"我们的家庭报纸"，日期是 1943 年 9 月 5 日，星期天。⑨信里包括用彩色笔墨画的可爱插画：一盘寿司卷(makizushi)、一条鱼、成熟的西红柿、会说话的茄子和一只圆滚滚的猫。这幅画捕捉了日常生活的气息——充满着甜蜜的喜悦和无法避免的悲哀。这些情绪通过纸上的笔墨，精巧地表现出来，这是对她对身处远方的哥哥的爱。这名士兵已经携带那张折好的信件快两年了。当哈利收到它的时候，拇指大小的血迹已经从折叠几层的信纸中洇了出来，在纸边上留下了污点。

在紧张的气氛中与战俘们相见时,总伴着他们激烈刺耳的言语。当哈利从菲律宾游击队和平民那里得到有关这些士兵因为受伤或生病而被部队遗弃的消息时,他赶忙跑去那个士兵们等死的洞穴里。在瓦德岛,他来不及干预,只能看着火焰喷射器向无助的日军喷射汽油。这次,他在军队的推土机抵达之前到达了洞穴。不管里面的日军是死是活,工程师们正准备封住这个洞。哈利想要这些幸存者——他们可能会把戒心抛到九霄云外,并告知他们的指挥官是谁、要去哪里、计划什么时候进行袭击、部队还能坚持多久。

哈利蹲在洞口,尿液、粪便、鲜血和腐烂的肉的恶臭令人无法忍受。他走进洞里,跪在敌人身旁。他不知道这些士兵是死是活,所以他拿着一面镜子,对着他们的嘴。有几次,玻璃上起了雾,哈利赶紧让陆军步兵将仍有呼吸的日本士兵搬出洞。当这些奄奄一息的人暴露在强烈的阳光下时,他们屈服了。[⑩]

一天,当附近正爆发一场战斗时,哈利冲进手术室执行任务,在那里,一名重伤者日本战俘趴在手术台上,他被一颗子弹射中了胃部。他有意识,但哈利回忆道:“他非常痛苦。”[⑪]负责看护的外科医生告诉哈利,这名战俘的伤口是致命的,死亡只是时间问题。哈利俯身在病人满是鲜血的手术台上,他需要他回答一些问题,而这些问题的答案可能会影响这场小规模战争的结果。“我一遍又一遍地重复问题,但是那人没有给出很多信息。”战俘咳血,呻吟着问道:自己会活下去吗?他的问题让哈利目瞪口呆。他辩证地告诉他实情,他向这名士兵保证:“我们有世界上最好的医生。”当哈利回到笔记上继续他的问题时,这名战俘死了。这种只持续了几分钟的交流,在哈利的战争经历中不断回荡。在理性层面上,哈利明白情报对战争的紧迫性；然而，他的不安源于细微末节：他闯入了这个人生命的最后的神圣时刻，这使哈利心碎。

在通往碧瑶的陡峭道路上，夹杂着玉石斜坡、白色的帐篷、白垩色的悬崖和深红色的火焰——哈利催促着自己为下一次审讯、下一场战役、下一个 33 师的突破行动做好准备。在炮弹出鞘的嘶嘶声和雷鸣般的枪声之中，克拉克森将军注意到了他的翻译所作出的不懈努力，他对哈利给出了积极的评价，并报告给了 ATIS 的高层。

随着时间的推移，日本的局势变得越来越严峻。哈利已经习惯了低阶士兵的投降，有时，军官们也甘愿成为战俘，他们低着头步履蹒跚地向前走。他首先审讯的军官之中，有个人受了伤，却很健谈。他在逃亡投降前因伤住进了一家日本野营医院，他无意中听到指示，不能行动的病人应该在部队出动时进行致命的注射。那位军官目睹了日本护士拿着注射器在床与床之间穿梭，告知伤员他们将要被实施安乐死（anrakushi）。在日语中这个词的意思是"和平的死亡"。但这一行为——给轻伤员或能够及时康复的士兵注射致命的药物——让这名军官倍受冲击，只觉得完全不人道。他生气又痛苦，决定告诉美军所有事。⑫

4 月 29 日星期日，美国和菲律宾国旗在被战火蹂躏的碧瑶上空升起。这座城市回到了 33 师和 37 师的手中。一天后，在柏林，阿道夫·希特勒饮弹自尽。5 月 7 日星期一，纳粹德国无条件投降。轴心国正在崩溃。美国驻扎欧洲的军队很快就会被派往亚洲。第 33 师兴高采烈。

天黑后，当天的官方事务天结束，碧瑶的空气中跳动着集市的热情。在集市中，各营都有自己的酒吧，有商业头脑的菲律宾人开卖他们自己发酵甘蔗而成的酒。舞蹈、电影、魔术比比皆是。最重要的是,33 师已经达成了它的战斗口号:"拿下碧瑶!"[13]伴随着大型乐队欢快的乐章,人们品尝着成功的喜悦,庆祝着战役的胜利。

其中一个美中不足的消息是,山下奉文将军偷偷从碧瑶撤退,躲过了追捕,他将继续指挥他的军队作战。尽管碧瑶骄傲地升起了美国和菲律宾的国旗,但这些旗帜仅升到了半途。弗兰克林·罗斯福总统在那个月早些时候因脑溢血而去世,33 师很快就会发现,战争还远未结束。

哈利兴高采烈。他在 3 月被升为军士长,这是征召入伍者的最高军衔。很少有二世日裔美军被委任这项军衔,哈利感觉自己就像是"国王"[14],六条白色条纹被放置在第 33 师黄色十字架之下,"我的手臂看起来像斑马。"[15]6 月,因为热情地颁发奖项而受到他的军队的爱戴的克拉克森将军,微笑着在哈利的军装上钉上了一条丝带,象征着另一个铜星勋章。[16]

哈利很高兴自己得到了认可,但一种不祥的预感给他的快乐蒙上了阴影。太平洋上隐约出现了一个剧烈的高潮。他感受到了屠杀——包括发生在冲绳的平民中的"玉碎"。冲绳是日本最接近其大陆的领土。日本指挥官命令冲绳人不要投降,民众遵从了指令。

战斗可怖至极。正如一则《降落伞新闻》标题所指出的,这是一场"血腥之战"[17]。最终,经过三个月的激战,包括神风敢死队的袭击,9.5 万平民自杀,或被自己的朋友和家人杀害。他们或死于自己国家的士兵手中,或死于敌人的炮火。[18]日军的伤亡人数将超过 10 万人。至于美军,伤亡人数达到 12520 人,这是太平洋战役的最高数字。[19]冲绳之战另外夺走了 10 名 MIS 二世日裔士兵的性命。[20]

在哈利此刻的脑海中,冲绳让他联想到塞班岛战场上的杀戮。这是一个令人不安的预兆,盟军士兵将踏上日本土地。他和许多人一样,以为美国会入侵日本。

反攻正如火如荼。在华盛顿,参谋长联席会和杜鲁门总统正在讨论秋季的多种登陆方案。在吕宋岛,克拉克森将军也在思考着未来。有时,他会在谈话中询问哈利的意见:"你认为⋯⋯?"哈利知道将军要说什么。他摇头说:"别以为日本会投降。"㉑

这位受人尊敬的将军和他能干的士官长不知道的是,美国的军火装备正在升级。5月下旬,一些被列为非凡武器的目标的日本城市被免于 B-29 的空袭。这些城市得以保留原初的样貌,以观察新型炸弹的效果。三座城市之一便是广岛,日本西部的军事中心。

从 6 月下旬开始,第 33 师重新集结,在马尼拉附近闷热的低地重新训练。当年早些时候,马尼拉被美国人占领,相较于在西南太平洋战区的很长一段时间而言,他们目前的处境相对安全。然而,二世日裔美国语言学家除外。

哈利面对的,是新近从日军长达三年残暴镇压中解放的当地人。这些菲律宾人渴望复仇。任何看起来像日本人的人都容易受到暴力报复,无论他是否穿着美军制服。"当地的菲律宾人,"哈利说,"无法区分日裔美军和日军。"㉒

哈利理解他们的愤怒。菲律宾人遭受了日军的虐待、谋杀、强奸、酷刑和掠夺。1942 年发生的残酷的巴丹死亡行军,受害者包括菲律宾士兵,还有美国士兵。1945 年 2 月,随着首都的沦陷,日本军队屠杀了将近 10 万居民。马尼拉,这颗曾闪耀着光泽的"东方之珠"被摔得粉碎。这里的居民缺乏基本生活必需品,难以维持生计。

哈利察觉到了自己所受的威胁和嘲笑。"二世日裔美军不得不小心翼翼,不被牵涉进任何的战斗之中。"㉓师部队敏感地察觉到了当地人对二世日裔美军所酝酿的怨恨,并为他们提供了保护。哈利再一次成为卫兵形影不离的对象。

菲律宾战役是对日本本土战争的前奏。数百名替补人员涌入33师。哈利的职责是训练那些新到太平洋战场的人,让他们知道入侵时会发生什么。他不得不着力想象对日本本土的战争。马什比上校会将理想的情报人员描述为:"拥有生动而有逻辑性的想象力是重要的一个特质。你必须能够知己知彼,设身处地。"㉔正如马什比所知道的那样,哈利拥有这种天赋,然而,这会给他带来巨大的痛苦。

起初,25岁的哈利发现,年轻的新兵与其说是偏见,不如说是无知。有人问,日本人、中国人和朝鲜人有何区别?是通过脚趾的间隙来分别吗?战斗中是穿着凉鞋,还是分趾的靴子?哈利和其他语言学家解释说,这是无法分别的。"敌人和我们看起来一样。"㉕哈利告诉士兵们,到目前为止,没有人能够在密林和山区的战斗中看清敌人。然而在日本,情况会有所不同。整个国家都是敌人的领土,大部分人口居住在沿海的村庄、城镇和城市,在那里,进攻部队将在大规模的海空轰炸后上岸。"如果我们在日本登陆,任何人、所有人都是你的敌人。"㉖他警告说。

一张日本妇女志愿自卫队的照片出现在语言学家桌上的一堆照片中。㉗这很可能是与其他截获的文件一起被送来的,以便让部队了解日本的女性是如何保家卫国的。照片中,几十名踩着木屐、穿着灯笼裤、戴着帽子的妇女引人注目,她们站在一个尘土飞扬的学校操场上,前排的人扛着旧刺刀,后排的人举着竹矛。

哈利紧握着那张照片。其中一个女孩拿着刺刀,年轻的脸颊上红彤彤的,很可能是千惠子。后排一名瘦骨嶙峋的老妇人头上绑着一条白头巾,可能就是他的母亲。

# 26

## 战争中的福原兄弟

　　大约在 6 月的同一时间,哈利正忙着教新来的日语部队,弗兰克和他的战友们行进在通往广岛车站的狭窄街道。这个雨季,空气潮湿发黏,黑云压境。弗兰克以为他所在的部队会被发配海外,而前往火车站,只是这艰苦旅程的第一段。

　　他忍不住感到焦虑:他所在的部队还没有准备好战斗。他的战友和他那些训练有素、肌肉发达的第一中学的同学不可同日而语。弗兰克的二世日裔朋友亨利・小仓(Henry Ogura)在一年前被征召入伍,当时他正在仙台北部作为神风队飞行员接受训练。另一位同学从空军学院毕业,作为军官发配在中国战场。那些没有推迟入伍的第一中学精英们与同样优秀的士兵一同,走在一条比二等兵更受尊敬的康庄大道之上。

　　简要的训练几乎没有使弗兰克所在部队的战斗力有所提升。尽管如此,训练还是很辛苦。每一天结束训练的时候,大家都会感到高兴。他们还有打杂的义务,为其他人准备早餐、打扫卫生、整日演习,然后制作并供应晚餐。"我的上司什么都不用做。"[①]弗兰克回忆道。他觉得自己不像个军人,更像个仆人。

训练只是凸显了这些人的弱点。弗兰克的背包重达 29 磅,但凡低于这个重量,他还必须塞进石头和沙子。每一天,部队都绕着城堡和广岛周边行军将近 29 英里。一旦有虚弱的战友掉队,弗兰克就会抓起这个人的步枪或沙袋,背上自己空余的肩膀。有些人太老、太虚弱了,他们几乎无法迈开腿。

在广岛车站,弗兰克得到了"新"衣服。"在夏天发冬衣",他充满困惑地回忆道。[②]他仔细看了看,发现这件制服是二手的,相较于标准尺寸,有些过大或过小了。他的橡胶底分趾鞋没法凑成一对,右脚和左脚的尺码不一样,这使步兵为难。弗兰克戴上了他唯一收到的新物件——一顶帽子,上面缀有一颗星星,显露出令他惭愧的二等兵身份。

弗兰克的待遇实属特权。只有三分之一新入伍的日本士兵拥有武器,虽然顶多是竹矛。[③]在为应对全面战争而让所有人都奔赴战争时,皇军出现了短缺。

"就这样吧。"弗兰克想。[④]他不想离开广岛,不想失去与母亲的联系。他所在的部队中,有一部分人能够留在城堡里,弗兰克希望他也留下来了。4 月底,皮尔斯也随部队调入广岛。

事后,弗兰克发现他们两个都很幸运。

他所在的部队在停靠广岛站的火车中等待了近一周,列车迟迟没有发动。弗兰克不再在乎他将去哪里。他无法告知母亲他的下落。不然,她至少会从窗口递给他一个饭团。弗兰克发现,住在一列原地不动的火车和住在兵营里一样,都毫无可取之处。

大约一周后的一个晚上,火车突然从车站驶出。弗兰克在车轮轻轻地敲打铁轨的咔嚓声中睡着了。第二天一早,火车停在了下一站。他醒来发现自己在九州北部的一个车站,火车横穿日本岛——如此之近——几乎一夜之间,穿过隧道就到了。一则谣言传遍了车厢,说部队在广岛等待的那艘船已经失事了。

弗兰克和他同处列车上的战友们对日本航运的巨大损失一无所知。剩下的船只不多,那些停泊在看似安全的祖国港口的船只需要修理才能够航行,然而,修理的材料却很稀缺。此时,同盟军对从日本到南部资源丰富地区的海空控制,极大地限制了日本帝国获得燃料的途径。

哪怕不了解具体情况,住在主要港口附近的居民也已经发觉了真相。保罗·円福(Paul Yempuku)是居住在吴市附近的二世日裔少年,他在 1944 年底就注意到了这一点。"我们过去常常不明白,为什么我们现在把所有的时间都花在挖隧道,而不是建造潜艇上。我们也曾想知道,为什么所有的船只都停靠在港口,而不是去海上战斗。"⑤

当弗兰克所坐的火车驶入九州时,吴市的港口已经瘫痪了。在 7 月 2 日凌晨的漆黑夜里,152 架 B-29 轰炸机蜂拥而至,向吴市投掷了 1081 吨炸弹,造成 1817 名居民死亡。吴市中心曾经是已沉没的大和号战舰的基地,如今也消失了。

弗兰克被隔离在遥远的高冈,他没有目睹这些曾经繁荣的港口的变化。在去九州的途中,他不知道吴市经历过一场危机。士兵们不被允许阅读报纸或听收音机。"我太累了,甚至没有过问。"他说。⑥

然而,阿绢阅读了报纸。尽管如今报纸的尺寸已迅速缩水为一页的开面,即使新闻受政府审查,她依然坐在收音机旁边倾听最新进展。她与亲戚和朋友聊天,尽管他们只能窃窃私语。《中国新闻》提到部队正将目光投向日本南部。

那年春天,报纸公开提到了吕宋、硫磺岛和冲绳的战役。近来,新闻又提及了日本本土的九州。"特攻队"出现的频率也越来越高,在战争初期,这个词曾被用来指那些有望返回日本基地的飞机和潜艇;然而自1944年底以来,特攻队开始指代牺牲生命给敌人造成破坏的士兵。这一切都是为了实现日本的进攻。神风特攻队是充满荣耀的精英部队。然而,将"特攻队"这个词应用到普通民众身上时,它所唤起的不是敬畏和尊崇,而是冷冰冰的恐惧。

阿绢在报纸上读到了当前日本堪忧的形势。在东京闭关自守的情况下,日军司令部正确地预测到了美国将在秋天对其本土进行攻击,先是九州,后是本州。4月初,就在弗兰克入伍报到之前,日本制定了一个庞大的应对计划,命名为"决号作战"(Operation Ketsu-go),将本国国土作为最后的一座堡垒。"Ketsu"的意思是"决断",表达了国家击退敌人的坚定决心,或者在战败后用死亡彰显高贵的气节。[7]

广岛的第二大军司令部被派去保卫九州免受入侵,弗兰克所在的师也是为这次对抗而组建的。[8]直至1945年7月中旬,日军在九州集结的兵力达到37.5万人,即6个师,其集结的速度远超美军的预估。[9]那个月晚些时候,9个作战师就位。直至8月初,九州光士兵就超过54.5万名,更不用说民防部队了。这个数字还会随着时间而逐步攀升。

弗兰克穿着过热的衣服和不合脚的鞋子,在不起眼的折尾(Orio)镇下了船。这里没有营房,部队驻扎在一所闷热的小学里。他们紧贴着睡在木地板上,年代久远的地板被战士们的汗水浸湿。

他们在一个满是灰尘的校园里操练,这让弗兰克回想起了在第一中学的日子。他们等待着,这是他们自广岛匆忙入伍后最熟悉不过的一个惯例了。

几天后,步兵们步行了大约一个小时,来到了位于九州北部的若松市附近的一个地区。这一地区森林茂密,农耕不多,人口也稀少。步兵们不能休息,他们被指派加入北部海岸附近一座山上的军团总部。他们用炸药炸开岩石,用镐清除碎片,挖出一个洞穴。九州很快就会被挖空,被基地、隧道和洞穴贯穿,这些洞穴的顶部是伪装有树叶的炮台,就是日军在整个太平洋战区上的常用手段。然而,这些工程都是杂乱的、不完整的。总的来说,第 145 师所完成的基地、炮火、防御设施还不及计划的一半。⑩

一天,弗兰克正与其他二十几个士兵分成两队行军。一切都很平常,直到弗兰克听到飞机的轰鸣声,以及司令官的厉声叫喊"盾形散开(Tategeta sankai)",命令他们从中间散开形成扇形。⑪弗兰克了解这一命令,他在第一中学学习过,在高冈练习过,在基础训练中复习过。弗兰克抬起头看到一架美国海军小型战斗机,上面有一个标志性的标志——海军蓝圈中有一颗白色的星星,饰有白色的边纹。飞机在低空飞行,弗兰克看到机关枪的闪光。他的求生本能涌上心头。子弹嗖嗖地一声飞向路边,在小路上弹回。猛烈的炮灰使部队四散开来,扬起尘土,只差没射到每个人的脚。幸运的是,飞机在一轮袭击后就离开了。奇迹般地,没有人受伤。

弗兰克之后断定,这一定是一架 P-51 军用小型飞机,用于拍摄侦察照片,并护送 B-29 轰炸机执行本州的日常突袭任务。在这一点上,日本几乎没有能够阻止突袭的飞机,他们的战机正在为其决定性的战斗提供保障。丧失包括关岛、天宁岛、塞班岛在内的马里亚纳群岛基地,以及离本土更近的、位于东京南部的小笠原群岛,阻碍了日军的防空巡逻。美军可以随意玩弄弗兰克所在的部队,也可以拍下极具价值的侦查照片。

结束一天的任务后,弗兰克和其他部队列队进入学校礼堂。一名军官站在房间的中央发表通告。他命令道:"你们可以把自己当成特攻敢死队。"他示范了如何将炸弹绑在背上或绕在腰上。他拿出一张画着美国的 M－2 坦克的纸板,背后贴着胶合板。他指着纸板,告诉士兵应该跳到坦克的哪一处,并展示了如何在迎面而来的坦克面前引爆炸弹。军官的演示很低调,然而他所勾起的集体焦虑是显而易见的。弗兰克的心怦怦直跳。"当时我真的很害怕。"⑫

他的恐惧是能够理解的。在 20 世纪 30 年代对中战争初期,战场还局限于黄海对面时,学龄阶段的男孩就在演习中加入了纸板坦克。而如今演习不再是儿戏,前线就在他们面前。在日本各地,军队和平民正准备将自己作为人体武器对敌人进行攻击。尽管日本人口早已低于一亿(ichioku),长期战争的蹂躏、加剧的饥荒以及相关的疾病,更是使这一数字日益减少。政府告知民众,必须团结起来,成为"一亿人的特攻部队"(ichioku tokkotai)。美国军事战略家严肃看待一亿这个数字,然而,这并不能说明日本准备不足的现实。

首先,M－2 坦克已经过时。大多数美国 M－2 坦克只用于训练,而在太平洋地区使用的一种坦克,自 1943 年以来从未露面。新型坦克速度更快、性能更好、装甲更厚。更糟的是,弗兰克所在的部队特攻炸药短缺,不得不向小仓市(Kokura)附近的一个主要补给站申请炸药。而弗兰克也将随之驻扎在小仓。⑬

　　和广岛一样,小仓是一个古老的城堡小镇,有一座宏伟的白色城堡,四周环绕着长满青苔的护城河。和广岛一样,小仓在军事上也很重要。广岛是一个主要的陆军司令部,有军官和士兵驻扎生活;小仓的兵工厂也对战争很有价值。弗兰克无从得知的是,几个月前,在九州北端的小仓曾引起了美国军事计划的密切注意。当弗兰克走过松树成荫的山丘时,这座城市已被选为美国最高机密武器的待定目标。

　　弗兰克只知道,他随着时间的推移变得饥肠辘辘。他将腰带缠在饿扁的腰上,腰带长出了一大截;对一个 20 岁的男人而言,他太瘦了。无论食堂的食物稍多了些,或是配给进一步收缩,他都感到饥饿。这份痛苦驱使他和其他人在漆黑的夜晚潜入农民的田地。在那里,弗兰克从粗茎上拽下结实、成熟的西红柿。几个小时后,农民们在晨曦中发现他们的农作物消失殆尽。这并不是因为害虫,他们的怀疑是正确的,穿着制服的士兵才是始作俑者。

　　这时,弗兰克猜想,他的生存几率充其量是"五五对半"⑭。尽管他的上级始终宣称日本赢得了战争,但自杀小队正在变得"普遍"。在进行自杀式进攻的演习时,弗兰克咽下了对胜利的希望,这似乎是学习忍耐或者否认,弗兰克没有细想。他没有机会接触新闻,也没有任何能够分散注意力的东西减压,他甚至连营养都不充足。在经过一天的操练和扑倒在纸板坦克面前的练习之后,当弗兰克回到军营时,他太累了,以至于什么都不想去想。"死亡对你而言并不沉重,"他思考道,"一点一点地,你越来越确信你将为国捐躯,死并不那么难以接受。"⑮

　　然后,在一个麻木的 7 月末,弗兰克收到了农村调度中心留言。他的母亲在若松港等他。弗兰克为母亲终于知道了他的下落而喜出望外。他征用了一辆两轮板车前往若松。板车上是空的，但弗兰克想要使自己看起来像是在做军事工作。

再一次见到彼此，他们欣喜若狂。阿绢刚看望了皮尔斯，他也驻扎在附近。皮尔斯在同一师下的第 418 步兵团担任重型机枪手。这是弗兰克第一次听说皮尔斯的近况。弗兰克想和母亲多待一会儿，但仅仅过了 20 分钟，他就担心长官注意到自己不在基地。他向母亲道谢，感谢她不远万里前来看望自己。接着，他将板车的绳子挂上肩，像骡子一样向前拉，车轮吱吱作响。阿绢看着她最小的孩子逐渐远去。

在 1945 年这个艰苦的夏天，阿绢总算经受住了政府的磨砺，得到了旅行许可，她花钱买票，挤在成群结队的九州士兵之间，踏上了一场毫无舒适可言的旅途。她还为此放弃了去黑市讨价还价。然而，在见到儿子的欢欣雀跃中，她所受的一切苦难都黯然失色。她成功地见到了她的两个儿子。她曾经是一位贤良的妻子，总是蹒跚着跟在丈夫身后三步远的地方，在外对丈夫事事顺从。然而如今，这位守了十多年寡的寡妇，远比自己所想象的更勇敢。

皮尔斯 23 岁，比弗兰克的军衔更高，处境没有弟弟那么危险。他也被发配至北部海岸进行保卫，但他是一名优良的士兵，配有重型机关枪，并非一名微不足道的特攻队员。尽管如此，由于日程安排不规律，皮尔斯无法获取足够的食物。他又高又瘦，靠抽烟维生。他坐在海边的栖木上，吐着烟圈思考他的处境：不管九州发生了什么，皮尔斯决定，这都是"命运"（unmei）。[16]

8 月，弗兰克变得闷闷不乐。从当时的照片来看，他刮光了胡子，看起来很年轻，与 20 岁的人相比，他更像是一个 12 岁的男孩，但是他下垂的嘴角和缺乏生气的眼睛出卖了他的年龄。弗兰克所接受的教育、训练和入伍将他塑造成了一个有决心的男人。他在第一中学学到的军事哲学——武士道精神，在剑道练习中激发了他的意志力。以武士道精神对待战争和苦难的态度渗透了日本人的生活。"根据理性展现正直的道德力量，绝不动摇；死得其时，战亦得其时。"[17]

在小仓军工厂，弗兰克和皮尔斯一样，接受了自己的命运。"在我看来，我不想死。"他后来写道。[18]不管怎样，他决心证明自己作为一名士兵的价值。"我们下定决心决一死战。当时我们都有这种感觉。"[19]

7月下旬的吕宋岛，哈利发现这是自己自1938年离开广岛前往日本以来，与日本地理位置上最近的一次。他继续为美军夺回岛屿做准备，这些岛屿将由经验丰富的士兵和坚定的平民一同保卫。在解释如何理解日本人的心理时，哈利运用了他的弟弟弗兰克的许多想法，尽管哈利是通过美国人的角度看待世界的。"敌人不是为了生存而战斗，而是为了死亡而战斗，"[20]他说，"日本人会战斗到底，每个男人、女人和孩子都会拼死到最后一刻。"[21]

在拥有庞大人数的部队中，作为一名士官长，哈利对华盛顿对双方估计兵力和预计伤亡人数的讨论知之甚少。首次登陆需要超过一百万美军中四分之三的部队。对美军的伤亡损失的估计一开始曾低至31000，随后逐步升级，这取决对日军不断变化的兵力的预测。如果战争时间拉长，并涉及另一场主要战役，伤亡人数可能会飙升到六位数或更多。

哈利只知道，第33师属于当年秋天登陆日本的第一批部队。尽管他不会参与第33师的第一波登陆——冲下两栖车辆，朝着海岸的炮火匍匐前进——但是他也不会落后部队太远。一旦登陆，每一处海滩、树林和村庄都会沦为激烈战斗的前线。

"冲绳故事"让他很沮丧。[22] 这个岛屿在经历了三个月彻头彻尾的噩梦之后,在 6 月下旬被相对地、但并不完全地攻克了。三分之一的美国部队死亡、失踪、受伤,这一系列数字对于即将登陆日本的哈利而言,不是什么好兆头。自哈利第一次登陆以来,他就成为了宿命论者,他将自己的生死视为命运的安排。他和一名上校悄悄地谈过,上校私下里认为军队可能会损失一半士兵。在抢滩前的最后几天里,哈利将自己在这次行动中活下来的机率定为"一半一半"[23]。

他不知道他兄弟在哪里,但他的母亲肯定在广岛。"我不喜欢入侵日本的想法。"[24] 由于又一轮疟疾复发,他步履蹒跚、忍无可忍,决定申请一个拖延已久的假期返回美国本土。

哈利请另外两位语言学家,即在日本有直系亲属的小组组长加入他的休假申请。其中一位是帕特·根石(Pat Neishi),出生在加利福尼亚,由广岛的祖母抚养长大。这三名语言学家的请求起初被反情报部门粗暴拒绝,对方认为他们职别过低,无法与将军交谈,他们只能向 ATIS 的最高指挥官求助。他们相信自己的理由确凿。他们在战场已经待了很久,而那些比他们晚上场的白人士兵都已经休假回家了。即使是更换战区,他们也很愿意接受,只要不派他们登陆日本。

在马尼拉驻守的马什比上校接待了他们。他知道这是自己"最好的三个二世日裔军官"[25]。他察觉到他们在请求特别关照时犹豫不决,就向坐在面前的他们递上香烟。哈利为他们情况辩护,解释说现在战场上已经有足够的语言学家。他的语言团队已经扩大了十至十二人,他的存在似乎并不必要。

马什比将扣子一颗颗系起,与往日一样地强调说,他们三个是"不可或缺的"㉖。

哈利解释说,他们都是归美族,有亲戚在日本。"我不想为任何导致他们死亡的罪恶行为负责。"㉗他提到了他的家人。

哈利觉得上校看起来是"亲切的""同情但不主张他们这样做"㉘。马什比只答应会考虑他们的顾虑。

私下里,他明白了这个请求对这些语言学家们的意义。他在随后的回忆录中写道:"几个星期以来,他们一直都在想这件事。"㉙

"他们之间进行了长时间的严肃讨论,得出了完全合乎逻辑的结论,当作战师向日本内陆进攻时,除了正规的战俘营外,毫无疑问,也将会有单独的平民收容所。他们的亲戚可能会出现在收容所中。结局是注定的,会有人认出他们三人,因为他们都在日本念过书。同样毋庸置疑的是,在疯狂的、歇斯底里的战斗中,他们的亲属,包括其中两人在日本的母亲,和另一位在日本的近亲,将遭受美军残忍的虐待。"㉚

马什比注意到了这点,他指示所有准备登陆的指挥官,将任何有可能入侵家乡的语言学家转移到日本的另一个作战地区。

直到次年春天,美国军队才准备登陆本州。马什比认为日本民众会留在自己的家乡。事实并非如此,尤其是当皮尔斯和弗兰克等其他地区的士兵一并涌入九州时。只有那些在战场上幸存下来的人才会被关进营地。马什比的指示也许能够使帕特避免直面自己的亲戚——广岛的年迈的祖母,但这无助于哈利所处的情况。

后来,哈利接到上校手下一名军官的电话,说他应该留在部队里。他耸耸肩说:"我不认为这管用。"㉛他不得不接受这个决定,然而,他无法摆脱一种令人不安的预感。

1945年11月1日,星期四,若没有意外发生,哈利将登上一艘两栖船,全副武装地涉水登陆九州南部的沙滩,成为"奥林匹克行动"中的一名士兵。这是一场遍布三个独立海滩大规模的登陆行动,动用了比诺曼底登陆更多的部队、飞机和船只。哈利能向往北走多远,取决于他能躲开友军的火力多久,能在残酷的战斗中生存多久,以及激烈的战斗能持续多久。

在那个疯狂的夏天,九州岛上到处都是飘扬的太阳旗和处于防御戒备的日军,准备开展"决号作战"。他们面向海岸挖掘散兵坑和战壕,一遍遍操练,伪装机枪,训练将炸药绑在他们束着"千人针"的肚子上。在北部山丘上,哈利的兄弟——扛着步枪的步兵皮尔斯和弗兰克将向南推进,阻止敌人入侵,防守天皇的最后战线。

# 27

# 原子弹

8月初，阿绢刚从九州回来不久，她的姐姐阿清就登门拜访。她带着她养子的孩子们，喜爱福原一家的俊直和君子。然而，她此行是要住下，而非短暂的拜访。

阿清在发现一张传单后离开了家，传单是由敌军闪闪发亮的B-29投下的，警告妇女和儿童离开这座城市。她得出结论，离市区几英里远的高须是安全的。有传闻称应该把这种煽动性的文件销毁，所以她在将传单给阿绢看了之后，就把它烧了。

她们的另一些家庭成员会证实这一说法，历史表明，这座城市中从来没有散落过这样的传单。7月28日，在广岛以东25英里的吴市及其周边地区，6万张传单倾盆而下，预示着将有更多的空袭行动，并敦促日本投降。[①]一些居民远远地看到一架B-29飞机在吴市和广岛附近被击落，并冲向这座城市。[②]无论这些传单是被丢下的，还是飞机偏离轨道撒下的，这些大胆的消息都会不出意外地飘进广岛地域，不是吗？

广岛的空气中弥漫着紧张的颤栗。每个人都预料到了这座日本第七大城市即将发生一起大爆炸。很少有大城市地区能躲过人们所说的"火雨"的洗礼。③截至 7 月底,日本全境已有 64 个城市遭受袭击,188310 人死亡,25 万人受伤,900 万人无家可归。报纸上提到了突袭,但并没有提到伤亡人数。然而,民众对此了如指掌。④

然而直至 4 月底,广岛基本上还处于幸免于难的状态,只有一架 B-29 飞机在市中心投掷了一枚小型炸弹,造成 11 人伤亡。⑤古都京都有令人惊叹的寺庙、神殿、花园和皇宫宫殿——这是日本主岛上另一个未遭空袭的地方。⑥

广岛居民被 B-29 战机吓坏了,每当近百架的战机嗡嗡作响地从空中滑过,而没有投下炸弹时,市民们都暗中庆幸。高须的高中生贞信多喜子(Takiko Sadanobu)回忆道:"我们期待着看到 B-29 的白色尾迹。"⑦孩子们听着飞机的声音,指着天空,兴奋地说:"那是 B 战机的咆哮。"⑧雅子也是这样。她看着飞机飞向本州其他地方投炸弹。"他们为什么不攻击广岛?"她想知道。⑨

同样迷惑不解的广岛市民提出了自己的解释。⑩杜鲁门总统的母亲住在这里。事实上,他的表弟住在广岛。你知道麦克阿瑟将军的母亲是日本人,他出生在广岛? 美国一位重要官员的儿子碰巧是这里的战俘。美军不会轰炸广岛,因为广岛有那么多美国移民。没有人提到在广岛居住的上千名日裔美国人,长期以来,二世日裔美国人已经被同化了。

人们为无法避免的事做准备。他们在蚊帐里睡觉时会穿着运动鞋,戴着绗缝空袭罩,着装整齐。雅子表示:"我不知道明天是否会死。"⑪

8月4日,星期六,阿绢和阿清跳起古典舞,雅子为她们伴奏。播放流行乐,甚至古典音乐都是被禁止的,但她们无法伴着军歌起舞。所以这些女人冒了个险,即使这意味着一个窥探的邻居可能会向警察举报——她无意中听到了隔壁邻居家的榻榻米上,传来穿着袜子的脚踩出的砰砰声,并时不时爆发出轻笑声。阿绢、阿清和雅子已不在乎这些。

为了抑制住摆弄如班卓琴一般的三味线的冲动,雅子用口传法(kuchi jamisen)模仿着琴声哼唱。阿绢和阿清专心听着旋律,慢慢地走着,将想象中的扇子举到下巴边,以优美的弧线移动扇子,又将扇子折起来,插进想象中的和服腰带(obi)里。在她们的心目中,她们穿的不是宽松的灯笼裤,而是闪耀的和服。

窗外,无情的夏日阳光蒸得黑漆漆的房子透不过气来。潮湿闷热对于她们而言,已无关紧要;阿绢和阿清随着年轻时学会的无声音乐进入了新的境界。女人们专心致志、互相合作、心满意足。蝉鸣呜嘶鸣着,中和了乐声,掩护着雅子真诚的口传技艺,以及阿绢和阿清心爱的日本舞。她们用艺术反抗着这场无端无休的战争。雅子笑道:"没人能听见。"⑫

第二天,阿绢和雅子去镇上和其他二十多人一起进行动员转移。她们拆除了大型房屋,建立防火带,以避免和许多其他城市一样遭受凝固汽油弹袭击。她们从一早就开始辛苦劳作,直到下午晚些时候,才精疲力竭(hetoheto)地回家。⑬

阿绢累得腰酸背痛地回到家里,想要洗个澡。然而阿绢没有足够的柴火来烧水,她不得不步行回到镇上,用一辆推车收集一些拆迁现场的废墟作为柴火,这是她无法独自完成的任务。阿绢无法向年迈的姐姐寻求帮助,她别无选择,只能转向雅子求助。

在条件稍好的日子里,洗澡并不会成为一个需要进行激烈讨论的话题。但是,洗一场热水澡已经成为一项开销。阿绢和雅子都减少了她们每月泡澡的次数。泡澡已经耗尽了她们所有的废弃木材。没有定量供应的柴火,人们只能从为防火而砍伐的房屋废墟上获得燃料。"人们还会烧书,"雅子说,"为了给他们的浴缸加热。"⑭

然而阿清认为,奢侈的泡澡从来都不是轻浮的享受,在一块空地上辛苦工作一天,留下废墟中的木头本来就是浪费。"如果你能免费得到这些柴火,为什么不要呢?"雅子听到她说。"理论上,"雅子淡淡地回应,"她是对的。"⑮

当雅子和她父亲听闻阿绢的请求时,他们脸色发白。从春天起,兼石先生就开始担心雅子,她很容易疲倦。这可能是长期的营养不良造成的:米糠面包和糊状无花果,坚韧的荠菜代替了大米。每个人的营养都受到了影响,疾病的发病率急剧上升。雅子很脆弱。在几个月前,兼石先生为她取得了偶尔不参加动员任务的许可,但事实上,大多数时候她都在鱼雷工厂工作。雅子在一个专业装配线上生产特攻队所要使用的武器,捡柴意味着要拖着一辆推车,在高温下弯着腰前行超过一英里。兼石先生虽然喜欢阿绢,但还是拒绝了她的请求。

然而,阿绢苦苦坚持,实际上她甚至是在向他们乞求。兼石先生知道阿绢无法拒绝她姐姐的要求,他最终还是屈服了。阿绢答应兼石先生,她们会在水银温度计和湿度飙升之前离开。兼石先生抱怨道:"那就早点走吧。"⑯她们同意在早上五点半见面。

那晚阿绢和雅子都睡得不好,全广岛几乎没有人能睡好。晚上 9 点 20 分,警报响起;7 分钟后,空袭警报响起。半夜 0 点 25

分,另一个空袭警报长鸣。直到两小时之后的凌晨 2 点 10 分,空袭警报才解除。空袭警报时断时续,将永远改变广岛的那一天正拉开序幕。

8 月 6 日,星期一早晨,当兼石先生在黎明前叫醒雅子时,她昏昏欲睡,自前一天晚上以来,她的父亲变得更加焦虑。他递给她一小顿早餐,愁容满面地关照雅子:"别生病。"⑰

阿绢在街上等着,在这个收夜香的人工作的时间,她看上去很困倦。而现在临时改变计划也为时已晚——阿绢费了好大劲,才借了一辆有两个木制轮胎的旧手推车。雅子抓着手推车的长把手,阿绢从后面向前推。她们朝前一天进行防火工程的工地走去。

当天空被日光染成红紫罗兰色时,这两个女人默默地推着车,随着破旧的推车嘎嘎作响的声音向前进。太阳升起,灌木莺和燕子发出啁啾声。气温不断升高,街上仍然空旷无人,她们行进在前往工地的路上。

当她们到达目的地时,天变得湿热起来。阿绢和雅子庆幸天空有点阴沉,于是她们开始寻找"垃圾",小木棍能够很快地燃烧起来,但这块地已经被别人拣过了。剩下的柱子和墙壁都很重,对推车而言也太长了。女人们没有带工具。"我们只是想要一些柴火,而不是寻找好的木材。"雅子回忆道。⑱当她们捡满了一推车可用的木材,她们就转身离开了这里。

雅子说,这趟苦力"让阿姨推得很辛苦"⑲。雅子斜靠着推车向前推进,仿佛重回了前一日的劳作,那是一场巨型的"拔河",人们用自己的力气瓦解着大楼。阿绢肯定也浑身酸疼,但她什么也没说。雅子应该是那个帮助长辈、承担着推车重量的人,但是她靠在车上,阿绢几乎"半抬"着她回家。

　　一架敌方气象观测飞机在城市上空盘旋,触发空袭警报。由于突袭通常发生在晚上,大多数人都认为不必过分担心。果然,早上7点31分,警笛通报解除一切空袭警报。阿绢和雅子很快就到了己斐。过了己斐的广岛更为乡村化,一路上,她们遇见了社区协会中前往市区拆迁点路上的几个朋友。[20]

　　"早上好(Ohayo Gozaimasu)!"她们互相问好。[21]"阿绢和雅子那么早就进城啦!""太阳真烈啊!"妇女们挥挥手继续赶路,邻居们向东走去,雅子和阿绢向西艰难前行,她们的推车嘎吱嘎吱地驶过未铺过路面的道路。整个广岛学生们,包括阿清的孙女君子,都在指派的区域工作。包括维克多在内,整个城市的工人们都涌入了工厂。整个城市的居民们,像千惠子这样的,在厨房里修修补补。

　　溺爱雅子的父亲为她准备了第二份早餐。雅子她一进屋就洗了手,与父亲一起上桌吃饭。透过厨房的窗户,她能看见阿绢弯下腰,举着水泵擦洗她脚趾之间的污垢;微风吹拂着她的头发。[22]

　　早上8点15分,一道明亮的橙色光芒照亮了天空。人们惊呼着:"闪光(Pika)!"无法想象的一幕发生了:一颗原子弹在广岛引爆。

　　顷刻间,高须遍地的玻璃门窗即刻爆炸。雅子冲进了放置被褥的壁橱,阿绢关了厨房的安全阀,阿清在屋里的其他地方。

　　在广岛的不同地区,人们的经历大不相同,但在高须的许多人都不会记得任何声音,无论是大爆炸的声音,还是玻璃破裂的声音。[23]对雅子来说,世界变得绝对安静。"就在那一瞬间。"当最糟糕的事情似乎已经过去的时候,雅子走了出来,发现屋里一片混乱。所有东西都散落一地——玻璃散落在地板上,拉阖门(fusuma)扭曲着偏离了门轨,天花板已经垮了,露出天空。房子本身似乎也歪了。然而,冰箱和炉子都处于原地,勺子也整齐地排列在指定的抽屉里。雅子冲了出去。

阿绢也跑来了,她戴的不是头盔,而是一个美国锅。"阿姨心烦意乱,孤身一人。"[24]阿绢的家也变得乱七八糟的,房子面向城市的一侧,所有紧闭的门窗都震碎了,然而敞开的窗户却没有受到任何影响。走廊上铺满了闪光的玻璃碎片,楼梯间插满了如子弹一般的玻璃,横亘在窗户上的防空袭胶带散乱不堪。当阿绢走进她的花园,她发现花园里布满了弹片一般的玻璃。她的房子从地基起微微倾斜,树木和树篱都被烧焦了。最令人费解的景象是房子上蚀刻有树篱的影子,这种放射性印记后来被称为"鬼影"[25]。

"怎么了?"阿绢叫道。[26]雅子不知道,是隔壁的车站发生爆炸了吗? 无论发生了什么,整个街区似乎都出奇地安静,仿佛凝固了一般。头顶上,一片巨大的乌云翻滚而起。这将被称为"蘑菇云"(kinokogumo),这是代表着原子时代的开创、令人胆寒的标志性图像。

那天早上,阿绢 15 岁的甥孙俊直骑着自行车去医院治疗慢性胃痛。然而,他不小心刺破了轮胎,只好改道去朋友家借自行车。比治(Hiji)山恰好为他提供了掩护,使他免遭爆炸的袭击。爆炸后,俊直立即试图步行回家,但是他所到之处,皆是"火焰之海"[27]。火焰肆虐,黑烟翻滚,火花四溅。俊直花了一整天才回到家。

他的妹妹君子是一名 12 岁的中学生,她比俊直更早到达市中心。上午 8 点 15 分,她正在拆除市政厅附近的一栋大楼。当她抬头时,看到了一个意想不到的景象——一个降落伞,上面固定了能记录气压和爆炸的其他影响的仪器。不到一秒钟,一道闪光照亮了天空。离 T 形相生桥原爆点只有半英里多一点的君子立刻失明。

她没有看见自己的衣服烧焦，赤身露体，靛蓝布的图案烙在了皮肤上；她也没有看见自己的皮肤肿胀、变色、裂开。她没有看到她的同学，还有那些还活着的人也受了同样的伤。君子跌跌撞撞地向东朝宇品港走去，离家的方向原来越远。这是她唯一能选择的路线，她被绊倒了，吸进了滚滚浓烟，不知君子是如何依靠敏锐的听觉和嗅觉穿过熊熊烈火的。

爆炸发生时，千惠子正在厨房里。她回忆道："我觉得好像有炸弹掉在我们的花园里了。"㉘在木头折断的一阵劈啪声响之后，房子倒塌在了她和卧床不起的 103 岁的祖母身上。防空演习在民众中不断巩固，千惠子试着用毯子盖住祖母以扑灭火焰。她的祖母一直在反抗，哭着大喊："你想杀我吗？"祖母在美国有亲戚，"她无法理解战争。"而如今，千惠子和她的祖母被困。千惠子从瓦砾中爬了出来，火焰则快速蔓延，嘶嘶作响，向她们肆虐。她救不了祖母了。

当她逃到避难中心时，千惠子被面前的景象惊呆了。许多朝同一个方向走去的人都赤身裸体，他们双手伸在面前，皮肤像柔软的海草（wakame）一样挂在身上晃来晃去。他们的眼睛涨得通红，躯体上沾满了血迹，一股铁臭味夹杂着烧焦的肉的臭味。"那是地狱。"千惠子说。人们扑倒在她面前，哀求道："请帮帮我。"㉙

三分之一英里外，松浦茂的房子倒塌了，木板乱七八糟地砸落在地上。他的父亲在城堡军事总部，不知如何在大楼中的大火幸存了下来。㉚然而，玻璃碎片刺穿了他的脖子，他冲向太田河寻求解脱。大火蜿蜒而下，四处满是睁大眼睛、焦黑的尸体。在离家不远的地方，他挣扎在灼热的余烬和熊熊的大火中，最终倒在了自家门口。奇迹般的是,他的妻子在其他地方毫发无伤,她会找到他,并照顾他。

处在角落里的白岛,仅剩下不到 1‰ 的 285 栋建筑依旧挺立。高档住宅区阴燃了几天,并灰飞烟灭。③

在相生桥、广岛城堡和白岛的西北方向,是维克多工作的工厂所在的三篠町。这家工厂受到了不到一英里外的冲击波的冲击。③维克多被困在地下,挣扎着想办法逃出去。他从废墟中爬出来,站在滚烫冒烟的街道上,目睹着许多人死去。指定避难所的小学校也倒塌了,熊熊大火正在燃烧。③维克多跟着人群向北山走去。他经历过演习:那些在三篠工作的人应该向北方的朝村(Asa)寻求避难。③不知是情势所迫还是个体倾向,维克多朝着父亲的故乡——祇园走去,那里的寺庙安葬着他的父亲,还有父亲捐赠的铜钟。只是铜钟已成了战时储备,被冶炼成枪支、爆炸物和重型武器。

维克多的堂妹爱子是他父亲哥哥的女儿,住在广岛以北三英里的祇园。爱子新婚不久,那天早上睡得很晚,她的窗户碎了。在大爆炸过后 30 分钟,太田河的河水被染黑。爱子认为这些灰烬才是真正的灾难。③

的确如此并且伴随着更多东西。一场奇怪的黑雨开始降下,市中心下起了阵雨,祇园以外,尤其是高须上空也下起了雷雨。天色变暗,转为了阴天,冷得让人起鸡皮疙瘩(torihada)。③天空下起了如拇指般大小,泥泞、油腻、黑色的雨点。当它们触碰到皮肤时会感到刺痛,雨点粘在物体表面上,并形成厚厚的一坨。③这场降水汇集了灰尘、蒸汽和放射性烟尘。③在高须,雅子的被褥吸满从屋顶倾泻而下的雨水,不管多少次她后来洗了多少次,还是无法去除被褥上乌黑的印渍。[39]

“僵尸”，爱子这样称呼那些原子弹的受害者，他们一瘸一拐地拖着身子，单列或互相搀扶着沿路哀嚎。[40]他们没有性别，没有头发，几乎没有皮肤，严重烧伤起泡。爱子把那些失魂落魄的人带进门，那些还能说话的人呻吟着“水”(mizu)。由于原子弹的侵袭，自来水厂已经停止运转。爱子急忙跑回她的应急井，但现实让她陷入绝望之中。

当维克多出现在家门前时，爱子很惊讶。她了解的那个维克多名叫克己，他冒着大火、旋风和黑雨来到这里。[41]他的肩膀和后背都显得苍白、肿胀，快要起水泡了，不过他的脸看上去还好。“他还能走，”爱子说，“他和我交谈。”[42]他的伤比较轻。然而，爱子无法将他安置在自己的家中，因为到处都是受害者。克己不想麻烦爱子，他告诉她，他可以步行回家。爱子不确定那天他是继续长途跋涉回到了家中，还是在附近一所作为避难所的学校过了夜。

当白昼变为黑夜时，巨大的乌云仍在城市上空盘旋。人们纷纷涌入广岛以外的村庄和社区中。在祇园，爱子觉得好像“所有人都逃来了这里”[43]。但是通往高须的山路上也回荡着哀嚎，“就像是野生动物的嚎叫。”一位高须居民说。[44]

在家里，阿绢与阿清作伴，试图重新振作起来。她们住在闹市区的远亲们没有一个投奔来高须。当地医院、小学、市政厅、演讲厅和神社都挤满了伤者，社区邻里之间也是同样的情况。[45]数以千计的人正寻求着帮助，乞求着水。[46]阿绢害怕再一次大爆炸的发生，她近乎绝望地为家人的安危而感到担忧。

广岛被原子弹炸毁的第二天，太阳炙烤着大地，大火熊熊燃烧。阿绢不畏艰险地走到市中心寻找家人和朋友，阿清则留在家里。山路上塞满了来往的路人，大批重伤的人离开广岛市中心寻求庇护，朋友和家人疯狂地涌入城市寻找幸存者。[47]"这是一种自然的本能，你想要找到你亲近的人。"雅子说。[48]

那天早上，俊直回到了家。尽管爆炸发生时，他的妹妹君子在步行可达的地方执行动员任务，然而，她至今没有回来。俊直与母亲开始心急如焚地寻找她。

当他们到达寻人的最后一站——海边的宇品港时，已经是晚上了。俊直和他的母亲浏览着张贴着的数百名收治名单。"奇怪的是，我们立刻看到了她的名字。"西村君子。[49]他们跑向一个大仓库，喊道："君子，君子！"令俊直惊讶的是，君子回应了他。

俊直和他的母亲几乎无法辨识出君子，在排成一列的床位中，她躺在其中一张薄薄的床垫上。她的脸肿了，身体也肿了，起了很多水泡，皮肤"奄拉着"（zuruzuru）剥落。[50]他们决定带她回家，让她在家里休息一夜。俊直的母亲给了医生一些钱，希望能得到一点药。

她不知道她的选择非常有限。医务人员和急救志愿者正在使用棉花、撕破的报纸和一些窗帘作为绷带。[51]他们将防锈油和食用油涂在伤口上以减轻烧伤处不断的瘙痒，医生们在伤口上涂抹没有剩下多少的汞防腐剂。所有这些治疗都无力回天。医生所能做的已经微不足道了，这一切都太晚了。

"我们让君子平静下来。"俊直说。[52]他和母亲一直照顾君子到深夜。灼热的空气仿佛停滞了一般，充斥着血、粪、尿令人恶心的酸甜气味。房间里回荡着啜泣和大哭的声音。"妈妈"（Okasan），人们呜咽着。俊直精疲力竭，在他妹妹身旁倾斜的地板上睡着了。在这个焦虑的长夜中的某刻，他的妈妈用手肘推醒了他。君子死了。

多年后,他为此而心怀感激。君子没有孤独地死去,家人也不用痛苦地思索究竟发生了什么。四百余名正在值班的君子的同学都死了,然而,这个伤亡数字与三洋——哈利和皮尔斯的母校——及另一所学校的伤亡人数相比,是相形见绌的。全城总共有七千多名动员学生葬身于这场袭击。<sup>⑤</sup>在了解到了战争的代价后,俊直反思道:"我很高兴,"他说,"我找到了我的小妹妹。"<sup>⑤</sup>

在那个日夜中,虽然阿绢始终在寻找俊直和他的家人,然而,他们却没有碰上。直到后来阿绢才知道,君子,这个曾经穿着罩衫、两颊如樱桃般绯红的小女孩,曾去车站为哈利前往美国送行的小女孩,在死后很快就被火化了。她的尸体上堆满了无数的其他人的尸体,他们被铺上稻草,点燃火化。

总有一天,阿绢会简短地提到她眼中可怕的景象——那些直愣愣的、裸体的、血淋淋的、被烧焦的幽灵,但她不会说得更多。灾难令人震惊。圆顶的工业促进厅和红十字会仍然矗立,但它闪闪发光的铜圆顶已经不见了。弗兰克给哈利寄信的红十字会是一个没有窗户的混凝土外壳,周围的风景都被夷为平地。

广岛城堡也消失了。这个白色的庞然大物已被分解成一堆倒下的烧焦的木板。邻近的军营倒塌,一些仍然矗立着的树干被烧毁,从中间劈开,细嫩的树枝也是黑色的。指示着弗兰克和他的战友们演习入口的混凝土柱子仍旧屹立,但连接柱子的威严的锻铁大门融化消失了,更遑论当时站在柱子周围的人了。<sup>⑤</sup>

阿绢试图联系明治堂,但她无法接近本通街,那里被炸弹即刻焚化了。大火仍在燃烧。曾经充满魔力的明治堂,位于原爆点东南328码处,已经消失了。这条街上所有的建筑物都被完全摧毁。⑯

在庇护所,千惠子一病不起。⑰她蜷缩着,感到恶心。没有人知道她为什么呕吐、发烧,还拉肚子。在接下来的日子里,当千惠子不得不离开庇护所时,她的一个远房亲戚会在她家的废墟之上,重建一个粗糙的、仅有两个榻榻米大小,也就是六乘十二英尺的棚屋。她的脸发红,器官衰竭。千惠子为她出征海外的哥哥而祈祷。如果他还活着,他就是她唯一幸存的直系亲属。

两天后,8月9日星期四上午,阿绢还在广岛搜寻维克多的踪影,而维克多还在祇园的一所学校里恢复伤势。两架B-29战机在小仓上空盘旋,小仓是第二颗原子弹的预定投放点。军火库被烟雾和阴霾遮蔽,在两次尝试精准定位失败后,B-29飞行员放弃了投弹,朝西南方向飞去。上午11点02分,第二颗原子弹在日本长崎上空爆炸。

当B-29接近小仓时,弗兰克正在城镇和军械库之间乱转,搜捕两名征召来的朝鲜逃兵。⑱虽然报纸上已经提及了这种"新型炸弹",然而弗兰克像往常一样,无法接触到媒体。⑲他也没有在与战友的交谈中听闻关于广岛所称的"闪光炸弹"(pikadon)。弗兰克对所发生的一切一无所知。他这位新任命的班长尽管军衔低微,但他猜想连长认为二世日裔美国人能够控制朝鲜士兵。两者都是外国人,也就说两者都同样不合群,是外来者。⑳弗兰克没有找到逃走的朝鲜士兵,并为此感到灰心丧气。

弗兰克对B-29为小仓订制的航线浑然不觉,他是一个幸运的人。他躲过了两场灾难——他所在的部队有一部分驻扎在广岛市中心,而美军的关键武器的另一个预定目标就是小仓。

阿绢在前往市中心搜寻大约五天后,又回到了她受到重创的家中。她精疲力尽，但还是没有维克多的一丝消息。噩耗纷纷传来，朋友们悲痛欲绝。在那个灾难发生的清晨，阿绢和雅子在己斐遇到的妇女是该地区执行动员任务的五十一名邻居中的一员，他们几乎都受了重伤，一个接一个地死去。[61]

在高须，苍蝇成群结队地飞过尸体直至夏末。悲伤的火葬仪式将从 8 月持续到 11 月。[62]

阿绢沉浸于广岛遭受重创、邻居们接连去世、年轻的甥孙女君子夭折的悲痛中。一两天后，维克多打开前门，喊着"我回来了"（Tadaima），阿绢的心情才得以恢复了一两天。

维克多花了近一个星期才回到家。[63]从祇园步行到高须，正常人在平日里只需要一个上午，强壮的乡下人更习惯于走路往返于两地。然而，一次短途步行已成为了一场对于伤者而言的殊死跋涉。"他们为了活下去而艰难跋涉，"雅子说，"他们想回家。"[64]

阿绢的大儿子躺进了二楼的被褥里。他疲惫不堪，浑身湿透，病得不轻，背上烧伤的伤口渗出体液。阿绢尽她所能地照顾他。她和高须的每个人一样，几乎没有口粮。邻里社区分发了几只南瓜和红薯，以帮助居民渡过难关，药物则压根没有。[65]在水和煤气接通之前，电力首先恢复了。然而，一切电器都叮当作响、摇摇晃晃、劈啪作响，供电很不稳定。新潮的抽水马桶没有电也无法使用。雅子瞥到维克多在花园里挖洞排便，玻璃碎片在草叶间闪烁。每一天，人们都感到必需品短缺所带来的隐约痛苦，人们的需求被钳制，生活充满了痛苦和不确定性。战争仍在持续，维克多的病情不断恶化，阿绢也病了。

# 第六部分

# 余波

黎明之前最黑暗

# 28

# 苦乐参半的团圆

哈利在马尼拉第一次听说了投放在广岛的原子弹。闪入他脑中的第一个想法是，战争终于结束了，不必参加入侵了。"我们都很高兴。"他说。[①]但当这个消息如雪花般袭来时，他感到震惊。显然，这座城市全毁了。

具体数字仍有待考证，可能会有变化。然而，伤亡人数惊人，数万人当场死亡。[②]杜鲁门总统在爆炸发生 6 个小时后通过广播宣布："如果他们现在不接受我们的条件，他们所面对的将是一场从未在地球上见过的毁灭之雨。"[③]

日本还是没有投降，于是同盟军如期开展了对九州的军事行动。8 月 10 日，长崎上空的一枚原子弹爆炸后的一天，哈利见到了当地的航空照片，并被指派到入侵部队中。他也被提升为少尉，终于成了军官。

所面临的入侵行动提升了对语言学家的需求，战争部也为 ATIS 制定了新的津贴表。授予的尉级军官数量几乎翻了十倍，从 38 名飙升到 300 名。④ 在太平洋战场服役两年多的哈利终于在肩上加了一根闪闪发光的金条。

马什比上校在马尼拉宣誓就职,他对自己的誓言印象深刻。"地球上的任何一支部队都想要在马尼拉抢夺一席之地,因为两天内晋升 700 人对于军人而言是难以忽视的大事。"⑤ 他在谈到几个级别的晋升时写道,"然而,当二世日裔士兵得知晋升的消息后,他们和往常一样,保有着自己的尊严与矜持。"

关于广岛所受到劫难的消息模糊地传来,哈利心情沉重。他不知道他的家人是否受到了影响。"每一天的情况对我来说都变得更糟。"⑤ 当他向数百名日本战俘解释原子弹时,他的情绪更低落了。由于原子弹在日语中还没有专用的武器术语,哈利和其他语言学家将"原子"和"炸弹"串在一起,直译为"原子炸弹"(genshi bakudan)⑥。事实上,日本也在使用同样的术语。⑧

哈利告诉坐在他面前的一排战俘们,这种强大的武器"相当于数千吨 TNT",并且"一次爆炸就彻底摧毁了整个广岛市"⑨。不管怎样,这是上级要求他必须传达的信息。由于"我不知道什么是原子弹",他无法进一步阐述核裂变的本质,也无法描述一个原子弹是如何造成伤害的。⑩ 他很难想象原子弹的破坏性。关于辐射防护的新闻本身就是一个谜,每天都在变化。然而,流传的消息都让人惊骇,包括关于广岛的可怕的预测——在至少一个世纪内将寸草不生。⑪

多数战俘不是来自广岛,就是在广岛有亲戚。在闷热的天气中,战俘们目瞪口呆地坐在地上,蚊子在他们周围嗡嗡叫着。他们一个问题也没问。⑫ 哈利明白此刻的静默之下隐藏的是如何汹涌的情感。

几天后,8 月 15 日的中午。日本战俘的同胞们第一次听到所谓"圣鹤"的声音。当天皇开始广播时,邻居们聚集在一起。无线电的噪音干扰着他高亢的鼻音和正式的宫廷用语。卑微的臣民与被称为"活神"的统治者之间的距离,首次被无限缩短了。在这个简短的讲话中,天皇要求他的人民"忍其所难忍,堪其所难甚"⑬。战争结束了,他们的国家投降了。人们低下头,有些人欣慰地哭了,有些人痛苦地哭了,还有许多复杂的表情,人们在葬礼般的静默中回到了各自私密的家中。

与此同时,欢呼席卷了太平洋战区的每一寸土地。那里驻扎着 150 多万美军士兵,其中 75 万人在菲律宾。⑭马尼拉立刻从一个布满碎砖烂瓦的城市变成了美国人和菲律宾人的喧闹庆典。当晚,在车水马龙的街道上,司机们不停地按喇叭,士兵们用铁管叮当地敲着吉普车,向上鸣枪,橘色的曳光弹在空中盘旋。第二天,33 师的士兵们一边从宿醉中清醒过来,一边咧嘴笑着读他们所在师的报纸《几内亚豚》(Guinea Pig)的头条:"战争结束 24 小时了,头条依旧看上去很'漂亮'。"⑮

哈利努力调整内心的想法。这场战争持续了三年零八个月,其中两年多,哈利都在太平洋上的岛屿之间往复。他曾经准备入侵日本。"然后,战争就这样结束了。"⑯哈利想回家。但是,他和大多数美国人士兵们不一样,他犹豫了。对他来说,牢固的家庭纽带和他所归属的地方,并不是同一个地方。

哈利为他的母亲和兄弟感到担忧,不知他们在广岛是否还活着。"我越想越难受。有时我甚至感觉我应该为他们的死而感到自责,因为我自愿入伍,对付他们。"⑰哈利始终否认自己入伍美军与家人毫无关系,然而,他无法避免一种强烈的同谋感。

　　起初他无法接受回日本。"我以为去了也没用。"⑱然而之后，他决定试一试。许多二世日裔美国士兵都在菲律宾从长期服役中退伍，哈利却在这时候决定与派遣到日本的第 33 师共同登陆。无论驻扎在哪里，哈利都决定造访广岛。

　　两个多星期后的 1945 年 9 月 2 日，在东京湾阴冷的曙光中，数以百计的美国和英国船只包围了密苏里号（Missouri）战舰，准备接受日本的正式投降。上午 9 点前不久，由梅津美治郎（Yoshijiro Umezu）将军和外务大臣重光葵（Mamoru Shigemitsu）率领的 11 人日本代表团登上了在战争结束前建造的最后一艘美国战舰的舷梯。密苏里号的意义非同凡响，它由杜鲁门总统的女儿玛格丽特在纽约海军造船厂启航，并以杜鲁门总统的家乡命名。这艘战列舰参与了日本的硫磺岛、冲绳岛及日本本岛的行动。就在那天早上，密苏里号以 9 门 16 英寸口径的大炮面朝东京，一旦日本拒绝投降，它将在 60 秒内向 20 英里外的目标投射 2700 磅重的炮弹。

　　水手们爬上高耸的塔台，外国记者和摄影师越过炮台见证这一时刻，上将和将军们排成一列站在一张铺着绿色毛毡的桌子旁。⑲在马什比上校的带领下，日本代表团登上柚木甲板，迎接他们的是厌恶的目光和完全的沉默。在军官中有三名二世日裔美军中尉：汤姆·坂本（Tom Sakamoto）和诺比·吉村（Noby Yoshimura），他们都来自加利福尼亚；幸村治郎（Jiro Yukimura）则来自夏威夷。⑳和哈利一样，汤姆和诺比在日本生活过一段时间，诺比也有处于入伍年纪的兄弟在日军服役。没有人比他们更了解日本代表们如坐针毡的感受。

　　汤姆和诺比为日本人在同盟军面前的弱小无力而震惊。沉默起码持续了 15 分钟,而日本代表只能等待。"这是一个国家在彻底战败中被羞辱的场景,"汤姆写道,"这一场景让我明白了一个战败的国家是多么地悲伤。"㉑

受降仪式开始前,船上的牧师进行了一次祈祷,并奏响了《星条旗永不落》。道格拉斯·麦克阿瑟将军、九个同盟国的代表和两位日本主要官员签署了两份正式的投降书。几分钟内,一切都结束了。

当墨水干透时,成千上万的海军舰载机和 B - 29 轰炸机在海湾、洋面和低空咆哮,同盟军展示着自己的军事和工业力量,迎来充满变数的占领的黎明。

汤姆写道:"至于我自己,经过在西南太平洋岛屿的热带丛林中 25 个月的战斗,此刻在密苏里号上所有幸目睹的一切,是迄今为止最让我激动的事。"㉒

然而不到一周,汤姆就被日本的惨状压垮了。陪同随行的外国记者,汤姆在广岛短暂停留,他觉得炸弹"把空气吸出了城市"㉓。老人、妇女和儿童躺在医院里,被严重烧伤,脸上布满脓液。苍蝇成群。几十年后,汤姆谈起这件事时,声音依旧颤抖:"当记者们迅速登上飞往东京的飞机时,没有人说话。"

作为第一批抵达日本的美国人,汤姆和诺比的反应对哈利而言不是个好兆头,他还没有踏入这个被征服的帝国。

9 月 25 日,第 33 师于广岛以东约 150 英里的和歌山县海滩登陆。在晴朗的天空下,两栖船将包括哈利在内的部队倾泻一空,哈利在齐膝高的浅滩中涉水上岸。几个日本人坐在沙丘上,冷冷地看着他们。哈利走在空旷的街道上,见到一群瘦骨嶙峋的孩子挤在路边,他们的肩膀挂着一件衬衫,罩着他们因营养不良而凸起的肚子。他们似乎都在挠头皮。哈利意识到,他们的头上都长满了虱子。

哈利的同事玛斯·石川(Mas Ishikawa)也有家人在广岛,当他在港口附近登陆时,看到了海岸线的战壕和成堆的锋利的竹矛。"这就是你可能面对的。"他想。"你会怎么做?"他又如此拷问自己。

哈利和玛斯有着复杂的血统,他们并不是唯一纠结于自身感情的人。人群中站着一名名叫都秀雄(Hideyoshi Miyako)的少年,他不认识任何美国人。他痛恨敌人,如今却眼睁睁地看着长着日本人的脸、穿着美军制服的士兵。他本不想来,但他母亲让他来;她听说美国人正在分发糖果,她想让他带些糖果给妹妹。每个人都听说了女人会被美军强奸,所以秀雄必须代替家人前来。他看了他年幼的妹妹一眼——她从来没有尝过糖的甜味——就离开了家。

他很惊讶。虽然是白天,吉普车和卡车开着前灯驶离了运输船,这与日本那些不得不被推着上山的、喷着煤烟的巴士大不相同。尽管士兵们全副武装,但他们年轻、开朗、面带微笑。有人挥手示意。"他们看起来像是旅行归来的朋友,而不是我们一直在和之战斗的敌人。"秀雄惊奇地说,就在最近,他还接受了作为人体炸弹的特攻自杀式训练。㉕当士兵们扔巧克力时,他抓住了一根。五年来,他从没有尝过甜味;这彻底卸除了他的敌意。他加入了人群,大喊:"给我巧克力!"在那一刻,他的仇恨,酝酿了这么多年的艰苦岁月,"像破裂的泡沫一般消失了。"㉖

哈利不认识人群中的任何人,但他被眼前的一切所震撼。没有人阻止他们登陆。"我简直不敢相信。"他说。㉗他燃起了一丝微妙的、不可言说的希望,这减轻了他的自责。之后他回忆起当时的感受,如果能回到日本,"我觉得有责任帮助战后的日本经济复苏。"㉘

哈利被派往神户总部,担任 33 师的首席翻译。㉙他每天都在工作,释放美国战俘,解除日本军队戒备,维持当地安全。在他的空闲时间里,他试图了解 156 英里外的广岛的信息。似乎没有人知道那里发生了什么。在哈利登陆之前不久,占领当局下令禁止军方和日本媒体报道原子弹的新闻。当哈利私下向神户的美国军官和日本警察打听时,他们也没有任何关于此的记录。

10 月初,军事审查被取消,然而,针对日本媒体禁令仍然有效。㉚但凡哈利想要知道他的家人是否还活着,都将是一番巨大的挑战。为在亚洲的美军所办的《太平洋星条旗报》刊登了关于二世日裔美国士兵在广岛寻找家人的文章,一个士兵找到了他的三个姐妹,但是他的母亲已经死了。㉛另一则报道说,另有三人在广岛和长崎寻找亲人,"迄今为止,所有寻找亲属的努力都落空了。"㉜

"音讯全无的状况比预期的更糟糕,"㉝哈利说,"即使在没有遭到轰炸的地区,人们也处于饿死的边缘。"㉞他不确定自己是否应该冒着情绪崩溃的风险踏上令人心碎的寻亲之路。"我担心寻找家人是一场徒劳,我担心现实让我心碎。"㉟

然而,在新几内亚与松浦茂的非凡邂逅使哈利还残存着一丝希望。这次会面困扰了哈利一年多。"见到松浦茂的可能性很小,"哈利回过头来想了想那番令人不安的重逢。㊱然而,他和松浦茂都在这场战争中幸存下来,他们还有明天。也许在广岛,也会发生这样小概率的事件。"也许,"哈利想,"会有奇迹发生,我能够找到我的家人,他们平安无事。"㊲

哈利和克拉克森将军谈了谈,克拉克森将军给了他一张前往广岛的通行证。广岛依然是禁区,禁止记者和越来越多的科学家入内。在那里,植物异常地生长。广岛城堡现在不过是一片废墟,茂盛的美人蕉却已经发芽,从废墟中冒出巨大的花茎。㊳疾病数量也不断攀升。医生们抵达广岛,试图弄清为什么每两三天就有那么多病人迅速死亡。㊴他们把这种令人费解的新疾病称为"原爆症"(genbakushō)。

哈利带着衣服、毯子和食物,组成了一支小车队。然而,由于狭窄的道路年久失修,他两次试图进入广岛都失败了。尽管哈利为此沮丧,前路充满着不确定的因素,他还是选择等待,准备再一次进城。他的决定是明智的。广岛部分处于海平面之下,9 月的台风使潮水淹入了城市。㊵倾盆大雨持续了好几天,城市中的七条河流泛滥,冲垮了一半以上的石桥,损坏了碎石小路以及在爆炸后迅速恢复服务的铁路。11 月前,火车将无法再次全面运作。雨如此之大,以至于在医院研究原爆效应的 11 位来自京都帝国大学的科学家,在一场迅猛的山体滑坡中遇难。10 月 8 日,第二场风暴袭击了该地区。这座城市灾难似乎没有尽头。在高须地区,雨水淹没了稻田,和被炸弹破坏的房屋积成了深潭。㊶这座城市已无力提供救援与救济。

居民们只能自己应付。在美丽的宫岛,哈利的表亲们在岸边筑起了一道堤坝,以防止海浪沿着蜿蜒的小巷冲出隧道,掀翻拥挤的房屋和商店。㊷雅子从高须出发,绕开倒塌的桥梁,登上河渡轮进入城市。她回忆说,经常有桥梁在洪水中倒塌。㊸没有人会否认,那年的秋天,连广岛的天空都在哭泣。

10 月 16 日,哈利第三次尝试前往广岛。他定下了一名司机,并将所有货品装进了一辆吉普车里，以便加速和移动。哈利的司机切斯特（Chester）是一名六英尺三英寸、蓝眼金发、来自密歇根州农场的男孩。⁴⁴根据哈利的叙述，切斯特"吓坏了"⁴⁵，而哈利则备感前途茫然。他们于上午10点出发。哈利燃起了希望，急切地想要回家。

两人一路向西，路边村庄中的居民从未见过美国士兵或吉普车。他们在坑坑洼洼的泥路上颠簸，进入了冈山市，这里还没有从严重的轰炸中恢复过来。一些桥梁被冲毁，迫使两人横穿铁轨和一条宽而不深的河流。当他们在火车站前停下，询问火车的时刻表，以避免撞上迎面而来的火车时，这位脸色青紫的站长声称不知道。他们奋力向前，在栈桥上颠荡。车开得很慢，让人很不舒服，这一路考验着他们的运气。切斯特掌握着方向盘，哈利负责指挥。"我没想过回头。"⁴⁶

在一个路口，当他们在快穿过铁轨时，吉普的轮子卡在了枕木里。他们听到一列火车隆隆地驶过；哈利跑到车后，努力上下晃动吉普车；吉普车吱吱作响，轮胎却一动不动。几个稻农看到了这一幕，快速溜走了，几个路人则上前帮忙一起抬车。哈利说，吉普车在"千钧一发"之际挣脱了出来。⁴⁷"我能感觉到自己肾上腺素飙升。"

当他们到达距离广岛只有35英里左右的福山时，街道已笼罩在黑暗之中，城市的灯光和标志早已成为了战争储备。他们已经跋涉了一整天，在一个警察局前停下，询问通往广岛的道路情况。被吵醒的警长走下二楼，被面前向他问好的美国人惊呆了。哈利让切斯特扮作军官，自己则作为他的翻译。"站着别动。"⁴⁸哈利希望这个19岁的高个男孩背上的来福枪能给人一种权威的气氛。

这是一场强硬的斗争,然而,切斯特像哑了一样,"一直在发抖。"最终,他们得到了一些广岛的信息,于是没有休息,继续上路。

过了一会,他们路过一群复员的日本士兵。他们喝酒、唱歌、大喊大叫地争论。哈利和切斯特按照部队关于避免冲突的建议,避开了他们。

终于,他们到达了吴市,哈利熟悉的地方。B‑29 的轰炸摧毁了这个港口,他们停下来,在美国基地加油。当卫兵询问他们要去哪里时,哈利回答说:"广岛。"

"你进不去。"卫兵说。⑭哈利和切斯特快速离开了这里。"毕竟,"哈利说,"没有人能阻止我们。"自吴市出发的路已经铺好了,这对车上的探险者而言是一个好兆头。大约在凌晨一点,他们越过了城市的界限。㊿

哈利在广岛车站下车。壮丽的钢筋混凝土地标被烧焦了,外壳开裂,窗户、天花板和地板都不复存在。站在这个优越的地理位置上,哈利看到整座城市空无一物,平坦的地面上只有几处废墟。"一切都是可怕的,没有生命的迹象。"他后来写道。"没有动静,也没有声音。唯一看起来没有损坏的是曾经矗立在佛寺附近的有轨电车轨道和墓碑。"㊿哈利呼吸急促了起来,心情越发沉重。此情此景使他相信,高须的房子也不太可能原封不动地矗立着。

他发现有两个人坐在有轨电车里的篝火旁,电车被抛下了铁轨,直立竖着,周围都是残骸。哈利问,他们要去高须,在哪里能过河?那些看起来像是喝醉了的男人浑身是酒味,懒得抬头。篝火忽明忽暗,照在他们的脸上。"僵尸。"哈利心想。㊿

最终,切斯特和哈利花了数小时才到达了高须——原本一小时的路程,他们消耗了将近一天。他们到达高须时,太阳正冉冉

升起。㊷

往日安逸的高须镇似乎陷入了某种非比寻常的沉睡。哈利希望至少能有一只狗对吉普车的出现而吼叫,然而他却看不到任何生物。后来哈利听说,在战争期间,家畜要么饿死,要么被吃掉。他茫然地示意切斯特停在他母亲的房子前,1938 年,他曾在那里住过几个月。门前的树篱烧焦了。房子微微倾斜,屋顶似乎也裂开了。哈利在门前停了一下,前门的窗户每一块玻璃都不见了。㊸

屋内,恰巧来探望阿绢的阿清,正和她的妹妹睡在一楼的榻榻米房里,她们被突如其来的刹车声所惊醒,惊恐地看着门前的吉普车。她们以为房子要被敌军洗劫一空,于是逃上了二楼。她们听说了敌军强奸妇女的谣言,甚至连老妇也不放过。

切斯特站在哈利身旁,哈利敲了敲门,等待着。终于,门开了,两姐妹站在门口。如果哈利不熟识面前的女人,他几乎无法认出她们。她们变得如此消瘦、病态。更糟的是,她们茫然地望着哈利。

阿绢一遍遍打量着切斯特,然后又看向哈利。哈利知道他的皮肤因治疗疟疾的阿的平的副作用而发黄,然而,他以为他的家人能一下子就认出他来。事实却并非如此。

"他们眼里只看到一名美国士兵。"他想。㊹女人们似乎很害怕。最后,阿绢和哈利对视了一眼,他深吸了一口气,用自己的日本名称呼自己,用敬语说:"母亲,我是克治。我回家了。(Okāsan, Katsuharu desu. Tadaima kaette mairimashita.)"㊺

阿绢眨了眨眼,没有人说话。最后,阿清认出了她的外甥,大声叫道:"哈利!"㊻阿绢的眼睛里充满了泪水,她无声地张开双臂。当阿绢和哈哈利紧紧地抱住对方时,多年来的日夜相思和太平洋两岸的距离都消失了。⑱

　　当他们松开,阿绢挣扎着振作起来。哈利的制服和手枪让她没有认出自己的儿子。哈利应该在美国,她不知道他入伍了。"你在这里干什么?"⑲你是从什么地方逃出来的吗? 你必须把吉普车藏起来。

　　"她为什么要说那样的话?"哈利很纳闷。⑳他把吉普车藏在如今收留原子弹受害者的神社。也许是他的妈妈害怕邻居们对一辆属于占领军的车的反应。她需要避免他们的报复,或避免引起邻居的不适当的恐慌。哈利对家里的情况一无所知。

　　七年多来,哈利第一次走进母亲的家。装饰艺术风格的台灯和对称的、用来挂爸爸的软呢帽的帽架仍然安在门厅。阿绢告诉他,维克多在二楼,当哈利爬上楼梯时,他注意到灰泥墙里嵌着玻璃碎片。他打开了哥哥所在的房间的移门,房间里弥漫着汗味、干了的血腥味和脓臭味。维克多俯卧在床垫上,背上几乎没有一块完整的皮肤。

　　起初,维克多没有认出哈利。而当哈利说话时,他哥哥注视着他的眼睛,哈利还记得:"他不太能说话。"但维克多微笑着倾听。㉑

　　哈利始终注视着维克多的脸。他没有提到维克多严重的烧伤。维克多亲切地对应,在经历了这么多年、遭遇了如此之多的苦难,他努力地与哈利对话。他们交谈了几分钟,维克多绝口不提他的伤势。

　　阿绢在楼下窘迫地忙进忙出。除了几片红薯和几杯水之外,她几乎没有什么可以招待哈利和切斯特的。尽管哈利很感激母亲的招待,却吃不下任何东西。他急切地想找到皮尔斯和弗兰克,阿绢说他们两个最近都重新回来工作了。哈利踏进了弗兰克的办公室时,还是一大早。

自从弗兰克回到广岛,他深深地明白家人需要的是食物和药品。然而,通货膨胀肆虐,他被迫去黑市购买必需品,他需要尽可能多的现金。几天前,他开始做一份报酬丰厚的工作——帮助一个美国原子弹研究小组查明原爆地点,并重新打磨自己生硬的英语。过去几天,弗兰克不断敲开爆炸目标附近建筑的门,用日语问:"炸弹投下的时候,你人在哪里?"[62]

他没有得到答案。人们不喜欢弗兰克说"请多多指教"(Dōzo yoroshiku),然后立刻接着发问。[63]队里的医生检查居民的脸和背,但不提供治疗。有些人太虚弱了以至于无法沟通,但他们无法拒绝战胜军队的提问。如此的遭遇让弗兰克感到心烦意乱。当哈利出现时,弗兰克正准备和这些研究人员开始另一天痛苦的调查。

即使是弗兰克,看到哈利那身漂亮的制服,也被弄糊涂了,但同时,他欣喜若狂。他想知道,哈利在收到弗兰克代表母亲寄出的信后,怎么还能应征入伍。此外,哈利还戴着苏打汽水瓶底般厚厚的眼镜,他不可能被征召入伍。他是被遣返回国的二世日裔美国人吗?白人士兵是哈利的警卫,或者哈利是美国人的司机?弗兰克听不懂白人对哈利说的话,哈利似乎感觉到弗兰克的困惑。

"你愿意和我一起去神户吗?"哈利用日语问弗兰克。[64]即使分开这么多年,弗兰克对哥哥的邀请总是毫不犹豫地答应。当弗兰克还是一个蹒跚学步的孩子时,他坐在哥哥的自行车座上,听他讲自己的鬼把戏,看着这个十几岁的少年吹嘘着自己的冒险。"好的。"他说。尽管他需要每天挣工资来照顾他虚弱的母亲和兄长,他仍然找了个借口报告给上级,兄弟俩就走了。

他们乘着船去海湾上的一个小岛上找皮尔斯,皮尔斯在一家医院为美国科学家做翻译。见到他的兄弟们，皮尔斯激动万分。但是当哈利问他是否愿意去神户时，皮尔斯拒绝了。他在这里很自在，他想要暂时留在广岛。

几小时之内，切斯特开着车，载着哈利和后座的弗兰克，驶入了满目疮痍的白岛。他们发现千惠子一个人躺在她的小屋里。她和维克多一样，尽管患有严重的辐射病，却没有诉说自己的痛苦。哈利提出带她去神户看病，千惠子谢绝了哈利的好意，并感谢了他的邀请。"我必须在这里等我哥哥。"⑥她始终盼望着哥哥从前线归来。

哈利、弗兰克和切斯特朝着不远处的松浦茂的家前进。哈利和弗兰克从未见过这对年迈的夫妇，如同阿绢和阿清，松浦夫妇对前来探视的人充满警惕。当哈利用日语和他们打招呼，并解释他也曾经住在白岛，他们看起来如此茫然。当哈利说他们唯一的孩子松浦茂还活着，人在澳大利亚，会平安回来时，松浦太太僵住了。她收到了她儿子在一年前去世的通知，所在部队"全军覆没"。⑥"他已经死了。"她说。⑥无论哈利怎么解释，都改变不了她的想法。弗兰克说："很明显，他们不想听哈利的话。他穿着美国制服。"⑧另外，如果他们选择接受哈利的消息，他们将不得不面对他们的儿子成为了俘虏的耻辱，而非高贵地死去。他们不接受哈利的一片好意。弗兰克试图安慰他："这是无济于事的。"⑥

那天晚上是三兄弟自1938年来的第一次相聚。当然，切斯特和阿清也在场。阿绢显得疲惫不堪，几乎没有食欲。弗兰克向哈利叙述了他们母亲的病情。阿清也不像往常一样精力充沛，尽管她依旧喜欢表达自己的观点。弗兰克说："她想让那个白人男孩离开我们的家。"⑩哈利不肯听从她的要求，那天晚上，他和切斯特一起睡在了他母亲家中。

在离开广岛前往神户之前,哈利拜访了邻居们,感谢他们照顾他的母亲,这是传统中一个长子所应具备的礼貌。当雅子打开门见到哈利时,她没有因为哈利的制服而像松浦一家那样设防,雅子喜极而泣,用她美妙的歌嗓喊道:"你平安无事真是太好了(Buji de yokatta)!"⑦

哈利承诺很快会带着食物和补给品返回家中,接着,他们登上了吉普车,车上的工具箱和备用轮胎前一晚在神社附近被偷,他们不得不在吴市附近寻求补给。当卫兵向哈利而不是司机敬礼时,弗兰克感到很困惑,他仍然不理解他哥哥的处境。当哈利开始打包军粮、糖果、橘子、工具和轮胎的时候,弗兰克被丰富的食物和哈利的权力震惊了。他紧紧抓住食物,以确保它们在旅途中不会滚得到处都是,就像在奥本的最后一个夏天,他们的母亲收下农民代替应收回的钱款的农产品一样。

凌晨,他们到达了神户。一名卫兵再次向哈利敬礼,切斯特回到了士兵营房。弗兰克跟着哈利走进军官宿舍——豪华的东方酒店。直到这一刻弗兰克才意识到哈利的地位。弗兰克吃了几块巧克力,心烦意乱,他的胃不舒服,整晚都睡不着觉。

然而第二天,弗兰克又享受了一顿美妙的早餐——在日本长期配给的新鲜鸡蛋。克拉克森将军允许他去任何一个食堂吃饭,只要哈利在场,他还可以去军官食堂。他给了弗兰克两套全新的冬夏季美国士兵制服、棉内衣、皮鞋,只是没有正式的军帽。弗兰克穿着在高冈上大学的时候分发的标准卡其布制作的"国民服"(kokuminfuku),早已破旧不堪,衣服上的黄铜纽扣已经换成了黑色的木制钮扣,而且满是划痕。弗兰克为眼前全新的衣服而欣喜若狂。他仍然饥肠辘辘。接下来的几天,弗兰克每天吃五顿饭,牛肉片、土豆泥、蛋黄酱,所有他想吃的东西都被堆成了小山,供人们自取。

兄弟俩没有坐下来掏心掏肺地谈天。弗兰克不知道两人都各自遭受了什么痛苦,但对哥哥,他采取无条件的信任。从记事起,他就深爱并尊敬他的哥哥。"哈利对我而言,就像是父亲和兄长。"弗兰克说。㉒尽管战争不可预测,但就弗兰克而言,他们之间没有任何隔阂。

哈利的神户之旅超出了他的预期。在经历了寻找母亲的强烈情感起伏后,此时他的心中充满幸福。哈利告诉一位日本记者:"我以为我再也见不到她了。"㉓

这是他应得的快乐。当宫岛灿烂的枫叶变得深红时,他不再为自己入伍的决定而感到愧疚,也不再为家人的安危而忧虑。福原一家,包括远在芝加哥的玛丽,都从战争中幸存了下来。

# 29

# 令人不安的信

10月底,第33师开始班师回国,这场代号为"魔毯"的海军行动在一年内,将太平洋战区200万士兵分批送回了家。[①]每两个星期,都有欣喜若狂的"金十字"部队的官兵扛着鼓鼓囊囊的行李,登上神户开往名古屋港口的火车。克拉克森将军也加入人群,为朋友们送行欢呼。"芝加哥见!"[②]火车在铁轨上呼啸而过,军乐队演奏了《友谊地久天长》。这首歌的两种语言版本,哈利都背得滚瓜烂熟。

他本想加入那些人的行列,但他还不能离开。母亲和维克多病了。弗兰克告诉哈利,当他从九州回家时,他们的母亲戴上了头巾,因为她掉了太多头发。她的牙龈在出血,不断腹泻,这是辐射病的典型症状。急性期已经过去了,但她疲惫不堪,易受感染。维克多尤为严重,他不断挣扎,疼痛的烧伤正慢慢愈合,然而,骨髓深处的不适却加深了。

战争结束所带来的任何解脱都在生存的磨难中消散。日本爆发了一系列的疾病,从轻微到严重:③冻疮,一种刺激性的小血管发炎,常发病于四肢;由于缺乏硫胺素而患上的脚气病;具有传染性的斑疹伤寒、天花和结核。当任何一种严重的疾病感染了一个由于辐射而导致免疫系统受损的病人时,都可能是致命的。

广岛的每一个人,包括病人、照顾他们的家人和调查原子弹爆炸的医生们,都知道良好的营养有助于身体恢复,但改善民众的饮食的前景令人望而生畏。经济遭受重创,通货膨胀率飙升,这都阻碍了人们在合法市场和黑市购买健康的食物原料。雅子和大多数人一样,将这一时期被称为"竹笋生活"(takenoko seikatasu),形容将过去的生活方式一层接一层地剥去,把东西卖掉或以物易物来换取食物或现金。④也有人将他们的生活描述为处于"洋葱生活",这不仅表达了和珍贵的东西一一分类时的痛苦,更体现了与其分别时的眼泪。⑤

"衣服一直很昂贵,"雅子说,"比宝石,甚至钻石更贵。"⑥在被占领的第一年,合法市场上受到控制措施的批发价格爆增539%。⑦提供更大的供应量和更多品种商品的黑市,膨胀率甚至更高。如今的奢侈品都是消耗品。雅子卖掉了通常会传给女儿的丝绸和服。她太想要得到食物的抚慰了,将换来的钱挥霍在一块巧克力上。

没有人比曾经富有的阿清更痛苦了。对金平糖和其他甜品的需求减少了,没有足够的配给用于生产甜品,也没有工坊能够投入生产。战后人们争相买地的阶段还没有开始,即使她将明治堂的土地变卖,她的财富也会随着通货膨胀而大量缩水。她的其他资产也受损,租金收入大幅减少。如她的孙子俊直所说的那样,这是曾经富有魅力的女商人阿清第一次"失去了对未来的期待"⑧。美国军人渴望得到纪念品,迫于生计,阿清开始变卖她华丽的和服。

　　阿绢也无法负担黑市价格,她不再保留玛丽的和服。⑨一天,她遇到了一个代表农村学校的中间人愿意付现金买钢琴,尽管阿绢认为这架钢琴给她的早年留下了美好的回忆——当她在西雅图,把维克多和玛丽抱在膝上;在奥本养育了三个活泼的男孩模糊的日子;那些在广岛的甜美午后,和千惠子、雅子一起抚琴的日子——然而,她需要钱买大米。在战时,卖一件笨重的东西会吸引警察的注意,现在她不必在意这些,一袋标准重量为132磅的大米能够供她的孩子们吃好几个月。⑩阿绢望着自己典雅的帝王牌钢琴被裹上了被子,抬出了家门。她至少她可以安慰自己,如果愿意的话,将聚集在这架钢琴旁的学童们现在可以齐声高唱了。最重要的是,她的儿子们不会挨饿了。

　　33师回国复员后,哈利搬去了神户,他幸运地发现这座遭到严重轰炸的城市中还有些许保留完好的房子,他租下其中一幢房子楼上的几个房间。在广岛,医院里已经挤满了伤势严重的病人。医疗挤兑使维克多和阿绢这样相对较轻的病人无法被收治;在神户,他们能够见到医生,尽管医生们对如何治疗受到原子弹辐射的病人也一筹莫展。

　　那年冬天,福原兄弟们拍摄了一张正式的肖像。哈利和以往一样瘦骨嶙峋,其中一部分原因是因为疟疾,他坐在中间,穿着制服,他的弟弟们倚在两边。弗兰克穿着美国卡其衫、戴着的日本帽子。多亏了美国食堂的款待,他的脸圆润了起来。皮尔斯打着领带、穿着西服,一副绅士学者的模样。这个美军少尉深受他的两个弟弟——两个复员的日本士兵所爱戴。按照日本拍肖像的惯例,没有人笑。维克多没有出现在奥本家庭相册的这一页,他病得太重了。

哈利希望他的家人能够逐步发展自己的事业。弗兰克是个天生的企业家,他开了一家礼品店,利用他地道的英语向占领军出售古董。皮尔斯重回正轨,决心完成大学学业。孩子们不知道母亲和哥哥都患了严重的贫血。"有时,维克多会说话。"弗兰克说。[①]但正如哈利所承认的那样,"他身体不好。"哈利移开视线,希望维克多背上的伤疤能够褪去,痛苦能够减轻,他渴望自己的哥哥能有一个乐观的未来。

没有人强迫哈利留在日本。直到 3 月 1 日,他处理完了所有的文件,才计划离开。家人相信哈利在退伍后会再回来,尽管没有人确切地知道他什么时候回来。他们重聚后不久,哈利和弗兰克接受了《神户新闻》的采访,哈利告诉记者,在美国短暂逗留之后,他想搬到神户,以他的大学专业经营一家贸易公司。当时的哈利沉浸在这一刻与家人团聚的快乐之中,不过这只是他一时兴起,并没有具体的计划。

事实上,哈利不想住在日本。毕竟,这是一个从未使他感受过温暖、一个被毁灭的国家。他已经帮助家人渡过了战后艰难的几个月,他给他们留下了尽可能多的资金,回到了美国。哈利带着家人的爱意离开了日本。这不是阿绢、皮尔斯和弗兰克第一次送别哈利了。

1946 年 3 月 14 日,哈利到了华盛顿路易斯堡。[⑫]他踏上熟悉的土地,不再是那个 18 岁、勇往直前、渴望重新结识老朋友的少年;他没有忘记在奥本的冷遇。在西雅图停留一夜之后,哈利背井离乡,乘火车向南驶往阳光明媚的加利福尼亚。他在那里拜访了蒙特一家。他不会想到,半个多世纪后,他才会再次回到奥本芳香的草莓农场，沿着这条红砖砌成的大街慢慢地走。"我再也没有尝试过回去。"⑬

哈利去了玛丽在芝加哥的住处。她嫁给了弗雷德·伊藤，又有了一个女儿。玛丽很高兴见到她的弟弟，快6岁的珍妮也一样。不过，哈利很清楚，他的姐姐已经过上了充实的生活，他也必须在芝加哥找到自己的出路。

在芝加哥，他重新召集了二世日裔老兵和33师的伙伴们，到处打零工。他买卖配给的米饭和肉，在这个刚脱离战争阴霾的世界经营"灰色市场"。在33师的一些朋友的帮助下，他将一栋空房子改建成了寄宿处。然而，哈利在芝加哥的严寒中备感不适，寒冷引发了自热带以来一直困扰着他的疟疾。

到了假日季节，当寒风从密歇根湖呼啸而过时，哈利已经逃到了洛杉矶，置身满是荆刺的九重葛。哈利和他奥本的老朋友——同时也是他在广岛最好的朋友——艾米和卡兹住在一起。艾米和卡兹在经历了图莱里和吉拉河的拘役之后，重新开始了他们的新生活，但是哈利在洛杉矶无事可做。每当他申请工作，种族问题就浮出水面。当他走在街上，他能听到人们的冷笑。"加利福尼亚真的很糟糕，"他回忆道，"当我穿上制服的时候还好。"⑭即便如此，哈利还是找不到工作。哈利想，如果他是中国人，是不是更容易找工作。

实际上，尽管有1944年的最高法院禁止拘禁忠诚公民的决议，以及同盟军所取得的胜利，但这些都不足以消除针对日裔的负面成见。尽管从1945年1月起，日裔移民被允许返回西海岸，但深刻的社会变革需要时间。当哈利努力融入美国文化时，他思索自己对美国的承诺和忠诚是否真的能够得到赞赏。"这真的让我很困扰。"⑮他的朋友本·中本在回国后也经历了公开的种族歧视。"一天下午,一名白人开车进了院子,车后面拖着罐子制造各种噪音,告诉我滚出这里。"几十年后,哈利提到这些往事,难掩自己的愤怒,他怒气冲冲地说:"这就是对于我将自己的生命置于危险境地所得到的报答。"⑯

艾米为哈利的变化而感到担忧。他一直都是她最聪明的朋友,总是能够很快作出计划、时刻行乐。"哈利完全迷失了。"她说。⑰

除了歧视的阴影外,哈利还饱受别的困扰。他的口袋里装着一张维克多寄来的明信片,信上让他赶紧回日本,他们的母亲因肺结核而日益虚弱,她希望能再见他一面:"一收到这封信就请告诉我你是否能回来。"⑱这让哈利内心焦灼。阿绢也想从神户搬回高须。正如在日语中常用的手法一样,相较于明确表达的信息,缺少关键信息的表达更能揭示问题。从表面上来看,这张明信片十分简短、直截了当、非常有礼貌。然而,流畅的草书之下,是被消耗殆尽的维克多。

落款写着克己——也就是维克多——但那并非他的笔迹。明信片上的草书很女性化,这是他母亲的字。最令人警惕的是,信中没有提到维克多所处的危险状况。哈利想起了哥哥被烧伤的后背的恐怖画面——丢失的、渗出的血肉,暴露的组织。哈利害怕维克多已经虚弱得连几句话都写不出来了。⑲这是他收到的唯一一封以他哥哥名字落款的明信片。

日本与美国断绝了外交关系,被占领国在美国的庇护下运作。哈利没有工作,在没有被雇佣、没有特殊签证的情况下,哈利一旦回到日本,就不可能再回来。但他思绪万千,想到了一个解决办法。哈利相信，军队能够将他带去母亲和兄弟的身边。

　　1947年2月，27岁的哈利在复员后的一年之后，又重新入伍了。一年前的他还急于离开日本，现在却有了不同的感受。"我太想回去了。"㉑当年，49%的美国大学生都是退伍军人，他们把手枪换成铅笔和书本，描绘着中产阶级不断壮大的坚实未来，他们被职业前景和拥有住房的未来所吸引。尽管取得了一些成就，哈利仍然处于社会的边缘，他意识到自己必须再次搁置拥有羊皮纸文凭的梦想。

　　他未经体检就重新入伍了。他无法通过体检。没有人发现他患有慢性疟疾。直到占领日本行动结束的1952年，都没有人提到他孱弱的视力。他也不用参加基本训练。如同哈利一心想要回到战败的日本一样，军队，尤其是军事情报部门迫切需要经验丰富的日裔语言学家。这位招募军官看了一眼哈利的军事记录后，点头致意，对哈利品格做出了最高的赞美，并罗列了他被授予的所有丝带、奖章和荣誉勋章。

　　正如在1942年坚定地参军一样，哈利确信他在1947年决定将精力投入到母亲和兄弟身上，也是为了救赎自己的灵魂。"我觉得我对家庭有义务。"㉒他打算"从我的生命中抽出二到三年的时间回去帮助他们"。然后，他将在加州重新上大学。

　　当时的哈利不知道的是，十年后，他才能从大学毕业。他也无法想象四十年后，他将会在加州——这个别名"黄金州"、曾经庇护过和伤害过他的地方永久定居。他无法想到弗兰克与他会有多亲近，也无法预测维克多会怎么样。在洛杉矶逗留期间，哈利不知道他对自己出生的国家所表现出的忠诚，让他的母亲感到多么地自豪，也不知道为逃避拘禁而入伍的他将在军队中升至多高的军衔。

1947 年初,阿绢、维克多、皮尔斯和弗兰克·福原在神户等待他们在战争中失去了将近四年,并在战后的废墟中重新找回他们的儿子和兄弟。在和平的曙光中,他们与战时的状态已大有不同。他们相信,一封以日本文化中所宣扬的克制所写成的信,足以让哈利理解他们的艰难处境。他可能会迷茫,但他终究会回到家人的身边。如果不是明天,就是下周,甚至下个月,但只要哈利能够回来,他就会回来。

# 30

## 和平与救赎

　　尽管哈利迫不及待地想要回到日本，军队还是有自己的日程。在去日本之前，他参加情报部门的日语进修班，他足以胜任这门课的教师。后来，他又参加了一门情报学的基础课程，当他踏足日本时，已是 1947 年 9 月。维克多四个月前死于辐射烧伤，享年 33 岁。哈利没能见到父亲和兄长的最后一面。

　　弗兰克也缺席了维克多的最后时刻。为了支持家人——弗兰克的阿清姨妈——他前往一个珍珠养殖场进行为期一周的商务旅行。在离开之前，他在维克多的房间里待了片刻。维克多很不舒服，弗兰克回忆道，他说："尽快回来。"①

　　自从原子弹爆炸后，维克多就一直生病，然而他平静地离去还是让人震惊。至少在他过世时，皮尔斯和阿绢在他身边。当弗兰克结束旅行，冲进他们在神户租的房间时，葬礼已经结束了，维克多也已经火化。弗兰克在公寓的佛坛前点了香。他很伤心。"我不敢相信他已经死了。"②

温柔的维克多曾有一个光明的前景,然而,他的生活一再被大环境的变迁所打断,从未在美国或日本找到自己立足之地。维克多自小被送来广岛,由于美国人的身份而遭到歧视。青少年时期回到华盛顿州,成年后,维克多又作为一名二世日裔美国人被征召进日本皇军。在那里,他很脆弱,被日本对外的战争所吞噬。维克多没有取得与其智力和专业训练相称的事业,他也没有组建自己的家庭。他的生命短暂,然而,在生命的最后尽头,他也没有提到原子弹。

阿清被轻微的辐射病折磨得筋疲力尽,郁郁寡欢。由于白细胞指数低,她感到心烦意乱,即使被小虫叮咬的伤口也无法自行痊愈。③阿清看着阿绢因为肺结核而进出医院,更让她焦虑的是她的经济状况。这个家族的贵妇人已不复存在,雅子感慨道:"从特权到身无分文。"④1948 年,在经历了十多年的战争及其余波之后,阿清体弱多病且筋疲力尽。

最重要的是,她很沮丧。阿清没有找到任何人能够帮助她,延续明治堂近半个世纪的辉煌成就,再次复兴明治堂。在君子去世后,仍在康复中的俊直一家对生意没有任何兴趣。弗兰克不想留在广岛,他拒绝了接手阿清生意的请求。阿清曾经的接班人——玛丽正住在美国,并且她将一直留在那里,而维克多死了。这一次,阿清没能卷起袖子继续前进。

1948 年 7 月 28 日凌晨,阿清前往高须散心,拜访阿绢。蝉嘶鸣着,天空和太田河底一样黑,然而天气温暖,附近的居民都在休息。阿清走去高须站,这是己斐开出的列车前往她故乡——宫岛的渡轮的第一站,那里的亲戚们随时欢迎她。她倾听火车缓慢的轰鸣声,看着它的光芒在黑暗中逐渐变亮,阿清被光亮晃了神。正如同哈利曾算准时间跳上开往西雅图的火车,这一次,阿清也精确地算好了时间,甚至沿着铁轨,朝着越来越大的轰隆声和散开的光柱走去。火车在向她招手,阿清等待着它的到来。在火车慢下来接近车站的几秒钟前,阿清跳下了站台。凌晨 3 时 30 分,这位 62 岁的一家之长被宣布死亡。⑤

阿清无法预知日本经济将在 1950 年回升,并在 1960 年代实现两位数的增长。被炸弹摧毁的本通街将得到复苏,现代的铃兰百合灯也将在明治堂所在的街区点亮,购物者再次涌向商店。如果能坚持下去,阿清的生活水平和生活质量就会提高。然而在日本,自杀的现象比在西方更为普遍。在战后国家的不安状态下,被称为"虚脱"(kyodatsu)的自杀并不少见。在广岛,尽管由于投降而减少的救济和民众普遍的沮丧心理,使居民忍受着选择"虚脱"的痛苦,但在 1946 年至 1954 年间,幸存者由于焦虑而自杀的人数只占到了死亡人口的 0.5%。⑥自二十世纪初以来,阿清作为一名职业女性,从未循规蹈矩,即使是死亡,她也决意独自面对,使她的丈夫成为了鳏夫。

在福原家族的人际关系网中,仍有人能够重新起步。松浦茂——这位身处新几内亚的战俘,在广岛时是哈利的宿敌——在澳大利亚的战俘营内读到了关于原子弹的新闻,看到了蘑菇云的照片。他以为他的父母没有生还,于是不想返回日本。然而,他没有选择。

1946 年春天,松浦茂在悉尼登上遣返的船只,他完全不知道自己是当年遣返的 500 万日本士兵之一,并且其中超过 8000 人从澳洲遣返。他深信,一到日本,他就会因为胆小被活捉而被处死。毕竟,每个人都知道成为战俘是"最可耻的事"⑦。

抵达日本港口后,松浦茂被水管中浇下的具有刺激性的 DDT 冲洗,以防斑疹伤寒;他的胡子被剃光,头发也粗略地剪短了,以防虱子。他感到不安,但至今为止,还没有发生什么险恶的事。他没入人群,前往混乱的东京,寻找一些他认识的女人,却发现她们在战争期间结了婚。一个星期后,他没有选择,不情愿地搭上了去广岛的火车,令他吃惊的是,他在那里找到了他的父母。

他预计自己将面对父母的铁石心肠和冰冷的肩膀。毕竟,他是一个不受欢迎的人,一个应该在光荣的战斗中死去的人,或说"苟活的英灵"(ikite iru eirei)。许多归来的士兵被当作贱民对待,被他们的城镇和村庄排斥。⑧想到这里,松浦茂低下了头,但令他宽慰的是,他的父母并没有流露出愤怒、震惊或失望。

一个美国人——他母亲脱口而出——是一个曾经住在他们附近的二世日裔美国人提前告知了他们。他们需要时间来接受这样一种想法,即他们的独子"在某种程度上"还活着。⑨一旦他们接受这种可能性,他们就必须忘记所听到的关于他所在的部队的崇高灭亡、他的悲惨死亡和他的英雄地位。他们做到了,享受着与独子团聚的美好,为他能活着回家而欣喜若狂。

对于松浦茂而言,在军队服役近十年后,他很难适应平民生活。这次温暖的回归是对一次生活的肯定。松浦在四十五年后的1989 年会再一次见到哈利,他对哈利永远心怀感激。

另一个恢复过来的是清本千惠子。千惠子过着缺乏快乐的生活,她的生命中充满着服从和义务。1946 年,当她的哥哥从国外回来的时候,千惠子才恢复了精神,她在遭受原子弹辐射后病入膏肓,原打算自杀。令她困惑的是,她有一个比她小一岁的善良的追求者,对方是她哥哥的朋友,在战前就认识了她。千惠子无法想象这位直率的老兵在她身上看到了什么优点。"他一定出于对我的同情。"她说。⑩尽管在社会上,原子弹幸存者被外人所唾弃,好像他们的症状有传染性,但千惠子还是收到了一纸婚约。她的症状逐渐消退,她的婚姻是幸福的。她会生下两个孝顺她的女儿,在阳光明媚的家中,摆放着宣纸做成的日本娃娃。千惠子满足地红着脸说:"我为了生活而努力工作,我变得很快乐。"⑪

其他人也在悲剧面前积极抗争,投身于生活中,日本正以令人兴奋的速度复兴。福原兄弟们向着未来冲锋陷阵。皮尔斯白天在神户念大学,晚上为美国军队做翻译,他凭借自己的英语能力供职于日本最大的贸易公司之一,这家企业对日本外向型经济的复兴起到了至关重要的作用。哈利将他的弟弟弗兰克招募到手下,四年来,弗兰克一直作为一名文职翻译为哈利工作。后来,弗兰克定居名古屋,在美军基地做文职工作,并开设了几家成功的、一开始是为美国人提供餐饮服务的小企业。

然而,弗兰克和皮尔斯也为他们过去的决定付出了代价。正如弗兰克所担心的,他在入伍日军时,即失去了美国公民的身份。皮尔斯也是。无论弗兰克向当地领事馆询问了多少次,答案都没有定论。直到 1954 年,在收到"丧失国籍证明"(Certificate of Loss of Nationality)之后,始终热切盼望重返美国的弗兰克才希望破灭。⑫他怀疑,他的命运是否与战时被皇军派往特攻部队有关。

哈利和玛丽是他们直系亲属中唯二的美国公民。哈利重新入伍后升为中尉,1960 年升任陆军东京反间谍支队少校和联络处主任。在此之前,他被派往六座日本城市。起初,当地的行政人员持怀疑态度,但最终都会对这位精通双语、积极主动、毫不掩饰的美国官员表示欢迎。"这个人是与众不同的。"⑬东京的一位官员三轮秀夫（Hideo Miwa）回忆他于 1947 年遇见哈利时的第一印象。尤其是，哈利不把日本人当作敌人。1948 年，哈利被派往富山，当地的一位县政府官员桥崎清志（Kiyoshi Hashizaki）说，政府不能违抗美国军方得到任何他们想要的东西的要求，但哈利"没有提过任何无理的要求"⑭。

哈利没有将自己的背景告诉政府和警察部门的日本同行。然而作为美军一员，他感到自己为帮助日本复兴的使命感所驱使。他的内疚感支撑着他的干劲。⑮哈利勤勤恳恳地完成他的每一项任务，还参与了社区活动。在最初的几年里，除了其他活动，他还办起了派对。从官员到战争孤儿，对于日本社会的每一个阶层来说，这都是一种前所未闻的奢侈活动。当发生火灾，或资源严重短缺时，哈利会将消防车派至相应的地区。他将一包又一包稀缺的盘尼西林——如果他的父亲能够用上这种药的话，就不会死了——交给需要用它来挽救生命的熟人。对于哈利的日本同龄人而言，他一次又一次展现了他非凡的、深受感激的同理心。

年近中年的弗兰克透露："哈利开始喜欢日本了。"⑯除了偶尔回到美国训练，哈利在日本待得越久，越是意识到美国在推进军事力量和政治目标时需要找出共同点。他说，这是一项"雄心勃勃"的事业。⑰"我觉得我完成了一些我想做的事情。"

哈利曾经憧憬过作为国际贸易者的职业生涯，然而他最终融入专门从事情报工作和商业机密的军旅生活。他不愿详细谈他的项目，但他参与了贯穿冷战的一系列行动，从日本工会的发展，到左派抗议的高涨，以及日本共产党的发展，朝鲜战争的爆发，等等。1950 年的朝鲜战争推动日本重新武装，形成了自卫队。尽管根据战后日本宪法，传统的军队是非法的，日本自卫队和警察系统是一个庞大而强大的组织,哈利与之进行了密切的磋商。

1960 年,弗兰克和皮尔斯终于收到了好消息。在二战十五年后,他们能够选择恢复自己的美国公民身份。年近 35 岁的弗兰克向妻子兼商业伙伴多美子(Tamiko)提出了在华盛顿州定居的想法。多美子不会说英语,但她也可以成为美国公民。多美子吓了一跳,毫不犹豫地用英语拒绝道:"No go!"⑱她的家人也不同意,他们甚至不想承认弗兰克是二世日裔美国人。他们保守的成长经历和战时的经历告诉他们,这是非常值得担忧的。弗兰克承认在美国的前景将会很艰难,但即使他太老了,无法重新开始自己的生活,他还是做出了一个大胆的选择。在接下来的几个月里,弗兰克正式放弃了在日本的公民身份,通过妻子获得了在日本的永久居留权。他发誓,他再也不要夹在两个国家之间了。弗兰克和玛丽、哈利一样,无论住在哪里,都是一个美国人。

皮尔斯也是如此,他采取了更微妙的立场,成为两国的双重公民,持有两本护照。他在日本生活、工作、养家糊口,但他永远不会放弃或淡化他与自己出生的国家之间的感情。

在兄弟姐妹中,最为挣扎的是玛丽。她一度被拘留,但并没有亲眼目睹战祸。她和丈夫弗雷德以及三个孩子珍妮、莉莲和克莱德住在洛杉矶——男孩以哈利心爱的雇主的名字命名。玛丽是个忠诚的母亲,她为人打扫房子以赚取抚养孩子的费用。她的孩子们钦佩她的精力、幽默和毅力。有时,她也会固执己见。玛丽提醒珍妮:"如果你住在美国,你应该说英语。"⑲当然,英语是珍妮的主要语言,因为玛丽只有在与弗雷德争论时才会使用日语。但是,即使玛丽企图用辛勤的工作与智慧遮掩了自己的忧虑,她的女儿们还是同时发觉了她们的母亲并不快乐。

玛丽从未能原谅她的母亲。就阿绢而言,她并没有放弃给她唯一的女儿寄去草书写下的信。玛丽从不读她母亲的信件,仅仅是信本身,就能激怒她。玛丽会把信纸撕成碎片,再塞进信封里,然后写上"还给发件人"。"如果她死了,你不会觉得难过吗?"她的女儿问。⑳

"永远不会,永远!"玛丽回答。她无法与这种被伤害、忽视和遗弃的感受和解。和维克多一样,自从被送到广岛,她便再也无法恢复自己的生活节奏。尽管她知道母亲的做法和许多作为一世移民的父母相同,将她送到日本是因为那里的正统教育能够给玛丽一个舒适的未来,成为一名和蔼可亲的妻子。然而玛丽坚称:"7到14岁正是孩子需要母亲的年龄。如果在这个阶段没有得到母亲的陪伴,他们将永远无法与母亲亲近。"㉑她抽泣着说。

在日本,阿绢轮流借宿在三个儿子的家中。她以他们的事业为荣,珍惜这个日益兴旺的家庭。这位穿着百褶裙、戴着猫眼眼镜的时尚女士与哈利的孩子们分享日本民间故事,与弗兰克的女儿一起弹钢琴,甚至在哈利被临时调职时,与他的家人一起在美国度过了一段时光。她一直给玛丽写信,却无济于事。

1967年,弗兰克从他所经营的商店中赚了一笔钱,皮尔斯和哈利在东京夜以继日地工作。就在几年前,一心渴望回到广岛的阿绢搬了回去。后来,她连同美式吊灯和家具一起,卖掉了高须的房产,新主人们会将这座房子当作一个古董博物馆。阿绢短暂地住进了疗养院。就像电影中纷繁翻过的日历一样,岁月如梭。

1967年8月,阿绢75岁,她的生命正走向尽头。她被诊断患有胃癌,这种病在日本很普遍,未必与"原爆幸存者"(hibakusha)的身份有关。㉒身为中校的哈利从东京赶往原爆医院看望他的母

亲。"我不想回广岛。"他说。㉓如同奥本和吉拉河一样,哈利避免
再去广岛。

阿绢——皮肤雪白如瓷的"照片新娘",大萧条时期憔悴的寡
妇,战争中眉头紧锁的男孩们的母亲,一位时尚的祖母——就要死
了。自 20 世纪初,她合法地从日本移居国外,当时的移民对于人
口过剩的日本而言,是一个为经济减负的解压阀。1933 年,她回
到广岛时,日本已经卷入对中战争。她从原子弹中幸存下来,亲眼
目睹了日本的经济如凤凰涅槃,重生翱翔。尽管她唯一的女儿依
旧与她疏远。不管是好是坏,阿绢始终遵循着"一切为了孩子"
(kodomo no tame ni)。

她的孩子们互相协商,希望采取一切措施延长母亲的寿命。
雅子与她的丈夫一起,因工作而搬去了别的地方,她不知道阿绢病
得有多严重,但千惠子赶了过来。千惠子在病床旁弯下身去握住
阿绢的手,她是见证阿绢始终遵循着生命最后时刻的知己之一。

1968 年 1 月,阿绢接受了最后一次手术,并感染了肺炎。三
天后的午夜刚过,她的生命力开始衰退。她于 2 月 3 日在她所珍
视的城市去世,那天恰好也是维克多的生日。

玛丽向她已故的母亲表示敬意,以示补偿。自 1937 年离开日
本后,玛丽于 1975 年第一次重回这片土地。"你一定要去为妈妈
扫墓。"哈利对她说。"当然!"她回答。㉔玛丽打算将一束红色康乃
馨放在她母亲的墓碑上,她的父亲和维克多也长眠于此。她想献
上三十八支花,每一支花都代表着分离的一年。当皮尔斯和弗兰
克带着差了九支或十支花的花束出现时,三人疯狂地冲向每一间
花店。终于,在最后一家花店,他们凑齐了三十八朵完美的康
乃馨。

1970 年,哈利晋升为上校,在他的职业生涯中步步高升。在陆军的军事情报部门中,大约有 6000 名二世日裔美国人参与了第二次世界大战,其中约有 36 人在战后正式升为上校。其中一些人是从集中营入伍的志愿者,哈利是其中最有名、最有活力的人之一,他被同龄人昵称为"MIS 先生"㉕。当哈利于 1971 年退伍时,他的军职被特别调整为文职,他将继续留任二十年。据他自己说,他在东京与"日本主要的国家级、地区级的民用、军事情报和安全机构就共同关心的情报问题进行合作"㉖。裕仁天皇于 1989 年去世,标志着日本战后时期的结束。这也是哈利事业的终结,他在 1990 年 70 岁时完全退休。在过去的四十多年里,他的日本同僚们从战争的废墟中崛起,成为日本最高的官员。他们走在国民议会闪亮的走廊中,穿梭于东京市中心的砖制的政府机构里,在自卫队禁区中进行谈判。政治家、精英官僚和将军们从未忘记被占领后的耻辱岁月。他们也不会忘记哈利一贯给予他们的尊严。"一切都要追溯到大家什么都不是,什么都没有的时候。"斯坦利·海曼(Stanely Hyman)少将如此说。㉗他是哈利在 1980 年代初的上司,与哈利成为了挚友。

1990 年 9 月,在哈利离开日本、永久移居美国之前,他被授予了由日本首相签署的三等"旭日勋章"(the order of rising sun, third class),这是日本最高级别的荣誉之一。哈利是少数几位获此殊荣的美国人之一,当时只有三名二世日裔美国人获得过这份荣誉。这是一场个体和政治上的改变,日本政府首次公开表彰的美国情报官员。第二天,哈利被美国政府授予最高的奖项之一——"联邦公务员总统杰出奖"(the President's Award for Distinguished Federal Civilian Service)。在哈利的公寓里,这些荣誉优雅地并排装饰在相框中。几十年的服役生涯使哈利成为了连接美国和日本的桥梁。

1949 年,哈利和特莉(Terry)结婚了,特莉也是一个会说两种语言的二世日裔美国人。她在日本度过了战争年代。如今,他们有了四个孩子,孩子们将不会再受到任何父辈、祖父辈所忍受的歧视。哈利和特莉的孩子们会拥有各自的前途,从大学毕业,去常春藤念研究生,选择自己喜欢的职业,成为在美国本土或夏威夷住行政套房的高管。这些孩子们主要是在日本的美国军事基地长大,他们是完全的美国人;但他们也能很自在地以日本人的方式与人相处,体现出他们已故的、作为美国移民的祖父的特质。

皮尔斯和弗兰克过上了自己的生活。很少有人知道皮尔斯是二世日裔美国人。从表面上看,他的生活是成功的,他曾为日本最负盛名的电梯公司之一工作,轻松自如地安排合资基金。皮尔斯勤奋工作、沉默寡言,但是当有人问他在哪里学的英语,他会毫不犹豫地说是白河谷镇的奥本。

弗兰克明智地投资了房地产。在日本令人眼花缭乱的经济泡沫中,鼎盛时期的弗兰克所有的持股价值,相较于最初的购买价格增加了千倍。由于无法完全适应严格的日本公司,弗兰克一直保持着自主创业和独立。他是个有钱人,他的独生女儿仁美(Hitomi)成了一名接受音乐学院培训的钢琴家。弗兰克始终没有得到大学文凭,他的母亲将珍藏的帝王牌钢琴交换了一袋米,但他的女儿将为祖母的过去经历而激励,同时也继承着祖母的音乐天赋。

福原家的兄弟们会用谦卑的态度,以平静和满足的心情回顾他们的生活。他们所掌握的双语和经历的双重文化成为了成就他们骄傲事业和美满家庭的保证。对哈利而言，这还使他找到了共度佳日的麻将伙伴。他们的日子很平静，甜蜜富足，哈利和弗兰克常居夏威夷。弗兰克在那里有一套宽敞的公寓，可以俯瞰威基基（Wakiki）海滩。在那里，多美子在厨房里摆弄着她闪闪发光的美式锅碗瓢盆，准备给她的二伯哈利做他最喜欢的、美味的日本料理。

　　然而，自20世纪90年代中期，当哈利不再为埋头于工作并退休几年后，他难过地指出，他的梦境开始令他深感不安。㉘这些梦并不总是噩梦，然而，他会尖叫着醒来。㉙有时，哈利梦见他在1930年代的广岛进行军事演习；有时，他梦见自己可能被征召入伍；有时他梦见自己被吓坏了的第一次着陆。然而更多的时候，他的梦里是维克多——带着哈利总是不忍卒睹的、被火灼伤的背。维克多，那个哈利和弗兰克逝去的、善良、温柔的大哥。

# 结语　夏威夷的安逸生活

## 生命如晨露般逝去

2006 年 8 月,玛丽·福原·伊藤(Mary Fukuhara Ito)在洛杉矶的家中去世,享年 89 岁。玛丽在吉拉河营地拒绝送人收养的女儿珍妮,称玛丽将她的三个孩子视为最宝贵的财产。"感谢她的力量和永恒的爱,"珍妮写道,"让我们过上了轻松而美好的生活。"①

玛丽和她的姨妈阿清一样,是一个大胆的、无法被掌控的女人,她努力在所处时代的束缚下生活得充实。珍妮将母亲描述成一个"谜",和"一生叛逆的少年"②。玛丽很喜欢米老鼠,在 88 岁以前都能弯腰摸到自己的脚趾,她在广岛的表姐是她最好的朋友,她们从来没有失去过联系。玛丽可能比自己所意识到的更像自己的母亲,阿绢。不管发生什么事,她的首要任务总是"一切为了孩子"。

早在几十年前,玛丽就登记过遗体火化,她告诉珍妮,既然她要去天堂,就不必埋在地里。③无论在适应广岛还是奥本的生活中,还是拘禁在亚利桑那州、逃到芝加哥,或者在洛杉矶重新定居,从动荡的开始到平静的结束,她作出的每一个选择都是坚定的。

2008 年 9 月,皮尔斯因结肠癌逝世,享年 86 岁。他像维克多一样隐忍，从未向人抱怨过他的痛苦。皮尔斯死前几天，弗兰克产生了预感，赶紧前去探望他。他乘着子弹头高铁从名古屋飞驰向几小时车程外的横滨。皮尔斯已经不行了，一开始他认不出自己的弟弟，然而在探望快结束时，他又重新认出了弗兰克。几天后，皮尔斯过世，留下一个儿子。

哈利和弗兰克仍然是最亲密的兄弟，他们比姐姐和两个兄弟更长寿。他们尽可能频繁地见面，哈利住在檀香山，弗兰克每年都会在那里待上几个月。

几年前，军事情报部门老兵在夏威夷的日本文化中心举行了新年午餐会。会场附近矗立着深红色的鸟居，这是宫岛鸟居的复制品，也是广岛送给其姐妹城市的礼物。哈利和弗兰克开车前往宴会厅时经过了这座纪念性的鸟居。

"早上好，上校。""你好，上校。"哈利大步走到宴会厅前面的中央桌旁，那里坐满了二世日裔退伍军人，他们沿途向朋友们致意。房间里立刻响起日语和英语的对话声。特莉，哈利结发六十年的妻子；他们的长子马克（Mark）；马克的妻子莫娜（Mona）和女儿萨拉（Sara）；以及弗兰克和多美子，他们全都坐在一起。弗兰克曾经是美军的敌人，现在正参加军事情报部门的庆祝活动，没人觉得奇怪。在退伍军人中还有其他在战争期间家人留守日本的老兵，他们家人居住过的地方，包括如屠杀战场般的冲绳、被地毯式轰炸的东京和化为死灰的广岛。多年来，在美国和日本的庆祝活动中，弗兰克常与哈利结伴出席。他也向许多客人点头微笑。

接着是演讲和一顿丰盛的晚餐。口琴乐队演奏着夏威夷的经典曲目。四个小时的活动快结束时，来宾们站着唱起了《天佑美国》，接着主持人要求大家跟着唱《友谊地久天长》。每个人都用日语毫不费力地唱出了歌词。这首歌是他们用母语学的第一首歌。

　　数十年岁月流逝。这些老人可能曾是在加州、华盛顿州或夏威夷的佛寺里上日语课的学生。他们也可能曾在十几岁时剃着光头、穿着军装，被送到父母的家乡——像广岛、山口、熊本等地——接受教育。他们的声音从未动摇，他们的记忆——铭刻在内心的歌词永不会褪色。他们为战乱的过去、当下的静谧和全新且快乐的一年而歌唱。

　　多美子是弗兰克结缡 55 年的妻子，起初，她的家人不同意她嫁给一个二世日裔美国人。她看着自己的丈夫和二伯齐声歌唱，她为他们血脉相连、却又错综复杂的感情所震撼。多美子用日语低声说："今天我终于理解了（Kyō hajimete wakatta）。"④

　　这首歌一结束，大家又用英语满怀感情地唱了一遍。哈利和弗兰克兄弟克服了战争所带来的仇恨和个人损失所带来的痛苦，如今，他们安享和平的果实——他们眼都不眨一下地切换了语种，声音融合在了一起，饱满有力，清脆高昂。


　　后记：2015 年 1 月，弗兰克·克俊·福原（Frank Katsutoshi Fukuhara）在名古屋逝世。三个月后的 4 月 8 日，哈利·克治·福原（Harry Katsuharu Fukuhara）在檀香山逝世。这一天也是他们死在西雅图的父亲的祭日。

# 致谢

我欠了很多人情。

哈利·福原从一开始就支持本书,他的弟弟弗兰克也表现了与他相当的热情。这本书在很大层面上是一首对他们高尚人格与无间亲情的颂歌。皮尔斯·福原和玛丽·伊藤与我分享了他们的珍贵回忆。我希望玛丽能知道,与昂扬的她交谈使这本书增色不少。哈利和弗兰克的家人以热情与幽默的态度接纳了本书对于他们的调研采访。如果哈利的妻子特莉知道本书的出版就好了,她与哈利同样聪敏机智、胆识过人、生长于双重文化背景之下。我感谢弗兰克的妻子多美子(Tamiko),感谢她为我做了很多顿饭,与她向我所传递的持久的温暖。哈利和特莉的孩子马克、布莱恩、莎莉·福原;弗兰克和多美子的女儿冈庭仁美(Hitomi Okaniwa)都对本书的出版抱以欣慰。我也很感激皮尔斯的儿子利博(Toshihiro)和玛丽的女儿莉莲·林(Lillian Lam)。他们是我在洛杉矶附近的导游,随叫随到,并与我分享他们的回忆。我感谢玛丽的女儿,也是当时与哈利一同进入吉拉河集中营的小外甥女,珍妮·古谷(Jean Furuya),她是世界上最好的人之一。

我感谢斯坦·弗莱威尔(Stan Flewelling)和下井吉(Yosh Shimoi)对研究奥本的帮助。这些年来,斯坦始终是我在研究过程中最得力的联系人。我感谢摄影师盖伊·布洛克(Gay Flock)为哈利和特莉拍下了动人的照片。海琳·万(Helene Yorozu)和她的哥哥本·筒本(Ben Tsutsumoto)在西雅图接待了哈利、弗兰克和我。

我与许多身处美国的人交谈或通信。很不幸的是，他们中的有些人已经去世了。我很感激雷·阿贺(Ray Aka)，哈利·阿久根(Harry Akune)，肯·阿久根(Ken Akune)，艾德·阿尔博加斯特(Ed Arbogast)，乔治·有吉(George Ariyoshi)，朱迪(Judy)和信之·畦部(Nobuyuki Azebu)，吉姆·德莱尼(Jim Delaney)，比尔·恩迪科特(Bill Endicott)，霍勒斯·费尔德曼(Gorace Feldman)，鲍勃·福原(Bob Fukuhara)，杰克·赫齐格(Jack Herzig)，汤姆·疋田(Tom Hikida)，斯坦利·海曼(Stanley Hyman)，格兰特·市川(Grant Ichikawa)，马斯·市川(Mas Ichikawa)，乔治·金贝(George Kanegai)，拉斯蒂·木村(Rusty Kimura)，乔治·古志(George Koshi)，斯派迪·小山(Spady Koyama)，艾琳·藤井·野间(Irene Fujii Mano)，鲍勃·面家(Bob Menke)，三冈纪夫(Norio Mitsuoka)，罗伊·三冈(Roy M. Mitsuoka)，森内敦子(Atuko Moriuchi)，梅·森(May Mori)，艾米·永田(Amy Nagata)，本·中本(Ben Nakamoto)，野村翔(Sho Nomura)，雷·尾羽泽(Ray Obazawa)，埃斯特·织田(Esther Oda)，彼得·冈田(Peter Okada)，多丽丝·相良(Doris Sagara)，大卫·酒井(David Sakai)，加尔文·笹井(Calvin Sasai)，下田芳(Yoshi Shitamae)，约翰·史蒂芬(John Stephan)，沃尔特·田中(Walt Tanaka)，大卫·富山(David Toyama)，珍·富山(Jean Toyama)，基恩·浦辻(Gene Uratsu)，罗伊·上畠(Roy

Uyehata），山田前（Mae Yamada）和诺比·吉村（Noby Yoshimura）。

在日本，我与以下提及的各位进行了交谈，并受益良多。《中日新闻》(*Chūnichi Shimbun*)的林敦子（Atsuko Hayashi），坂东正道（Masamichi Bando），杰弗里·邱尔（Jeffrey J. Chur），榎本哲也（Tetsuya Enomoto），平野高志（Takashi Hirano），福田敏子（Toshiko Fukuda），福田康（Yasushi Fukuda），琼·藤井（Joan Fujii），后藤昌志（Masaharu Gotoda），桥崎清志（Kiyoshi Hashizaki），五十岚贤次（Kenji Igarashi），饭久保广嗣（Hirotsugu Iikubo），井上操（Misao Inoue），石田千惠子（Chieko Ishida），石原爱子（Aiko Ishihara），角丸朝子（Asako Kakumaru），河村武义（Takeyoshi Kawamura），川岛广守（Hiromori Kawashima），小林彻（Tohru Kobayashi），国见昌宏（Masahiro Kunimi），约翰·增田（John Masuda），松浦茂（Shigeru Matsuura），都秀吉（Hideyoshi Miyako），三轮秀夫（Hideo Miwa），森谷涉（Wataru Moriya），成田尚武（Hisatake Narita），西本五郎（Goro Nishimoto），西村俊直（Toshinao Nishimura），亨利·小仓（Henry Ogura），大森田鹤子（Tazuko Omori），酒卷尚生（Takao Sakamaki），佐佐木千惠美（Chiemi Sasaki），佐佐木武彦（Takehiko Sasaki），宍户清孝（Kiyotaka Shishido），诹访清（Kiyoshi Suwa），田中博（Hiroshi Tanaka）和高野三郎（Saburo Takano）。当我最初为美国大屠杀纪念馆研究借贷课题时结识了岛宗美知子（Michiko Shimamune），我们成为了朋友。之后在横滨海事博物馆，我们共同发掘资料。白石仁章（Masaaki Shiraishi）长期以来为我在外交档案馆查找信息提供指引。佐佐木正子（Masako Sasaki）对此书

的出版尤为重要。她坦率开放的态度使我得以不断深入挖掘这个故事。前川英子（Eiko Maekawa）和前川谦二（Kenji Maekawa）在多次向我敞开他们在广岛的家门。

　　有四位对此书的写作影响颇深的人。首先是我的朋友和导师，罗恩·鲍尔斯（Ron Powers），如果没有他，我将永远无法写出这本书。作为一名出类拔萃的作家，罗恩在我想要放弃的时候鼓励我砥砺前行。他杰出的作品、慷慨的帮助和迸发的灵感无时无刻不在激励着我。罗恩的妻子，生物化学家兼院长弗莱明女士（Honoree Fleming）给予我深刻的见解和支持。自我从阿默斯特学院就读伊始就成为朋友的帕梅·艾琳（Pam Allyn），也是一名致力于世界扫盲的倡导者，她倾听了我在此书出版过程中的传奇历程，并毫不犹豫地将她的文学经纪人丽莎·迪莫娜（Lisa DiMona）推给了我。丽莎坚定、敬业、睿智，她热情地接受了我的出版项目，并对此大大地改进。我始终感恩能够幸运地遇到丽莎，是她点亮了我的写作征途。在作家基地，丽莎的助手简·加内特（Jean Garnett）和诺拉·让（Nora Long）逐字阅读了我的手稿并提供了建议。

　　哈珀·柯林斯出版集团（Harper Collins）签下了我所创作的这笔巨大财富，盖尔·温斯顿（Gail Winston）是一个善于总结的编辑，她有着高效的工作方法、敏锐的观察和高超的编辑技巧。她发掘了此书的主旨，并化腐朽为神奇。我感激艾米莉·坎宁安（Emily Cunningham）和她的继任者索菲亚·古鲁普曼（Sofia Ergas Groopman）的大力协助，汤姆·皮托尼克（Tom Pitoniak）的仔细校订，迈克尔·克里（Michael Correy）的优雅设计，弗里茨·梅奇（Fritz Metsch）在过程中的统筹安排，杰罗德·泰勒（Jarrod

Taylor)所作的出挑封面,以及克莉丝汀·乔埃(Christine Choe)为此书勤奋的营销。出色的翻译家贝丝·卡里(Beth Cary)检查了此书的术语汇编。清子·纽夏姆(Kiyoko Newsham)核对了日语注释和全书条目。美国陆军军事历史中心历史部门的负责人詹姆斯·麦克诺顿博士,同时也是权威著作《二世日裔美国语言学家》(*Nisei Linguists*)的作者,百忙之中抽出时间阅读我的手稿。此书若有任何纰漏,责任在我,我提前为此向大家道歉。

哈佛大学的卡伦·索恩伯(Karen L. Thornber)博士慷慨地允许我引用她所翻译的诗,《火焰》(*Flames*),节选自峠三吉(Sankichi Toge)的《原爆诗集》(*Poems of the Atomic Bombs*)。索恩伯博士的译文可在以下网址找到:https://ceas.uchicagouchicago.edu/sites/ceas.uchicago.edu/files/uploads/Sibley/Genbaku%20.pdf。

雷·摩尔(Ray Moore)是我在阿默斯特学院就读时的导师,在我还是个一无所知的懵懂学生时,他就将我做为一名学者看待。约翰·柯蒂斯·佩里(John Curtis Perry)是我在弗莱彻法律外交学院的导师,鼓励我纂写一本商业书。著名的塔夫茨大学教授索尔·吉特勒曼(Sol Gittleman)始终充满热情地跟进本书的进程。美国大屠杀纪念馆的桑德拉·凯瑟(Sandra Kaiser)耐心地为我安排了行程。

在檀香山,我的好友们目睹了我所经历的许多阶段。当第一位出版人对此书产生兴趣时,黛比·船川(Debbie Funakawa)激动得哭了,当哈珀柯林斯出版集团承诺签约本书的时候,她高兴得尖叫起来。黛比给予了仅次于我父母的最大的支持。简·奥比(Jan Oppie)是善良的化身。帕姆·津崎(Pam Tsuzaki)很聪明、不知疲倦、很风趣。随着时间的推移,我们成了朋友;她是哈利最小的女儿。我们很少讨论故事本身,她也从不要求阅读手稿,或试图影响故事的叙述。黛比、简和帕姆把我从日常写作的孤独中解救出来,并晓之以理地告诉我要快乐、正直、投入地去生活。

与艾米·福尔曼(Amy Forman)的友谊鼓舞着我。船川淳(Atsushi Funakawa),克勒特·希金斯(Colette Higgins),比特·霍夫伯格(Peter Hoffenberg),维妮·乾(Winnie Inui),朱莉亚·金(Julia Kim),莫妮卡·拉普瑞欧拉(Monica La Briola),克莉丝汀·唐纳·林奇(Christine Donnelly Lynch),劳拉·奥扎克(Laura Ozak),柯克·帕特森(Kirk Patterson),卡米·拉塞尔(Cammie Russell),菅泽惠美(Megumi Sugasawa),凯特·上村(Kat Uyemura)和肯特·上村(Kent Uymura),乔希·伍德福克(Josh Woodfork)和安·伍德福克(Ann Woodfork)。我向檀香山笔耕不辍的妇女协会致谢,尤其是珊·柯利亚(Shan Correa),卡罗尔·伊根(Carol Egan),萨布拉·费尔德斯坦(Sabra Feldstein),维多利亚·盖尔-怀特(Victoria Gail-White),芮儿-凯兹·雷梅纳(Ria-Keltz Remenar),拉冯·梁(Lavonne Leong),苏珊·珂林(Susan Killen),简·麦格夫(Jan McGrath),南希·莫斯(Nancy Moss),南希·莫厄尔(Nancy Mower)、维拉·斯通(Vera Stone)和桑德拉·瓦格纳-赖特(Sandra Wagner-Wright)。我永远感激珍妮给我的爱、还有约瑟夫·马格里奥(Joseph Maglione)、艾伦(Ellen)和路易斯·马里诺(Louis Marino),帕特(Pat)和汤姆·沙利文(Tom Sullivan)。我向里克·霍兰德(Rick Hollander)、唐娜·德贝尔纳多·马里诺(Donna De Bernardo Marino)和芭芭拉·苏健(Barbara Soojian)鞠躬致意,为他们对我

完成这本书所抱有的坚定信念,也为我们自阿默斯特学院以来的友谊而感恩。

我感激我的姑妈朱迪·莱德(Judy Leeder)。抛开使我难扛的健康问题不谈,在我生命中最痛苦的时期,她为我提供了非同寻常的支持、同理心和欢笑,这与本书的主旨不谋而合。她的女儿,也就是我的表妹盖尔·利德·都柏林(Gayle Leeder Dublin)始终陪伴着她。我的表兄妹艾略特·杨(Eilot Young)、苏(Sue)和赫伯·特里德曼(Herb Triedman)都很细心并体贴。我拥有世上最好的兄弟姐妹,贝丝(Beth)和奇普·戴维斯(Chip Davis),菲利普(Philip)和金·罗特纳(Kim Rotner)。没有他们,我不知道如何才能坚持下来。即使大家距离甚远,但是他们始终通过各种方式陪伴着我。

我深深感谢我的孩子们,玛莎(Masa)和安娜(Anna),她们照亮了我的岁月,多年来,她们容忍着我为此书奔波,并为我加油。无数个早晨,她们都只能见到我沉浸在电脑前的论文中。安娜在我心烦意乱的时候从不抱怨,耐心地等待着我完成当日写作份额。当我得到本书的签约合同时,我打电话给正在学校上课的玛莎。她声音中流露出的喜悦是我生命中的高光时刻之一。

# 术语汇编

| 日语发音 | 英语释义 | 中文释义 |
|---|---|---|
| aburakasu | Oil-cake residue or clots from cooking oil | 油糕残渣或油渣 |
| aizome | Indigo-dyed | 靛蓝染色 |
| akagami | "red paper", denoting a draft notice | "红纸"，指入伍通知书 |
| Amerika-gaeri | Returnees to Japan from America, including the U. S. born children of Japanese immigrants to the States | 从美国回到日本的人，包括日本移民在美国生的孩子 |
| anrakushi | euthanasia | 安乐死 |
| aozora | "blue skies", euphemism for black market | "蓝天"，黑市的委婉说法 |
| azuki | Red beans | 红豆 |
| bakayarō | fool | 笨蛋 |
| banzai | "ten thousand years", often appearing as a patriotic cheer or battle cry | "万岁"，常作为爱国口号或者战斗号角 |

| 日语发音 | 英语释义 | 中文释义 |
|---|---|---|
| batakusai | Stinking of butter | "黄油臭" |
| bentō | Boxed lunch | 便当 |
| Buji de yokatta | I am glad that you are safe | 你能平安真是太好了 |
| bushidō | The way of the warrior, a philosophy espousing marital values | 武士道精神 |
| buyō | Classical dance | 传统舞蹈 |
| castella | Sponge cake introduced to Japan by Portuguese merchants | 长崎蛋糕,葡萄牙商人引进日本的海绵蛋糕 |
| chōchin | Paper lanterns | 纸灯,提灯 |
| daifuku mochi | Good-luck rice cakes, often filled with bean paste jam | 大福饼,常是红豆馅的 |
| dōjō | Studio, training center | 道场 |
| Dōzo yoroshiku | Please treat us kindly, request | 请多多指教 |
| fukumimi | Ears of happiness | 有福的大耳朵 |
| fundoshi | loincloths | 兜裆布 |
| furisode | Long-sleeved kimono | 振袖和服 |
| furashiki | Wrapping cloth | 包袱皮 |
| fusuma | Partition door | 隔扇画 |
| gaman | Self-restraint and perseverance | 忍耐,自我约束和毅力 |
| ganbariya | Hard worker | 努力的人 |
| genbakushō | Radiation sickness | 原爆病 |

| 日语发音 | 英语释义 | 中文释义 |
|---|---|---|
| genkan | entry | 玄关 |
| genmaicha | Green tea mixed with brown rice | 混着糙米的绿茶 |
| genshibaku-dan | Atomic bomb | 原子弹 |
| geta | Japanese wooden clogs | 日本木屐 |
| gētoru | puttees | 绑脚 |
| Gochisōsama deshita | Thank you for the feast, expression at the end of a meal | 谢谢你的款待,饭后的表达 |
| goshin'ei | Portraits of the emperor and empress | 天皇夫妇的肖像 |
| gyōgi minarai | Bridal training | 新娘训练 |
| gyokusai | "shattered jewels", euphemism glorifying suicidal charges | "玉碎",美化自杀的委婉说法 |
| hachimaki | headband | 头带 |
| hakama | Traditional, pleated culotte-like trousers | 和服裙子 |
| hakujin | White person or people | 白人 |
| hangō | Rice pot for soldiers | 士兵用铝制饭盒 |
| hatachi baba | Old maid at twenty, colloquial expression | 二十岁的老处女,口语表达 |
| hetoheto | exhausted | 筋疲力尽 |
| hibakusha | Atomic bomb survivor | 原子弹爆炸的幸存者 |
| hinomaru bentō | A boxed lunch of white rice with one red pickled plum in the center | 日之丸便当,盒装白米饭午餐,中间有一颗红酸梅 |

| 日语发音 | 英语释义 | 中文释义 |
|---|---|---|
| hinomaru | Rising sun flag | 太阳旗 |
| hōanden | Small shrine housing the imperial portraits and the Imperial Rescript on Education | 小神龛,供着天皇的肖像和关于教育的诏书 |
| hohei | Foot soldier | 步兵 |
| ichioku tokkōtai | 100 million Special Attack Forces, nationwide suicide units | 1亿人的特攻队,全国自杀小队 |
| ichioku | 100 million | 1亿 |
| Icchū | Abbreviation for Hiroshima First Middle School | "一中",广岛第一中学的简称 |
| ikite iru eirei | Living-war dead | "苟活的英灵" |
| ikebana | Flower arrangement | 插花 |
| inu | "dog", pejorative for informer in the concentration camps | "走狗",对集中营内告密者的贬称 |
| Irasshaimase | Welcome, greeting | 欢迎,问候 |
| issei | First-generation immigrants | "一世",一代日裔移民 |
| issen gorin | "one sen, five rin," coins worth less than a penny, the cost of mailing a draft notice, slang for how expendable foot soldiers were | 价值不到一美分的"一厘五钱"硬币,邮寄通知入伍的邮费,调侃步兵的消耗速度 |
| Itadakimasu | I humbly accept, said before eating, a form of nonsecular grace | "我开动了",在吃饭前说,一种非世俗的感恩 |
| jikatabi | Rubber-soled, split-toed shoes | 橡胶底分趾鞋 |

| 日语发音 | 英语释义 | 中文释义 |
|---|---|---|
| kagami mochi | Traditional New Year decoration consisting of two rice cakes topped with a tangerine | 镜饼,传统的新年装饰,包括两个年糕和一个橘子 |
| kaki yōkan | Persimmon-flavored bean jelly | 柿子羊羹 |
| kamikaze | "divine wind" suicide bombers | 神风突击队 |
| kanai | wife | 妻子 |
| kanji | Chinese characters，one of the major Japanese alphabets | 汉字,日语字母中主要的一种 |
| kempeitai | Military police | 宪兵队 |
| kendō | Japanese marital art of swordsmanship | 日本剑道 |
| kenjinkai | Prefectural association | 县协会 |
| ketsu | Kanji character meaning "decisive" | "决",汉字意味着"决定性的" |
| kibei | Nisei educated in Japan who had returned to the United States | "归美族",在日本受教育后重返美国的二世日裔移民 |
| Kichiku Bei-Ei | Devilish Americans and British | 邪恶的美国人和英国人 |
| Kimono(s) | Traditional dress | 传统和服 |
| kinokogumo | Mushroom cloud | 蘑菇云 |
| kinrō hōshi | Compulsory labor | 强制劳动 |
| kiritsu，rei，chakuseki | Stand，bow，sit down：instructions at school | 起立,行礼,坐下 |
| kōden | Condolence money | 奠仪 |

| 日语发音 | 英语释义 | 中文释义 |
|---|---|---|
| kodomo no tame ni | For the sake of the children | 一切为了孩子 |
| kokuminfuku | National uniform | 国民服装 |
| konpeitō | Star-shaped rock candy | 金平糖,星型硬糖 |
| kotatsu | Low table，with heating source covered with a quilt；the tabletop is placed over the quilt for warmth | 被炉,矮桌,被子覆盖着热源;桌面下放着被子以保暖 |
| koto | Long zither | 长琴 |
| kuchi-jamisen | Humming the notes of the shamisen | 哼唱三味线的音符 |
| kumade | Decorative bamboo rakes considered good-luck charms | "熊手",装饰性竹耙,被认为是吉祥物 |
| kyodatsu | despair | 绝望 |
| makizushi | Rolled sushi | 寿司卷 |
| manjū | Cakes filled with bean-paste jam | 豆馅馒头 |
| Masaka | No Way! Oh No! An exclamation of surprise | 不会吧 |
| miso | Soybean paste | 味噌,大豆酱 |
| mizu | water | 水 |
| mochi | Rice cakes | 年糕 |
| mochigome | Sticky sweet rice | 糯米 |
| modan | modern | 现代,摩登 |
| moga | Modern girl | 时髦女孩 |
| monpe | Bloomer-like pants | 灯笼裤 |

续　表

| 日语发音 | 英语释义 | 中文释义 |
|---|---|---|
| montsuki | Formal-crested kimono | 带家徽的和服 |
| mushin | "no mind" state of grace in martial arts enabling acute mindfulness | 武术中"无意识"的优雅状态,可实现正念 |
| namaikiya | Spoiled brat | 宠坏的混蛋 |
| namajikka | lukewarm | 不冷不热 |
| natsukashii | nostalgic | 思乡,怀念的 |
| nisei | Second-generation Japanese Americans, children of issei immigrants | "二世",二世日裔美国人,一代日裔移民的孩子 |
| noren | Shop curtain | 门帘 |
| obon | Annual Buddhist festival honoring ancestors | 盂兰盆节年度佛教祭祖节日 |
| Ohayō gozaimasu | Good morning. | 早上好 |
| Ojama shimasu | Sorry to interrupt you. | 抱歉打扰你 |
| okāsan | mother | 母亲 |
| omusubi | Rice balls | 饭团 |
| onīsan | Older brother, honorific | 哥哥的敬称 |
| otōsan | father | 父亲 |
| Oyasuminasai | Good night | 晚安 |
| pika | Bright flash | 闪光 |
| rakkyō | Pickled shallots | 辣韭 |

| 日语发音 | 英语释义 | 中文释义 |
|---|---|---|
| ramune | Carbonated lemonade | 弹珠汽水 |
| sake | Rice wine | 米酒 |
| sakura | Cherry blossoms | 樱花 |
| seiza | Position in which one sits and folds legs underneath | 端坐,蜷腿跪坐 |
| sekkyō | Sermons, implemented as hazing | 说教,实为欺凌 |
| senbei | Rice crackers | 仙贝 |
| Senjinkun | Field Service Code | 战阵训 |
| senninbari | Thousand-stitch stomach-warmer, battle amulet | 千人针 |
| senpai | A superior | 前辈 |
| sensei | teacher | 老师 |
| Setsubun | Custom for the day before the beginning of spring | 节分,春天初始时的习俗 |
| shamisen | Japanese lute | 日本三味线 |
| Shikata ga nai | It cannot be helped | 没办法 |
| Shintō | Japan's indigenous religion | 神道教 |
| shirokuro | "white and black", meaning black-and-white | 黑白 |
| shōchikubai | New Year pine-bamboo-plum-blossom flower arrangement that embodies discipline and endurance | 新年体现纪律和耐力的"松竹梅"布置 |
| shōji | Latticed paper window screens | 纸拉窗 |

续　表

| 日语发音 | 英语释义 | 中文释义 |
|---|---|---|
| soba | Buckwheat noodles | 荞麦面 |
| sōsho | cursive | 草书 |
| sumi | ink | 墨水 |
| suzuran | Lily-of-the-valley | 铃兰花 |
| Tadaima | I'm home, announcement upon returning home | 我回来了,告知到家 |
| taiko | Drum | 鼓,大鼓 |
| Takenoko seikatsu | Bamboo-shoot existence | 靠典当度日 |
| takeyari | Bamboo spear | 竹矛 |
| tatami | Straw mat | 榻榻米 |
| tategata sankai | Military maneuver to split down the middle and fan out | 扇形散开 |
| tatemae seikatsu | A life of appearances | 生活表面 |
| teikibin | Regular flights | 定期航班 |
| tenugui | towel | 毛巾,布手巾 |
| tokkōtai | Special Attack Forces | 特攻队 |
| tonarigumi | Neighbor association | 邻里协会 |
| torii | Gate at the entrance to a Shinto shrine | 鸟居 |
| torihada | "chicken skin" or goose bumps | 鸡皮疙瘩 |
| toshikoshi | "crossing the year" | 跨年 |
| tsuyu | Plum rain, expression for the rainy season | 梅雨 |

| 日语发音 | 英语释义 | 中文释义 |
|---|---|---|
| uchikake | Wedding kimono | 结婚和服 |
| umeboshi | Pickled plum | 腌梅子 |
| undokai | Track meet | 田径运动会 |
| unmei | fate | 命运 |
| wakame | seaweed | 海草 |
| yami | Black market | 黑市 |
| yoki tsuma, tsuyoi haha | Good wife and wise mother | 贤妻良母 |
| zōri | sandals | 草鞋 |
| zuruzuru | peeling | 剥落 |

# 注释

## 序幕　冲击波

① "Japan has attacked Pearl Harbor"：Conversation is in Harry Katsuharu Fukuhara, interview by Eric Saul and assistance by Lonnie Ding, January 7, 1986, transcript, National Japanese American Historical Society Oral History Project, San Francisco, 23；Harry Fukuhara, interview, transcript, MIS Association, Norcal, Civil Liverties Public Education Fund Program (CLPEFT), San Francisco, 14.

② "wounded"：Fukuhara, interview, CLPEFP.

③ "our victorious assault on Hawaii"：Frank Fukuhara, interview, Tokyo, April 17, 2001.

④ "Defend and attack for our country"：Radio broadcast information is from Tomi Kaizawa Knaefler, *Our House Divided：Seven Japanese American Families in World War II* (Honolulu：University of Hawaii Press, 1991).

⑤ "a declaration of war"：https://archive. org/details/ PearlHarborAttackAnnouncement.

⑥ "This is going to bring up"：Harry Fukuhara, interview,

Tokyo, January 10, 1999; Harry Katsuharu Fukuhara, interview by Eric Saul, 23.

⑦ Kinu opened her local *Chūgoku Shimbun*: *Chūgoku Shimbun*, December 9, 1941.

## 第一部分  生于美国,长于双重文化
### 1  在奥本的家

① By 1920 steam whistles: Josephine Emmons Vine, *Auburn: A Look Down Main Street* (Auburn, WA: City of Auburn, 1990), 57.

② two stories down: Harry Fukuhara, interview, Tokyo, October 20, 2005.

③ in a glass case: Harry, Pierce, and Frank Fukuhara, interview, Tokyo, October 13, 1998; Harry Fukuhara, interview, Tokyo, January 9, 1999.

④ By the early 1920s, more than twenty-five thousand legal immigrants from Hiroshima: Zaibei Hiroshima Kenjin Shi (Los Angeles: Zaibei Hiroshima Kenjinshi Hakkōjo, 1929), 70 – 71.

⑤ "Many firms have general regulations": Eliot Grinnell Mears, *Resident Orientals on the Pacific Coast* (Chicago: University of Chicago Press, 1928), 199 – 200.

⑥ "It seems a tragedy": Ibid.

⑦ He had attained white-collar status and attended some college: *Zaibei Nihonjin Jinmei Jiten* (San Francisco: Nichibei Shimbunsha, 1922), 147.

⑧ In 1929, almost four thousand: Rinjirō Sodie and John Junkerman, *Were We the Enemy? American Survivors of Hiroshima* (Boulder, CO: Westview Press, 1998), 16.

⑨ "The goal to be attained": Japanese Immigration Hearings Before the House Committee on Immigration and Naturalization, July 12-August 3, 1920, H. R. 66th Congress, 2nd Session, Points 1 – 4, quoted in Yamato Ichihashi, *Japanese in the United States* (Palo Alto: Stanford University Press, 1932), 329.

⑩ "We must talk and walk": Monica Sone, *Nisei Daughter* (Seattle: University of Washington Press, 1979), 24.

⑪ "With no amount of persuasion": Harry Fukuhara, interview, Tokyo, January 10, 1999, Other comments are from the same interview.

⑫ "When will your father become the mayor of Auburn?": conversation between hometown friends and Harry Fukuhara, Auburn WA, August 2, 2002.

⑬ "I wanted to get a different name": Harry Fukuhara, interview by Eric Saul, 13, 53.

⑭ "There will be many surprises": "2000 Lanterns Will Glow In Night Parade," *Auburn Globe-Republican*, July 25, 1929.

⑮ The festivities began with fireworks: Stan Flewelling, *Shirakawa: Stories from a Pacific Northwest Japanese American Community* (Auburn, WA: White River Valley

Museum，2002），105 - 106.

## 2　旅居广岛

① Frank was taking his first：Frank Fukuhara，telephone interview，September 2003.

② After two weeks：*Port of Yokohama* （Yokohama：Yokohama Maritime Museum，2004），in Japanese，chart 6.

③ They were his brother and sister：Frank Fukuhara，1999，notebook prepared for author，3.

④ "My parents fooled me"：Mary Ito，interview，Torrance，March 21，2003.

⑤ Kiyo possessed a single obsession：*Hiroshima Hondori Shotengai no Ayumi* （Hiroshima：Hiroshima Hondori Shotengai Shinko Kumiai，2000），24；Toshinao Nishimura，interview，Tokyo，March 24，2001.

⑥ Kiyo hung those panels：*Hiroshima Hondori Shotengai no Ayumi*，50；Frank Fukuhara and Takehiko Sasaki，interviews，Hiroshima，April 10，1999.

⑦ Every morning，Kiyo pulled her hair into a tidy chignon：Masako Sasaki，interview，Hiroshima，March 27，2007. Masako supplied much of this information，along with her relative whose family owned a rival shop.

⑧ largest and brightest venue in western Japan：*Hiroshima Hondori Shotengai no Ayumi*，33.

⑨ her marriage ended：*Koseki Tohon* （Family Register），Sukesaburo Sasaki，Miyajima-cho，Hiroshima Prefecture. Kiyo married her first husband in 1903, when she was seventeen.

⑩ Victor was "very kind": Takehiko Sasaki, interview, April 10, 1999.

⑪ "People would pick on him": Mary Ito, interview, March 21, 2003; Takehiko Sasaki, interview.

⑫ a brash "Yankee" and a bully: Takehiko Sasaki, interview, April 10, 1999.

⑬ Etiquette was no longer as formal and rigid: Ben-Ami Shillony, *Politics and Culture in Wartime Japan* (New York: Oxford University Press, 1981), 148.

⑭ Tokichi had lost an eye: Frank Fukuhara, telephone interview, May 22, 2006.

⑮ "Let's wake up": Takehiko Sasaki, interview; Masako Sasaki, interview.

⑯ When Tokichi did leave the premises: Toshinao Nishimura, interview.

⑰ As the mistress of Meijidō: Masako Sasaki, interview, March 21, 2003.

⑱ "No, I didn't give you my girl": Mary Ito, interview, March 21, 2003.

⑲ "I bought my graduation diploma by money": Ibid.

⑳ Legend had it: Harry Fukuhara, interview, Tokyo, April 22, 2006.

## 3　成长的疼痛

① The boys had not removed their shoes: Mary Ito,

interviews, Torrance, March 21, 2003; and March 24, 2003.

② "It seemed like a long time": Harry Fukuhara, interview, Tokyo, October 20, 2005.

③ "I was a spoiled brat": Mary Ito, interviews, Torrance, March 21, 2003, and March 24, 2003.

④ "I was hungry": Ibid.

⑤ "born mouth first": Ibid.

⑥ six custom light fixtures: Information on ornamental lights is from Stan Flewelling, *Shirakawa: Stories from a Pacific Northwest Japanese American Community* (Auburn, WA: White River Valley Museum), 107 - 108.

⑦ "a tribute to the friendship": "Dedication Is Formal Affair," *Auburn Globe-Republican*, November 28, 1929, 1, 5.

⑧ "gratitude for what Auburn schools": Ibid.

⑨ "to be ready to serve": Ibid.

⑩ Kinu served him first: Mary Ito, interview, Torrance, March 24, 2003.

⑪ "Everything I say, I get": Frank Fukuhara, interview, Honolulu, February 7, 2008.

⑫ to carry him downstairs: Mari Ito interviews.

⑬ Victor, Mary, and Pierce were all second-grade students: Pierce Fukuhara, interview, Tokyo, March 9, 2001.

⑭ "The f in food": Kazuo Ito, *Issei: A History of Japanese Immigrants in North America*, trans. Shinichiro Nakamura and Jean S. Gerard (Seattle: Executive Committee for

Publication, c/o Japanese Community Service, 1973), 627.

⑮ "rebellious tomboy": This and the quotations from Mary that follow are from Mary Ito interviews.

⑯ All across the West Coast and Hawaii: Mei Nakano, *Japanese American Women: Three Generations* 1890 – 1990 (Sebastopol, CA: Mina Press, 1990), 122.

⑰ On New Year's Eve: Buckwheat noodles eaten on New Year's Eve are called *"toshikoshi soba,"* meaning "crossing the year" noodles, which are believed to carry luck into the new year.

## 4 大萧条

① They cultivated a cornucopia: David A. Takami, *Divided Destiny: A History of Japanese Americans in Seattle* (Seattle: University of Washington Press and Wind Luke Asian Museum, 1998), 20.

② he would drive Japanese from the county: David A. Neiwert, *Strawberry days: How Internment Destoryed a Japanese American Community* ( New York: Palgrave Macmillan, 2005), 64 – 65; Stan Flewelling, Shirakawa: *Stories from a Pacific Northwest Japanese American Community* (Auburn, WA: White River Valley Museum, 2002), 76.

③ When *issei* first appeared in the White River Valley: Feewelling, *Shirakawa*, 24 – 25.

④ By 1925: John Adrain Rademaker, " The Ecological Position of the Japanese Farmers in the State of Washington"

(Ph. D. diss. , University of Washington, 1939), 35 – 36, quoted in Neiwert, *Strawberry Days*.

⑤ "swallowing their tears": Ito, *Issei*: 65 – 66.

⑥ *A History of Japanese Immigrants in North America*, trans. Shinichiro Nakamura and Jean S. Gerard (Seattle: Executive Committee for Publication, c/o Japanese Community Service, 1973), 165.

⑦ "I used to make all my pastoral calls": Kitagawa quotation in Flewelling, *Shirakawa*, 215.

⑧ Unable to afford electricity: Tom Hikida, telephone interview, December 1, 2003.

⑨ truck their produce: Takami, *Divided Destiny*, 20.

⑩ more than 4. 5 million Americans: Timothy Egan, *The Worst Hard Time: The Untold Story of Those Who Survived the Great American Dust Bowl* (New York: Houguton Mifflin, 2006), 95.

⑪ Katsuji became the first Japanese trustee: Chamber of Commerce officers, Auburn 1930, in University of Washington Libraries Digital Collections.

⑫ "She went out of her way": Harry Fukuhara, interview, Tokyo, January 10, 1999.

⑬ "Their wallet folds had money": Ray Obazawa, telephone interview, January 27, 2004.

⑭ No more than 10 percent: Eliot Grinnell Mears, *Resident Orientals on the Pacific Coast* (Chicago: University of Chicago

Press, 1928), 258 – 59, quoted in Yamato Ichihashi, *Japanese in the United States* (Palo Alto, CA: Stanford University Press, 1932), 168.

⑮ "potato blanket": Harry Fukuhara, interviews, January 10, 1999, and April 17, 2001. "Potato blanket" lunches were mashed potatoes with gravy.

⑯ "the 'ching' of the cash registers": Ito, *Issei*, 712 – 14, 851, 854.

⑰ "one by one": Ibid.

⑱ burlap sacks of produce: Harry Fukuhara, interview, Seattle, August 4, 2002.

⑲ He would leave the house: Information on riding the blinds from MIS Norcal Association, *Prejudice & Patriotism: Americans of Japanese Ancestry in the Military Intelligence Service of WWII*, video (San Francisco: National Japanese American Historical Society, ca. 2000); Flewelling, *Shirakawa*, 113; Harry Fukuhara, interviews, Tokyo, January 10, 1999; April 26, 2001; October 17, 2005.

⑳ Sometimes he sought out the men: Harry Fukuhara, interview, transcript, MIS Association, Norcal, Civil Liberties Public Education Fund Program (CLPEFP), San Francisco, 5; Harry Fukuhara, interview, January 10, 1999.

㉑ On his application for his first passport: list of passports issued, File 3. 8. 5. 8 Tabi 21, Diplomatic Archives, Ministry of Foreign Affairs, Tokyo.

㉒ Yet in Auburn he had been selected: Flewelling, *Shirakawa*, 107.

㉓ massive anti-American riots: *Tokyo Asahi Shimbun*, July 1, 1924, 2.

㉔ On November 8: Frank Fukuhara, notes, April 6, 2002, interview, Seattle, August 2, 2002; letter to author, October 3, 2003.

## 5　白骨与灰烬

① "He was never in robust health": Harry Fukuhara, interview, January 10, 1999.

② Three days before the family's anticipated New Year's Eve celebration: information on Katsuji's treatment in Auburn and Seattle from probate court records of Superior Court of the State of Washington, Kings County.

③ "Stay in the hospital": Harry Fukuhara, interview, October 16, 2005.

④ "I just took off": Ibid.

⑤ "If my mother had scolded me": Ibid.

⑥ Priest Aoki: The funeral information is from Flewelling, *Shirakawa*, 107.

⑦ "A wide circle alike": "Death Calls H. K. Fukuhara," *Auburn Globe Republican*, April 14, 1933, 4.

⑧ His savings account held: Probate court records.

⑨ "a family of moderate means": Ibid.

⑩ "That's not right": Harry Fukuhara, interview,

Honolulu, February 7, 2008.

⑪ Harry was delighted: Harry Fukuhara, interview, Tokyo, July 3, 2006.

⑫ Kinu spread a blanket: Harry Fukuhara, interview, January 10, 1999.

⑬ "I didn't miss my father much": Frank Fukuhara, interview, Honolulu, January 21, 2009.

⑭ On the few occasions: Harry Fukuhara, interview, January 10, 1999.

⑮ "When you're thirteen years old": Harry Fukuhara, interview, Honolulu, February 7, 2008.

⑯ Japanese women may have been wearing bolder kimonos: *The Fabric of Life: Five Exhibitions From the Textile Collection*, July-October 2008, brochure and exhibition. In particular, Gallery 20, "Bright and Daring: Japanese Kimono in the Taisho Mode," July 23-October 5, 2008, at the Honolulu Museum of Art.

⑰ "The only problem": Harry Fukuhara, interview, January 10, 1999.

⑱ McLean devalued the initial estate estimate: Probate court records.

⑲ "She couldn't leave without me": Harry Fukuhara, interview, Tokyo, April 17, 2001.

⑳ "If I didn't like it, I could go back": Ibid.

㉑ On the afternoon: "N. Y. K. Seattle-Vancouver-Orient

Service: Sailing Schedule for Nov. 1932-December 1933," NYK Maritime Museum, Yokohama, Japan.

㉒ Kinu had purchased: "Nippon Yūsen Taiheiyō Kōro Unchinhyō," NYK Maritime Museum, Yokohama, Japan.

## 第二部分　逐流于两个国家之间

### 6　日升之地

① First-class passengers: "Yōjō No Interia." NYK Maritime Museum, Yokohama, Japan, March 3-September 2, 2007.

② Charlie Chaplin: Sanae Sato, *Nihon no Kyakusen to Sono Jidai* (Tokyo: Jiji Tsūshinsha, 1993), 46.

③ The cost of the trip: *Yokohama-shi Shitei Bunkazai*, "Hikawa Maru Chōsa Hokokusho" (Yokohama: Kyōiku Iinkai, 2003), 85.

④ At the time: Ibid.

⑤ The more Harry explored: Ito, *Issei*, 13.

⑥ "Just kids": Harry Fukuhara, interview, Tokyo, December 7, 2004.

⑦ Gale-force winds: *Yokohama Bōeki shimpo*, November 29, 1933, 5, 7.

⑧ The sun's spread rays: Frank Fukuhara, telephone interview, May 28, 2007.

⑨ One of Kinu's brothers: Harry Fukuhara, interview, transcript, MIS Association, Norcal, Civil Liberties Public

Education Fund Program (CLPEFP), San Francisco.

⑩ "*Kutsu o nuginasai*": Harry Fukuhara, interview, Tokyo, July 3, 2006.

⑪ This house did not have a telephone: Masako Sasaki, interview, Hiroshima, March 27, 2007.

⑫ He hadn't liked Japan: Harry Fukuhara, interview, Tokyo, April 24, 2001.

⑬ Little more than two weeks: Nobufusa, Bitow, Auburn, to Harry Fukuhara, Hiroshima, December 16, 1933.

⑭ "The Emperor and prince system": Frank Fukuhara, interview, April 17, 2001.

⑮ "Don't you long for": Hiroshi Sonobe, Tokyo, to Harry Fukuhara, late 1937 or early 1938.

⑯ "She was scared": Frank Fukuhara, interview, April 17, 2001; notes, April 2005.

⑰ "I couldn't speak": Harry Fukuhara, interview, Honolulu, September 29, 2008.

⑱ "What did you learn today?": Harry Fukuhara intervew with Frank and Pierce, Tokyo, October 13, 1998; Harry Fukuhara, interview, December 6, 1998.

⑲ "I was all mixed up": Mary Ito, interview, Torrance, March 21, 2003.

⑳ "When you went into that house": Chieko Ishida, interview, Fukuoka, April 9, 1999.

㉑ Despite his tutoring: Harry Fukuhara, interview,

September 29, 2008.

㉒ Scarlet goldfish swan: Shigeru Matsuura, interview, Hiroshima, April 10, 1999.

㉓ The boys eyed one another: Shigeru Matsuura, interview, Hiroshima, November 16, 2002. Harry Fukuhara, interview, Honolulu, January 27, 2008. Note that Harry and Frank would forever call Shigeru Marsuura by his last name, as is the custom in Japan, whether enemies or friends.

㉔ There were a few more furious exchanges: Ibid.

㉕ Or did Matsuura simply resent: Harry Fukuhara, interview, Tokyo, April 10, 1999.

㉖ "For the first year in Japan": Harry Fukuhara, interview, Tokyo, October 20, 2005.

㉗ Until eight or nine at night: Harry Fukuhara, diary, July 15, 1936; Roy Mitsuoka, "Answers to Questions for the Fukuhara Project," December 20, 2001; Roy Mitsuoka to author, December 24, 2003.

㉘ In her breezy update: Ruth Woods to Harry Fukuhara, September 21, 2009.

㉙ Meanwhile, Victor: Frank Fukuhara, interview, Honolulu, January 21, 2009.

㉚ Just when Victor was finally regaining his stride: Katsumi Fukuhara, military record, Hiroshima Prefecture.

㉛ "A native American citizen": Consul Kenneth C. Krentz, Kobe, to Harry Fukuhara, November 29, 1935.

㉜ "Unique" among nations: Ulrich Straus, *The Anguish of Surrender: Japanese POWs of World War II* (Seattle: University of Washington Press, 2003), 35.

㉝ Among other skills: Harry Fukuhara, interview, Tokyo, April 17, 2001; April 26, 2001; Johnny Masuda, interview, Tokyo, April 3, 2001. Also see Straus, *The Anguish of Surrender*, 35, and MIS Norcal Association, *Prejudice & Patriotism: Americans of Japanese Ancestry in the Military Intelligence Service of WWII* (San Francisco: National Japanese American Historical Society), video.

㉞ scooping up the errant shells with a handy net: Harry Fukuhara, interview, Honolulu, March 16, 2009.

㉟ "number one enemy": Harry Fukuhara, interview, Tokyo, April 19, 2006.

㊱ "kind of awkward": Harry Fukuhara, interview, March 16, 2009.

㊲ "Got pretty tired": Harry Fukuhara, Diary, June 2, 1936.

㊳ "and then marched around": Ibid.

㊴ "part of the curriculum": Harry Fukuhara, interview, Honolulu, February 7, 2008.

㊵ When Frank wound the phonograph: Harry Fukuhara, interview, Tokyo, April 20, 2001.

㊶ "*Bakayarō*": Ibid. Harry Katsuharu Fukuhara, interview by Eric Saul and assistance by Lonnie Ding, January 7,

1986，transcript，National Japanese American Historical Society Oral History Project，San Francisco，11.

㊷ "To the Japanese"：Harry Fukuhara，interview，transcript，MIS Association，Norcal，Civil liberties Public Education Fund Program（CLPEFP），San Francisco，9.

㊸ "Mary and my mother argued"：Harry Fukuhara，interview，April 24，2001；Frank Fukuhara，interview，Fukuoka，April 9，1999.

㊹ But Mary was so tightly wrought：Mary Ito，interview，Torrance，March 24，2003.

㊺ Instead of changing into a demure kimono：Masako Sasaki，interview，March 27，2007.

㊻ Kinu promptly purchased：Harry Fukuhara，diary，March 28，1936.

㊼ "I didn't want to stand for it"：Mary Ito，interview，March 24，2003.

㊽ "You ran away?"：Ibid.

㊾ "I just couldn't take it anymore"：Ibid.

㊿ "Oh，this is Hisae"：Ibid.；Tazoko Omori，telephone interview，April 13，2001.

(51) But when she looked at her mother：Mary Ito，interview，March 2，2003.

(52) "Auntie still had a dream"：Masako Sasaki，interview.

(53) "Yes，I realize how difficult"：Ellen Rutherford，Auburn，to Harry Fukuhara，March 21，1937.

(54) "You are torn between the wishes": Ellen Rutherford, Auburn, to Harry Fukuhara, May 2, 1937.

(55) Kinu did worry: Harry Fukuhara, interview, April 20, 2001.

(56) Harry and Matsuura: Shigeru Matsuura, interview, November 16, 2002.

(57) "It was just a short while": Ruth Yamada, Hiroshima, to Harry Fukuhara, October 8, 1937.

(58) "Oh yes, I have heard": Mary Okino, Gresham, Oregon, to Harry Fukuhara, October 27, 1937.

(59) "Everybody over here": Kaz Kojo, Auburn, to Harry Fukuhara, February 19, 1938.

(60) one-third of the cost of the house: Harry Fukuhara, interview, Tokyo, November 2, 1998; Frank Fukuhara, interview, Honolulu, January 29, 2008.

(61) He wrote friends: W. A. McLean, Tacoma, WA, to Harry Fukuhara, Hiroshima, February 9, 1938.

(62) And, on March 3, 1938: Sanyō Commercial School Graduation Certificate.

(63) *Tatemae seikatsu* (a life of appearances): Masako Sasaki, interview.

(64) "They hit him": Harry Fukuhara, interview, January 10, 1999.

(65) both a father and brother: Frank Fukuhara, telephone interview, February 9, 2009.

### 7 悲伤的归家

① This story reminded Harry: list of passports issued, File 3. 8. 5. 8 Tabi 69, Diplomatic Records Office, Tokyo.

② rickshaw rides and sumo tournaments: Frank Fukuhara, Komaki City, to author, Tokyo, December 1, 2001; Frank Fukuhara, interview, Honolulu, February 7, 2008.

③ When the tofu vendor: Frank Fukuhara, interview, November 20, 2001.

④ "never done that kind of work": Mary Ito, interview, Torrance, March 21, 2003.

⑤ Her *ikebana* skills: Ibid.

⑥ "He was my watchdog": Ibid.

⑦ A domestic was one of the few occupations: "Pride and Practicality, Japanese Immigrant Clothing in Hawaii," exhibition, Japanese Cultural Center of Hawaii, September 2008.

⑧ "Your old pal": Helen Hall, Auburn, to Harry Fukuhara, Hiroshima, December 8, 1934, and June 5, 1935.

⑨ "OH Harry": Mrs. Biddle, Auburn, to Harry Fukuhara, Hiroshima, undated.

⑩ He had missed: *The Invader* 1937, yearbook (Auburn, WA: Auburn High School, 1937).

⑪ "They were really nice girls": Amy Nagata, interview, Los Angeles, March 21, 2003.

⑫ "Step aside": Walt Tanaka, interview, San Jose, May

11，1999.

⑬ "Do you think I'm dirty?"：Ibid.

⑭ "drift"：Harry Fukuhara, "Autobiography Highlights" (photocopied notes, undated, circa December 5, 1992).

⑮ Walt Disney, Hollywood, to Harry Fukuhara, Christmas card, 1938.

⑯ "I would just go from job to job"：Harry Fukuhara, interview, Los Angeles, March 22, 2003.

⑰ "Don't end up like me"：Harry Fukuhara, interview, Tokyo, January 17, 1999.

⑱ "tough guy"：Bob Fukuhara, interview, Los Angeles, March 22, 2003.

⑲ The Mitchums：Harry Fukuhara, interview, January 19, 1999.

⑳ He enrolled part-time：Harry Katsuharu Fukuhara, military records, National Personnel Records Center, St. Louis, MO.

㉑ Hitchhiking to school：Harry Fukuhara, interview, Tokyo, October 20, 2005.

## 8 发生在广岛的欺凌

① Hiroshima First Middle School：Middle school was six years, comprising junior high school and high school.

② "Everyone who went there"：Masako Sasaki, interview, Hiroshima, November 16, 2002.

③ school motto："Greetings from Principal," Hiroshima

Prefectural Hiroshima Kokutaiji Senior High School, http://www. kokutaiji-h. hiroshima-c. ed. jp/koutyou/principa3 _ e23. html.

④ "You didn't salute me": Frank Fukuhara, interview, Toyama, March 24, 1999.

⑤ "*Namaikiya*": Ibid.

⑥ An *Icchū* student: List from Frank Fukuhara, various interviews; Henry Ogura, interview, Tokyo, June 27, 2001; Hiroshi Tanaka, interview, Hiroshima, November 17, 2002.

⑦ she and her son were "*batakusai*": Henry Ogura, interview.

⑧ "You don't wear that blue thing in Japan": Frank Fukuhara, interview, Tokyo, June 20, 1999.

⑨ "The older brothers seemed different": Toshiko Fukuda, interview, Hiroshima, November 16, 2002.

⑩ "Buy suffering when young": Frank Fukuhara, interviews, Tokyo, June 20, 1999, and April 17, 2001.

⑪ official bullying: Hiroshi Tanaka, interview.

⑫ "Spell *tulip*": Hiroshi Tanaka and Henry Ogura, interviews.

⑬ Now that Frank was enrolled: Frank Fukuhara, interview, Honolulu, January 21, 2009.

⑭ *Icchū* boasted: Hiroshi Tanaka, interview; Frank Fukuhara, April 17, 2001.

⑮ "If you were a soldier": Masako Sasaki, interview.

⑯ "*Sekkyō* had changed my life entirely": Frank Fukuhara, interviews, March 22, 1999; April 9, 1999; November 17, 2002; June 9, 2006.

⑰ "But nobody asked me": Frank Fukuhara, interview, June 20, 1999.

⑱ "I was excited": Frank Fukuhara, 1999, notebook prepared for author, 9.

⑲ "Defend and attack": Radio broadcast information is from Tomi Kaizawa Knaefler, *Our House Divided: Seven Japanese American Families in World War II* (Honolulu: University of Hawaii Press, 1991).

⑳ "Japan shouldn't fight": Masako Sasaki, interview, Hiroshima, March 27, 2007.

㉑ "a tough, tough struggle": Knaefler, *Our House Divided*.

㉒ "I decided to behave": Frank Fukuhara, Komaki-shi, notes to author, April 6, 2002.

## 9　发生在洛杉矶的恐慌

① "JAPS OPEN WAR": *Los Angeles Times*, December 8, 1941.

② "classified for interment": "Japanese Aliens' Roundup Starts" and "City Springs to Attention," *Los Angeles Times*, December 8, 1941.

③ Glendale Junior College: Harry K. Fukuhara, graduation certificate, June 19, 1941.

④ "They were like my own family": Harry Fukuhara, interview with Frank, Tokyo, April 16, 2005.

⑤ "Bottoms up": "War Mutes New Year's Eve Hilarity," *Los Angeles Times*, January 1, 1942.

⑥ " some empathy ": Harry Fukuhara, interview, transcript, MIS Association, Norcal, Civil Liverties Public Education Fund Program (CLPEFP), San Francisco, 15.

⑦ forced labor: John Dower estimates that between 1939 and 1945, almost 670,000 Koreans were taken to Japan to work, primarily in mines and heavy industry. More than 10, 000 probably perished in Hiroshima and Nagasaki as a result of the atomic bombs. John W. Dower, *War Without Mercy: Race & Power in the Pacific War* (New York: Pantheon Books, 1986), 248.

⑧ "This Restaurant Poisons": Ibid. , 92.

⑨ "climate of harassment": Harry Fukuhara, interview, Tokyo, December 7, 2004.

⑩ "I am a Chinese": Michi Nishimura Weglyn, *Years of Infamy: The Untold Story of America's Concentration Camps* (Seattle: University of Washington Press, 1996), 36; Robert A. Wilson and Bill Hosokawa. *East to America: A History of the Japanese in the United States* (New York: William Morrow, 1980), 249.

⑪ American college rings: Wilson, *East to America*, 189.

⑫ flashing messages to shore: "Jap Boat Flashes Messages

Ashore," *Los Angeles Times*, December 8, 1941.

⑬ signs with arrows: Harry Fukuhara, interview, Seattle, August 2, 2002.

⑭ "Some perhaps many": "Death Sentence," *Los Angeles Times*, December 8, 1941.

⑮ "A viper is nonetheless a viper": "The Question of Japanese-Americans," *Los Angeles Times*, February 2, 1942.

⑯ "What's wrong with Japan?": MIS Association, Norcal, Civil Liberties Public Education Fund Program (CLPEFP), San Francisco, 14 – 15.

⑰ "The Japanese race": Quoted in Wilson, *East to America*, 234.

⑱ "I do not think": Doris Kearns Goodwin, *No Ordinary Time: Franklin & Eleanor Rossevelt: The Home Front in World War II* (New York: Simon & Schuster, 1994), 322.

⑲ "false alarm": "This Is No Time for Squabbling," *Los Angeles Times*, February 27, 1942.

⑳ the writ of habeas corpus: Harry Fukuhara, interview by Sheryl Narahara, undated transcript, National Japanese American Historical Society Oral History Project, San Francisco, 21.

㉑ "100% American": Harry Fukuhara, interview by Eric Saul and assistance by Lonnie Ding, January 7, 1986, transcript, National Japanese American Historical Society Oral History Project, San Francisco, 28.

㉒ " Have you ever considered ": Harry Fukuhara, interview, Tokyo, October 24, 2000.

㉓ Mary wanted a divorce: Tulare Assembly Center, Recoreds of Japanese-American Assembly Centers, ca. 1942- ca. 1946, RG 499, Records of U. S. Army Defense Commands (WWII) 1942 – 46, microfilm, National Archives and Recored Administration; Evacuee Case File for Mary Oshimo, RG 210, Records of the War Relocation Authority, National Archives and Records Administration.

㉔ "we were going to be interned": Harry Fukuhara, interview, April 20, 2001.

㉕ some twelve thousand volunteer air-raid wardens: *Los Angeles Times*, February 27, 1942.

㉖ Motioning Harry over: interview by Eric Saul, 25.

㉗ Charged with violating a blackout dict: Sho Nomura, interview, Los Angeles, March 23, 2003.

㉘ "Count to ten": Harry Fukuhara, interview, Tokyo, April 20, 2001. Harry Fukuhara, interview by Sheryl Narahara, 21.

㉙ "It was just the indignity": interview by Eric Saul, 26.

㉚ "To take a gun away": Harry Fukuhara, interview, Tokyo, January 9, 1999.

㉛ Walt Tanaka had been inducted: Walt Tanaka, interview, San Jose, May 11, 1999.

㉜ "cruel blow": Roy Uyehata, interview, San Jose, May

11，1999.

㉝ In Little Tokyo: Farm Security Administration/Office of War Information Black-and-White Negatives, Library of Congress Prints & Photographs Division.

㉞ "It wasn't that much": Harry Fukuhara, interview by Sheryl Narahara, 19; interview by Eric Saul, 23.

㉟ On Wednesday, May 6, 1942: Tulare Assembly Center Records.

㊱ Harry handed him the keys: Harry Fukuhara, interview by Eric Saul, 32.

㊲ Harry deposited: Tulare Assembly Center Recordes; - Records of U. S. Army Defense Commands (WWII) 1942 - 46.

㊳ Harry and Mary attached: Ibid.

㊴ At 8:15 a. m. ; Ibid.

## 10 笼罩格伦代尔和广岛的寂静

① Frank had demonstrated: Frank Fukuhara, telephone interview, September 30, 2004.

② Shortly after war broke out: Frank Fukuhara, during interview with Harry, Pierce, and Frank Fukuhara, Tokyo, October 13, 1998; Henry Ogura, interview, Tokyo, June 27, 2001.

③ The idea: Frank Fukuhara, interview, Tokyo, November 20, 2001.

④ "100 million hearts beating as one": Ben-Ami Shillony, *Politics and Culture in Wartime Japan* (New York: Oxford

University Press, 1981), 5.

⑤ Frank had heard a joke: Reference to *Senjinkun* (Field Service Code) and "death before dishonor" from Ulrich Straus, *The Anguish of Surrender*: *Japanese POWs of World War II* (Seattle: University of Washington Press, 2003), 38.

⑥ "*Nisei* were sissies": Frank Fukuhara, interview, Tokyo, April 17, 2001; interview, Honolulu, February 7, 2008.

⑦ Two decades earlier: *Sensō to Kurashi* I, 50 – 51; John W. Dower, *War Without Mercy*: *Race & Power in the Pacific War* (New York: Pantheon Books, 1986), 248.

⑧ "The Great East Asia War": *Dōin Gakuto*, exhibition brochure, Hiroshima Peace Memoria Museum.

⑨ Kiyo negotiated: Masako Sasaki, interview, Hiroshima, November 16, 2001.

⑩ Her pantry brimmed: Frank Fukuhara, interview, February 7, 2008.

⑪ Frank packed tins: Ibid.

⑫ "No one knew": Ibid.

⑬ *nihon buyō*: Masako Sasaki, interview, Hiroshima, March 27, 2007.

⑭ She rejected their offer: Frank Fukuhara, interview, November 20, 2001; interview, Honolulu, January 29, 2008.

⑮ "70,000 American-born Japanese": "Tokyo Assails Evacuation," *Los Angeles Times*, March 6, 1942.

⑯ Forty-four Japanese citizens: *Chūgoku Shimbun*, March 17, 1942.

⑰ Ten concentration camps: The use of "concentration camps" is the widespread, accepted terminology today. At the time, they were called "relocation camps" or "internment camps."

⑱ "I might join the Army": Harry and Frank Fukuhara, during interview with Harry, Pierce, and Frank Fukuhara, Tokyo, October 13, 1998. Kinu's response, as well, is from Frank during the same interview.

⑲ From December 19, 1941, on: Louis Fiset, "Return to Sender: U. S. Censorship of Enemy Alien Mail in World War II," *Prologue* 33, no. 1 (2001), http://www. archives. gov/publications/prologue/2001/spring/mail-censorship-in-world-war-two-1. html.

## 第三部分　家门口的战争
### 11　在加利福尼亚被监禁

① approximately five thousand: *Final Report*, *Japanese Evacuation from the West Coast*, 1942 (Washington, DC: U. S. Government Printing Office, 1943), 158.

② Already 2,400 had arrived: *Tulare News*, undated and May 9, 1942.

③ "volunteers": Claire Gorfinkel, ed. , *The Evacuation Diary of Hatsuye Egami* (Pasadena, CA: Intentional

Productions, 1995), 50 – 51.

④ Assigned to J-6-10: "Individual Record," Evacuee Case File for Mary Oshimo, Record Group 210, National Archives and Records Administration.

⑤ Although contractors had race to fill: *Tulare News*, first issue.

⑥ Without street names: *Tulare News*, June 12, 1942.

⑦ "apartment": Michi Nishiura Weglyn, *Years of Infamy: The Untold Story of America's Concentration Camps* (New York: William Morrow, 1976), 80.

⑧ "It was a chicken coop": Harry Fukuhara, interview, Los Angeles, March 22, 2003.

⑨ to fill the mattress sacks with straw: *Final Report, Japanese Evacuation from the West Coast*, 1942, 186; Sho Nomura, interview, Los Angeles, March 23, 2003.

⑩ "New": Mary Ito, interview, Torrance, March 21, 2003.

⑪ The lights-out curfew: *Tulare News*, June 12, 1942.

⑫ he finally drifted off: Harry Fukuhara, interview by Sheryl Narahara, undated, transcript, National Japanese American Historical Society Oral History Project, San Francisco, 22.

⑬ "our financial situation was so bad": Harry Fukuhara, quoted in Shizue Seigel, *In Good Conscience: Supporting Japanese Americans During the Internment* (San Mateo, CA:

Kansha Project，2006），78 – 79.

⑭ sodium chloride tablets：*Tulare News*，May 17，1942.

⑮ "Their boughs are so interlocked"：Gorfinkel，ed. ，*The Evacuation Diary of Hatsuye Egami*，35.

⑯ to stay five feet from the perimeter fence：*Tulare News*，May 6，1942.

⑰ a large tree，the only one in the area：*Tulare News*，May 27，1942；Harry Fukuhara，interview，Honolulu，January 29，2008.

⑱ 11 mess halls：Also other details. *Tulare News*，May 9，1942.

⑲ "Like the early American pioneers"：This and following quote from *Tulare News*，first issue.

⑳ "a heck of a way to live"：Harry Katsuharu Fukuhara，interview by Eric Saul and assistance by Lonnie Ding，January 7，1986，transcript，National Japanese American Historical Society Oran History Project，San Francisco，34.

㉑ six dollars a month：*Tulare News*，May 23，1942.

㉒ a clerk in the accounting office：Tulare Assembly Center，Records of Japanese-American Assembly Centers，ca. 1942-ca. 1946，RG 499，Records of U. S. Army Defense Commands（WWII）1942 – 46，microfilm，National Archives and Records Administration.

㉓ "skilled" worker：Ibid. ；Harry Katsuharu Fukuhara，military records，National Personnel Records Center，St. Louis，

MO.

㉔ he bought briefs and pajamas: Ibid.

㉕ "flickers": *Tulare News*, July 25, 1942, and August 1, 1942.

㉖ 3,440 persons out of a total 4,893: *Tulare News*, June 3, 1942.

㉗ "A newspaper for better Americans": *Tulare News*, May 9, 1942.

㉘ Thirty percent of Tulare's citizen population: *Tulare News*, August 19, 1942.

㉙ "cheated out of living a normal life": Sho Nomura, interview, Los Angeles, March 23, 2003.

㉚ evacuee wages: *Final Report, Japanese Evacuation from the West Coast*, 1942, 222.

㉛ Thirty-nine cents per day: Ibid. , 186, 187.

㉜ "restless and upset": *Tulare News*, June 10, 1942.

㉝ second leading cause: *Tulare News*, August 19, 1942.

㉞ a check for seventy-five dollars: Harry Fukuhara, interview, Los Angeles, March 21, 2003; interview by Eric Saul, 32.

㉟ Tehachapi Mountains: Harry Fukuhara, quoted in Shizue Seigel, *In Good Conscience: Supporting Japanese Americans During the Internment* (San Mateo, CA: Kansha Project, 2006), 79.

㊱ "visiting house": *Final Report, Japanese Evacuation fro*

the *West Coast*, 1942, 226; *Tulare News*, May 16, 1942.

㊲ They "were defying public sentiment": Harry K. Fukuhara, "My Story, 50 Years Later," *Nikkei Heritage* 15, no. 1 (Winter 2003); 12.

㊳ "Mr. And Mrs. Mount": *Color of Honor*, video, directed by Loni Ding (San Francisco, CA: Vox Productions, 1989).

㊴ only emergency calls: *Tulare News*, June 20, 1942, 4.

㊵ roll call: *Tulare News*, June 17, 1942; June 24, 1942.

㊶ election of three *issei*: *Tulare News*, June 10, 1942; July 1, 1942.

㊷ "We had no idea": Harry Fukuhara, interview, Honolulu, January 29, 2008.

㊸ "My sadness": Gorfinkel, ed. , *The Evacuation Diary of Hatsuye Egami*, 60.

㊹ full schedule: *Tulare News*, July 4, 1942.

㊺ "Swing and sway with Sammy Kaye": *Tulare News*, July 18, 1942.

㊻ "happy family": *Tulare News*, July 8, 1942.

㊼ "being kicked out for no particular reason": Harry Fukuhara, interview, Tokyo, January 9, 1999.

㊽ "Where was the justice": Harry Fukuhara, interview, transcript, MIS Association, Norcal, Civil Liberties Public Education Fund Program (CLPEFP), San Francisco, 18.

㊾ "very healthy climate": *Tulare News*, July 29, 1942.

(50) "rich nut-brown color": *Tulare News*, August 1, 1942.

(51) "hardened": Harry Fukuhara, interview, transcript, MIS Association, Norcal, Civil Liberties Public Education Fund Program (CLPEFP), San Francisco, 18.

(52) 516 people: *Final Report*, *Japanese Evacuation from the West Coast*, 1942, 283, 288.

## 12 帝国门前的战争

① more bulbs: *Jūgo o Sasaeru Chikara to natte*: *Josei to Sensō*, exhibition brochure, Hiroshima Peace Memorial Museum, 1998.

② Shield the citizenry from the navy's decisive defeat: Shunsuke Tsurumi, *An Intellectual History of Wartime Japan*, 1931 – 1945 (London: KPI, 1986), 96.

③ The staggering truth: Ben-Ami Shillony, *Politics and Culture in Wartime Japan* (New York: Oxford University Press, 1981), 95, 96.

④ the training increased: Frank Fukuhara, interview, Tokyo, April 17, 2001.

⑤ Students had to undress: Frank Fukuhara, interview, Honolulu, February 7, 2008.

⑥ The army and navy were counting on: Frank Fukuhara with Hiroshi Tanaka, interview, Hiroshima, November 17, 2002.

⑦ "In future combat": *Akira Fujiwara*, *Gunji Shi Nihon Gendai Shi Taikei* (Tōyō Keizai, 1961), quoted in

Tsurumi，87.

⑧ *Kichiku Bei-Ei*：John W. Dower，*War Without Mercy*：
*Race & Power in the Pacific War* (New York：Pantheon Books，
1986)，248.

⑨ "If you said anything"：Frank Fukuhara，interview，
Honolulu，March 4，2008.

⑩ ten-year-olds bayoneted：Shillony，*Politics and Culture
in Wartime Japan*，145.

⑪ a mural of Churchill：Masako Sasaki， interview，
Hiroshima，March 27，2007.

⑫ "*Hakujin* eat meat"：Ibid.

⑬ The Furue neighborhood：*Shinshū Hiroshima-shi Shi*
(Hiroshima：Hiroshima City Hall，1961)，1.

⑭ "During the war"：Masako Sasaki，interview，March 27，
2007.

⑮ More than ever：Frank Fukuhara，interview，Honolulu，
January 21，2009.

## 13　亚利桑那沙尘暴

① Gila River Relocation Center：The War Relocation
Authority (WRA) termed the camps "relocation centers." I am
using the proper name here to keep the narrative in historical
context.

② Block 49：Evacuee Case File for Harry Katsuharu
Fukuhara，Record Group 210，National Archives and Records
Administration. Other details as well.

③ Camp construction: Jeffery F. Burton, Mary M. Farrel, Florence B. Lord, and Richard W. Lord, *Confinement and Ethnicity: An Overview of World War II Japanese American Relocation Sites* (Seattle: University of Washington Press, 1999), 61.

④ "family apartment": Michi Nishiura Weglyn, *Years of Infamy: The Untold Story of America's Concentration Camps* (New York: William Morrow, 1976), 84.

⑤ beaverboard: Burton, *Confinement and Ethnicity*, 61.

⑥ "so very cheap": Weglyn, *Years of Infamy*, 84.

⑦ "sand and cacus": Roger Daniels, *Concentration Camps USA: Japanese Americans and World War* (New York: Holt, Rinehart, & Winston, 1980), 92.

⑧ "Haruko was cuckoo": Mary Ito, interview, Torrance, March 21, 2003.

⑨ "That made it kind of awkward there": Harry Fukuhara, interview, Tokyo, November 7, 1999.

⑩ "That was the reason": Harry Fukuhara, interview, Honolulu, January 29, 2008.

⑪ "Issei Father": *Gila News-Courier*, September 12, 1942, 6.

⑫ One tantalizing rumer: Harry Fukuhara, interview, transcript, MIS Association, Norcal, Civil Liberties Public Education Fund Program (CLPEFP), San Francisco, 18.

⑬ an attack by lone submarine: Audrie Girdner and Anne

Loftus, *The Great Betrayal*: *The Evacuation of the Japanese-Americans During World War II* (New York: Macmillan, 1969), 109.

⑭ The WRA reassured internees: *Gila News-Courier*, October 10, 1941, 1.

⑮ " constantly questioned ": Harry Fukuhara, "Autobiography Highlights" (photocopied notes, undated, ca. December 5, 1992).

⑯ Harry bought their cheap whisky: Harry Fukuhara, interview, Tokyo, April 19, 2006.

⑰ clandestine stills: Harry Fukuhara, interview, Seattle, August 3, 2002.

⑱ a federal violation: *Gila News-Courier*, September 12, 1942, 4.

⑲ "I possessed more than the average bitterness": Harry Fukuhara, San Jose, to Andy Bode, September 25, 1998.

⑳ The factory lay in a fenced-in compound: Burton, *Confinement and Ethnicity*, 66 – 67.

㉑ strips of colored burlap: *Gila News-Courier*, October 7, 1942, and October 21, 1942.

㉒ *inu*, or "dog": Brian Niiya, ed. , *Japanese American History*: *An A-to-Z Reference from* 1869 *to the Present* (Los Angeles: Japanese American National Museum, 1993 ), 177, 178, 286.

㉓ "engendering a philosophy of defeatism": *Gila News-*

*Courier*, November 14, 1942, 2.

㉔ "overwhelming": Fukuhara letter to Bode.

㉕ Harry spied a mimeographed announcement: Sheryl Narahara, undated, transcript, National Japanese American Historical Society Oran History Project, San Francisco, 25; Stanley L. Falk and Warren M. Tsuneishi, *American Patriots: MIS in the War Against Japan* (Washington, DC: Japanese American Veterans Association, 1995), 19.

㉖ "My eyes are bad": Harry Fukuhara, interview, Tokyo, April 10, 2004.

㉗ "Fukuhara-san, why are you volunteering in the Army": Harry Katsuharu Fukuhara, interview by Eric Saul and assistance by Lonnie Ding, January 7, 1986, transcript, National Japanese American Historical Society Oran History Project, San Francisco, 35.

㉘ "Your son is in the army": Narahara, transcript, 26.

㉙ "All the more reason": Ibid.

㉚ "To thy parents be truly respectful": Tad Ichinokuchi, *John Aiso and the M. I. S. : Japanese-American Soldiers in the Military Intelligence Service, World War II* (Los Angeles: Military Intelligence Service Club of Southern California, 1988), 82.

㉛ "He didn't want to end up in a cage": Mary Ito, interview, March 21, 2003.

㉜ "They were covered with blood and body fat": Sidney

Forrester Mashbir, *I Was an American Spy* (New York: Vantage Press, 1953), 220.

㉝ "I was so glad to leave": Harry Fukuhara, interview, Tokyo, December 7, 2004.

### 14  明尼苏达州的温暖冬天

① On Monday, December 7, 1942: Harry Katsuharu Fukuhara, military records, National Personnel Records Center, St. Louis, MO.

② Minnesota: James C. McNaughton, *Nisei Linguists: Japanese Americans in the Military Intelligence Service during World War II* (Washington, DC: Departmenf of the Army, 2006), 94. Dr. McNaughton also references Theodore C. Blegen, *Minnesota: A History of the State* (Minneapolis: University of Minnesota Press, 1963), 521 – 49.

③ "in the people's hearts": Ichinokuchi, *John Aiso and the M. I. S.*, 47.

④ shelter for homeless men: McNaughton, *Nisei Linguists*, 96.

⑤ scoured the dilapidated compound: Ibid. Also Walt Tanaka, interview, San Jose, May 11, 1999; George Kanegai, interview, Los Angeles, March 24, 2001.

⑥ a dance in a campus barn: *The MISLS Album* (Nashville, TN: Battery Press, 1990), 38.

⑦ only a few dozen officers: McNaughton, *Nisei Linguists*, 15, 17. McNaughton elaborates that the army would need "hundreds and possibly thousands of interrogators and translators," 20.

⑧ "The complexities of the Japanese language": John Weckerling, "Nisei Language Experts: Japanese Americans Play Vital Role in U. S. Intelligence Service in WWII," in Ichinokuchi, *John Aiso and the M. I. S.*, 187.

⑨ In an effort to find qualified men: McNaughton, *Nisei Linguists*, 27, 33, 54.

⑩ By May 1942: Ibid. , 61.

⑪ But by autumn: Ibid. , 81.

⑫ "I need you, I want you": Ben Nakamoto, telephone interview, January 30, 2004.

⑬ composed of 444 *nisei*: McNaughton, *Nisei Linguists*, 107.

⑭ Typhoid vaccinations: Harry Katsuharu Fukuhara, military records, National Personnel Records Center, St. Louis, MO.

⑮ third section: *The MISLS Album*, 125.

⑯ At 6 a. m. : Ibid. , 48.

⑰ Twenty percent of captured documents: Sidney Forrester Mashbir, *I Was an American Spy* (New York: Vantage Press, 1953), 259, 260.

⑱ "No one had any money": Both this comment and Sho Nomura's that follow are from Sho Nomura, interview, Los Angeles, March 23, 2003.

⑲ "I didn't know better": Noby Yoshimura, interview, Tokyo, April 24, 2001.

⑳ Rusty Kimura felt: Rusty Kimura, interview, Los Angeles, March 22, 2003.

㉑ more than three hundred prisoners: McNaughton, *Nisei Linguists*, 74.

㉒ "Without front-line intelligence": Ibid. , 76.

㉓ "one-man team": Shizuo Kunihiro, telephone interview, March 5, 2004.

㉔ "Well, we'll catch up with you": Harry Fukuhara, interview, Tokyo, April 11, 2004.

㉕ coffee and doughnuts: Harry Fukuhara, interview, Tokyo, December 11, 2004.

㉖ Harold Fudenna: McNaughton, *Nisei Linguists*, 185 – 86.

㉗ President Roosevelt called the executions: John W. Dower, *War Without Mercy: Race & Power in the Pacific War* (New York: Pantheon Books, 1986), 49.

㉘ "A Jap's a Jap": Quoted in many sources. See McNaughton, *Nisei Linguists*, 137, and *Gila News-Courier*, April 15, 1943.

㉙ "As if history was repeating itself": Harry Fukuhara, interview, transcript, MIS Association, Norcal, Civil Liberties Public Education Fund Program (CLPEFP), San Francisco, 21.

㉚ "nothing but lie down": Ibid. , 22; Harry Fukuhara,

interview，Tokyo，November 5，1999.

㉛ "They were proud"：Harry Fukuhara，"Autobiography Highlights"（photocopied notes，undated，circa December 5，1992）. Even after the Mounts died and their house was sold，the flag was displayed on the wall by the next owner.

㉜ lifeboat drills：CLPEFP，22；Harry Fukuhara，interview，November 5，1999.

㉝ "Upon the outcome"：President Franklin Delano Roosevelt，White House，to Members of the United States Army Expeditionary Forces，undated copy.

㉞ "A truly welcomed sight"：CLPEFP，23.

**15　玛丽的北极星**

① "critical stage of saturation"：*Gila News-Courier*，April 27，1943.

② "We hope this will blow over soon"：*Gila News-Courier*，April 23，1943.

③ "They are not being pampered"：*Gila News-Courier*，April 29，1943.

④ "would be willing to volunteer"：War Relocation Authority Application for Leave Clearance，4，in Evacuee Case File for Mary Oshimo，Record Group 210，National Archives and Records Administraion.

⑤ "to commit suicide"：Michi Nishiura Weglyn，*Years of Infamy：The Untold Story of American's Concentration Camp* (New York：William Morrow，1976)，144，145.

⑥ "hungry for a mother's love": Mary Ito, interview, Torrance, March 24, 2003.

⑦ "Maybe, you better get married": Ibid.

⑧ "a fine personality": F. W. Heckelman, El Monte, CA, to Dillon S. Myer, Washington, June 8, 1943; in Evacuee Case File for Fred Hiroshi Ito, Record Group 210, National Archives and Records Administration.

⑨ "You're gypsy": Mary Ito, interview, March 24, 2003.

⑩ 567 people had left: *Gila News-Courier*, June 8, 1943; June 10, 1943.

⑪ "nation's warmest and most generous host": Mei Nakano, *Japanese American Women: Three Generations* 1890 – 1990 (Sebastopol, CA: Mina Press, 1990), 172.

⑫ "I don't mind": Mary Oshimo, Rivers, AZ, to E. L. Shirrell, May 21, 1943, in Evacuee Case File for Mary Oshimo.

⑬ "$15 a week": E. L. Shirrell, Chicago, to Mary Oshimo, May 25, 1943, in Evacuee Case File for Mary Oshimo.

⑭ the Missouri, Mississippi, Wabash, and Illinois Rivers: "Waive Credit Curb in Flood Stricken Area," *Chicago Tribune*, June 14, 1943.

⑮ A flash flood: "Flash Flood Near Peoria Routs a Dozen Families," *Chicago Tribune*, June 14, 1943.

⑯ "clouds of doubt and insecurity": Fred Ito, Rivers, AZ,

to Dillon S. Myer, June 16, 1943, in Evacuee Case File for Fred Hiroshi Ito.

### 16　广岛的配给与间谍

① "It was not the time": Masako Sasaki, interview, Hiroshima, March 27, 2007.

② Hondōri's filigreed suzuran lampposts: *Hiroshima Hondori Shotengai no Ayumi* (Hiroshima: Hiroshima Hondōri Shōtengai Shinkō Kumiai, 2000), 33.

③ platinum-and-diamond wedding ring: Frank Fukuhara, interview, Tokyo, November 20, 2001.

④ "sideward advance": Ben-Ami Shillony, *Politics and Culture in Wartime Japan* (New York: Oxford University Press, 1981), 96.

⑤ One thousand songs, *Kinokogumo no Shita ni Kodomotachi ga Ita*, exhibition brochure, Hiroshima Peace Memorial Museum, 1997.

⑥ Sweet potatoes instead: *Onnatachi no Taiheiyo Senso* (Tokyo: Asashi Shimbunsha, 1996), 385.

⑦ "nosy": Frank Fukuhara, interview, Honolulu, February 7, 2008.

⑧ "They were being yanked": Frank Fukuhara, telephone interview, February 19, 2010.

⑨ "as if they were spies": In Laura Hein and Mark Selden, *Living with the Bomb: American and Japanese Cultural conflicts in the Nuclear Age* (Armonk, NY: M. E.

Sharpe，1997），236.

## 第四部分　在太平洋战场上的战役

### 17　可疑的开端

① "you are volunteers"：Sidney Forrester Mashbir, *I was an American Spy* (New York：Vantage Press, 1953), 243. Also quoted in James C. McNaughton, *Nisei Linguists：Japanese Americans in the Military Intelligence Service During World War II* (Washington, DC：Department of the Army, 2006), 179.

② "a trained nucleus"：Mashbir, *I was an American Spy*, 237.

③ Another "Yank"：McNaughton, *Nisei Linguists*, 181.

④ "give a bloke a fair go"：Andy Bode, Arundel, Australia, to Harry Fukuhara, October 5, 1998.

⑤ "why are we doing this work"：Harry Fukuhara, interview, April 24, 2001.

⑥ More than 300,000 American soldiers：McNaughton, *Nisei Linguists*, 188.

⑦ Only 149 were Japanese American：Ibid. , 179.

⑧ All photographs：Ibid. , 162.

⑨ Terry, Harry：Harry Fukuhara, interview, transcript, MIS Association, Norcal, Civil Liberties Public Education Fund Program (CLPEFP), San Francisco, 24; Ben Nakamoto, Sanger, CA, to author, February 11, 2004.

⑩ "What are you doing here?": *Japanese Americans who Fought Against Japan*, video (Tokyo: NHK, 2006).

⑪ "Kill or be killed!": The most notorious incident was the Goettge Patrol ambush of August 12, 1942, when over twenty marines were killed after being deceived into believing that the Japanese were surrendering. John W. Dower, *War Without Mercy: Race & Power in the Pacific War* (New York: Pantheon Books, 1986), 64; Harry Fukuhara, interview, Tokyo, January 17, 1999.

⑫ "the feeling was so bitter": Sidney Forrester Mashbir, *I was an American Spy* ( New York: Vantage Press, 1953), 226.

⑬ "nothing but pry around": Ibid. , 47.

⑭ A *Webster's New Collegiate* English dictionary, bulky Japanese Kenkyusha dictionaries: List in Joseph D. Harrington, *Yankee Samurai: The secret Role of Nisei in America's Pacific Victory* (Detroit: Pettigrew, 1979), 136. Also CLPEFP, 24.

⑮ " basic military training ": CLPEFP, 24; Sheryl Narahara, undated, transcript, National Japanese American Historical Society Oral History Project, San Francisco, 36.

⑯ Massive send-off ceremony: Accounts in *Asahi Shimbun*, October 21, 1943.

⑰ "Umi Yukaba," "Across the Sea": The radio broadcast of Japan's declaration of war in 1941 ended with this martial song. Its graphic lyrics of death at war were rooted in the

*Manyoshu*, one of Japan's oldest literary works. Funeral ceremonies aboard Japanese Imperial Navy ships also played this song.

⑱ To cheer "*Banzai*"：YouTube has a number of clips of the induction ceremony and visit to the palace.

19　second-class private：Katsuhiro Fukuhara, military record, Hiroshima Prefecture.

## 18　带着打字机上前线

① "one of the evil spots of this world"：Frank O. Hough and John A. Crown, *The Campaign on New Britain* (Nashville, TN：Battery Press, 1992), 2.

② December 14, 1943：James S. Powell, *Learning under Fire：the 112<sup>th</sup> Cavalry Regiment in World War II* (College Station：Texas A&M University Press, 2010), 36; Harry Katsuharu Fukuhara, military records, National Personnel Records Center, St. Louis, MO.

③ Where and how best to navigate：Hough, *The Campaign on New Britain*, 23, 141.

④ Alligator tractor：Powell, *Learning under Fire*, 37 – 39.

⑤ It was packed：Sheryl Narahara, undated, transcript, National Japanese American Historical Society Oral History Project, San Franscisco; interviews, Harry Fukuhara, Tokyo, November 5, 1999, and October 25, 2000; interview, Harry Fukuhara, Honululu, October 20, 2009. Other details, too.

⑥ "That was the first time": Narahara, 37.

⑦ "I was in trouble already": Ibid.

⑧ "landing with a typewriter": Harry Fukuhara, interview, November 5, 1999.

⑨ "Don't get excited": *Color of Honor*, video, directed by Loni Ding (San Francisco: Vox Productions, 1989).

⑩ "It's okay": Harry Fukuhara, interview, Tokyo, November 5, 1999.

⑪ "I want to die fighting": Harry Fukuhara, interview, Tokyo, November 10, 1999.

⑫ "It didn't take long": Harry Fukuhara, interview, Tokyo, November 13, 1999.

⑬ 4,750 men: Powell, *Learning under Fire*, 48.

⑭ "Tamed Jap": Ben Nakamoto, Sanger, CA, to author, February 11, 2004.

⑮ When the actor asked Harry: Harry Fukuhara, telephone interview, June 9, 2004; interview, Tokyo, December 11, 2004.

⑯ "lonely Sergeants": *Pacific Citizen*, March 25, 1944, 6.

⑰ "Thirty to forty girls each": Harry Fukuhara, interview, Tokyo, November 10, 1999, 8.

⑱ "The baby has grown bigger": "Somewhere Another Woman Griefs [sic]: 'Letter Captured at Arawe, New Britain,'" copy of letter in Japanese with English heading, in possession of Harry Fukuhara, translated by author.

⑲ "Japs": Harry Fukuhara, interview, Tokyo, April 12, 2005.

### 19 没有樱花的季节

① "The farmers fed us well": Frank Fukuhara, Komaki City, to author, December 2001.

② "Once drafted": Frank Fukuhara, interview, Hiroshima, April 11, 1999.

③ "killing two birds": *Onnatachi no Taiheiyo Senso* (Tokyo: Asahi Shimbunsha, 1996), 384.

④ "Jikki was the only reason I lived": Frank Fukuhara, telephone interview, June 9, 2006.

⑤ "I did what I had to do": Chieko Ishida, interview, Fukuoka, April 9, 1999.

### 20 占领新几内亚

① evidence of cannibalism: Martin J. Kidston, *From Poplar to Papua: Montana's 163rd Infantry Regiment in World War II* (Helena, MT: Farcountry Press, 2004), 56 – 57.

② Approximately two-thirds: Allison B. Gilmore, *You Can't Fight Tanks with Bayonets* (Lincoln: University of Nebraska Press, 1998), 150.

③ "It's a matter of survival": Min Hara, "A True M. I. S. Action from a Sergeant's Diary Revealed for the First Time," in Tad Ichinokuchi, *John Aiso and the M. I. S.: Japanese-American soldiers in the Military Intelligence Service, World*

*War II* (Los Angeles: Military Intelligence Service Club of Southern California, 1988), 69.

④ "I saw a yellow man": Kidston, *From Poplar to Papua*, 90.

⑤ "ridiculous fact": Sidney Forrester Mashbir, *I Was an American Spy* (New York: Vantage Press, 1953), 226 – 27.

⑥ "What? Where? When?": Military Intelligence Report, 41st Infantry Division, March 31, 1944, G-2 Journals for 41st Infantry Division, Record Group 94, National Archives and Records Administration.

⑦ "The more meaningful questions": Harry Fukuhara, interview, Tokyo, November 10, 1999.

⑧ "Then why don't you drown yourself": Harry K. Fukuhara, "Japanese Prisoners of War," *Nikkei Heritage* 3, no. 4 (Fall 1991): 6.

⑨ "Well, I was senior": Harry Katsuharu Fukuhara, interview by Eric Saul and assistance by Lonnie Ding, January 7, 1986, transcript, National Japanese American Historical Society Oral History Project, San Francisco, 51 – 52.

⑩ "Dig in before dark": Frank J. Sackton, "Night Attacks in the Philippines," *Army Magazine* 54, no. 6 (June 1, 2004): 18.

⑪ "Everyone was firing": Harry Fukuhara, interview, Tokyo, April 11, 2004.

⑫ "Harry could sweet talk": Gene Uratsu, San Francisco,

interview，May 8，1999.

⑬ "mouthwatering aroma": Gene Uratsu, San Rafael, CA，to author，5 December，2003.

⑭ portable outhouse：Ibid. Gene termed the outhouse "another Fukuhara legacy. "

⑮ " These selfish individuals ": Military Intelligence Memorandum，41$^{st}$ Infantry Division，May 16，1944，G-2 Journals for 41$^{st}$ Infantry Division，Record Group 94，National Archives and Records Administration.

⑯ "'to clean them for souvenirs'": Charles Lindbergh, *The Wartime Journals of Charles A. Lindbergh* ( New York：Harcourt Brace Jovanovich，1970)，993.

⑰ "everything was in short supply": Gene Uratsu，December 5，2003.

⑱ "I was not particularly anxious": Harry Fukuhara，interview，Tokyo，October 27，2000.

## 21　皮尔斯暂缓入伍

① " hunch ": Harry Fukuhara，interview，Tokyo，November 10，1999.

② "tied up with invisible hands": Shunsuke Tsurumi, *An Intellectual History of Wartime Japan*，1931 - 1945 (London：KPI，1986)，115.

③ reminding him to take care：Masako Sasaki, interview，Hiroshima，April 11，1999.

④ "Stop Unnecessary, Non-urgent Trips!": *Onnatachi no*

*Taiheiyo Senso*（Tokyo：Asashi Shimbunsha，1996），396. These banners and placards were ubiquitous nationwide.

⑤ "will be your grave"：Allision B. Gilmore, *You Can't Fight Tanks with Bayonets*（Lincoln：University of Nebraska Press，1998），157.

⑥ he received his orders：Katsuhiro Fukuhara，military record，Hiroshima Prefecture.

⑦ tsuyu（plum rain）：The rainy season coincides with the ripening of plums.

## 第五部分　审判日的序曲
### 22　在萨米岛的惊愕遭遇

① Intelligence reports：Harry Fukuhara，interview，Tokyo，November 10，1999. Martin J. Kidston writes, " Reports suggested that Wakde was unoccupied." *From Poplar to Papua：Montana's 163ʳᵈ Infantry Regiment in World War II*（Helena，MT：Farcountry Press，2004），105.

② "The enemy American military"："Kunji," 36ᵗʰ Division Commander Hachirō Tagami original military order，to troops，May 18，1938，Harry Fukuhara collection.

③ "shook me up"：Harry Fukuhara，interview，Tokyo，November 10，1999.

④ "You would become very close"：Ibid.

⑤ "We had bombed the island mercilessly"：Ibid.

⑥ "ball of fire"：Ibid.

⑦ 759 had been killed and four Japanese captured: Robert Ross Smith, *The Approach to the Philippines: The War in the Pacific* (Washington, DC: Center of Military History, 1984), 231. See John W. Dower, *War without Mercy: Race & Power in the Pacific War* (New York: Pantheon books, 1986), 69 for the following anecdote. After the war, a 41st Division army captain would write in the *Saturday Evening Post*, "In a small but costly battle at Wakde Island off Dutch New Guinea the same year, 'the general wanted a prisoner, so we got him a prisoner.'" Harry earned his first Bronze Star for meritorious service in the campaign, but he and his team still struggled to contribute as fully as they were capable.

⑧ A *nisei* from Hawaii: Kidston, *From Poplar to Papua*, 118.

⑨ "yellow bastards of New Guinea": Gene Uratsu, San Rafael, CA, to author, December 5, 2003.

⑩ "They all listened to me": Shigeru Matsuura, interview, Hiroshima, November 16, 2002.

⑪ "The sea and the sky went to America": Shigeru Matsuura, interview, Hiroshima, April 10, 1999.

⑫ only 7 percent: *Approach to the Philippines*, 101.

⑬ "He was not very humane": Shigeru Matsuura, November 16, 2000.

⑭ "a separate action": Ibid.

⑮ "Shikata ga nai": Ibid.

⑯ "This is it": Shigeru Matsuura, April 10, 1999.

⑰ That same morning, June 3, 1944: June 3, 1944, Prisoner of War/Internee: Matsuura, Shigeru, Record Group MP1103/1, National Archives of Australia.

⑱ "Very few good soldiers": Harry Fukuhara, interview, Tokyo, November 10, 1999.

⑲ "They didn't have any idea": Ibid.

⑳ "a little belligerent": Harry Fukuhara, interview, Tokyo, July 5, 2006; Harry Fukuhara, interview, Honululu, June 24, 2008.

㉑ The stragglers had been combative: Note that Matsuura's and Harry's accounts differ in the one respect of how Matsuura was captured. Matsuura said that he was captured resting under a tree while feverish with malaria. Why the discrepancy? Perhaps Matsuura did not want to be perceived as having surrendered-better that he be delirious with malaria than fail to fight to the death. Or what Harry heard from others may have been mistaken, though Harry was generally fastidious in verifying accounts.

㉒ "Masaka! No way!": Matsuura inverviews.

㉓ "Interrogations reports": March 31, 1944, G-2 Hournals for 41st Infantry Division, Record Group 94, National Archives and Records Administration.

㉔ "I went to Kōryō": Matsuura inverviews.

㉕ "Are you that Matsuura?": "45 nenburi Kangeki no

Saikai," *Asashi Shimbun*, December 7, 1989.

㉖ a can of American beef: Shigeru Matsuura, April 10, 1999; Harry Fukuhara, interview, Tokyo, July 5, 2006.

㉗ placed on a plane: Shigeru Matsuura, November 16, 2002.

㉘ "our machine-gunning prisoners": Lindbergh, *The Wartime Journals of Charles A. Lindbergh*, 997.

㉙ "auspicious luck": Shigeru Matsuura, April 10, 1999.

㉚ "Fighting brings intimacy": Shigeru Matsuura, April 10, 1999, and November 16, 2002.

㉛ "There was the chance": Harry Fukuhara, July 5, 2006.

㉜ "acquaintance from Hiroshima": Gene Uratsu, December 5, 2003.

㉝ He said nothing: Gene Uratsu, May 8, 1999.

㉞ "our bad manners": Min Hara, "A True M. I. S. Action from a Sergeant's Dairy Revealed for the First Time," in Tad Ichinokuchi, *John Aiso and the M. I. S. : Japanese-American soldiers in the Military Intelligence Service*, *World War II* (Los Angeles: Military Intelligence Service Club of Southern California, 1988), 63.

㉟ In late June: Harry Fukuhara, military records, National Personnel Records center, St. Louis, MO.

㊱ Named for the one tree: Smith, *The Approach to the Philippines*, 244.

㊲ "Everyone was firing like mad": Kiyo Fujimura, "He Died in My Arms," in *John Aiso and the M. I. S.*, 96.

㊳ "sensed that he was dead": Ibid.

㊴ Between June 20 and 30, 1944: Smith, *The Approach to the Philippines*, 275 – 76.

㊵ eldest son of nine children: Masako M. Yoshioka, "Terry Mizutari," *PukaPuka Parade* 34, no. 3 (1980): 28. Terry's sister Masako Yoshioka also wrote in another article that Terry was supposed to be on furlough. "T/Sgt Yukitaka Mizutari: May 5, 1920-June 23, 1944," Internet source referenced as excerpt from University of Hawaii, Hawaii War Records Depository. *In Freedom's Cause: A Record of the Men of Hawaii Who Died in the Second World War* (Honolulu: University of Hawaii Press, 1949).

㊶ his first furlough: Harry Fukuhara, military records.

㊷ "In the jungle": Harry Fukuhara, interview, Tokyo, April 10, 2004.

㊸ "we were not the infantry": Ibid.

㊹ more than one hundred thousand troops from Hiroshima: *Shinshū Hiroshima-shi Shi* (Hiroshima: Hiroshima City Hall, 1961), 1, 558.

㊺ more than eight thousand: Smith, *The Approach to the Philippines*, 233, 236.

㊻ fifty-one prisoners: Ibid., 278.

㊼ eleven prisoners: Ibid., 262.

### 23　丛林中的冰川变化

① his budding romance: Harry Fukuhara, interview, Honolulu, September 29, 2008.

② "I felt sort of responsible": Harry Fukuhara, interview, Los Angeles, March 22, 2003.

③ V-Mail: During the war, many Americans used this special stationery and envelope combination to communicate with soldiers posted overseas. The letters were microfilmed for lighter transport and converted into photographs at their destination V-Mail station. Members of the Armed Forces could send V-Mail for free.

④ Major General Percy W. Clarkson: Major General was Clarkson's official rank, but he was addressed as "General" in conversation. That custom is observed in this book as well.

⑤ Clarkson used a fork: Harry Fukuhara, interview, Tokyo, November 5, 1999.

⑥ Clarkson had spent several Sundays: "33$^{rd}$ Dominant as Luzon Campaign Winds Down," *The 33$^{rd}$ Infantry Division: A Newsletter for WWI and WWII Veterans* 16, no. 2 (June 2001): 6.

⑦ All POWs: Various documents from Harry Fukuhara.

⑧ Propaganda leaflets made good toilet paper: Harry Fukuhara, interview, Tokyo, October 25, 2000.

⑨ dengue fever: Harry Fukuhara, military records, National Personnel Records Center, St. Louis, MO.

⑩ artillery commander bypassed subordinates: Harry Fukuhara, interview, Tokyo, February 4, 2004.

⑪ "an unmistakably Caucasian officer associated with Oriental faces": Kai E. Rasmussen, speech, Defense Language Institute Foreign Language Center (DLIFLC), Monterey, CA, 25 June 1977, printed in *DLIFLC Forum* (November 1977), quoted in James C. McNaughton, *Nisei Linguists: Japanese Americans in the Military Intelligence Service During World War II* (Washington, DC: Department of the Army, 2006), 147.

⑫ "brilliant": Horace Feldman, telephone interview, February 4, 2004. All other quotations in this paragraph are from the same interview.

⑬ "We were upset": Harry Fukuhara, interview, Tokyo, April 10, 2004.

⑭ "If someone was going wild": Horace Feldman, February 4, 2004.

⑮ "There was hardly any place": Ibid.

⑯ "They said it was impossible": Harry Fukuhara, Eric Saul, and assistance by Lonnie Ding, January 7, 1986, transcript, National Japanese American Historical Society Oral History Project, San Francisco, 48.

⑰ taken out by friendly fire: Ben Nakamoto, interview, San Francisco, May 8, 1999; James C. McNaughton, *Nisei Linguists*, 297.

## 24 "红纸"选派书

① At 133 locations: *Shinshū Hiroshima-shi Shi* (Hiroshima: Hiroshima City Hall, 1961) 1,558.

② More than one thousand buildings: Ibid. , 701.

③ the neighborhood would serve as an excape route: Ibid. , 880.

④ "Everyone's back hurt": Masako Sasaki, interview, Hiroshima, March 27, 2007.

⑤ "Where should we dig a hole?": Ibid.

⑥ black tape in a crisscross pattern: Sasaki relatives, interview, Miyajima, April 11, 1999.

⑦ "fifty years was a lifetime": Masako Sasaki, March 27, 2007.

⑧ "We were malnourished": Ibid.

⑨ one of twenty-six registered stores on Hondōri: *Hiroshima Hondōri Shōtengai no Ayumi* ( Hiroshima: Hiroshima Hondōri Shōtengai Shinkō Kumiai, 2000), 50.

⑩ Sixteen square mils: John W. Dower, *Japan in War and Peace* (New York: New Press, 1995).

⑪ a minor raid occurred over Hiroshima itself: *Shinshū Hiroshima-shi Shi*, 560. *Hiroshima Hondōri Shōtengai no Ayumi*, 51.

⑫ "B29s in Nagoya": *Chūgoku Shimbun*, March 20, 1945.

⑬ 8,401 buildings: *Shinshu Hiroshima-shi Shi*, 701.

404　白夜

⑭ More than 23,000 young children: Ibid. Other sources at Hiroshima Peace Memorial Museum cite the same figure.

⑮ " lukewarm ": Masako Sasaki, interview, March 27, 2007.

⑯ His military drills were "nothing compared": Frank Fukuhara, interview, Toyama, March 22, 1999.

⑰ he " didn't mind ": Frank Fukuhara, telephone conversation, May 22, 2006.

⑱ "But it was no use trying your best": Frank Fukuhara, telephone conversation, January 19, 2007.

⑲ symbol for the fleeting lives: Emiko Ohnuki-Tierney, *Kamikaze, Cherry Blossoms, and Nationalisms: The Militarization of Aesthetics in Japanese History* (Chicago: University of Chicago Press, 2002), 112, 135; John W. Dower, *War Without Mercy: Race & Power in the Pacific War* (New York: Pantheon Books, 1986), 212.

⑳ "death sentence": Frank Fukuhara, interview, Tokyo, November 20, 2001.

㉑ "THE DAY I CANNOT FORGET": Frank Fukuhara, Komaki-shi, to author, July 27, 2002.

㉒ more than six million soldiers: Pacific War Research Society, *The Day Man Lost: Hifoshima, 6 August* 1945 (New York: Kodansha America, 1981), 80 – 81.

㉓ On April 10, 1945: Katsutoshi Fukuhara, military record, Hiroshima prefecture.

㉔ *issen gorin*（one sen，five rin）：Saburō Ienaga，*The Pacific War*，1931 – 1945（New York：Pantheon Books，1978），52.

㉕ "I thought this was the end"：Frank Fukuhara，interview，Honululu，March 4，2008.

㉖ "mean one"：Ibid.

㉗ "You're a *nisei*"：Frank Fukuhara，telephone conversation，May 22，2006；August，2008.

㉘ an army photographer angled：Aerial photograph，taken April 13，1945，by the U. S. Army，Hiroshima Peace Memorial Museum Memorial Hall.

## 25　菲律宾的极端情况

① more than one hundred *nisei* linguists：James C. McNaughton，*Nisei Linguists：Japanese Americans in the Military Intelligence Service during World War II*（Washington，DC：Department of the Army，2006），332.

② "The mountainous terrain"：Quoted in the 33rd Infantry Division Historical Committee，*The Golden Cross：A History of the 33rd Infantry Division in World War II*（Nashville，TN：Battery Press，1948），93.

③ in the forward element：Harry Fukuhara，interview，Tokyo，April 16，2005.

④ Japanese losses：Allison B. Gilmore，*You Can't Fight Tanks with Bayonets*（Lincoln：University of Nebraska Press，1998），155.

⑤ The Sixth Army would capture 7,297 prisoners: Ibid. , 154.

⑥ some 25 million leaflets: Ibid.

⑦ "The American Military": Headlines from leaflets in Harry Fukuhara collection.

⑧ "FAREWELL, AMERICAN SOLDIERS!": Ibid.

⑨ "Our Family Newspaper": Ibid.

⑩ they succumbed: November 10, 1999.

⑪ "in great pain": The entire encounter is from Harry Fukuhara, interview, Tokyo, November 10, 1999; April 17, 2004; July 5, 2006.

⑫ angry and bitter and resolved: Harry Fukuhara, interview, November 10, 1999.

⑬ "Take Baguio!": 33$^{rd}$ Infantry Division, *The Golden Cross*, 299.

⑭ a "king" with his six white stripes: Harry Fukuhara, interview, Tokyo, October 27, 2000.

⑮ "My arm looked like a zebra": Harry Fukuhara, interview, Honolulu, January 29, 2008.

⑯ And in June General Clarkson: Harry Katsuharu Fukuhara, military records, National Personnel Records Center, St. Louis, MO. Harry would also be awarded an oak leaf cluster, representing another Bronze Star, in August 1945.

⑰ "bloody mud": *Rakkasan News*, Harry Fukuhara collection.

⑱ 95,000 civilians: John W. Dower, *War Without Mercy: Race & Power in the Pacific War* (New York: Pantheon Books, 1986), 212.

⑲ For the Americans: John Toland, *The Rising Sun: The Decline and Fall of the Japanese Empire*, 1936 – 1945 (New York: Modern Library, 2003), 726.

⑳ Ten MIS *nisei* would perish: Tad Ichinokuchi, *John Aiso and the M. I. S. : Japanese-American Soldiers in the Military Intelligence Service*, *World War II* (Los Angeles: Military Intelligence Service Club of Southern California, 1988), 201.

㉑ "Do you think...?": Harry Fukuhara, interview, Honolulu, February 22, 2010.

㉒ "The local Filipinos": Harry Fukuhara, interview, Tokyo, October 27, 2000.

㉓ "*Nisei* had to be careful": Ibid.

㉔ "You must be able mentally": Sidney Forrester Mashbir, *I was an American Spy* (New York: Vantage Press, 1953), 33.

㉕ "The enemy looks like us": Harry Fukuhara, interview, Tokyo, November 11, 1999.

㉖ "If and when we land in Japan": Harry Fukuhara, interview, Tokyo, April 19, 2006.

㉗ One day, a photograph: Harry Fukuhara collection.

## 26　战争中的福原兄弟

① "My superiors did nothing": Frank Fukuhara, interview,

Honolulu, March 4, 2008.

② "winter clothes in the summer": Frank Fukuhara, interview, Honolulu, January 21, 2009.

③ Only one third: Discussion with archivist, Military Archives, National Institute for Defense Studies, Tokyo, October 19, 2001.

④ "That's it": Frank Fukuhara, March 4, 2008.

⑤ "We used to wonder": Tomi Kaizawa Knaefler, *Our House Divided: Seven Japanese American Families in World War II* (Honolulu: University of Hawaii Press, 1991), 82.

⑥ "I was so tired": Frank Fukuhara, interview, Honolulu, February 7, 2008.

⑦ with the nobility of failure: This concept is treated by Ivan Morris in his classic book, *The Nobility of Failure: Tragic Heroes in the History of Japan* ( Fukuoka, Japan: Kurodahan Press, 2013).

⑧ The Second General Army: Donald M. Goldstein, and Katherine V. Dillon, and J. Michael Wenger, *Rain of Ruin: a photographic History of Hiroshima and Nagasaki* (Brassey's: Washington, DC: 1995), 41.

⑨ By mid-July 1945: Douglas J. MacEachin, *The Final Months of the War with Japan* (Washington, DC: Center for the Study of Intelligence, Central Intelligence Agency, 1998) 12, 17, 29. Available online.

⑩ less than half: *Hondo Kessen Jumbi: Kyūshū no Bōei*

(Tokyo: Bōeicho Bōei Kenshūsho Senshishitsu, 1972), 557.

⑪ The commander barked, "*Tategata sankai*": Frank Fukuhara, March 4, 2008; February 17, 2010.

⑫ "I was really scared then": Frank Fukuhara, February 17, 2010.

⑬ a major supply depot in nearby Kokura: *Hondo Kessen Jumbi: Kyūshū no Bōei*, 558.

⑭ "fifty-fifty": Frank Fukuhara, interviews, Tokyo, December 6, 1999; June 20, 1999; telephone conversation, August 2008.

⑮ "Dying doesn't mean too much to you": Frank Fukuhara, December 6, 1998.

⑯ *"unmei"* (fate): Pierce Fukuhara during interview with Harry, Pierce and Frank Fukuhara, Tokyo, October 13, 1998.

⑰ "Rectitude is the power": Inazo Nitobe, *Bushido: The Soul of Japan* (Rutland, VT, and Tokyo: Charles E. Tuttle, 1969), 23.

⑱ "In my mind": Frank Fukuhara, Komaki-shi, notes to author, April 6, 2002.

⑲ "We decided to die": Frank Fukuhara, interview with Harry, Tokyo, April 16, 2005.

⑳ "The enemy didn't fight to live": Harry Fukuhara, interview with Frank, Tokyo, April 16, 2005.

㉑ "The Japanese would fight to the end": Harry during interview with Harry, Pierce and Frank Fukuhara, Tokyo,

October 13, 1998.

㉒ The "Okinawa story": Ibid.

㉓ "fifty-fifty": Harry Fukuhara, interview, Tokyo, October 27, 2000.

㉔ "I didn't like the idea": Harry Fukuhara, interview, Tokyo, November 11, 1999.

㉕ "three of my best Nisei officers": Sidney Forrester Mashbir, *I was an American Spy* (New York: Vantage Press, 1953), 252 – 53. Mashbir never states the officers' names, but Harry, who was interviewed separately with no knowledge of Mashbir's memoir, provided a compatible account.

㉖ "indispensable": Harry Fukuhara, interview, transcript, MIS Association, Norcal, Civil Liberties Public Education Fund Program (CLPEFP), San Francisco, 34.

㉗ "I didn;t want to be responsible": Ibid.

㉘ "pleasant" and "sympathetic but not encouraging": Harry Fukuhara, interview, Tokyo, April 10, 2004; CLPEFP, 34.

㉙ "They had been turning this thing over": Mashbir, *I was an American Spy*, 253.

㉚ "It was also unquestionable": Ibid.

㉛ "I didn't think it would work anyway": Harry Fukuhara, April 10, 2004.

### 27  原子弹

① Sixty thousand sheets: *Hiroshima Genbaku Sensai Shi* I

(Hiroshima: Hiroshima City Hall, 1971), 54.

② hurtling toward the city: Ibid.

③ "the rain of fire": *Sensō to Kurashi IV* (Tokyo: Nihon Tosho Center, 2001), 4.

④ Newspapers mentioned the raids: Ben-Ami Shillony, *Politics and Culture in Wartime Japan* (New York: Oxford University Press, 1981), 81.

⑤ At the end of April: Rinjirō Sodei and John Junkerman, *Were We the Enemy? American Survivors of Hiroshima* (Boulder, CO: Westview Press, 1998), 28; *Hiroshima Hondōri Shōtengai no Ayumi* (Hiroshima: Hiroshima Hondōri Shōtengai Shinkō Kumiai, 2000), 51.

⑥ Kyōto-the ancient capital: See Otis Cary, " Mr. Stimson's 'Pet City'-The Sparing of Kyoto, 1945 " (Kyoto: Amherst House, Doshisha University, 1987).

⑦ "We looked forward": Miyoko Watanabe, ed. , "Still Surviving," in *Peace Ribbon Hiroshima : Witness of A-Bomb Survivors* (Hiroshima: Peace Ribbon, 1997 ), 30 - 40, in *Victim's Experiential Testimonies*, Memorial Hall, Hiroshima Peace Park.

⑧ "That's the roar of B": *Hiroshima Genbaku Sensai Shi* I (Hiroshima: Hiroshima City Hall, 1971), 56.

⑨ " Why aren't they falling in Hiroshima?": Masako Sasaki, interview, Hiroshima, March 27, 2007.

⑩ theories: Sodei, *Were We the Enemy?*, 28. *Hiroshima*

*Hondōri Shōtengai no Ayumi*, 51.

⑪ "Tomorrow I don't know whether I will die": Masako Sasaki, March 27, 2007.

⑫ "No one could hear": Masako Sasaki, Ibid.

⑬ trudging back in late afternoon *hetoheto* (exhausted): Ibid.

⑭ "People would burn books": Ibid.

⑮ "Theoretically": Ibid.

⑯ "Go early then": Ibid.

⑰ "Don't get sick": Ibid.

⑱ "We just did what was necessary": Ibid.

⑲ "Auntie pushed hard": Ibid.

⑳ several friends in neighborhood association: Masako Sasaki, interview, Hiroshima, April 11, 1999.

㉑ *"Ohayō Gozaimasu"*: Ibid.

㉒ mild breeze tousled her hair: Eisei Ishikawa and David L. Swain, trans. , *Hiroshima and Nagasaki: The Physical, Medical, and Social Effects of the Atomic Bombings* (New York: Basic Books, 1981), 77.

㉓ "All in an instant": Masako Sasaki, interview, Hiroshima, November 16, 2002.

㉔ "Auntie was upset and all alone": Masako Sasaki, November 16, 2002.

㉕ ghosting: Masako Sasaki, March 27, 2007.

㉖ "What happened?": Ibid.

㉗ "sea of flames": Toshinao Nishimura, March 24, 2001. The account about Toshinao's sister Kimiko is from this interview as well.

㉘ "I felt as if a bomb": Chieko Ishida, interview, Fukuoka, April 9, 1999.

㉙ "Please help me": Ibid.

㉚ His father: Shigeru Matsuura, interview, Hiroshima, November 16, 2002.

㉛ only a few of 285 buildings: *Hiroshima Genbaku Sensai Shi* II (Hiroshima: Hiroshima City Hall, 1971), 197, 211.

㉜ The factory imploded: The account of Victor's experience is culled from multiple interviews with multiple family members over time.

㉝ The elementary School: *Senchū Sengo ni okeru Hiroshima-shi no kokumin Gakkō Kyōiku* (Hiroshima: Hiroshim-shi Taishoku Kōchōkai, 1999), 307.

㉞ those in Misasa: *Hiroshima Genbaku Sensai Shi* I (Hiroshima: Hiroshima City Hall, 1971), 35.

㉟ Aiko thought: Aiko Ishihara, interview, Hiroshima, April 11, 1999.

㊱ chilly: Eisei Ishikawa and David L. Swain, trans., *Hiroshima and Nagasaki*, 92.

㊲ They stung to the touch: Hitoshi Takayama, ed., *Hiroshima in Memorium* (Hiroshima: Yamabe Books, 1969); Miyoko Watanabe, ed., "Still Surviving," in *Peace Ribbon*

*Hiroshima*, 31, in Memorial Hall, Hiroshima Peack Park.

㊳ mix of dust, vapor, and radioactive soot: Hiroshima Peace Memorial Museum, Permanent Exhibition.

㊴ Masako's futons Masako Sasaki, March 27, 2007.

㊵ "Zombies": Aiko Ishihara, April 11, 1999.

㊶ firestorm, whirlwind, and black rain: Eisei Ishikawa and David L, Swain, trans., *Hiroshima and Nagasaki*, 55 - 56.

㊷ "He walked easily": Aiko Ishihara, April 11, 1999.

㊸ "everyone came here": Ibid.

㊹ "like the howling of wild animals": Miyoko Watanabe, ed., "Still Surviving,"*Peace Ribbon Hiroshima*, 31.

㊺ The local hospital: *Hiroshima Genbaku Sensai Shi* II, 888.

㊻ More than a thousand people: Ibid., 886.

㊼ The mountain road was clogged: Ibid., 884.

㊽ "It was a natural instinct": Masako Sasaki, March 27, 2007.

㊾ "Strangely": Toshinao Nishimura, March 24, 2001.

㊿ "*zuruzuru*" ("peeling"): Ibid.

(51) cotton: *For Those Who Pray for Peace* (Hiroshima: Hiroshima Jogakuin Alumni Association, 2005), 20. Other materials used as ointment and medicine from this source and Miyoko Watanabe, ed., "Still Surviving," in *Peace Ribbon Hiroshima*, 32 - 34.

(52) "We quieted Kimiko down": Toshinao Nishimura, March

24, 2001.

㊾ more than seven thousand mobilized students: *Dōin Gakuto*, *exhibition brochure*, *Hiroshima Peace Memorial Museum*, 2. Chart breakdown of deaths per school.

㊾ "I was happy": Toshinao Nishimura, March 24, 2001.

㊾ The imperious wrought-iron gates: *Hiroshima Genbaku Sensai Shi* II, 157, 159, 160, 172, 175. The Hiroshima Castle complex is discussed at length.

㊾ One hundred percent: *Hiroshima Hondōri Shōtengai no Ayumi* (Hiroshima: Hiroshima Hondōri Shōtengai Shinkō Kumiai, 2000), 55.

㊾ As a shelter: Chieko Ishida, April 9, 1999.

㊾ When the B-29s approached Kokura: Frank Fukuhara, interview, Tokyo, June 20, 1999.

㊾ "new-type bomb": Ben-Ami Shillony, *Politics and Culture in Wartime Japan* (New York: Oxford University Press, 1981), 107.

㉖ both were foreigers: Frank Fukuhara, telephone conversation, August 2008.

㉑ one cluster among fifty-one neighbors: *Shashinshū Genbaku o Mitsumeru*: 1945 *Hiroshima*, *Nagasaki* (Hiroshima: Iwanami Shoten, 1981), 149. *Hiroshima Genbaku Sensai Shi* II, 887.

㉒ August into November: *Hiroshima Genbaku Sensai Shi* II, 889.

(63) His journey had lasted a week：Harry Fukuhara，interview，Tokyo，December 11，2004.

(64) "They walked for dear life"：Masako Sasaki，March 27，2007.

(65) a few pumpkins and sweet potatoes：*Hiroshima Genbaku Sensai Shi* II，891.

# 第五部分　余波

## 28　苦乐参半的团圆

① "We were all happy about it"：Harry Fukuhara，interview，Honolulu，February 22，2010.

② Tens of thousands：Specific figures for immediate and subsequent deaths very widely to this day. Hiroshima City extimated that approximately 140，000 had died by the end of 1945，*The Spirit of Hiroshima*（Hiroshima：Hiroshima Peace Memorial Museum，1999），41. For further detail，see Eisei Ishikawa and David L. Swain，trans.，*Hiroshima and Nagasaki：The Physical，Medical，and Social Effects of the Atomic Bombings*（New York：Basic Books，1981），113.

③ "If they do not now accept our terms"：Donald M. Goldstein，Katherine V. Dillon，and J. Michael Wenger，*Rain of Ruin：A Photographic History of Hiroshima and Nagasaki*（Brassey's：Washington，DC：1995），62.（This quotation is available from many other sources as well.）

④ from 38 to 300：James C. McNaughton，*Nisei*

Linguists: *Japanese Americans in the Military Intelligence Service during World War II* (Washington, DC: Department of the Army, 2006), 384.

⑤ "Any group on earth": Sidney Forrester Mashbir, *I Was an American Spy* (New York: Vantage Press, 1953), 250.

⑥ "Each day": *Japanese Americans Who Fought Against Japan*, video (Tokyo: NHK, 2006).

⑦ *Genshi bakudan*: McNaughton, *Nisei Linguists*, 379.

⑧ the same terminology: Ben-Ami Shillony, *Politics and Culture in Wartime Japan* (New York: Oxford University Press, 1981), 108.

⑨ "equivalent to thousands of tons": "My Story, 50 Years Later,"*Nikkei Heritage* 15, no. 1 (Winter 2003): 12.

⑩ "I didn't know": Harry Fukuhara, interview, Honolulu, January 29, 2008.

⑪ nothing would grow in Hiroshima: Harry K. Fukuhara, "My Story, 50 Years Later,"*Nikkei Heritage* 15, no. 1 (Winter 2003): 12. Residents of Hiroshima believed that the city would be uninhabitable for seventy-five years. Michihiko, Hachiya, *Hiroshima Diary: The Journal of a Japanese Physician, August 6-September* 30, 1945 (Chapel Hill: University of North Carolina Press, 1995), 65.

⑫ Speechless: Harry Fukuhara, interview, Tokyo, July 5, 2006.

⑬ "endure the unendurable": Quoted in John W. Dower,

*Embracing Defeat: Japan in the Wake of World War II* (New York: Norton, 1999), 36.

⑭ the Pacific Theater: more than 1. 5 million from "Army Reports Half Its Men Returned Home," *Pacific Stars and Stripes*, October 22, 1945. Figure of 750, 000: James C. McNaughton, *Nisei Linguists*, 411.

⑮ "WAR OVER": "The *Guinea Pig* told it all," *The 33ʳᵈ Infantry Division Newsletter for WWI and WWII Veterans* 17, no. 1 (March 2002): 1.

⑯ "Then, the war ended": Harry Fukuhara, interview, Tokyo, April 16, 2005.

⑰ "The more I thought about it": "My Story, 50 Years Later," *Nikkei Heritage*, 13.

⑱ "I thought it would be no use going": Harry Fukuhara, January 29, 2008.

⑲ Sailors craned: "Japan Signs the Surrender," *Life*, September 17, 1945, 27 - 35.

⑳ three *nisei* lieutenants: They were present to accompany Japanese journalists covering the surrender ceremony. Note from Dr. James C. McNaughton, April 13, 2015.

㉑ "a nation disgraced": Thomas T. Sakamoto, "Witness to Surrender," *Nikkei Heritage* 15, no. 1 (Winter 2003): 8.

㉒ "As for myself": Ibid. , 9.

㉓ "had sucked the air": *Japanese Americans Who Fought Against Japan*, video (Tokyo: NHK, 2006).

㉔ "That's what you might have faced": Mas Ishikawa, telephone interview, February 18, 2004.

㉕ "They looked like friends": Hideyoshi Miyako, August 6, 2004, to author.

㉖ "vanished like a bubble popping": Ibid.

㉗ "I couldn't believe it": Harry Fukuhara, interview, Tokyo, November 13, 1999.

㉘ "I felt some responsibility": Ibid.

㉙ Posted to division headquarters: Headquarters Sixth Army, Special Orders, Number 143, Extract, 31 May 1945, Harry Fukuhara collection; "WITH THE SIXTH ARMY I JAPAN', undated fragment, Harry Fukuhara collection.

㉚ Military censorship was lifted:" Censorship Is Cut for Press but Not Japs," *Pacific Stars and Stripes*, October 7, 1945, 8.

㉛ One soldier had found: "Nisei Soldier Visits Hiroshima to Find Mother Atom Victim," *Pacific Stars and Stripes*, October 5, 1945, 4.

㉜ "All efforts to find": "After Service During War, Nisei Still Have Large Job," *Pacific Stars and Stripes*, October 7, 1945, 2.

㉝ "What little news": Harry Fukuhara, interview, Tokyo, April 19, 2006.

㉞ "the verge of starvation": Ibid.

㉟ "I feared the futility": "My Story, 50 Years Later,"

*Nikkei Heritage*，12.

㊱ "The odds were slim"：Harry Fukuhara，interview，Tokyo，July 5，2006.

㊲ "Maybe"：Ibid.

㊳ a lush canna plant：Hiroshima Peace Memorial Museum，*The Spirit of Hiroshima* （Hiroshima：Hiroshima Peace Memorial Museum，1999），83.

㊴ patients were dying："Oppose Hiroshima as Anti-War Shrine,"*Pacific Stars and Stripes*，October 4，1945，4.

㊵ a September typhoon：Eisei Ishikawa and David L. Swain，trans.，Hiroshima and Nagasaki：*The Physical, Medical，and Social Effects of the Atomic Bombings*，pages 6，80，94，505 for misfortunes，including the landslide.

㊶ In the district of Takasu：*Hiroshima Genbaku Sensai Shi* II（Hiroshima：Hiroshima City Hall，1971），892.

㊷ Harry's cousins placed rocks：Sasaki relatives，interview，Miyajima，April 11，1999.

㊸ The bridges often collapsed：Masako Sasaki，interview，Hiroshima，March 27，2007.

㊹ Harry's driver Chester："WITH THE SIXTH ARMY IN JAPAN," gragment. This document is similar to a newspaper article. "Hachinenburi ni Boshi Saikai,"*Kobe Simbun*，October 22，1945.

㊺ "scared"："My Story，50 Years Later,"*Nikkei Heritage*，13.

㊻ "I didn't think": Harry Fukuhara, January 29, 2008.

㊼ "in the nick of time": Ibid.

㊽ "Just stand there": Ibid.

㊾ "You can't get in": Ibid.

㊿ At around 1 a. m. : "Hachinen buri ni Boshi Saikai," *Kobe Shimbun*, October 22, 1945.

(51) "All was eerie and lifeless": "My Story, 50 Years Later," *Nikkei Heritage*, 13.

(52) "Zombies": Ibid.

(53) Nearby one day: Harry Fukuhara, April 19, 2006; January 29, 2008.

(54) The window on the front door: Harry Fukuhara, during interview with Pierce and Frank Fukuhara, Tokyo, October 13, 1998; Pierce Fukuhara, interview, Tokyo, June 9, 1999.

(55) "All they saw was an American Soldier": *Japanese Americans Who Fought Against Japan*, video (Tokyo: NHK, 2006).

(56) "Okāsan": "Hachinenburi ni Boshi Saikai," *Kobe Shimbun*, October 22, 1945.

(57) Kiyo recognized her nephew: Harry Fukuhara, interview, Tokyo, April 19, 2005.

(58) Kinu and Harry: "Hachinen buri ni Boshi Saikai," *Kobe Shimbun*, October 22, 1945.

(59) "What are you doing here?": Harry Fukuhara, January 29, 2008.

⑩ "Why would she say something like that?" Harry Fukuhara, interview, Tokyo, April 19, 2006.

⑪ "He couldn't talk much": *Uncommon Courage: Patriotism and Civil Liberties* (Davis, CA: Bridge Media, 2001).

⑫ "Where were you": Frank Fukuhara, telephone conversation, December 15, 2006.

⑬ "People didn't like": Ibid.

⑭ "Would you like to go": Frank Fukuhara, telephone conversation, June 9, 2006.

⑮ "I must wait for my older brother": Chieko Ishida, interview, Fukuoka, April 9, 1999.

⑯ "annihilated": Harry Fukuhara, interview, Tokyo, April 26, 2001.

⑰ "He's dead": Frank Fukuhara, telephone conversation, June 5, 2005.

⑱ "they didn't want to listen to Harry": Frank Fukuhara, interview, Tokyo, November 2, 1998.

⑲ "It cannot be helped": Frank Fukuhara, interview, Hiroshima, April 10, 1999.

⑳ "that Caucasian boy": Frank Fukuhara, interview, Tokyo, December 6, 1998.

㉑ "Buji de yokatta": Masako Sasaki, March 27, 2007.

㉒ "Harry was like a father": Frank Fukuhara, telephone conversation, May 22, 2006.

⑦ "I didn't think it possible"："WITH THE SIXTH ARMY IN JAPAN" fragment.

## 29　令人不安的信

① "Magic Carpet"："'Magic Carpet' to Take Vets Home：2,000,000 Pacific Troops Due Boat Ride," *Pacific Stars and Stripes*, October 3, 1945, 1.

② "See you in Chicago!"：*Golden Cross：A History of the 33rd Infantry Division in World War II* (Nashville, TN：Battry Press, 1948), 369 – 70.

③ An array of illness erupted："Typhus Cases Highest In 32 Years Among Japanese," *Pacific Stars and Stripes*, March 13 1946, 1.

④ bamboo-shoot existence：Masako Sasaki, interview, Hiroshima, March 27, 2007.

⑤ "onion existence"：John W. Dower, *Embracing Defeat：Japan in the Wake of World War II* (New York：Norton, 1999), 95.

⑥ "Everyday clothes were expensive"：Masako Sasaki, interview, Hiroshima, November 16. 2002.

⑦ wholesale prices：Dower, *Embracing Defeat*, 115.

⑧ "have expectations about the future"：Toshinao Nishimura, interview, Tokyo, March 24, 2001.

⑨ Mary's kimonos：Kinu sent Mary a wedding kimono when Mary first married；Mary lost it between her separation from her husband and internment. No one ever said anything about Mary's other kimonos.

⑩ For one sack of rice: Masako Sasaki, interviews, November 16, 2002, March 27, 2007.

⑪ "Sometimes, Victor could talk": Frank Fukuhara, interview, Honolulu, February 18, 2008.

⑫ On March 14, 1946: Harry Katsuharu Fukuhara, military records, Nataional Personnel Records Center, St. Louis, MO.

⑬ "I never made any effort": Harry Fukuhara, interview, Tokyo, April 16, 2005.

⑭ "It was real bad in California": Harry Fukuhara, interview, Tokyo, April 19, 2005.

⑮ "It really bothered me": Harry Fukuhara, interview, Tokyo, April 26, 2001.

⑯ "a Hakujin drove into the yard": Ben Nakamoto, Sanger, CA, to author, February 11, 2004.

⑰ "Harry was totally lost": Amy Nagata, interview, Los Angeles, March 21, 2003.

⑱ "As soon as this letter arrives": Victor Fukuhara to Harry Fukuhara in card of Mrs. Fred Ito, undated postcard.

⑲ Harry feared that Victor: Harry Fukuhara, interview, Tokyo, January 9, 1999.

⑳ "I mostly wanted to get back": Harry Fukuhara, interview, Tokyo, May 16,2000.

㉑ "I felt I had an obligation": Ibid.

## 30　和平与救赎

① "Try to come back": Frank Fukuhara, telephone conversation, January 19, 2007.

② "I couldn't believe": Frank Fukuhara, interview, Honolulu, March 4, 2008.

③ Suffering from a low white blood cell count: Information about Kiyo's maladies is from Toshinao Nishimura, interview, Tokyo, March 24, 2001.

④ "from privileged to penniless": Masako Sasaki, interview, Hiroshima, March 27, 2007.

⑤ At 3:30 a. m.: *Koseki Tohon* (Family Register), Tokichi Nishimura, Hiroshima-shi. Accounts of Kiyo's suicide are from interviews with Aiko Ishihara and Frank Fukuhara.

⑥ only one-half of one percent of the deaths: Nihon Gensuibaku Higaisha Dantai Kyōgikai, "Genbaku Shibotsusha ni kansuru Chūkan Hōkoku no Gaiyō," November 9, 1987, 64 - 65.

⑦ "most shameful thing": Shigeru Matsuura, interview, Hiroshima, April 10, 1999.

⑧ treated as pariahs: John W. Dover, *Embracing Defeat: Japanese in the Wake of World War II* (New York: Norton, 1999), 59 - 60.

⑨ "to some extent": Shigeru Matsuura, interview, April 10, 1999.

⑩ "He must have felt badly for me": Chieko Ishida,

interview, Fukuoka, April 9, 1999.

⑪ "I worked so hard to live": Ibid.

⑫ "Certificate of Loss of Nationality" Referenced in letter from Harvey J. Feldman, American Vice Consul, Nagoya, to Frank Katsutoshi Fukuhara, March 23, 1960. The certificate was dated December 29, 1954,

⑬ "This man is different": Hideo Miwa, interview, Tokyo, February 9, 1999.

⑭ "The government couldn't deny": Kiyoshi Hashizaki, interview, Toyama, March 22, 1999.

⑮ underpinned by guilt: Harry Fukuhara, interview, Tokyo, April 19, 2006. "I had a mission to do that was in a way a guilt complex for what happened during World War II."

⑯ "Harry started to like Japan": Frank Fukuhara, telephone conversation, April 11, 2007.

⑰ "ambitious": Harry Fukuhara, interview, Tokyo, April 22, 2006.

⑱ "No go!": Frank and Tamiko Fukuhara, interview, Honolulu, January 29, 2008.

⑲ "If you live in America": Jean Furuya, conversation, Honolulu, January 27, 2008.

⑳ "When she dies": Lillian Lam, conversation during interview with Mary Ito, Torrance, March 24, 2001.

㉑ "If not, they won't come back": Mary Ito, interview, Torrance, March 21, 2003.

㉒ her *hibakusha* (atomic bomb survivor) status: Kinu fell under two categories for her *hibakusha* designation; Takasu was located within the bomb exposure range, and Kinu had ventured close to the hypocenter within two weeks of the explosion.

㉓ "I didn't feel like": "Haha to Ani Hibaku... Tomo o Horyo ni," *Chūnichi Shimbun*, September 26, 1994.

㉔ "Be sure": Mary Ito, interview, March 24, 2001. Entire anecdote.

㉕ "Mr. MIS": From a plaque awarded by the Military Intelligence Service of Northern California.

㉖ "the major Japanese civilian and military intelligence": Harry Fukuhara "Biography," prepared by Harry Fukuhara.

㉗ "Everything went back to the period": Stanley Hyman, interview, Washington, DC, July 22, 1999.

㉘ since the mid-1990s: Harry Fukuhara, interview, Tokyo, July 5, 2006.

㉙ The dreams: Harry Fukuhara, interview, Honolulu, June 24, 2008; conversation, Honolulu, October 20, 2009.

## 结语　夏威夷的安逸生活

① "Thanks to her strength": Jean Furuya, Torrance, CA, to author, November 2006.

② "enigma": Ibid, Typed insert in handwritten note above.

③ "since she was going to heaven": Jean Furuya, email, to

author, October 14, 2006.

④ "Today is the first time I understand": Tamiko Fukuhara to author, MIS New Year and Installation Luncheon, Honolulu, February 1, 2009.

# 参考书目

PRIMARY SOURCES

*Chūgoku Shimbun*, December 1935–October 1945. Microfilm, Japan Newspaper Museum, Yokohama.

Diplomatic Archives. List of Passports Issued. File 3.8.5.8 Tabi 21, 38, 69 Microfilm, Ministry of Foreign Affairs, Tokyo.

Evacuee Case Files for Harry Katsuhara [*sic*] Fukuhara, Fred Hiroshi Ito, Harue Jean Oshimo, Jerry Takao Oshimo, and Mary Oshimo, RG 210, Records of the War Relocation Authority, National Archives and Records Administration, College Park, Maryland.

Final Report: Japanese Evacuation from the West Coast, 1942. Washington, DC: U.S. Government Printing Office, 1943.

*Gila News-Courier.* September 1942–September 1945. Online, Densho Digital Archive.

G-2 Journals and Periodic Reports. RG 94, Adjutant General's Office, World War II Operation Reports: 1940–1948: 41st Infantry Division, National Archives and Records Administration, College Park, Maryland.

"Hachinen buri ni Boshi Saikai." *Kobe Shimbun*, October 22, 1945.

"Haha to Ani Hibaku . . . Tomo o Horyo ni." *Chūnichi Shimbun*, September 26, 1994.

Harry Katsuharu Fukuhara. Collection of letters from 1933 to 1938, 1936 diary, books, and wartime Japanese and American letters and propaganda.

Harry Katsuharu Fukuhara. Military Records. Paper, National Personnel Records Center, St. Louis, Missouri.

Harry Katsuharu Fukuhara. Interview by Eric Saul and assistance by Lonnie Ding, January 7, 1986, transcript, National Japanese American Historical Society Oral History Project, San Francisco.

Harry Katsuharu Fukuhara. Interview, transcript, MIS Association, Norcal, Civil Liberties Public Education Fund Program (CLPEFP), San Francisco.

Harry Katsuharu Fukuhara. Interview by Sheryl Narahara, Undated, Tran-
    script, National Japanese American Historical Society Oral History
    Project, San Francisco.
Harry Katsuji Fukuhara. Probate Court Records. Superior Court, State of
    Washington, King County, 1933.
*The Invader.* Auburn, WA: Auburn High School, 1937.
"Japan Signs the Surrender." *Life,* September 17, 1945.
Katsuhiro Fukuhara. Military Record. Hiroshima Prefecture.
Katsumi Fukuhara. Military Record. Hiroshima Prefecture.
Katsutoshi Fukuhara. Military Record. Hiroshima Prefecture.
*Koseki Tohon.* Family Registers for the Sasaki, Fukuhara, and Nishimura
    families. Hiroshima Prefecture.
*Los Angeles Times,* December 1941–May 1942. Online.
Military Archives. *Akatsuki Butai* and *Yuki Butai* Records, including field
    diaries for New Guinea. National Institute for Defense Studies, Tokyo.
*The MISLS Album.* Nashville, TN: Battery Press, 1990.
"Nihon Shinchū no Nisei Shōi: Hachinenburi ni Boshi Taimen." *Chicago
    Tsūshin,* October 1945.
*Pacific Stars and Stripes,* September 1945–April 1961, Tokyo.
Records of Japanese-American Assembly Centers, ca. 1942–ca. 1946, RG
    499, Records of U.S. Army Defense Commands (WWII) 1942–46,
    National Archives and Records Administration, College Park, Mary-
    land.
Registers containing "Service and Casualty" forms (Form A112) of enemy
    prisoners of war and internees held in camps in Australia MP1103/1,
    National Archives of Australia.
*Tokyo Asahi Shimbun.* July 1–3, 1924. Microfilm, National Diet Library,
    Tokyo.
*Tulare News.* May–August 1942. Paper, National Archives and Records Ad-
    ministration, College Park, Maryland.
*Yank* magazine. August–September 1945. National Archives and Records
    Administration, College Park, Maryland.
*Yokohama Bōeki Shimpo,* November 29, 1933.
*Zaibei Nihonjin Jinmei Jiten.* San Francisco: Nichibei Shimbunsha, 1922.

SECONDARY SOURCES

Abe, Mark Normes, and Yukio Fukushima, eds. *The Japan/America Film
    Wars: WWII Propaganda and Its Cultural Contexts.* Switzerland:
    Harwood Academic Publishers, 1994.
Allen, Frederick Lewis. *Only Yesterday: An Informal History of the 1920s.*
    New York: Harper & Row, 1931.
Alperovitz, Gar. *The Decision to Use the Atomic Bomb.* New York: Vintage
    Books, 1996.

Ambrose, Stephen E. *Citizen Soldiers: The U.S. Army from the Normandy Beaches to the Bulge to the Surrender of Germany*. New York: Touchstone, 1998.

Asahina, Robert. *Just Americans: How Japanese Americans Won a War at Home and Abroad: The Story of the 100th Battalion/442nd Regimental Combat Team in World War II*. New York: Gotham Books, 2006.

Benedict, Ruth. *The Chrysanthemum and the Sword: Patterns of Japanese Culture*. New York: New American Library, 1946.

Berg, A. Scott. *Lindbergh*. New York: Berkley, 1999.

Bix, Herbert P. *Hirohito and the Making of Modern Japan*. New York: HarperCollins, 2001.

Bock, Dennis. *The Ash Garden*. New York: Knopf, 2001.

Borg, Dorothy. *Pearl Harbor as History: Japanese-American Relations, 1931–1941*. New York: Columbia University Press, 1973.

Bradley, James, with Ron Powers. *Flags of Our Fathers*. New York: Bantam Books, 2006.

Brendon, Piers. *The Dark Valley: A Panorama of the 1930s*. New York: Knopf, 2000.

Burton, Jeffery F., Mary M. Farrell, Florence B. Lord, and Richard W. Lord. *Confinement and Ethnicity: An Overview of World War II Japanese American Relocation Sites*. Seattle: University of Washington Press, 2002.

Cary, Otis. "Mr. Stimson's 'Pet City'—The Sparing of Kyoto, 1945: Atomic Bomb Targeting—Myths and Realities." Kyoto: Amherst House, Doshisha University, 1987.

———, ed. *From a Ruined Empire: Letters—Japan, China, Korea 1945–46*. Tokyo and New York: Kodansha International, 1984.

Cook, Haruko Taya, and Theodore F. Cook. *Japan at War: An Oral History*. New York: New Press, 1992.

Crost, Lyn. *Honor by Fire: Japanese Americans at War in Europe and the Pacific*. Novato, CA: Presidio Press, 1994.

Daniels, Roger. *Concentration Camps USA: Japanese Americans and World War II*. New York: Holt, Rinehart & Winston, 1972.

———. *The Decision to Relocate the Japanese Americans*. New York: J. B. Lippincott, 1975.

———. *Prisoners Without Trial: Japanese Americans in World War II*. New York: Hill & Wang, 1993.

De Bary, William Theodore, ed. *Sources of Japanese Tradition*. Vol. 2. New York: Columbia University Press, 1958.

Doi, Sakuji. *Zusetsu Hiroshima-shi no Rekishi*. Nagoya: Kyōdō Shuppan, 2001.

"Dōin Gakuto." Hiroshima: Hiroshima Peace Memorial Museum.

Dower, John W. *Cultures of War: Pearl Harbor, Hiroshima, 9-11, Iraq*. New York: Norton, 2010.

———. *The Elements of Japanese Design.* New York: Weatherhill, 1971.

———. *Embracing Defeat: Japan in the Wake of World War II.* New York: Norton, 1999.

———. *Japan in War and Peace: Selected Essays.* New York: Free Press, 1993.

———. *War Without Mercy: Race & Power in the Pacific War.* New York: Pantheon Books, 1986.

Egan, Timothy. *The Good Rain: Across Time and Terrain in the Pacific Northwest.* New York: Vintage Departures Edition, 1991.

———. *The Worst Hard Time: the Untold Story of Those Who Survived the Great American Dust Bowl.* New York: Houghton Mifflin, 2006.

Falk, Stanley L., and Warren M. Tsuneishi, eds. *MIS in the War Against Japan: Personal Experiences Related at the 1993 MIS Capital Reunion, "The Nisei Veteran: An American Patriot."* Washington, DC: Japanese American Veterans Association, 1995.

Flewelling, Stan. *Shirakawa: Stories from a Pacific Northwest Japanese American Community.* Auburn, WA: White River Valley Museum, 2002.

*For Those Who Pray for Peace.* Hiroshima: Hiroshima Jogakuin Alumni Association, 2005.

Gibney, Frank, ed. *Sensō: The Japanese Remember the Pacific War.* Armonk, NY: M. E. Sharpe, 2007.

Gilmore, Allison B. *You Can't Fight Tanks with Bayonets.* Lincoln: University of Nebraska Press, 1998.

Girdner, Audrie, and Anne Loftus. *The Great Betrayal: The Evacuation of the Japanese-Americans During World War II.* New York: Macmillan, 1970.

Goldstein, Donald M., Katherine V. Dillon, and J. Michael Wenger. *Rain of Ruin: A Photographic History of Hiroshima and Nagasaki.* Washington, DC: Brassey's, 1995.

Goodwin, Doris Kearns. *No Ordinary Time: Franklin & Eleanor Roosevelt: The Home Front in World War II.* New York: Simon & Schuster, 1994.

Gorfinkel, Claire, ed. *The Evacuation Diary of Hatsuye Egami.* Pasadena, CA: Intentional Productions, 1996.

Harrington, Joseph D. *Yankee Samurai: The Secret Role of Nisei in America's Pacific Victory.* Detroit: Pettigrew, 1979.

Henry, Mark R. *The US Army in World War II (1): The Pacific.* Oxford: Osprey, 2000.

Hachiya, Michihiko. *Hiroshima Diary: The Journal of a Japanese Physician, August 6–September 30, 1945.* Trans. and ed. Warner Wells. Chapel Hill: University of North Carolina Press, 1995.

Hein, Laura, and Mark Selden. *Living with the Bomb: American and Japanese Cultural Conflicts in the Nuclear Age.* Armonk, NY: M. E. Sharpe, 1997.

Hersey, John. *Hiroshima.* New York: Vintage Books, 1989.

Hillen, Ernest. *The Way of a Boy.* Toronto: Viking, 1993.

*Hiroshima and Nagasaki: The Atomic Bombings as Seen Through Photos and Artwork: The True Face of the Bombings.* Tokyo: Nihon Tosho Center, 1993.

Hiroshima City Museum of History and Traditional Crafts. *Taishō Jidai no Hiroshima.* Hiroshima: Hiroshima City Museum of History and Traditional Crafts, 2007.

*Hiroshima Genbaku Sensai Shi* I and II. Hiroshima: Hiroshima City Hall, 1971.

*Hiroshima Hondōri Shōtengai no Ayumi.* Hiroshima: Hiroshima Hondōri Shōtengai Shinkō Kumiai, 2000.

Hiroshima Peace Memorial Museum. *The Spirit of Hiroshima.* Hiroshima: Hiroshima Peace Memorial Museum, 1999.

*Hiroshima-ken Shi: Kindai Gendai Shiryō.* Hiroshima: Hiroshima-ken, 1973.

*Hondo Kessen Jumbi: Kyūshū no Bōei.* Tokyo: Bōeichō Bōei Kenshūsho Senshishitsu, 1972.

Hornfischer, James D. *The Last Stand of the Tin Can Sailors: The Extraordinary World War II Story of the U.S. Navy's Finest Hour.* New York: Bantam Dell, 2004.

Hough, Frank O., and John A. Crown. *The Campaign on New Britain.* Nashville, TN: Battery Press, 1992.

Houston, Jean Wakatsuki, and James D. Houston. *Farewell to Manzanar.* New York: Laurel-Leaf, 2006.

Ibuse, Masaji. *Black Rain.* Trans. John Bester. New York: Kodansha USA, 2012.

Ichihashi, Yamato. *Japanese in the United States.* Palo Alto: Stanford University Press, 1932.

Ichinokuchi, Tad. *John Aiso and the M.I.S.: Japanese-American Soldiers in the Military Intelligence Service, World War II.* Los Angeles: Military Intelligence Service Club of Southern California, 1988.

Ichioka, Yuji. *The Issei: The World of the First Generation Japanese Immigrants, 1885-1924.* New York: Free Press, 1988.

Ienaga, Saburō. *The Pacific War, 1931–1945.* New York: Pantheon Books, 1978.

Inada, Lawson Fusao. *Only What We Could Carry: The Japanese American Internment Experience.* Berkeley, CA: Heyday, 2000.

*In Freedom's Cause: A Record of the Men of Hawaii Who Died in the Second World War.* Honolulu: University of Hawaii Press, 1949.

Ishikawa, Eisei, and David L. Swain, trans. *Hiroshima and Nagasaki: The Physical, Medical, and Social Effects of the Atomic Bombings.* New York: Basic Books, 1981.

Ito, Kazuo. *Issei: A History of Japanese Immigrants in North America.* Trans. Shinichiro Nakamura and Jean S. Gerard. Seattle: Executive Committee for Publication c/o Japanese Community Service, 1973.

*"Jūgo o Sasaeru Chikara to Natte: Josei to Sensō."* Hiroshima: Hiroshima Peace Memorial Museum, 1998.

Kessler, Lauren. *Stubborn Twig: Three Generations in the Life of a Japanese American Family.* New York: Random House, 1993.

Kidston, Martin J. *From Poplar to Papua: Montana's 163rd Infantry Regiment in World War II.* Helena, MT: Farcountry Press, 2004.

*"Kinokogumo no Shita ni Kodomotachi ga Ita."* Hiroshima: Hiroshima Peace Memorial Museum, 1997.

Knaefler, Tomi Kaizawa. *Our House Divided: Seven Japanese American Families in World War II.* Honolulu: University of Hawaii Press, 1991.

Kono, Juliet S. *Anshū: Dark Sorrow.* Honolulu: Bamboo Ridge Press, 2010.

Lindbergh, Charles A. *The Wartime Journals of Charles A. Lindbergh.* New York: Harcourt Brace Jovanovich, 1970.

Little Tokyo Historical Society. *Los Angeles's Little Tokyo.* Charleston, SC: Arcadia, 2010.

MacEachin, Douglas J. *The Final Months of the War with Japan.* Washington, DC: Center for the Study of Intelligence, Central Intelligence Agency, 1998.

Mashbir, Sidney Forrester. *I Was an American Spy.* New York: Vantage Press, 1953.

Matsumae, Shigeyoshi. *The Second World War—A Tragedy for Japan: Plunge from High Government Official to Private Soldier on the Waterfront.* Tokyo: Tokai University Press, 1981.

McCullough, David. *Truman.* New York: Touchstone, 1992.

McNaughton, James C. "Nisei Linguists and New Perspectives on the Pacific War: Intelligence, Race, and Continuity." 1994 Conference of Army Historians.

———. *Nisei Linguists: Japanese Americans in the Military Intelligence Service during World War II.* Washington, DC: Department of the Army, 2006.

———. "Training Linguists for the Pacific War, 1941–42." Defense Language Institute, Foreign Language Center. Presidio of Monterey, CA, 1991.

Mears, Helen. *Year of the Wild Boar: An American Woman in Japan.* Westport, CT: Greenwood Press, 1973.

Military Intelligence Service Association of Northern California and the National Japanese American Historical Society. "The Pacific War and Peace: Americans of Japanese Ancestry in Military Intelligence Service, 1941–1952." San Francisco, 1991.

Military Intelligence Service Veterans Club of Hawaii. "Secret Valor: M.I.S. Personnel: World War II Pacific Theater." Honolulu: Military Intelligence Service Veterans of Hawaii, 2001.

Minear, Richard H., ed. and trans. *Hiroshima: Three Witnesses.* Princeton, NJ: Princeton University Press, 1990.

Moore, Ray, and Donald L. Robinson. *Partners for Democracy: Crafting the New Japanese State under MacArthur.* Oxford: Oxford University Press, 2002.

Morimatsu, Toshio. *Teikoku Rikugun Hensei Sōkan.* Tokyo: Fuyō Shobō, 1987.

Morison, Samuel Eliot. *The Two-Ocean War: A Short History of the United States Navy in the Second World War.* Boston: Little, Brown, 1963.

Morris, Ivan. *The Nobility of Failure: Tragic Heroes in the History of Japan.* Fukuoka, Japan: Kurodahan Press, 2013.

Murata, Alice. *Japanese Americans in Chicago.* Charleston, SC: Arcadia, 2002.

Myer, Dillon S. *Uprooted Americans: The Japanese Americans and the War Relocation Authority During World War II.* Tucson: University of Arizona Press, 1971.

Nakano, Mei. *Japanese American Women: Three Generations 1890–1990.* Sebastopol, CA: Mina Press, 1990.

Neiwert, David A. *Strawberry Days: How Internment Destroyed a Japanese American Community.* New York: Palgrave Macmillan, 2005.

*New York Times. Hiroshima Plus 20.* New York: Delacorte Press, 1965.

Nihon Gensuibaku Higaisha Dantai Kyōgikai. "Genbaku Shibotsusha ni kansuru Chūkan Hōkoku no Gaiyō." November 9, 1987.

Niiya, Brian, ed. *Japanese American History: An A-to-Z Reference from 1869 to the Present.* Los Angeles: Japanese American National Museum, 1993.

*Nikkei Heritage.* San Francisco: National Japanese American Historical Society, Fall 1991–Winter 2003.

Nishina Kinen Zaidan, ed. *Genshi Bakudan: Hiroshima • Nagasaki no Shashin to Kiroku.* Tokyo: Kōfūsha Shoten, 1973.

Nitobe, Inazo. *Bushido: The Soul of Japan.* Rutland, VT, and Tokyo: Charles E. Tuttle, 1969.

Norman, Michael, and Elizabeth M. Norman. *Tears in the Darkness: The Story of the Bataan Death March and Its Aftermath.* New York: Picador, 2009.

O'Donnell, Patrick K. *Into the Rising Sun: In Their Own Words, World War II's Pacific Veterans Reveal the Heart of Combat.* New York: Free Press, 2002.

Ohnuki-Tierney, Emiko. *Kamikaze, Cherry Blossoms, and Nationalisms: The Militarization of Aesthetics in Japanese History.* Chicago: University of Chicago Press, 2002.

Okihiro, Gary Y. *Common Ground:Reimagining American History.* Princeton: Princeton University Press, 2001.

———. *Whispered Silences: Japanese Americans and World War II.* Seattle: University of Washington Press, 1996.

Okuzumi, Yoshishige. *B-29 64 Toshi o Yaku.* Tokyo: Yōransha, 2006.

*Onnatachi no Taiheiyō Sensō.* Tokyo: Asahi Shimbunsha, 1996.

Otsuka, Julie. *The Buddha in the Attic.* New York: Knopf, 2011.

————. *When The Emperor Was Divine.* New York: Anchor Books, 2002.

Pacific War Research Society. *The Day Man Lost: Hiroshima, 6 August 1945.* New York: Kodansha America, 1981.

Perry, John Curtis. *Beneath the Eagle's Wings: Americans in Occupied Japan.* New York: Dodd, Mead, 1980.

Pitt, Leonard, and Dale Pitt. *Los Angeles A to Z: An Encyclopedia of the City and County.* Berkeley: University of California Press, 1997.

*Port of Yokohama.* Yokohama: Yokohama Maritime Museum, 2004.

Powell, James S. *Learning under Fire: The 112th Cavalry Regiment in World War II.* College Station: Texas A&M University Press, 2010.

Sasaki, R. A. *The Loom and Other Stories.* Saint Paul, MN: Graywolf Press, 1991.

Sato, Sanae. *Nihon no Kyakusen to Sono Jidai.* Tokyo: Jiji Tsūshinsha, 1993.

Seigel, Shizue. *In Good Conscience: Supporting Japanese Americans During the Internment.* San Mateo, CA: Kansha Project, 2006.

*Senchū Sengo ni okeru Hiroshima-shi no Kokumin Gakkō Kyōiku.* Hiroshima: Hiroshima-shi Taishoku Kōchōkai, 1999.

*Sensō to Kurashi.* Tokyo: Nihon Tosho Center, 2001.

*Shashin de Miru Hiroshima Ano Koro.* Hiroshima: Chūgoku Shimbun, 1977.

*Shashinshū Genbaku o Mitsumeru: 1945 Hiroshima, Nagasaki.* Hiroshima: Iwanami Shoten, 1981.

Shillony, Ben-Ami. *Politics and Culture in Wartime Japan.* New York: Oxford University Press, 1981.

*Shinshū Hiroshima-shi Shi* I and II. Hiroshima: Hiroshima City Hall, 1961.

Shishido, Kiyotaka. *Jap To Yobarete.* Tokyo: Ronsosha, 2005.

*Shōwa Niman-nichi no Zenkiroku* 7. Tokyo: Kodansha, 1989.

Sides, Hampton. *Ghost Soldiers: The Epic Account of World War II's Greatest Rescue Mission.* New York: Anchor Books, 2001.

Slesnick, Irwin L, and Carole E. Slesnick. *Kanji & Codes: Learning Japanese for World War II.* Bellingham, WA: Authors, 2006.

Smith, Robert Ross. *The Approach to the Philippines: The War in the Pacific.* Washington, DC: Center of Military History, 1984.

Smurthwaite, David. *The Pacific War Atlas: 1941–1945.* New York: Facts On File, 1995.

Sodei, Rinjirō. *Dear General MacArthur: Letters from the Japanese During the American Occupation.* Lanham, MD: Rowman & Littlefield, 2001.

Sodei, Rinjirō and John Junkerman. *Were We the Enemy? American Survivors of Hiroshima.* Boulder, CO: Westview Press, 1998.

Soga, Yasutaro. *Life Behind Barbed Wire: The World War II Internment Memoirs of a Hawai'i Issei.* Honolulu: University of Hawaii Press, 2008.

Sogi, Francis Y. *Riding the Kona Wind: Memoirs of a Japanese American.* New York: Cheshire Press, 2004.

Sone, Monica. *Nisei Daughter.* Seattle: University of Washington Press, 1979.

Straus, Ulrich. *The Anguish of Surrender: Japanese POWs of World War II.* Seattle: University of Washington Press, 2003.

Swift, David W. *First Class: Nisei Linguists in World War II: Origins of the Military Intelligence Service Language Program.* San Francisco: National Japanese American Historical Society, 2006.

Takaki, Ronald. *Strangers from a Different Shore: A History of Asian Americans.* Boston: Little, Brown, 1989.

Takami, David. *Divided Destiny: A History of Japanese Americans in Seattle.* Seattle: Wing Luke Asian Museum, 1998.

Takayama, Hitoshi, ed. *Hiroshima in Memorium.* Hiroshima: Yamabe Books, 1969.

Terkel, Studs. *"The Good War": An Oral History of World War II.* New York: New Press, 1984.

*33rd Infantry Division: A Newsletter for WWI and WWII Veterans.*

33rd Infantry Division Historical Committee. *The Golden Cross: A History of the 33rd Infantry Division in World War II.* Nashville, TN: Battery Press, 1948.

Thomson, James C., Jr., Peter Stanley, and John Curtis Perry. *Sentimental Imperialists: The American Experience in East Asia.* New York: Harper Torchbooks, 1985.

Tobin, James. *Ernie Pyle's War: America's Eyewitness to World War II.* New York: Free Press, 2006.

Toland, John. *The Rising Sun: The Decline and Fall of the Japanese Empire, 1936–1945.* New York: Modern Library, 2003.

Truman, Harry S. *Memoirs by Harry S. Truman.* New York: Doubleday, 1955.

Tsurumi, Kazuko. *Social Change and the Individual: Japan Before and After Defeat in World War II.* Princeton, NJ: Princeton University Press, 1970.

Tsurumi, Shunsuke. *An Intellectual History of Wartime Japan, 1931–1945.* London: KPI, 1986.

Uchida, Yoshiko. *Picture Bride.* Seattle: University of Washington Press, 1987.

University of Hawaii, Hawaii War Records Depository. *In Freedom's Cause: A Record of the Men of Hawaii Who Died in the Second World War.* Honolulu: University of Hawaii Press, 1949.

Vine, Josephine Emmons. *Auburn: A Look Down Main Street*. Auburn, WA: City of Auburn, 1990.

Walker, Stephen. *Shockwave: Countdown to Hiroshima*. New York: Harper Perennial, 2006.

Wallach, Ruth, Dace Taube, Claude Zachary, Linda McCann, and Curtis C. Roseman. *Los Angeles in World War II*. Charleston, SC: Arcadia, 2011.

Watanabe, Miyoko, ed. *Peace Ribbon Hiroshima: Witness of A-Bomb Survivors*. Hiroshima: Peace Ribbon, 1997.

Weglyn, Michi Nishiura. *Years of Infamy: The Untold Story of America's Concentration Camps*. Seattle: University of Washington Press, 1996.

Wilson, Robert A. and Bill Hosokawa. *East to America: A History of the Japanese in the United States*. New York: William Morrow, 1980.

Yamada, Michio. *Fune ni Miru Nihonjin Imin Shi*. Tokyo: Chūōkōron-shinsha, 1998.

Yamasaki, Toyoko. *Two Homelands*. Honolulu: University of Hawaii Press, 2008.

Yoshioka, Masako M. "Terry Mizutari." *Puka-Puka Parade* 34, no. 3 (1980).

# 附录1：作者问答

**一、你为何采用叙述性的纪实文学风格来撰写此书？**

当我完成答辩与一本另一主题的学术专著后，我为自己的研究而感到骄傲。我没有接触过故事的核心——主角们所经历的情感与随之迸发的动机。在我撰写答辩论文和另一本专著时，参考的仅仅是少数可信的记录和亲历者的资料。然而，我暗自发誓，但凡我能够再写一部书，我将细致地调研，尽可能多地采访我的研究对象，捕捉他们对大小事件的反应。我下定决心要写一个脱离学术束缚、有血有肉、能激发读者共鸣的故事。

当我遇见哈利·福原时，他是一位受人尊敬的退役美国陆军军事情报部门上校。哈利因对加强美日两国关系的杰出贡献而被日本政府和美国授予勋章。他和他的兄弟姐妹们都已到了能够复盘人生的年纪。我对他们的故事难以忘怀。《白夜》是一本我梦寐以求、想要写下的书。

**二、什么事最让你惊讶？**

哈利的故事随着我的不断挖掘而愈发丰富。日本和美国记者们采访了哈利和他的弟弟弗兰克。弗兰克在战争中被日军分配至

敢死队,这是书中的一个主要情节。当我开始就此展开调研后,我
逐步了解到许多其他人物的迷人的故事,比如他们干劲十足的姨
妈阿清,她是一家广岛老牌传统甜品店的创始人;还有他们倔强的
姐姐玛丽,她和哈利一起羁押在亚利桑那州的吉拉河集中营内。
每个人物都有各自引人入胜的故事,这为他们家庭中双重文化笼
罩上了更深的层次。我孜孜不倦地想要对他们的经历进行更深入
的了解。

### 三、在发掘故事的过程中有什么值得纪念的时刻?

当我和我的旅伴——弗兰克——在他位于广岛的旧居附近街
上散步时,一个女人跑了过来,喊着他的名字。她叫雅子,是他以
前的邻居。几十年后,雅子又搬了回来。弗兰克和哈利的母亲阿
绢对雅子万般宠爱,将她视作自己的女儿。在战争期间,阿绢和雅
子常常在一起,包括原子弹在广岛上空爆炸的那天。雅子讲述了
她们在那个命悬一线的清晨所发生的故事,披露了很多引人入胜
的细节。

基于年龄,哈利怀疑他的兄弟们已被日军征召入伍。当他作
为美军审讯者往复于太平洋的岛屿之间时,一名日本战俘在新几
内亚认出了他。哈利为之而震撼,他不得不假设他可能会在战斗
中与自己的兄弟们对峙。认出哈利的战俘曾是哈利在广岛的邻居
和宿敌。他们打过架,哈利认为这个叫松浦茂的人由于他日裔美
国人的身份而讨厌他。然而,正是因为这次冲突,松浦茂才能够认
出面前的哈利。"打架反倒使我们变得亲密,"松浦茂在广岛接受
采访时告诉我。他的话使我停顿了一下。也许他说的是对的。

尽管哈利害怕面对他的家人可能已经在原子弹的爆炸中丧生

的事实，然而，与松浦茂的会面使他对小概率的事件抱有希望。他决定去广岛寻找他的家人。

## 四、你希望读者能从书中获得什么？

在一种层面上，我希望读者能够明白，这个让人全神贯注的家庭的故事可以发生在任何国家的移民家庭中。我希望他们能把这个故事与自身的传统联系起来。此外，福原一家在二战期间的遭遇，也时刻发生在现今一方身处美国、另一方陷入别处的困境之中的兄弟姐妹之间。在另一个层面上，我希望这本书能够成为一个警示故事，让世人了解战时的歇斯底里、种族偏见、不公正的拘留所带来的危险和代价。2014 年，已故最高法院法官安东尼·斯卡利亚（Antonin Scalia）在夏威夷大学法学院对学生们发表演讲时，用拉丁文说："在战争时期，法律是沉默的。"他预言一旦紧张局势加剧，针对少数人群的拘留可能再次发生。"911"事件之后，日裔美国人抵抗着质疑与鲁莽的仇恨犯罪，成为第一个支持穆斯林美国人的群体。我们生活在一个严峻的时代。我们的国家必须面对它的历史，包括污点，保持警惕，防止误判。

同时，我们也应该庆祝美国在战时正确的举措所带来的胜利果实。大约 6000 名日裔美国人在战时与日占期间服役于军事情报机构。他们为如今最强大的联盟作出了无可估量的贡献。然而，战争中生活在日本的日裔美国人，例如哈利的兄弟们，不得不隐藏自身的背景，以防遭致报复。日本未能尽到他们的优势，而美国则从中受益。

# 附录 2：关于本书

## 多久？那么久？

我几乎花了十七年调查并撰写这个故事。承认自己花费十七年来写这个故事对我而言并不容易，这甚至让我难堪。然而，十七年并未使我感到冗长。当我回首这段过往，是几个阶段贯穿了本书的写作。

这本书展现了现代战争的恐怖及其对单个家庭毁灭性的影响。直至二十世纪九十年代中期——原子弹袭击的五十年后——福原一家才首次回顾战争。当我在数年后开展这项研究时，他们还没有更深入地探讨这个话题。他们小心翼翼地面对过往的痛苦，抑制着自己的感情以避免冒犯到他人。他们切换话题，模糊地表述，欲言又止。我曾采访过在大屠杀后幸存的犹太难民。我理解他们的缄默，经历了创伤事件的幸存需要时间恢复，理清自己的思绪。

毕竟，我需要福原一家揭开内心最深处的伤痕，思考战争、监禁、分裂的忠诚和原子弹所造成的伤害。一心专注于当下生活的人无法直面自己的伤疤，扰乱自己的思绪。福原家的大姐玛丽就是如此。她从未脱离幼时被母亲遗弃的折磨。当玛丽风烛残年之时，她依旧为自己和母亲未解的心结而痛苦。她的弟弟哈利和我计划在 2001 年 9 月中旬飞往洛杉矶拜访玛丽。然而，911 事件所带来的不确定性使我们不得不推迟这趟旅行。这趟延迟的采访对我们而言是件好事。当时玛丽的女儿向我们袒露，玛丽过于伤心，无法与陌生人会面。

一年半后，当玛丽打算开口时，我对她进行了采访。相较于过去几年内多次与其他家庭成员的采访，玛丽在两次采访中表现出了压抑不住的倾诉欲。

另一个挑战是考证家庭成员们在两个国家之间的生活记录。我不确定是在日本还是美国才能找到这些细节的证据，于是我通过两种语言往返于两国直接寻找答案。随着叙事的展开，我需要关注特定的事件。比如我知道 1938 年全家从西雅图到横滨的旅程是他们在生理和情感上的一个转折点，但我无法在美国航运记录中找到有关他们此次旅程的详细信息。某年，在我生日那天，我的一个朋友——也是横滨海事博物馆的策展人——与我一起考据了一份 1938 年的日报。一篇短小的报道详细描述了阻挠船只按期靠岸的冰雹和随后一天的日出。就是凭借这篇报道，我能够在书中重建一个高度还原的真实场景。作家之所以成为作家，就是因为执着于发掘这些细节。接着，我在华盛顿、西雅图和广岛也找到了有价值的信息。

紧接着的挑战是整体叙述。起初，我采访的每个人都以为这本书会成为哈利——这位福原家族的一家之长，美军情报界的传奇人物——的传记。我踌躇于军事史和传记之间，直至哈利的故事本身启发了我。若是此书只是一本有关哈利的传记，那么这本书并不完整。我必须涵盖他兄弟们的生活，尤其是他最小的弟弟——与他亲密无间的弗兰克。双重叙事并不容易，然而我坚信这必不可少。

我需要时间以适应我的个人情况。我在东京为了这本书调研了八年,在此期间,我经历逐渐丧失掌握流利母语——英语的过程。没人注意到这一点。我的日语越发地流利,然而,我的英语则限制了我的写作。当我需要表达"蓝色"这个概念,我需要思索一会儿,才能想出一两个词。这使我感到挫败,即使我亲耳了解到福原一家的兄弟姐妹们在美国长大后,回到日本时曾经历过这种情况。2007年,当我搬回美国后,在母语环境中,我重新调整了自己的语言习惯,并大量进行英语阅读,直至我重拾英语写作的能力与信心。

最后,出版之路也并非坦途。一本由一位首次从事商业写作的作者撰写的关于一个不为人知的、少数族裔家庭的新作品并不被市场所看好。于我而言,福原一家的故事是一则伟大的、属于美国人的故事。它能够与历史共鸣,具备丰富的戏剧性,充满救赎的意义。对此我深信不疑,对出版过程的艰难险阻充满耐心。我感激出版社和编辑大胆地接受了我的作品,理解我这分坚持背后的原因。是的,岁月流转,但为了此书问世的这一刻,一切努力都是值得的。